SENDAS
TRUNCADAS

SENDAS
TRUNCADAS

ROBERT DUGONI

**TRADUCCIÓN DE
DAVID LEÓN**

Título original: *In Her Tracks*
Publicado originalmente por Thomas & Mercer, USA, 2021

Edición en español publicada por:
Amazon Crossing, Amazon Media EU Sàrl
38, avenue John F. Kennedy, L-1855 Luxembourg
Noviembre, 2022

Adaptación de cubierta por PEPE *nymi*, Milano
Imagen de cubierta © Benjamin Harte / ArcAngel; © Lev Kropotov
© Ihnatovich Maryia © Lucky immortal © oksana.perkins / Shutterstock

Impreso por: Ver última página

Primera edición digital 2022

ISBN Edición tapa blanda: 9782496708721

www.apub.com

SOBRE EL AUTOR

Robert Dugoni ha recibido la ovación de la crítica y ha encabezado las listas de éxitos editoriales de *The New York Times*, *The Wall Street Journal* y Amazon con la serie de Tracy Crosswhite, que incluye *La tumba Sarah*, *Su último suspiro*, *El claro más oscuro*, *La chica que atraparon*, *Uno de los nuestros*, *Todo tiene su precio* y *Pista helada*, de la que se han vendido más de cuatro millones de ejemplares en todo el mundo. Dugoni es autor también de la célebre serie de David Sloane (que incluye *The Jury Master*, *Wrongful Death*, *Bodily Harm*, *Murder One* y *The Conviction*); de la protagonizada por el exespía Charles Jenkins (*La octava hermana* y *Espías en fuga*); de las novelas *La extraordinaria vida de Sam*, *The Seventh Canon* y *Damage Control*; del ensayo de investigación periodística *The Cyanide Canary*, elegido por *The Washington Post* entre los mejores libros del año, y de varios cuentos. Ha recibido el Premio Nancy Pearl de novela y el Friends of Mystery Spotted Owl por la mejor novela del Pacífico noroeste. También ha sido dos veces finalista del International Thriller Award y el Harper Lee de narrativa procesal, así como candidato al Edgar de la Asociación de Escritores de Misterio de Estados Unidos. Sus libros se venden en más de veinticinco países y se han traducido a más de una docena de idiomas, entre los que se incluyen el francés, el alemán, el italiano y el español.

Sendas truncadas es la última entrega de la serie protagonizada por la inspectora Tracy Crosswhite. Para más información sobre Robert Dugoni y sus novelas, véase www.robertdugoni.com.

A todos los que han perdido la vida o a sus seres queridos por la COVID-19, para que nunca los olvidemos y así no nos condenemos a repetir el pasado

PRÓLOGO

30 de octubre de hace cinco años
Seattle (Washington)

Bobby Chin, agente de la policía de Seattle, llegaba tarde y estaba a punto de pagarlo muy caro.

Con el uniforme aún puesto, salió a toda prisa de su coche y subió los escalones de lo que había sido su hogar arrastrando los pies en cada peldaño de cemento. El novio de ella había estacionado el Range Rover en el camino de entrada que le había pertenecido en otra época. Un vehículo nuevecito, flamante. De lujo, con todos los extras, como hecho aposta para agravar aún más el oprobio, aunque ni de broma podría un entrenador personal permitirse un automóvil de noventa mil dólares. Ni de broma. Aquel tío tenía que estar trapicheando con algo a escondidas —con esteroides, habría apostado Chin a juzgar por el físico hinchado del fulano—, aunque no podía evitar preguntarse si la pensión alimenticia que desembolsaba él todos los meses no estaría ayudando a pagar semejante opulencia. Jewel, que estaba a punto de ser oficialmente su exmujer, no estaría dispuesta a subirse a nada que no estuviera a la altura de sus gustos carísimos.

Había alargado ya el brazo hacia la aldaba con forma de cabeza de león cuando Jewel abrió la puerta. Lo estaba esperando, sin duda para cantarle las cuarenta.

—Llegas tarde. —Su postura no desdecía del tono de su voz. Aquella actitud… Tenía una mano apoyada en la cadera y la cabeza inclinada con gesto acusador. Se había arreglado las uñas, esta vez de azul regio, y el jersey blanco de cachemira, que, pese al frío de aquel octubre, apenas llegaba a la cintura de sus vaqueros del mismo color, dejaba ver sus collares y pulseras de oro. Cuando Chin iba a recoger a Elle, siempre se ponía ropa blanca, que contrastaba con sus uñas pintadas y su complexión. Él le había dicho en cierta ocasión que le encantaba verla así, que aquel color la hacía más sensual.

Cuánto se arrepentía.

—Te he llamado, pero, para variar, no me has respondido —se defendió él—. Y te he dejado un mensaje de texto que tampoco me has contestado.

—Siempre llegas tarde.

—Ya te he dicho q…

—¿Te crees que tengo tiempo de ponerme a leer tus mensajitos? Tengo una cita. De hecho, tengo una vida, cosa que tú deberías intentar.

Chin se mordió la lengua. Sabía adónde quería llegar y no pensaba picar el anzuelo esta vez. Otra vez, no. No podía permitirse otra denuncia por violencia doméstica. Su abogado decía que algo así echaría a perder su pretensión de lograr la custodia compartida y, de hecho, lo llevaría probablemente a la cárcel, lo que también le costaría el puesto de trabajo.

—Además —añadió ella—, me tenías preocupada.

Abrió un tanto más la puerta para que pudiese ver a aquel globo a punto de estallar que tenía por novio, Elegancio Capullo o como se llamara. Ni se acordaba del nombre ni tampoco le importaba lo más mínimo. Debía de tener veintipocos años y daba siempre la impresión de que acabase de completar una sesión de *press* de banca. Tenía marcadas las venas del antebrazo y del cuello, y los pectorales le tensaban el tejido de una camiseta una talla o dos menor. Sin duda debía de darles a los esteroides. Un zopenco de tomo y lomo.

—¡Qué tal, Bobby! —El zopenco sonrió dejando al aire unos dientes blanqueados que hacían juego con el atuendo de Jewel—. ¿Vienes a arrestar a alguien?

—Hola, Greg —respondió él por probar.

—Graham —lo corrigió el zopenco borrando la sonrisa.

Greg, Graham… Como fuera.

Chin se dirigió a Jewel.

—¿Está lista Elle?

—Desde hace media hora, que era cuando tenías que recogerla. Sabes que tienes que cumplir a rajatabla la sentencia judicial. Lo estoy apuntando todo.

—Lo sé.

—Hola, papi. —Elle apareció de detrás de la estatua de dragón que había al pie de las escaleras, mirando hacia dentro para llevar riqueza y prosperidad al hogar.

Feng shui.

Feng leches. El único dinero que entraba allí era el que le pagaba él a Jewel.

Chin se puso en cuclillas.

—¡Hola, solete! ¿Qué eres? No, no me lo digas. Eres la mariposilla más bonita del planeta.

—¡Yupi! Lo has adivinado. —La cría dio una vuelta para hacer que se agitaran centelleantes las alas de mariposa de colores. Llevaba leotardos rosas y zapatitos de plástico del mismo color.

—¿No crees que deberías cambiarte de zapatos? —Lo más seguro era que el laberinto al que pensaba llevarla, construido en un maizal, estuviera embarrado por las lluvias recientes.

—Son zapatos de mariposa.

—Está bien —dijo él. El abogado le había dejado claro que debía limitarse a recogerla y despedirse—. ¿Estás lista?

—Hay que pagar la hipoteca a principios de la semana que viene —apuntó Jewel—. Acuérdate de que el fin de semana de Acción de Gracias le toca contigo. Lo dice la sentencia judicial, con que déjatelo libre.

Lo decía como si Elle le pareciese una carta.

—Coge el chaquetón, solete, que nos vamos.

La pequeña recogió el abrigo del pasamanos y la mochila y echó a andar hacia él, pero Graham tendió el brazo para cortarle el paso. Chin adelantó un pie y, acto seguido, se contuvo, aunque el gesto no pasó inadvertido a Jewel ni a su novio.

—Espera un segundo, princesita —dijo sonriendo Graham.

—Mariposa —corrigió Elle.

—¿No nos vas a dar un poquito de amor a tu madre y a mí?

La cría lo miró afligida. Chin no necesitaba mucho más para romperle aquel brazo hipermusculado. Elle se limitó a rozar a la carrera la mejilla de Graham y corrió hacia la puerta. Chin miró fijamente al zopenco antes de darse la vuelta para marcharse.

—¿Seguro que te va a arrancar ese trasto? —gritó el zopenco desde el umbral—. ¿Por qué no te compras un coche nuevo?

Chin se volvió hacia él.

—Por cierto, Greg…

—Graham.

—Llevo adrenalina en el coche para casos de emergencia. Quizá te venga bien para reducir la hinchazón…

El musculitos lo miró perplejo sin saber bien qué responder.

«Será zopenco…». Chin sonrió.

—Tranquilo, que solo se le hinchan las partes que convienen —se apresuró a contestar Jewel antes de cerrar la puerta.

Chin respiró hondo varias veces mientras se alejaba del ambiente tóxico y asfixiante que creaba Jewel. Lo único que quería era provocarle. Cualquier cosa con tal de crisparlo, de ganar cualquier ventaja táctica en el acuerdo de la custodia, de usar a Elle. Dedicó un instante a deleitarse pensando en que, en breve, Jewel pasaría a ser problema del zopenco, por lo menos durante un tiempo, el que tardara su ex en crear otro entorno tóxico que asfixiase al zopenco hasta cansarse de él, denigrarlo, rebajarlo y, al final, descartarlo.

Ella era así.

Hacía esas cosas.

Agitó la cabeza para olvidar aquel pensamiento y miró el reflejo de Elle en el retrovisor. Aquella noche, la protagonista era su hija.

—¿Cómo te va, angelito?

—Mariposa, papi. Ya te lo he dicho.

Los zapatos de plástico rosa le colgaban de la sillita. A medida que crecía, se volvía más intuitiva. La maestra de la escuela Montessori decía que había reaccionado de manera negativa al divorcio y les había pedido que hicieran lo posible por no discutir delante de la niña.

Lo llevaba claro.

—Lo siento, quería decir cómo le iba a mi mariposa.

—¿Me vas a llevar a pedir chuches?

—Esa noche le toca a mamá estar contigo, mariposa; pero para Acción de Gracias soy todo tuyo.

—Es que quiero que me lleves tú…

—A mamá no le iba a hacer mucha gracia, ¿no crees?

—Es que a mamá le caes mal, papi.

—¿En serio? —Volvió a mirar por el retrovisor. Pero ¿qué clase de madre le va contando esas cosas a una cría?

—Dice que Graham va a ser mi nuevo papá y que, si soy mala, él se irá también y me quedaré sin papis.

Ese era el tipo de bazofia manipuladora con el que había estado conviviendo, con el que seguiría conviviendo mucho después del divorcio, aunque no había manera de que lo entendiesen su abogado, el juez ni el tutor procesal. Si acusaba a Jewel, ella, claro, negaría haber dicho tal cosa y haría que se volviese en su contra. Diría que Chin se lo había inventado para obtener ventaja en las condiciones de la custodia y preguntaría qué clase de marido enfermo manipulaba de ese modo a una hija.

Y el tutor procesal estaría de acuerdo con ella.

Aquella era la nueva realidad de Chin.

—Yo no pienso irme, mariposa, ni dejaré que mamá te separe de mí.

—¿Y la sorpresa? —dijo Elle dando el tema por zanjado.

Su padre le había dicho por teléfono que tenía una sorpresa para ella.

—Ya queda muy poco.

—Tengo ganas de hacer pipí.

—¿No puedes esperar? Ya casi hemos llegado.

Chin observó una fila de coches que salían en su mayoría de una zona de estacionamiento delimitada por pacas de heno y calabazas. Las guirnaldas de luces decorativas iluminaban un tractor de color naranja chillón y varios espantapájaros.

—Ya estamos aquí, cielo. ¿A que es bonito?

Un joven disfrazado de Darth Vader lo encaminó hacia el aparcamiento y Chin ayudó a Elle a salir de la sillita y se detuvo un instante para recolocarle las alas.

—Cuidado con las alitas, papi —advirtió ella—, no vayas a rompérmelas.

—No, mariposita. Te lo prometo. —Intentó ponerle el chaquetón, pero ella se negó, porque no quería aplastar las alas. Entonces, la llevó a la carpa por entre los charcos que había provocado la lluvia reciente—. Es una fiesta de Halloween de las grandes. ¿No te hace ilusión?

—Me hago pipí —insistió Elle.

—Es verdad. Entonces, vamos primero a buscar los servicios.

Siguieron las indicaciones que llevaban a una hilera de aseos portátiles y entraron en uno que olía a desinfectante. El disfraz de mariposa era de una pieza, de manera que tuvo que quitárselo entero. Se sentía como Chris Farley cambiándose en el baño del avión en *Tommy Boy*. Cuando acabó, invirtió el proceso para volver a disfrazar a su hija. Se lavaron las manos con gel hidroalcohólico y salieron del aseo portátil a las 21.35.

—Bueno, ¿estás lista para que nos metamos en el laberinto del maizal?

—Tengo hambre.

Chin contuvo un alarido. Jewel nunca le daba de cenar a la niña cuando le tocaba pasar la noche con él.

Dentro de la carpa tenían palomitas de maíz, palomitas de caramelo, galletas de chocolate, refrescos y agua. Estaba a punto de dejarlo por imposible y pedirle que aguantara hasta llegar a casa cuando vio un cartel que anunciaba hamburguesas, patatas fritas, mazorcas, salchichas empanadas y sándwiches de pollo. Perfecto.

—Dos hamburguesas y patatas fritas —pidió al adolescente que atendía la barra.

El chaval negó con un movimiento de cabeza.

—Hemos cerrado la cocina. Creo que lo único que nos queda son salchichas empanadas.

No es que fuese ninguna maravilla, pero peores eran las alternativas.

—Vale, pues dame dos.

El adolescente le cobró antes de advertirle:

—Tengo que calentarlas en el microondas.

—¿Tarda mucho?

7

—Un par de minutos solo. A no ser que las queráis frías.

Era difícil determinar si era tonto de remate o demasiado listo.

—Nos esperamos.

El crío se encogió de hombros.

—Vamos a hacerte una foto —dijo Chin para distraer a Elle. La alzó para colocarla sobre una de las pacas de heno—. A ver cómo abres las alas…

La pequeña alzó las alitas de colores y su padre le hizo una instantánea antes de echar una rodilla a tierra para tomar otra en la que apareciera él también. Al ver que no llegaba la comida, volvió a la barra; pero el adolescente había desaparecido.

—Hemos cerrado —anunció una mujer que estaba limpiando.

—Acabo de pedirle dos salchichas empanadas al chaval que atendía esto.

La mujer abrió el microondas y las encontró.

—Lo siento, se le habrán olvidado a Jimmy. Lo he mandado al laberinto.

Tonto de remate.

Chin se hizo con las salchichas y fue a sentarse con Elle, a la que no quitó ojo para asegurarse de que masticaba bien y no se atragantaba. Miró el reloj: las 21.42.

La niña dio cuenta de la mitad de la salchicha y declaró:

—No puedo más.

El padre tiró a la basura lo que quedaba de las dos salchichas, la tomó en brazos y apretó el paso hacia la taquilla del laberinto. Al otro lado estaba Jimmy.

—Nos has dejado tirados.

El adolescente se encogió de hombros.

—Me han mandado aquí.

—Dos entradas.

—No puede ser. Cerramos a las diez.

—Son las diez menos cuarto.

Jimmy le explicó que se tardaban cuarenta minutos en recorrer el laberinto… si se paraba a descifrar las pistas y hacer todos los calcos que demostrarían que lo había completado. No podía vender entradas más tarde de las nueve y veinte.

—Mira, Jimmy —repuso Chin sin prestarle atención—, la chiquilla tiene cinco años. Nos dan igual las pistas y los calcos. Queremos atravesar el laberinto y ya está. Paso con mi niña una noche a la semana y se lo había prometido…

El chaval soltó un suspiro.

—Vale —convino antes de venderle dos entradas sin ninguna clase de descuento—, pero a las diez tenéis que haber acabado, porque a esa hora apagamos las luces.

Chin le dio la mano a su hija y entró con ella en el laberinto. Los gruesos tallos de las plantas de maíz superaban el metro ochenta y estrechaban el sendero, que él recorrió con tanta rapidez como le permitían las piernecitas de Elle. No quería meterle prisa, pero tampoco tener que salir de allí a tientas.

—Está chulo, ¿verdad, mariposilla?

La pequeña observó los tallos y dijo a continuación:

—Vamos a jugar al escondite, papi.

—No tenemos tiempo, Elle. Hay que atravesar todo esto.

—Por favor, papi.

—Lo siento, cielo. ¿No prefieres que juguemos en casa?

La niña se echó a llorar y se sentó en el suelo.

—Elle, levántate, cariño, que te vas a ensuciar el vestido.

—No.

—Cielo, te tienes que levantar.

—Quiero jugar. Mamá me deja.

El profesional al que había ido a ver cuando el tribunal le había impuesto que asistiera a sesiones de terapia para aprender a dominar su ira le había advertido de que los críos que sufrían un divorcio polémico podían volverse desafiantes y poner a un progenitor contra el otro.

—Elle, tienes que levantarte.

—No. Graham juega conmigo.

Chin sintió que se le rompía el corazón.

—Vale, pero una partida rápida. ¿De acuerdo?

Elle se puso en pie.

—¡Yupi!

—Pero, cuando yo diga que hay que salir, sales. ¿De acuerdo?

—Cuenta, papi. Tienes que cerrar los ojos.

—Vale, vale; pero, si digo que salgas, sales. ¿Entendido?

—Date la vuelta para contar.

Él giró sobre sus pies y contó. No sería difícil encontrar las alas de colores de Elle entre los tallos verdes de maíz.

—Uno, dos, tres…

Apenas había llegado a seis cuando se dio la vuelta, pero no vio las alas de su hija tras el maíz.

—¡Voy! —Echó a andar—. Me estoy acercando… —Miró por el sendero y rebuscó bajo las hojas que pendían de los tallos. Dobló una curva para acceder a otra calle, luego a una tercera y a una cuarta. Miró el reloj y empezó a angustiarse—. De acuerdo, Elle, me rindo. Sal ya. —Dio una vuelta completa observando cuanto lo rodeaba mientras oía el viento que hacía crujir los tallos—. Que no se apaguen las luces —musitó entre dientes. Volvió a llamar a su hija—. ¿Elle? Tienes que salir. Se acabó el juego.

El corazón se le aceleró. Se puso a trotar, girando a izquierda y derecha por las sendas mientras gritaba su nombre.

—Elle. Sal ya. ¿Elle? ¡Elle!

Dobló una curva, desorientado. Otra más.

Vio en el suelo las alas de mariposa de colores de su hija.

—¡Elle!

En ese momento, se apagaron las luces.

CAPÍTULO 1

Tracy Crosswhite se llenó los pulmones de aire y lo soltó poco a poco, técnica de meditación que había aprendido en sus sesiones de terapia para relajar la mente. Tras los traumáticos acontecimientos vividos en Cedar Grove el invierno anterior, había empezado a tener pesadillas y le costaba dormir, a lo que había que sumar las imágenes que la asaltaban como fogonazos en pleno día. El médico que la vio le diagnosticó un cuadro transitorio de estrés postraumático y le recomendó visitar a un terapeuta y tomarse una baja prolongada en su función de inspectora de la Sección de Crímenes Violentos de la policía de Seattle.

Ella, que en aquel momento estaba disfrutando ya del permiso de maternidad, no dudó en tomarse aquel tiempo adicional y poco a poco fue sintiendo cierta mejora. Therese, la niñera, había vuelto para cuidar a Daniella, lo que le permitía completar su dieta sana con ejercicio diario que la ayudaba a despejarse la cabeza y a dormir. De hecho, se encontraba en mejor forma física que antes de tener a la cría. Todavía no había recuperado la tableta de chocolate, pero, al menos, volvía a tener el vientre plano. También pasaba algún que otro rato en el campo de tiro de la policía de Seattle y sus marcas más recientes superaban a las que había logrado el resto de los inspectores de su sección en todo el año.

Iba siendo hora de volver al trabajo.

Sabía que echaría de menos a Daniella. Su terapeuta, Lisa Walsh, tenía tres hijos y le había advertido de que el primer día no iba a ser fácil. Contar con Therese ayudaba, pero aquella mañana Tracy estuvo llorosa y un poco arisca con Dan. Después de aquella baja tan larga, en lugar de más indoloro, el regreso se le hacía más cuesta arriba todavía.

Salió del Subaru y cruzó el aparcamiento cerrado contiguo al Centro de Justicia de la Quinta Avenida, sito en el centro de Seattle. Por más que los peces gordos hubiesen dado en llamar al edificio Comisaría Central de Policía, ella y el resto de veteranos eran perros viejos, curtidos por la experiencia, pero poco dispuestos a aprender trucos nuevos ni a aceptar cambios. La idea la hizo sonreír. Había echado de menos a Kinsington Rowe, Vic Fazzio y Del Castigliano, sus compañeros del equipo A de la Sección de Crímenes Violentos. Los cuatro llevaban más de una década trabajando juntos y se trataban ya como si fuesen de la misma familia. De hecho, Faz y su mujer, Vera, eran los padrinos de Daniella.

Cuando entró en el ascensor para subir a la séptima planta, había empezado a sentirse cómoda de nuevo. Saludó con una inclinación de cabeza a los inspectores que hablaban por teléfono y respondió a las palabras de bienvenida que le dedicaban los demás. Entró en el cubículo de su equipo, uno de los cuatro en los que se encontraban repartidos los dieciséis inspectores de la Sección.

Vio las fotografías enmarcadas de gente desconocida para ella que había en su escritorio. Kins la había llamado para avisarla de que Nolasco había contratado a Maria Fernandez para cubrir tanto su ausencia como la de Faz. Este último había estado de baja médica y, a continuación, de baja administrativa remunerada después de las lesiones sufridas mientras perseguían a un traficante de drogas.

Había vuelto a ocupar su puesto hacía más o menos un mes. Por lo que le había dicho Kins, Del y él se habían visto de trabajo hasta las cejas y habían pedido a su capitán, Johnny Nolasco, que les pusiera refuerzos. Él le había ofrecido el puesto a Henry Johnson, el inspector de apoyo, o «quinta rueda», del equipo A; pero Johnson había declinado la propuesta, porque tenía cuatro hijos menores de ocho años y necesitaba la flexibilidad que le brindaba tal posición.

—¡Anda! Pero, si la Profe ha llegado temprano. ¿Quién se ha muerto? —Vic Fazzio entró en el cubículo con su andar pesado, una taza de café y el clásico saludo, un chiste muy antiguo entre los de Homicidios al que daban cierto colorido la eterna voz ronca de Faz y su acento de Nueva Jersey. Lo de la Profe se lo decían porque había dado clases de Química en un instituto.

—Buenas, Faz.

—Bienvenida. —El inspector se puso a cantar la cabecera de *Welcome Back, Kotter*, la serie cómica de los setenta, protagonizada por Gabe Kaplan y John Travolta, cuya letra hablaba de sueños que ayudan a escapar de una situación complicada—. ¡Pero el sueño se ha esfumado! —dijo, marcando la gracia con un movimiento del puño.

Dejó el café sobre su mesa, se bajó el nudo Windsor de la corbata y se desabrochó el cuello de la camisa. En la sección hacía tiempo que no se exigía llevar traje, pero Del y él eran de la vieja escuela: americana y pantalón de vestir. Otros agentes de Crímenes Violentos los llamaban «par de matones a la italiana», ellos preferían denominarse «sementales italianos». Lo cierto es que, para describirlos, resultaba más realista hablar de percherones. Su metro noventa y cinco hacía de Del el más alto de los dos por un par de dedos. Además, en otros tiempos había superado también en peso a Faz, que rondaba los ciento veinte kilos; pero la relación que mantenía con una mujer más joven que él, la dieta equilibrada y la vanidad lo habían arrastrado a perder veintitrés y a referirse a sí mismo como

13

Del 2.0, aunque su compañero insistía en que no pasaba de Medio Del.

Faz miró a la mesa que había sido de Tracy.

—Sabías lo de Fernandez, ¿verdad?

—Sí, me lo dijo Kins.

—Está en un juicio. Una causa de cuando trabajaba en la Unidad de Delitos Sexuales, que pospusieron. Como tú, ha cambiado el sexo por la muerte. ¡Brrr… chss! —Cerró de nuevo el puño mientras imitaba un redoble con plato final.

A continuación, hinchó los carrillos e hizo una imitación bastante pasable de un Marlon Brando de talla extragrande en *El padrino*.

—¿Cómo está mi ahijada?

—Creciendo como una mala hierba —contestó Tracy—. ¿Sabe alguien qué va a pasar con Fernandez ahora que he vuelto?

—Ni idea.

—¿No hay más equipos que necesiten un inspector?

—Que yo sepa, no.

En ese momento se presentó un auxiliar administrativo en su rincón del cubículo.

—Bienvenida, Tracy. El capitán Nolasco quiere verte.

Ella comprobó la hora. Era temprano para Nolasco.

—De acuerdo, dile que voy. —Miró a Faz, que se encogió de hombros.

La inspectora y el capitán Johnny Nolasco no tenían una relación muy compleja: simplemente se profesaban una franca hostilidad mutua desde los días de cadete de Tracy. Nolasco había sido uno de sus instructores y ella le había roto la nariz y había estado a punto de dejarlo como un eunuco durante un ejercicio de entrenamiento en el que él le había agarrado el pecho. Después, en el campo de tiro había superado el récord que había ostentado él durante décadas, con lo que su ego había quedado tan maltrecho como su nariz y su

14

entrepierna después de que chocase contra ellos el codo de Tracy. Se toleraban porque él era su superior y ella, demasiado buena en su trabajo de inspectora de homicidios para andar jodiéndola. De hecho, era la única persona que había recibido dos veces la Medalla al Valor, la condecoración más preciada del cuerpo.

Recorrió el pasillo interior. Las paredes de cristal dejaban ver el cielo azul de octubre. Le encantaban las temperaturas frescas del otoño y aquellas vistas despejadas. No tardaría en imponerse el tiempo plomizo de noviembre… junto con la lluvia persistente. Llamó a la puerta del despacho, que estaba cerrada.

—Pasa —dijo Nolasco.

Daba la impresión de que no hubiese estado esperándola, aunque ella sospechaba que sí. Era rarísimo que el capitán llegase temprano a su despacho. Se había divorciado dos veces y hacía tiempo que debía de estar escaldado, pero eso no le había impedido seguir haciendo ejercicio por las mañanas a fin de mantenerse en forma y poder seguir en el mercado amoroso, ni retocarse, como sospechaban todos, las patas de gallo, lo que le había dejado la mirada de quien vive en constante estado de asombro.

—¡Tracy! Bienvenida —dijo con una sonrisa que ella no se tragó.

—¿Quería verme?

Él señaló una de las dos sillas que había frente a su escritorio.

—Siéntate.

La recién llegada obedeció a regañadientes, pues prefería reducir al mínimo el tiempo que tuviera que pasar en aquel despacho.

—¿Cómo te ha ido el permiso de maternidad?

Ni se molestó en corregirlo.

—Perfectamente. Estoy deseando ponerme otra vez a trabajar.

Nolasco hizo crujir su asiento al reclinarse.

—Has estado fuera mucho tiempo.

15

—La baja administrativa ha sido por lo de Cedar Grove. El cuerpo la aprobó.

—Sin duda, pero…

—¿Pasa algo?

Nolasco entornó los ojos como si quisiera combatir una jaqueca. Otro de sus gestos habituales.

—Hemos ascendido a Fernandez.

—Eso he oído.

—No he tenido más remedio, con Faz y contigo de baja… Estábamos escasos de mano de obra, como el resto de la comisaría.

Tracy, como casi todo el cuerpo, sabía que la policía de Seattle tenía noventa efectivos menos entre agentes e inspectores, pese al plan concertado de tres años que se había puesto en marcha a fin de contratar a doscientos más. Los colegas de Tracy estaban abandonando el condado de King para ingresar en otros cuerpos policiales al mismo ritmo con que el estado se llenaba de indigentes. La policía de Seattle se había convertido en el chivo expiatorio del ayuntamiento y muchos agentes estaban hartos. Las autoridades municipales hacían caso omiso de la drogadicción, el alcoholismo y las enfermedades mentales para aferrarse a su mantra de que la falta de un techo no era un delito ni debía tratarse como tal. Mientras, la tasa de delincuencia contra la propiedad de Seattle crecía a más velocidad que la de Los Ángeles o Nueva York y el número anual de homicidios pasaba de los treinta por primera vez en años.

—Faz volvió primero, así que lo tuve que meter en el equipo A.

—Esto también lo sé.

—Le ofrecí a Johnson que te sustituyera temporalmente, pero, con cuatro críos en casa, no podía asumir la responsabilidad extra.

Nolasco no dejaba de dar rodeos y a Tracy se le erizaba la piel con cada minuto que pasaba en aquel despacho.

—¿Y cuál es el problema?

—Que a Fernandez no podía ofrecerle el mismo puesto provisional, porque la Unidad de Delitos Sexuales no iba a guardarle el suyo.

Más rodeos y más mentiras. A Kins no le había dicho nada de esto último. Tracy hizo lo posible por no manifestar su irritación. Pese a las divagaciones de Nolasco, cada vez estaba más claro adónde quería ir a parar. A predecible no había quien le ganase.

Ya había hecho antes aquello de contratar a una mujer para ocupar su puesto a fin de que Tracy no pudiese alegar discriminación ni argumentar que la estaba obligando a abandonar Crímenes Violentos, que era, a la postre, su objetivo.

—Dele otro puesto en otro equipo.

—Es que ahora mismo no hay vacantes.

—No suele haber.

—A no ser que alguien se vaya por permiso de maternidad —apuntó él.

—O por baja médica —contraatacó ella.

—Eso me dejó de manos atadas.

¿Pretendía que le pidiese perdón por haber sido madre o por tener vagina y útero?

—Póngala de quinta rueda en alguno.

—Está todo completo.

—Entonces, ¿qué propone? —Tracy sabía que tenía derecho a su puesto… siempre que estuviera disponible. No quería joder a Fernandez, a la que conocía bien y apreciaba. Las dos habían coordinado varias investigaciones relacionadas con delitos sexuales y asesinatos y había podido comprobar que era diligente y sabía lo que se hacía. Pero la Sección de Crímenes Violentos era lo más alto a lo que podía ascenderse y, de hecho, hubo un tiempo en que corría un chiste macabro que decía que los inspectores que servían en ella solo la abandonaban en una bolsa para cadáveres. Estaba deseando oír la sandez que había podido inventar Nolasco esa vez para deshacerse de ella.

—Nunzio se jubila. Nos lo dijo hace dos semanas.

Aunque Art Nunzio trabajaba oficialmente en la sección, llevaba dos años encargándose exclusivamente de los casos sin resolver.

—¿Quiere mandarme a Casos Pendientes?

—El puesto es equiparable.

—Solo en sueldo.

—Te estoy ofreciendo un puesto en la sección con el mismo salario y los mismos complementos.

Dicho de otro modo: a Tracy le iba a resultar muy complicado ganar un pleito si recurría al sindicato. Se mordió la lengua. El de Cedar Grove había sido un caso antiguo sin resolver que se había trocado en una pesadilla y por el que habían estado a punto de matarla. La otra investigación del pasado en la que había trabajado había sido la desaparición de su hermana, Sarah, y se había convertido en una obsesión que la había llevado a aparcar su vida personal durante casi veinte años. A fin de seguir adelante, había tenido que guardar bajo llave el expediente en un armario de su apartamento y encerrar sus recuerdos en una caja fuerte oculta en su cerebro.

—¿Cuánto tiempo tengo para decidirme?

—Art se jubila a finales del mes que viene, pero con las vacaciones que se le deben y los días libres que no se ha tomado, se despide hoy mismo.

Hijo de…

—¿Quiere que le responda antes de que acabe la jornada?

—Necesito ocupar el puesto de inmediato para que Art pueda poner al día de sus expedientes a quien se quede en su lugar. —Nolasco contuvo una sonrisa.

Tracy sintió ganas de decirle por dónde podrían caber muy bien todos esos expedientes.

CAPÍTULO 2

Tracy vaciló un instante al acercarse a la puerta abierta del despacho angosto y sin ventanas de Art Nunzio. No pensaba aceptar el puesto: le diría a Nolasco que se lo quedase y se jubilaría. Dan y ella no necesitaban más de lo que ganaba él de abogado. Podía quedarse en casa y criar a Daniella, enseñarle a disparar con un revólver de acción simple, como les había enseñado su padre a Sarah y a ella. La llevaría a competiciones de tiro. Su vida había sido una gozada… hasta que la desaparición de su hermana había destrozado a la familia.

Desde entonces, Tracy había estado rodeada siempre de muerte.

Quizá hubiese llegado el momento de rodearse de vida.

Quizá…

Pero el de policía no había sido solo un trabajo para ella. Su puesto y sus compañeros la habían sostenido en sus años más oscuros, le habían dado algo por lo que seguir adelante y le habían resucitado la autoestima. El equipo A le había ofrecido una nueva familia.

Le había salvado la vida.

Y no estaba dispuesta a dejar que Nolasco ni nadie le arrebataran todo aquello o la obligaran a tomar una decisión que ni quería considerar.

Se retiraría cuando estuviera lista, ni un minuto antes.

Dio un paso hacia el umbral. Nunzio tenía la cabeza gacha y dejaba ver un claro en lo que en otros tiempos había sido una mata de cabello pelirrojo. Tenía las gafas de leer sobre la frente como si fueran las de un nadador mientras revolvía papeles y lanzaba algunos a la papelera casi llena que tenía a sus pies. Había cumplido los cincuenta, de modo que, calculó, se jubilaba tras veinticinco años de servicio en Crímenes Violentos, apostaría a que ni un día más. Nunzio había formado parte del equipo C hasta que cierto juicio por asesinato tan largo como emocionalmente tenso le quitó tres años de vida y, sin duda, un buen pedazo de alma.

Los casos pendientes no exigían que el inspector que los llevaba estuviera disponible a todas horas los siete días de la semana ni dejar en suspenso su existencia y la de los suyos por alguien con quien no había estado ni estaría nunca, pero a quien acabaría por conocer tanto como a su propia familia.

Viendo a Art en su asiento, se diría que el despacho —las paredes llenas de cicatrices entre las que apenas cabía la mesa y las estanterías de metal llenas de carpetas negras pulcramente etiquetadas con una ficha blanca en la que se leía el nombre de la víctima, la fecha de su muerte y el número del caso sin cerrar— había crecido en torno a él.

Aquellos expedientes parecían lápidas.

Con todo, los que veía ante sí eran solo los que estaba revisando Nunzio. Sabía que el resto de los casos sin resolver, unos trescientos en total, se guardaba en una cámara.

Sobre la mesa descansaba una sola caja de cartón sin más contenido que marcos, probablemente sus distinciones policiales y otros recuerdos profesionales que hasta hacía poco habían decorado el tabique que tenía a su espalda, y en el que solo quedaban colgadores dorados convertidos en testimonio de que Nunzio no tenía intención de exhibir su trayectoria profesional en las paredes de su casa.

Pensaba dejar a la muerte atrás.

Tracy llamó a la puerta.

—Buenas, Art.

El inspector levantó la vista y las gafas le cayeron sobre el caballete de la nariz.

—Tracy —dijo quitándoselas de inmediato.

—Me han dicho que te jubilas. —Salvó el umbral de la oficina.

—Y a mí que te quedas con mi puesto. —Nunzio se puso en pie—. No sabía si tendríamos ocasión de hablar.

Ella sonrió.

—¿Quién te ha dicho que me voy a quedar con tu puesto?

—Nolasco.

Cómo no. El muy hijo de perra lo había organizado todo antes incluso de que pusiera un pie en la comisaría.

—Todavía no lo tengo claro, pero quería aprovechar para charlar contigo y hacerte unas preguntas… si tienes un minuto.

—Que me jubilo, Tracy —dijo él sonriendo—. A partir de mañana, todos los días son sábado. Por lo menos, eso es lo que me han dicho mis colegas del club de golf.

—Suena a gloria.

—Oficialmente, acabo de redactar mi último informe. Ahora mismo soy como un boxeador medio zombi a punto de acabar un combate de quince asaltos. Quiero acabar como Rocky Balboa y mantenerme en pie hasta que suene la campana. —Llevó la mirada al reloj de la pared. Estaba contando los minutos.

Tracy no había tenido tiempo de pensar en ninguna pregunta inteligente y no sabía gran cosa de aquella unidad, una denominación acertadísima, porque estaba conformada por un solo inspector. Le constaba que los casos de homicidio o desaparición no pasaban a considerarse antiguos hasta que los inspectores encargados de investigarlos no hubiesen agotado todas las pistas y explorado todas las pruebas… si antes no se jubilaban o dejaban la comisaría, cosa que, habida cuenta de los últimos acontecimientos, estaba ocurriendo a una velocidad nunca vista.

—No tengo claro que esté hecha para esto, Art.

—A mí me pasaba lo mismo. Me propusieron el puesto para que pudiese trabajar de nueve a cinco y tener libres los fines de semana. Entonces me pareció interesante.

—¿Y es verdad?

—En general, sí; pero ya sabes lo que pasa cuando sigues una pista.

Vaya si lo sabía. Miró las siniestras carpetas negras.

—Debe de ser duro poder resolver tan pocos.

Nunzio señaló el montón de expedientes que descansaba sobre el único asiento que, aparte del que ocupaba él, poseía el despacho. Tracy los puso en el borde de la mesa para sentarse.

—Eso era antes, pero se ha avanzado una barbaridad con el análisis de ADN y otras pruebas forenses. Este último año he resuelto veinte casos, muchos más que cualquiera de mis predecesores.

—Eso recuerdo haber leído. Enhorabuena. —Ya solo quedaban doscientos ochenta.

—Pero no voy a mentirte —dijo Nunzio—. Hay que tener cierto aguante para sobrellevar todo esto y no perder la perspectiva. Después de decirles a los familiares que tienes malas noticias tantas veces y de formas tan diferentes, llega un momento en que te sientes un falso.

—¿Por eso lo dejas?

—Lo dejo porque ya he cumplido mis años de servicio. —Se encogió de hombros—. Ha llegado el momento de que entre alguien nuevo, alguien con energía.

—¿Y optimismo? —preguntó Tracy.

Nunzio sonrió, aunque con cierto aire de tristeza.

—Este trabajo te quita años de vida, eso ya lo sabes. Yo tengo la misma edad que mis amigos, pero parezco dos lustros más viejo.

Además, estoy cansado. Necesito algo diferente y, hasta que lo encuentre, me conformaré con salir a pescar y jugar al golf.

Tracy miró los estantes vencidos por el peso.

—¿Por dónde hay que empezar?

—Yo lo que hacía era buscar casos que me interesaban y tratarlos como si estuviesen activos, como si acabaran de asesinar a la víctima.

La inspectora observó las carpetas y no consiguió decidir cuál miraría primero.

—He ido intentando dejárselo un poco más fácil a quien viniera detrás de mí. He hecho una lista de los casos que he ido mirando con un resumen de las pruebas que hay de cada uno. Los jefes querían que les diera prioridad a los que tuviesen más probabilidades de resolverse, así que los homicidios con violencia sexual en los que se recogieron muestras de ADN obtenidas de sangre, semen o saliva están puestos al principio de la lista.

Aquellas muestras podían analizarse y cotejarse con las que figuraban en el CODIS, el Sistema de Índice Combinado de ADN, que contenía los perfiles de los convictos.

—El secreto está en no verlos como trescientos casos pendientes que resolver, porque te volverías majara. Céntrate en uno solo y piensa que el objetivo es el mismo que sigues cuando investigas un caso activo: hacerles justicia a la víctima y a sus familiares. No digo que haya sido fácil —siguió diciendo, pero entonces guardó silencio.

Ella aguardó mientras lo veía recorrer el despacho con la mirada.

—Las familias me llaman cada dos por tres, Tracy, y puede resultar muy duro; pero tenemos un equipo excelente de defensa de las víctimas para enseñarlos a gestionar sus expectativas. De todos modos, te mentiría si no te dijese que salir por esa puerta y dejar sin resolver todos estos casos va a ser lo más difícil y, a la vez, lo más fácil que he hecho en mi vida.

—¿Por qué lo más difícil?

Él volvió a apartar la mirada de los expedientes para clavarla en Tracy.

—Porque siempre tengo la impresión de que, con una llamada más o una coincidencia de ADN, resolveré otro caso.

—¿Y lo más fácil...?

—Porque estoy harto de mentirme.

CAPÍTULO 3

Stephanie Cole se había perdido. El GPS no dejaba de decirle que girase a la derecha, pero, cada vez que lo hacía, acababa en el camino de entrada de una casa. No conocía aquel barrio. No conocía ningún barrio de Seattle, cosa que era de esperar, pues apenas hacía un mes que se había mudado desde Los Ángeles. Las calles eran todas Nosequé Nordeste y Nosequé Noroeste y no era fácil guiarse por ellas. Además, tampoco tenía ni puñetera idea de que fuera a hacerse de noche a media tarde.

Frustrada, al ver que ya se le escapaba la luz del día, vio a un hombre de mediana edad que caminaba por la acera y se detuvo a su lado. Bajó la ventanilla del copiloto y dejó entrar el aire frío del otoño, otra cosa a la que aún tenía que acostumbrarse, pues los inviernos de Los Ángeles solían ser templados.

—Perdone. Perdone.

El hombre se detuvo con aire sorprendido.

—¿Podría ayudarme? —Sonrió—. Estoy buscando la entrada al parque y el GPS me tiene conduciendo en círculos.

El hombre se acercó a la ventanilla como si Stephanie mordiera y ella se echó hacia atrás ante el humo de tabaco que salía de la boca de él.

—Perdón. —El hombre tiró el pitillo a la alcantarilla—. En realidad no es una entrada —dijo—. Es más bien un sendero y tampoco es muy grande. ¿Va usted de paseo?

—A correr, en realidad. —Miró el reloj—. Aunque será poco rato. Es increíble lo rápido que se hace aquí de noche.

El hombre apuntó con el dedo.

—Siga hasta la señal de prohibido tirar basura.

—Gracias.

—¿Acaba de mudarse?

—Hace un mes. Vengo de Los Ángeles.

—Donde Disneylandia, ¿no?

—Eso es. —Stephanie empezaba a tener la impresión de que aquel hombre podía tener alguna discapacidad mental o quizá haber sufrido una apoplejía, aunque parecía demasiado joven para esto último. No quería ser desconsiderada, pero, si quería correr algo antes de que se fuera el sol…

El hombre preguntó entonces:

—¿Se ha mudado aquí con su familia?

—No, por Dios. Me he mudado aquí *por* mi familia. —Miró la hora en su Fitbit: las 16.34 horas—. Me tengo que ir, muchas gracias.

Cerró la ventanilla y siguió hasta la señal, tras la cual, gracias a Dios, encontró el principio de la senda, una pista de tierra de no más de un metro ochenta de ancho cubierta de hojas caídas de las copas. No vio zona de aparcamiento, así que dejó el coche al lado de la acera, se apeó y, al sentir el aire frío, se alegró de haberse puesto leotardos y camiseta de manga larga. Buscó al hombre, pero se había ido.

La luz del sol se había atenuado aún más cuando llegó al comienzo de la pista y se puso a hacer rápidos estiramientos bajo los árboles. Miró el Fitbit y vio que solo le quedaban mil trescientos pasos aquel día. Lo de pasarse el día calentando asiento mientras respondía al teléfono no era precisamente la ocupación de sus sueños, pero necesitaba el dinero. No tenía más remedio que salir a correr. Con su metro sesenta de altura, sesenta y tres kilos no eran gran cosa, pero toda la grasa se le iba a las piernas y al trasero, el peor lugar de todos, y sabía que no iba a conocer a muchos chicos si llegaba a las fiestas sintiéndose un *Oompa-Loompa*. Se encasquetó un gorro de lana y se puso los auriculares antes de activar una lista de reproducción. Ed Sheeran se echó a cantar «I Don't Care» con Justin Bieber: «I'm at a party I don't want to be at...».

¿Que no quería estar en la fiesta? Pues ojalá no le pasara a ella lo mismo aquella noche. La de Halloween sería la primera a la que asistiría con sus compañeros de trabajo. Tenía la esperanza de poder hacer amigos de ese modo.

Buscó un mapa de la zona, pero solo vio una señal que advertía de que no se podían arrojar desechos en el parque, colocada paradójicamente sobre una caja de madera con bolsitas para cacas de perro. Impagable. Hizo una fotografía para subirla a Instagram.

Empezó a trotar lentamente entre exuberantes helechos verdes y árboles de gran altura. La senda descendía de forma abrupta y sus rodillas se resintieron. Estuvo diez minutos corriendo en espera de que la pista se volviese más llana o diera una curva, pero no ocurrió tal cosa. Llegó a un puente hecho con palés sobre un arroyo. En la otra orilla vio detenerse a un hombre mayor con un perrito que le hizo señas para que cruzase. Stephanie pensó en preguntarle por el recorrido, pero optó por seguir adelante por no perder tiempo. El hombre sonrió al verla pasar.

La pista presentaba peores condiciones a medida que avanzaba. Estaba bloqueada por árboles caídos y Cole los salvó con cuidado de no resbalar con el musgo. Dedujo, por su abandono y por el hecho de no haber visto a nadie más corriendo, que apenas se usaba. No se sentía cómoda estando tan sola, sobre todo porque no conocía el lugar y porque la poca luz que aún quedaba no duraría mucho.

La pista giraba y Stephanie comenzó a ascender con la esperanza de que diera la vuelta. Sin embargo, topó con que en aquel punto se cortaba de forma tan insalvable como poco ceremoniosa. Alzó la mirada hacia una ladera escarpada con una barandilla metálica, una señal roja de *stop* y otra amarilla de no pasar.

Soltó un reniego.

—¿En serio, coño?

Estaba en el fondo de una quebrada y lo único que podía hacer era desandar sus pasos. Se puso a reprocharse la idea tan nefasta que había tenido. Su precipitación la había llevado a cometer un grave error.

—Joder —exclamó con la esperanza de que no empeorase más aún la situación.

CAPÍTULO 4

Tracy salió de comisaría sin molestarse en darle una respuesta a Nolasco. Nunzio le dijo que dejaría sobre la mesa la lista de sus casos sin resolver «activos» para quienquiera que aceptase el puesto.

Al llegar a casa, bordeó la glorieta del camino de entrada, en cuyo centro crecía un arce japonés que en ese momento había adoptado el color de una puesta de sol otoñal. La gravilla crujía bajo las ruedas del Subaru. Aparcó al lado del Chevrolet Tahoe de Dan y salió deprisa, deseosa de ver a Daniella y olvidarse del trabajo. Apretó el paso por las escaleras que subían a la puerta principal de su casa reformada. En realidad, lo de «reformada» resultaba impreciso, pues habían echado abajo, hasta los cimientos, la casa de campo de cuatro piezas en la que vivían para construir un hogar de doscientos treinta metros cuadrados con tres dormitorios y tres cuartos de baño en el que Therese disponía de su propio espacio.

Rex y Sherlock, los cruces de rodesiano y mastín de la familia, la recibieron en la puerta, aunque enseguida la rebasaron de un salto para ponerse a mordisquearse y juguetear en el jardín. Dan estaba en el vestíbulo, vestido para ir a correr, lo que explicaba el nerviosismo de los perros.

—Buenas —le dijo dándole un beso—. Es que hoy no han salido.

—Ya lo veo. ¿No los ha sacado Therese?

—Therese ha llevado a Daniella al zoo. Están en un atasco en la I-5, intentando llegar al puente 520.

—Esa zona está siempre igual, y más en hora punta. ¿Sabe más o menos cuando llegará?

—Tenía pensado estar aquí antes de las cinco, pero no creo que llegue mucho antes de las seis. ¿Te apuntas a una carrera antes de que se haga de noche?

Lo que en realidad necesitaba era la terapia que le daba Daniella.

—Uf… —respondió.

—El mismo entusiasmo que un soldado durante la marcha de la muerte de Batáan.

—Menos. He tenido un día complicado en comisaría.

—Excusas, excusas… ¿Pongo yo excusas cuando estoy en pleno juicio y te empeñas en machacarme el cuerpo?

—Me parece que acabas de responderte tú mismo.

—Hay que aprovechar que nos han dejado solos. O nos damos al sexo o salimos a correr… y el voto de Rex y Sherlock ya sé cuál es.

—Eso hace que sean tres contra uno. —Dicho esto, pasó a su lado para subir corriendo las escaleras y cambiarse.

Él alzó la voz para decirle:

—Por lo menos, podías haber fingido que te planteabas lo del sexo.

Recorrieron al trote la pista que había detrás de la casa. La hierba agostada del verano había empezado a cobrar verdor por la lluvia reciente y la luz del final del día la bañaba, también el camino, en tonos dorados. Rex y Sherlock, siguiendo costumbre, habían salido disparados como balas de cañón colina arriba, aunque no tardarían en bajar el ritmo entre resuellos.

Tracy necesitó diez minutos para coger el ritmo y la respiración suficientes para poder conversar con Dan, que no había dejado de parlotear desde el primer paso.

—¿Ya puedes hablar sin desmayarte? —preguntó él.

—Oye, que a ti también se te oye resollar, Kip Keino.

—¿Kip Keino? ¿El medallista olímpico? ¡Vaya! Te estás haciendo vieja…

—Lo conozco porque mis padres hablaban de él. ¿Tú qué excusa tienes?

—¿Yo? Que soy viejo.

—Yo hay días que también me encuentro mayor.

—Vale, vale. Ya está bien de compadecerse —dijo Dan—. Cuéntame qué te ha pasado.

Ella le habló de Maria Fernandez y de la oferta de encargarse de casos antiguos sin resolver que le había hecho Nolasco.

—¿Qué le has dicho? —La voz de Dan delataba su evidente preocupación.

—Todavía nada, pero no me ha dejado muchas opciones.

—Puedes querellarte a través del sindicato. Tienes derecho a que te devuelvan tu puesto.

—Podría, pero entonces parecería una llorica. Si tienes tetas, no puedes permitirte ese lujo.

—¡No, por Dios! No renuncies a tus tetas…

Ella se echó a reír.

—En serio —dijo él—. Tus compañeros sabrán que solo estás pidiendo lo que te corresponde.

—Tampoco iba a ganar el pleito. Nolasco andaba corto de inspectores con Faz y conmigo de baja, y Kins y Del le pidieron refuerzos. No puedo alegar discriminación, porque Fernandez también tiene tetas y, encima, el cuerpo está presionando para que se concedan más ascensos entre los colectivos minoritarios. Además, oficialmente, Nolasco me está ofreciendo un puesto en Crímenes Violentos.

—Pero no el que te corresponde.

—Tampoco quiero enemistarme con Maria. Ella no ha hecho nada malo y se merece un puesto en la sección, aunque, claro, no el mío.

—¿Cuándo tienes que darle una respuesta a Nolasco?

Tracy esquivó a Rex, que salió pitando de la hierba y se cruzó en su camino.

—Hoy.

Dan dejó de correr.

—Te estás quedando conmigo.

Ella lo rebasó y luego relajó el paso.

—Quería tener ya la respuesta, pero todavía no le he dicho nada.

Él la alcanzó.

—Podía haberte llamado para que tuvieras tiempo de pensártelo.

—Estás dando por hecho que es humano y ya te he dicho muchas veces que es un reptil.

El sendero se estrechó de tal modo que solo cabía una persona.

—No tienes por qué aguantar tanta gilipollez. ¿Por qué no te quedas en casa con Daniella?

—Me lo estoy pensando. —Lo miró por encima del hombro derecho—. Le he dado muchas vueltas, pero no quiero apresurarme. El puesto también tiene sus ventajas.

—¿Cuáles?

El camino se hizo más ancho y Dan se puso a su lado.

—En Casos Pendientes estoy sola. Nunzio ha venido a decirme que hacía lo que le daba la gana. Trabajaba de lunes a viernes, de nueve a cinco, a no ser que estuviera siguiendo una pista, y ese horario, con Daniella en casa, me vendría de perlas. Podemos pasar los fines de semana juntos… cuando tú no tengas juicio.

Él no respondió.

—¿Se te ha comido la lengua el gato?

Dan dejó de correr. Rex y Sherlock siguieron adelante, pisoteando la alta hierba y deteniéndose de cuando en cuando a mordisquearla. Tracy aún dio unos cuantos pasos antes de ponerse a trotar hasta que se dio cuenta de que su marido no había hecho una breve parada. Entonces, caminó hasta él y, aunque sabía lo que estaba pensando, preguntó:

—¿Qué pasa?

—Estoy preocupado por ti.

—Creo recordar que una vez dijiste que lo de preocuparse viene de regalo con querer a alguien.

—Eso lo dijo Faz.

—Será un mafioso grandullón, pero tiene su ramalazo poético.

—Lo digo en serio, Tracy. Me preocupa que investigues homicidios antiguos. El caso de Cedar Grove…

—Ya lo sé, pero las circunstancias de ese caso eran excepcionales.

—Quizá sí. Mira, yo no sé gran cosa de todo esto, pero sí que los casos de homicidio están relacionados en su mayoría con violencia contra mujeres, contra mujeres jóvenes. ¿Me equivoco?

—Contra mujeres jóvenes, contra pandilleros y, últimamente, contra personas sin hogar.

—Y si son casos pendientes es porque nadie logró resolverlos cuando se cometieron.

—Y te da miedo que, después de lo de Sarah, no vaya a ser capaz de desvincular los casos que investigo de mis sentimientos por ella, que vuelva a tener pesadillas, etcétera, etcétera.

—¿Vas a ser capaz?

—Hasta ahora lo he hecho con mis casos activos.

—Sí, pero casi todos son pelotas rasas —replicó Dan recurriendo a la expresión que usaba Tracy para referirse a las investigaciones en las que resultaba evidente quién era el asesino— y conseguís una confesión enseguida o, como acabas de decir, la víctima es un pandillero.

—No me había dado cuenta de que mi trabajo fuese tan fácil.

—Ya sabes a lo que me refiero. ¿Qué vas a hacer cuando vuelvas a casa una noche tras otra sin hacer progresos?

—Muchas gracias por confiar en mí.

Dan obvió el comentario.

—¿Has pensado en lo que puede suponerte emocionalmente? Te pasaste dos décadas investigando el caso de tu hermana. En todo ese tiempo no saliste con nadie ni tuviste vida social, aparte de con Roger, el gato.

—Si acepto el puesto, tendré que reajustar mis expectativas. Ya he hablado de eso con Nunzio.

—¿Podrás?

—No lo sé. —Tracy no mentía.

—Entonces, ¿vas a aceptar?

—Me lo estoy pensando.

—Pues piensa también esto: Nolasco podrá ser un reptil, pero no es tonto del todo.

—No lo subestimes, por favor: es tonto de remate.

—Estoy hablando en serio. No creas, ni por un segundo, que él no ha considerado esos mismos factores. Conoce bien tu pasado, lo que pasó con tu hermana, y sabe cómo trabajas y cómo te obsesionas con que se haga justicia, sobre todo si la víctima es una joven. Tampoco ha pasado por alto lo que te pasó en Cedar Grove ni que acabas de volver de una baja administrativa. No descartes que haya pensado mandarte a resolver casos antiguos para hacer que te agotes emocionalmente y dejes el cuerpo.

—Soy muy consciente de eso.

—¿Y?

—Si tiene que pasar, pasará.

—Sí, pero ¿a qué precio, Tracy?

—No pienso dejar el cuerpo y permitir que se salga con la suya.

—Esa es precisamente la actitud que me preocupa. Nunca cedes, nunca te rindes. Me da miedo que esto te destroce por dentro, te lleve por la misma senda oscura que tuviste que recorrer tú sola.

—No tengo intenciones de repetir ese viaje, Dan, y, además, ya no estoy sola.

—Nuestra voluntad, por sí sola, no cambia la realidad.

—¡Vaya! Ahora pareces un filósofo.

—Por lo menos, háblalo con tu terapeuta.

—Tengo que darle a Nolasco mi respuesta mañana por la mañana, aunque, oficialmente, debería haberlo hecho hoy.

—Sabes que, si la llamas, te atenderá.

Tracy miró el reloj.

—Te has cargado por completo el ritmo que llevábamos, O'Leary.

—Tenemos tiempo. A Therese todavía le queda otra hora.

Tracy dio un paso al frente como para besarlo y, cuando Dan se inclinó hacia delante, echó a correr como una bala y lo dejó atrás.

—Si llegas antes que yo, quizá saquemos tiempo para el sexo antes de que llegue con Daniella.

—Siempre tienes que ganar —dijo él antes de salir para alcanzarla.

—Esta vez podríamos salir ganando los dos.

CAPÍTULO 5

Franklin Sprague apretó el botón del mando a distancia que llevaba fijado con una pinza al parasol de la furgoneta y esperó a que se abriera, con su estruendo habitual, la puerta del garaje. Cada vez sonaba peor, quizá porque el motor estaba dando sus últimos coletazos o porque los rodillos se habían desgastado; en ambos casos, por décadas de uso. Como el resto de la casa. Franklin no tenía ni el dinero, ni el tiempo, ni el interés necesarios para arreglar el motor ni los rodillos, aunque sí había pensado, una vez, en reparar la puerta, pero solo porque sabía que el ruido podía actuar como una alarma y quería sorprender a sus hermanos, a esos dos gandules, sentados y viendo la televisión.

Metió la furgoneta en la cochera de lo que antaño había sido el hogar de sus padres, una casa de tres plantas del barrio de North Park de Seattle. El lado derecho del local rebosaba de electrodomésticos usados, montones de periódicos y revistas, cajas de cintas de vídeo y demás basura diversa que había ido acumulando su padre. Franklin había tenido que amontonarlo todo en un lado para poder meter la furgoneta. Presionó el botón del mando a distancia y esperó a que se cerrara con el mismo ruido metálico. No le hacía gracia que los observara la panda de entrometidos que tenía por vecindario.

Se apeó, abrió la puerta corredera del vehículo y se hizo con dos de las bolsas de la compra para meterlas en la casa. En el recibidor, se abrió camino por entre más mierda, archivadores y toda clase de porquería. Sus dos padres habían sido acaparadores compulsivos. Una vez había visto un programa en la tele sobre eso, sobre gente que no es capaz de tirar lo que le sobra y no se da cuenta de que le está invadiendo la vida.

Entró en la cocina. Carrol estaba allí plantado, con un vaso en la mano y una botella de Wild Turkey sobre la encimera. El fregadero y la cocina seguían llenos de platos, vasos, cubiertos y cacharros sucios. Había suficientes para doce y ellos eran tres.

—Deja ya eso, Carrol, y échame una mano, que hay más bolsas en la furgo.

Su hermano no se movió. Parecía haberse quedado de piedra.

Franklin dejó las bolsas en el suelo al ver que sobre la encimera no quedaba sitio.

—¿Estás sordo? Que me eches una mano. ¿De verdad tengo yo que hacer la compra y, encima, cargar con las bolsas? Y que conste que tampoco pienso guardarlas en los armarios y en el frigo. ¿Dónde está Evan? Le he dicho esta mañana que limpiase la puta cocina. — Evan tenía la memoria de un paciente de alzhéimer.

Carrol, por su parte, seguía sin moverse y Franklin tuvo la sensación…, no, supo que pasaba algo. No era normal que su hermano le desobedeciera; ya se encargaba él de que no fuera así. Con Evan pasaba lo mismo. Franklin hacía la mayor parte del trabajo y también era quien llevaba casi todo el dinero que entraba en la casa. Se había ganado el respeto de sus hermanos… y no solo por ser, a sus cuarenta y nueve años, el mayor de todos. Carrol tenía dos menos y Evan, «el error», como lo llamaba su padre, acababa de cumplir cuarenta, por lo menos cronológicamente. Franklin estaba a años luz por delante de los dos en intelecto y sentido común. Evan no daba para más. Había tenido complicaciones al nacer: le había faltado el oxígeno. No era retrasado. Su padre solía decir: «El ascensor llega hasta la última planta, pero tarda un poco más que el resto».

Carrol tenía esa mirada suya de ojos abiertos de par en par, como si lo hubiese pillado haciendo algo malo. El muy capullo no sabía mentir. Le faltaba estómago.

—Pero ¿qué coño te pasa? ¿Qué has hecho? —le preguntó Franklin—. ¿Alguna estupidez de las tuyas?

Su hermano sacudió la cabeza. Cuando se ponía nervioso también se ponía a tartamudear, de modo que muchas veces optaba por no hablar.

—¿Qué coño pasa, Carrol?

—Ev… Ev… Evan ha hecho algo —dijo de sopetón—. T-te… Te vas a enfadar, Franklin.

¿No podía ir al grano? Parecía una de las dichosas señoras del hogar de ancianos en el que trabajaba Franklin de conserje. Carrol siguió con su explicación:

—Yo… Yo… Yo… le he dicho que lo ibas a matar.

Franklin lo esquivó.

—¿Dónde está ese idiota?

El tartamudeo de Carrol no hizo más que empeorar.

—Pr-pr-prométeme q-q-que no lo vas a matar, Franklin. Es… Es… Es tu hermano.

Franklin se enfrentó a él.

—Si ese idiota ha hecho una estupidez, le pienso patear el culo. —Su metro ochenta y siete lo hacía ocho centímetros más alto. Los dos pesaban cien kilos, pero Carrol era una foca. Siempre lo había sido y siempre lo sería—. Dime qué ha hecho el muy gilipollas. —Sin embargo, antes incluso de preguntarlo, tenía la sospecha de que sabía lo que había hecho su hermano menor. Se había obsesionado con las mujeres. Tomó aire y lo soltó a continuación por la nariz mientras hacía rechinar los dientes—. ¿Dónde coño está?

Carrol le agarró el brazo.

—Prométeme…

Franklin se zafó.

—Una mierda voy a prometerte, Carrol. ¿Dónde está?

Su hermano señaló hacia la despensa.

—Hijo de puta. ¡Evan!

Carrol volvió a aferrarlo del brazo.

—N-n-no lo mates, Franklin.

El mayor se liberó con violencia y, agarrando al mediano por el cuello, lo lanzó contra los armarios de la cocina y luego contra la mesa, con lo que hizo caer al suelo varios montones de papeles.

—Vuelve a tocarme y te juro que os mato a los dos.

CAPÍTULO 6

Tracy se levantó del asiento que ocupaba en la sala de espera y saludó a Lisa Walsh. Las dos se pusieron a charlar de cosas sin importancia mientras Walsh la conducía por el pasillo hasta su despacho del edificio de Redmond que compartía con otros profesionales.

—¿Quieres un café o un té? —preguntó Walsh al pasar ante una cocina diminuta.

Tracy declinó el ofrecimiento. Se había levantado temprano y desde entonces no había hecho más que darle vueltas a la idea de si debía o no aceptar el puesto en la Unidad de Casos Pendientes, hasta el punto de que su cabeza parecía ya una rueda de hámster. Había tomado dos tazas de café, una más que de costumbre, y estaba atacada de los nervios.

—Un vaso de agua solo.

—Eso está hecho. —Walsh se hizo con un vaso de uno de los armaritos.

No se parecía en nada a lo que Tracy había imaginado cuando tuvo que empezar las sesiones de terapia tras el caso de Cedar Grove. Había supuesto que la atendería una mujer anodina de voz suave que no se cansaría de preguntarle: «¿Y cómo te sientes con eso?». Su madre habría dicho que Walsh era una «irlandesa negra». Calculaba que no debía de haber cumplido hacía mucho los cuarenta. Tenía el pelo corto y moreno, ojos oscuros y piel canela. Su constitución esbelta era propia de una corredora y vestía vaqueros y un jersey azul celeste.

Había decorado su despacho con colores suaves y una iluminación cálida. En las estanterías había libros sobre crianza, matrimonio, adolescentes problemáticos, ansiedad y relaciones humanas. Tracy se dirigió al sofá de piel marrón que descansaba sobre una alfombra y se sentó de espaldas a una ventana con vistas a la biblioteca de Redmond y a otros bloques de oficinas bajos de ladrillo rojo. Walsh, por su parte, tomó asiento en un sillón de cuero acolchado dispuesto al otro lado de una mesa baja. Tomó un cuaderno y un bolígrafo y se cruzó de piernas.

—Gracias por recibirme con tan poca antelación —dijo Tracy.

—Tranquila —dijo Walsh—. ¿Cómo te encuentras? ¿Has vuelto a tener pesadillas?

—No, nada.

—¿Cómo ha ido la vuelta al trabajo?

—Un poco cuesta arriba, como me dijiste; pero he superado la prueba.

—¿Te sentiste culpable por dejar a Daniella?

Tracy hizo una pausa antes de responder:

—No, en realidad, no; pero sí que me preocupa que le pase algo malo. Me da miedo no estar allí para protegerla.

—¿Y por qué le iba a pasar algo malo a Daniella?

Tracy sonrió.

—He oído a demasiadas familias de víctimas decir que no habrían imaginado nunca que les pudiera pasar algo. Mi familia, desde luego, nunca habría imaginado que pudiera pasarnos lo que nos pasó… y menos en un municipio como Cedar Grove.

Walsh dejó el cuaderno.

—Los psicópatas representan un cuatro por ciento de la población.

—Entre un cuatro y un ocho —corrigió Tracy con una sonrisa que no pretendía ser graciosa.

—Pues entre un cuatro y un ocho, pero ¿qué probabilidades hay de que vuelva a pasarle a tu hija lo que le pasó a tu hermana y de que tu y Dan sufráis lo que sufrieron tus padres? ¿Qué probabilidades hay de que desaparezca una chiquilla a la que adoran y de la que están pendientes sus padres?

—Ya ha pasado una vez —dijo Tracy, consciente de su obstinación.

—Es verdad, pero ¿qué probabilidades hay?

—Muy pocas, lo sé, pero por eso quería verte. Ha pasado algo con lo que no contaba en el trabajo y mi marido cree que debería hablar contigo antes de tomar una decisión.

Le expuso la conversación que había tenido con el capitán Johnny Nolasco.

—¿Tienes algún recurso legal? —quiso saber Walsh.

—Estás hablando como Dan. No, en realidad, no.

—Pero estás convencida de que ha contratado intencionadamente a esa mujer para excluirte.

—Sí, aunque me va a costar demostrarlo. Los juicios por discriminación ponen a todo el mundo muy nervioso y, por lo general, no dejan en buen lugar a los hombres, y eso no es lo que yo quiero. Lo que yo quiero es hacer mi trabajo y que me traten como una inspectora.

—¿Y qué vas a hacer entonces?

—Todavía no lo he decidido.

Walsh miró el reloj.

—Pues no tienes mucho tiempo.

—Creo que era eso lo que quería mi capitán. Le encantaría librarse de mí, lo que es una razón de peso para que acepte el puesto en la Unidad de Casos Pendientes.

—¿Solo por fastidiar?

Tracy sonrió.

—Tenemos una relación complicada.

—Eso lo entiendo, pero olvídate un minuto de él. ¿Qué quieres hacer tú?

La inspectora soltó un suspiro.

—No lo sé. En un primer momento, me negué en rotundo a aceptar el puesto…

—¿Porque tenías la impresión de que te lo estaban imponiendo o porque no quieres cambiar de unidad?

—Por las dos cosas. Sin embargo, después de hablar con el inspector que se jubila, he visto que el puesto tiene sus ventajas.

—Como, por ejemplo…

Tracy le habló de lo que le había contado Nunzio.

—¿Y cuáles son los inconvenientes?

La inspectora vaciló sin saber bien cómo responder a la pregunta.

—¿Aparte de saber que estoy capitulando ante mi capitán?

—Olvídate de él. Acabas de darme una razón de mucho peso para aceptar el puesto. ¿Cuáles son las que te hacen dudar? ¿Solo evitar que se salga con la suya tu capitán?

—Ese es el problema. Él se va a salir con la suya haga yo lo que haga.

—¿De eso se trata? ¿De no dejar que gane tu capitán?

Tracy dio un sorbo de agua antes de contestar:

—No. A Dan le da miedo que el puesto me altere emocionalmente, porque la mayoría de los casos antiguos son homicidios o agresiones sexuales en los que las víctimas son mujeres jóvenes o desapariciones también de mujeres. Le preocupa la reacción que pueda tener cuando me vea incapaz de resolver uno.

Walsh dijo entonces:

—Perdona mi ignorancia, pero ¿no son casos pendientes precisamente porque no se han podido resolver?

—Es un poco más complicado que eso, pero, en esencia, sí.

Walsh se detuvo.

—Ya. —Entonces añadió—: ¿Por qué quisiste entrar en el cuerpo de policía de Seattle como inspectora de homicidios?

—¿Por qué?

—Creo recordar que una vez me dijiste que había sido por encontrar a tu hermana.

—En parte.

—¿Para salvar a tu familia?

—Puede.

—¿Salvaste a tu hermana?

Tracy negó con la cabeza.

—¿Salvaste a tu familia?

—No —respondió con voz suave, casi inaudible.

—¿Y te fastidia?

—He aprendido a convivir con ello.

—¿De verdad?

—¿Qué quieres decir?

—¿De verdad has lidiado con ello o solo lo has apartado para poder seguir avanzando un día tras otro?

—No lo sé. Tal vez las dos cosas. —No dijo nada de la caja fuerte que tenía oculta en su cerebro y en la que había guardado la desaparición y la muerte de su hermana.

—¿Te fastidia no haber podido salvar a tu hermana ni al resto de tu familia?

—Pues claro que me fastidia. Era mi responsabilidad… salvar a mi hermana… y fallé.

—¿Y por qué crees que era tu responsabilidad y que fallaste?

—Porque murió. Porque la mataron.

—Años antes de que te hicieras inspectora de homicidios.

—Sí.

—Eras una joven de veintidós años con toda la vida por delante, no una inspectora de homicidios.

—¿Qué?

—Que no era tu responsabilidad salvar a tu hermana, Tracy.

—Yo era mayor que ella. No debí haberla dejado sola.

—Pero no podías salvarla.

—Mi padre pensaba que sí. Nunca me perdonó por dejarla sola.

—¿Por qué dices eso?

—Porque se suicidó. Después de la desaparición de Sarah, nunca volvió a mirarme de la misma manera ni a tratarme como antes.

—¿Te responsabilizó en algún momento o te dijo alguna vez que había sido culpa tuya?

—Con esas palabras no, pero…

—¿Y no puede ser que te tratara de forma distinta porque estaba de luto por la muerte de una hija?

Tracy meditó un instante.

—Puede ser.

—Es imposible salvar a todo el mundo, Tracy.

—Ya lo sé.

—Y tú tampoco puedes salvar a todo el mundo.

—Lo sé.

—Y entiendes que a Dan le preocupe que pueda afectarte dejar un caso sin resolver, aunque no sea por culpa tuya, ¿verdad?

—Sí.

—¿A ti te preocupa?

Se tomó un momento para reflexionar y dijo a continuación:

—No lo sé.

—Creo que esa es la pregunta que debes responder. Cuando lo hagas, recuerda esto: eres humana, Tracy, y eso quiere decir que no eres perfecta. Fallarás, por más que no sea culpa tuya. Parte de lo que tiene ser humano es que somos imperfectos. La pregunta es si eres capaz de vivir con el hecho de ser imperfecta. ¿Podrás convivir con el fracaso?

CAPÍTULO 7

Tracy salió del despacho de Lisa Walsh con mucho en lo que pensar. Su padre habría dicho que estaba entre la espada y la pared. No quería aceptar el puesto por evitar que Nolasco se saliera con la suya, pero tampoco quería rechazarlo y seguirle el juego cuando quizá la única alternativa que le quedaba fuera retirarse. Sabía que, hiciera lo que hiciese, la única persona a la que debía contentar era ella misma.

Necesitaba tomar una decisión inteligente y, para eso, necesitaba un lugar tranquilo. Descartó usar la que había sido su mesa hasta entonces, por más que Maria Fernandez estuviera ayudando al fiscal en el Tribunal Supremo del condado de King: se sentiría rara en el cubículo del equipo A y lo más seguro era que Faz, Del y Kins también se sintieran incómodos. Sabía que se sentían mal por lo que estaba pasando, aunque no fuera culpa de ellos ni hubiese nada que pudieran hacer al respecto, y no quería empeorar la situación sentándose en su antiguo puesto y convertirse en el chicle que no hay manera de quitar del zapato.

La puerta del despacho de Nunzio estaba cerrada, pero sin llave. Entró y volvió a cerrarla tras ella. Aquel sitio parecía más pequeño sin el inspector tras la mesa y la magnitud de tantas carpetas cargadas de casos sin resolver se le hacía mucho más opresiva.

Nunzio lo había limpiado todo, un detalle de despedida, supuso, para quien fuera a ocupar su puesto. Pasó el dedo por la mesa y comprobó que no tenía una mota de polvo. El monitor del ordenador estaba apagado y el ratón y el teclado esperaban a que alguien los usara. Sobre el protector del escritorio había una sola llave al lado de un conjunto de hojas de papel grapadas: la lista de los expedientes que había estado estudiando y decía haber resumido para quien lo sustituyera.

Leyó su nombre en una hoja sin grapar y vio que era una nota mecanografiada que le había dejado Nunzio:

> Tracy:
> Si estás leyendo esto, quiere decir que, bueno, me he jubilado oficialmente. Vaya, eres la primera persona a la que se lo digo y no tengo muy claro cómo me encuentro. Supongo que todavía no lo he asumido del todo.
> Si no lo estás leyendo, pues… en fin… sigo jubilado oficialmente, pero ahora me siento un poco capullo.

Tracy sonrió.

> Si tengo que ser franco, te he escrito esto porque me ha resultado un poquito más fácil salir por esa puerta pensando que dejaba todos estos expedientes en buenas manos, en manos de alguien tan competente como tú.
> Sé que tu tasa de éxito en Crímenes Violentos es del cien por cien y eso dice mucho de ti y de cómo te entregas no solo a tus casos, sino también a las víctimas y a sus familias. En mi modesta

opinión, eso es lo que distingue a los buenos inspectores, como tú o como mi yo de antes, de los inspectores a los que les importa una mierda. A ti, en cambio, te preocupa un huevo. Eso es bueno, desde luego. Sé que puede hacer que una investigación sea más dolorosa, como cuando lo único que podemos hacer es confirmar las peores pesadillas de una familia; pero eso es también lo que nos hace humanos. Que nos preocupamos. Es una de las razones por las que yo he decidido marcharme: ya no me preocupo tanto como antes.

Así que… ¡sin presiones! ¡Ja, ja, ja!

En serio. Haz lo que sea mejor para ti. Eres tú la que tiene que estar en tu piel… o como sea que se diga. Yo ahora sé que la vida es muy corta para hacer otra cosa.

Bueno, pues tengo por ahí un campo de golf que me espera y, a partir de las cinco de la tarde de hoy, todos los días son sábado.

Espero no arrepentirme. Conoces el dicho, ¿no? «Mejor vivir con el fracaso que con el arrepentimiento».

Art

P. D.: Prueba por lo menos el asiento. Se supone que es ergonómico para que no se te duerma el culo de tanto usarlo. Si prefieres no quedarte, solo tienes que llevarle al capitán la llave de la puerta.

La inspectora se rio para sus adentros. Tendría que haber ido sin más a comisaría y leer la nota de Nunzio en vez de acudir a Lisa Walsh.

«Mejor vivir con el fracaso que con el arrepentimiento"».

Alzó la vista a las carpetas. No parecían intimidar tanto como hacía un momento. Separó el sillón de la mesa, se sentó y observó el despacho. Le gustaba la idea de tener cierta intimidad.

Quizá no pudiese salvar a todo el mundo.

Quizá no pudiese lograr que se hiciera justicia con todo el mundo.

Pero quizá sí que se hiciera justicia con uno. ¿Y no era eso mejor que ni siquiera intentarlo?

Podía vivir con el fracaso, pero no con el arrepentimiento por no haberlo intentado.

«Empieza con uno —le parecía oír decir a Nunzio—. Empieza con uno simplemente».

Puso la nota a un lado para mirar los resúmenes de los casos que había hecho Nunzio, sin tener claro lo que estaba buscando, pero no por ello menos resuelta a echar una ojeada. Abrió cajones y encontró unos cuantos rotuladores fluorescentes. Siguiendo el consejo de Nunzio, buscó casos de agresión sexual en los que pudiera haber ADN por procesar y los marcó con amarillo. Los casos más recientes los resaltó con azul. Entonces, sacó de los estantes los expedientes del detallado listado de Nunzio que le habían llamado la atención y hojeó una media docena. Hubo uno en particular que captó su interés: el secuestro de una niña de cinco años llamada Elle Chin de un laberinto en un maizal la víspera de Halloween. Parecía cosa del destino, porque hacía casi cinco años justos de aquello. Se acordaba de aquel caso, aunque no lo había investigado ella. Estaba relacionado con un agente de la comisaría Norte.

Leyó el resumen que había hecho Nunzio. El padre, Bobby Chin, de veintiocho años, era agente de la policía de Seattle y estaba en medio de un proceso de divorcio desagradable y violento. Había recogido a su hija de cinco años, Elle, después de salir de su turno y la había llevado a un campo de maíz y calabazas en el que habían hecho un laberinto. Durante el interrogatorio, Chin se había mostrado convencido de que su exmujer y el novio de ella habían secuestrado a su hija para echarle a él la culpa y mandarlo a la cárcel. La mujer, según él, estaba loca y era muy vengativa. La policía había tenido que ir varias veces a la casa, pero no precisamente por ella. Chin se había declarado culpable de una acusación de violencia doméstica.

Tracy se reclinó en su asiento. Daba la impresión de que el padre quisiera justificar su conducta reprobable culpando a la exmujer. Todo era posible. Lo que importaba era que la pequeña no había aparecido y en el expediente no había ninguna actualización. Sintió un escalofrío ante la sola ida de perder a Daniella.

Acabó el resumen del caso que había hecho Nunzio, se levantó, buscó la carpeta correspondiente en los estantes —el inspector jubilado las había dispuesto en orden alfabético— y la sacó para leer de primera mano el contenido.

Era la peor pesadilla que podían tener unos padres. Su peor pesadilla. Encontró fechas y detalles de importancia. El caso no era tan antiguo como otros, pero, de los dos inspectores que lo habían investigado, uno estaba retirado y el otro había pedido el traslado al cuerpo de policía de otro condado.

Tracy dejó a un lado la carpeta y buscó el resumen de otro caso reciente. Le llamaron la atención dos de ellos, de prostitutas desaparecidas en la avenida Aurora con nueve meses de diferencia. Como el de Chin, ninguno de ellos era antiguo; pero los inspectores que se habían encargado de ellos habían acabado por ocuparse de otra cosa y los dos se habían quedado sin cerrar. De cualquier modo, parecía demasiado pronto para Tracy. Había pasado meses siguiéndole la pista a un asesino en serie de prostitutas conocido como *el Cowboy* que actuaba en aquella misma avenida de moteles y hoteles. Una ojeada somera a los resúmenes bastó para revelar otro motivo por el que seguían sin resolver: no había muestras de ADN, testigos ni prueba alguna de ningún tipo. Las mujeres se habían esfumado sin más. Sacó los expedientes correspondientes de la estantería y los puso con el de Elle Chin.

Oyó tintineo de llaves al otro lado de la puerta y levantó la mirada en el instante en que se abría. Johnny Nolasco pareció sorprenderse al verla.

—Crosswhite, ¿cómo has entrado aquí?

—La puerta no tenía la llave echada.

—Pues se supone que tiene que estar siempre echada.

Ella sostuvo en alto la llave de Nunzio. Sospechó, por la llave y la nota, que el antiguo inspector la había dejado sin echar a propósito sabiendo que volvería. La idea la hizo sonreír. «A ti te preocupa un huevo».

—Debería despedir a Nunzio —dijo.

Nolasco recorrió con la mirada las carpetas y los folios que había sobre la mesa.

—¿Qué estás haciendo?

Tracy miró la hora en el reloj de la pared. Eran casi las dos de la tarde.

—Hojeando expedientes.

—Los expedientes de casos sin resolver no son para mirarlos por encima.

—Nunzio me ha dejado un listado detallado y resúmenes de cada uno.

—Que te… Pero ¿has…? ¿Has hablado con Nunzio?

—Ayer. Era el único momento que tenía disponible, porque ayer fue su último día.

Nolasco obvió la pulla.

—¿Y por qué no me dijiste ayer que habías decidido aceptar el puesto?

—Porque ayer no me había decidido.

—Entonces, ¿qué estás haciendo aquí?

Tracy miró a su alrededor.

—Decidiéndome.

—¿Qué se supone que tengo que entender con eso?

—Pues que acepto el puesto.

Nolasco hizo cuanto pudo por poner cara de póker, pero su voz delataba su sorpresa.

—Ah, ¿sí?

—Con una condición. Si se queda libre un puesto en el equipo A, quiero tener prioridad.

—Eso no puedo prometerlo.

Tracy sonrió.

—Claro que puede.

Él dio la impresión de estar mordiéndose la lengua.

—Hay que cumplir con los debidos trámites…

—Yo me encargaré.

Nolasco asintió. Su gesto se había vuelto incierto.

—¿Algo más, capitán?

Su superior negó con un movimiento de cabeza y salió del despacho.

CAPÍTULO 8

Entrada la tarde, Tracy dejó el coche en el aparcamiento de un parque comercial de una sola planta situado en Kirkland y buscó el almacén de Amazon. Había dedicado el resto de la tarde a estudiar el expediente de Elle Chin: el informe de desaparición y los informes que había redactado la policía; las declaraciones de los testigos, la familia y los amigos, y partes de la colosal investigación policial a partir de las más de dos mil llamadas que se habían recibido de la ciudadanía con información del caso a través de la línea habilitada expresamente para ello. Chin era del cuerpo y la policía de Seattle no había escatimado esfuerzos para dar con su hija. Pese a todo, pese al uso de unidades caninas, los registros a los domicilios y los vehículos de Chin, su mujer y el novio de ella, no habían encontrado a la cría.

El caso había hecho correr ríos de tinta debido a lo jugoso de las circunstancias: un agente de policía cuya mujer lo había acusado de maltrato físico y verbal, la consiguiente detención por violencia doméstica, la orden de alejamiento y el juicio por la custodia de la niña, que había prohibido todo contacto de Chin con ella y con su hija hasta haber completado un curso de gestión de la ira y unos meses de prestación de servicio comunitario. Los periódicos y los noticiarios habían citado repetidamente las declaraciones de Jewel Chin tras la desaparición de su hija y saltaba a la vista que la mujer había hecho lo posible por dirigir la atención hacia su marido como sospechoso principal y, de paso, presentarse como víctima.

Tampoco es que fuese una maniobra nueva. Tracy sabía por experiencia que, sobre todo en estas circunstancias, los padres eran siempre los principales sospechosos. Los inspectores que llevaban el caso habían hablado tanto con Bobby Chin como con Jewel y habían dejado constancia de ello. Los dos se habían puesto nerviosos cuando les habían insinuado que eran responsables de la desaparición de su hija. Los dos se habían echado la culpa mutuamente. Iba a tener que andarse con mucho tiento, seguir una estrategia, cuando hablase con ellos. Tal vez tuviese una única oportunidad, si es que ellos se avenían a hablar con ella. Tenía preguntas para otros y esperaba poder informarse bien antes de probar a sacarles algo más a Bobby o a Jewel Chin.

Aparcó bajo las hojas de otoño de los arbolitos de ramas raquíticas que poblaban los alcorques. Le encantaba aquella estación en Seattle. Al menos, en parte. Los colores le recordaban a su infancia en Cedar Grove, pero, con el paso de los años, el otoño parecía haber ido acortándose, los colores se desvanecían con más rapidez y los días sombríos del invierno llegaban con más prisa. A esas alturas, el sol se ponía a las cuatro y media de la tarde y no volvía a salir hasta las siete y media de la mañana, si es que llegaba a asomar. La ciudad se cubría de nubes de color gris peltre que a veces se tornaban en un telón opresivo. Los niños no iban a tener más remedio que pedir chuches de noche, aunque siempre cabía la esperanza de que no tuvieran que hacerlo con lluvia. Dan y ella habían hablado de llevar a Daniella al barrio más cercano para que disfrutara de su primer Halloween, porque, aunque sabía que llevar a una criatura de diez meses a buscar caramelos no tenía mucho sentido, también quería que su hija viviera aquella festividad como lo había hecho ella.

Estaba cerca del edificio de una planta cuando se abrió una puerta de cristal y salió de él un joven con el uniforme del almacén: camiseta negra, pantalones azules y chaqueta a juego.

—¿Es usted la inspectora Crosswhite? —preguntó al verla.

Ella le tendió la mano.

—Supongo que usted es James Ingram.

—Sí. —Parecía nervioso, aunque hacía lo posible por disimular. Hacía cinco años, con diecisiete, Ingram había estado trabajando en el maizal durante el tiempo que estuvo abierto el laberinto. A los veintidós, había conseguido una diplomatura técnica en el Bellevue College y una ocupación en el almacén de Amazon—. Podemos hablar en la cafetería de aquí al lado.

—Perfecto. Te sigo.

Ingram abrió la puerta del establecimiento y eligió una mesa situada cerca de las ventanas. Saltaba a la vista que la clientela del Java House estaba solo compuesta por los empleados del parque comercial, pues apenas tenía siquiera letreros en las ventanas. Además de servir té y café, tenía una vitrina con zumos, magdalenas, galletas y sándwiches empaquetados.

—¿Te puedo invitar a algo? —preguntó Tracy.

Ingram declinó la oferta con un gesto.

—Tenemos café y todo eso en el almacén.

Ella no había comido nada desde el batido de proteínas de la mañana, conque pidió té negro y una magdalena integral. Volvió a la mesa, que tembló al dejar en ella la taza e hizo que se derramara parte de la infusión. El joven, cliente avezado del lugar, dobló una servilleta y la colocó bajo una de las cuatro patas para equilibrarla.

—Gracias por acceder a hablar conmigo —dijo Tracy—. ¿Tienes prisa?

—Salgo a las cinco.

Aunque lo había informado de sus intenciones cuando habían hablado por teléfono, le gustaba mirar a los testigos a los ojos y oír el tono de su voz cuando respondían a sus preguntas, y tenía un cuaderno con una larga lista, no todas eran para Ingram.

—Aquella noche viste a la niña con su padre. ¿Es correcto?

—Eso es.

—Cuéntame lo que recuerdes.

—¿Ha habido avances en el caso o algo? —preguntó él con cierto aire avergonzado—. Ya les dije a los otros dos inspectores todo lo que pude recordar de aquella noche. Me interrogaron varias veces.

—Lo entiendo, pero esos inspectores se han jubilado y ahora el caso lo llevo yo.

—Pero eso fue hace cinco años —dijo Ingram—. Dudo mucho que pueda acordarme de nada más.

—Solo estoy estudiando de nuevo las pruebas e intentando averiguar si alguien pudo pasar algo por alto.

—Está bien. —Ingram se encogió de hombros. No parecía convencido ni entusiasmado—. Creo que la primera vez que los vi fue cuando estaba atendiendo la barra de la carpa. Llegó muy tarde, cuando ya estábamos cerrando.

Ingram le habló de las salchichas rebozadas que pidió Bobby Chin y de que luego lo vio en la taquilla del laberinto.

—Les dije que ya era tarde, que dejábamos de vender entradas a las nueve y veinte porque hacían falta unos cuarenta minutos para completar el laberinto.

—¿Y le vendiste las entradas de todos modos?

—Le dije que no, pero él me contestó algo así como: «Oye, solo veo a mi hija una vez a la semana y le he prometido traerla a un laberinto». Se puso muy pesado, así que, al final, le dije: «Vale, pero acabe antes de las diez, porque a esa hora se apagan las luces».

—De manera que sabía que las luces se apagaban a las diez.

Ingram se encogió de hombros.

—Se lo dije yo.

A Tracy le había parecido interesante al leer el expediente tanto eso como el hecho de que Chin dijera que su hija se había escabullido cuando él cerró los ojos para jugar al escondite. Lo de las luces le había parecido muy oportuno y que un padre quisiera jugar al escondite con su hija de cinco años, irresponsable.

—¿Qué impresión te dio él?

Ingram volvió a alzar los hombros.

—Me pareció que tenía prisa. Pero, desde luego, estaba decidido a recorrer el laberinto.

—¿Por qué lo dices?

—Me pareció que estaba de los nervios.

—¿Inquieto? ¿Angustiado? —preguntó Tracy.

—No, yo no diría eso. Era más como si para él fuese importantísimo hacer el laberinto con su hija.

Tracy quiso saber si no sería porque sabía que los estaba esperando alguien dentro.

—No lo sé —respondió Ingram—. Quiero decir, que no tengo hijos ni nada, pero ella tendría unos cuatro años o así. ¿Tan importante podía ser para ella el laberinto? A los chavalillos de esa edad les encantan los caramelos y esas cosas, ¿no? Me pareció que él tenía más ganas que ella.

Qué interesante.

—¿Se te pasó por la cabeza que podía tener otra motivación?

—¿Otra motivación?

—Otra razón para entrar en el laberinto.

—Lo pensé luego, ¿sabe?, después de que pasara todo. Quiero decir, no esa noche, sino cuando empezaron a hacerme todas esas preguntas. Pensé que, si lo tenía planeado, a lo mejor era por eso por lo que tenía tanto empeño en entrar… y a lo mejor por eso llegó tan cerca del cierre.

La inspectora estaba pensando lo mismo.

—Y antes de al padre y a la hija, ¿le vendiste entradas a alguien más?

—No. Me mandaron a la entrada poco antes de cerrar.

—¿Y sabes si había alguien todavía dentro del laberinto?

—Supongo que sí, porque todavía había coches en el aparcamiento; pero tampoco estoy seguro.

—¿Era posible entrar en el laberinto sin pasar por la taquilla?

—Sí, claro —repuso el joven conteniendo una sonrisa—. Aquello es un maizal…

Tracy sonrió.

—Háblame de cuando volviste a ver al padre y a la hija.

—¿Se refiere a cuando vi a la niña con la mujer?

—¿Qué fue lo que viste?

—Pues, como le dije al otro inspector, fue solo un par de segundos. Estaba recogiendo la basura y metiéndola en el cubo y me pareció ver a la cría andando con una mujer y un hombre, aunque más con la mujer que con el hombre. Quiero decir, que él iba como unos pasos por delante.

—¿Qué más recuerdas?

—Iba de la mano de la mujer.

—¿La niña iba de la mano de la mujer?

—Sí, pero después, ¡pumba!, se apagaron las luces.

—En tu declaración dice que la niña no llevaba las alitas.

—Lo que recuerdo es que tenía puesto un abrigo oscuro.

—¿Y la mujer?

—Lo mismo: un abrigo oscuro.

—¿Les viste la cara?

Ingram meneó la cabeza.

—No.

—¿Y cómo sabes que era la misma niña?

El joven fue a responder, pero no lo hizo. Los otros inspectores no le habían hecho esa pregunta tan básica.

—¿Qué quiere decir?

—Que, si no le viste las alas ni la cara, ¿cómo sabías que era ella y no otra niña pequeña?

Él hizo una mueca y, tras unos instantes, respondió:

—No lo sé. Supongo… Supongo que por la hora. Además, no recuerdo haber visto por allí a ninguna otra niña de esa edad.

—Pero me acabas de decir que te acababan de poner en la entrada.

Ingram volvió a quedarse, al parecer, sin palabras.

—Supongo que pudo haber sido otra cría. Hasta otra familia. La verdad es que no lo había pensado. —Se encogió de hombros—. No lo sé, vaya.

—Recuerdas a una niña de la mano de aquella mujer, por lo menos durante un instante. ¿Te pareció que iba con ella voluntariamente?

—¿Voluntariamente?

—¿Te dio la impresión de que se estuviera resistiendo, de que quisiera escabullirse?

—No, solo iban caminando de la mano.

—¿No oíste a la pequeña llorar ni gritar?

Otro gesto con los hombros.

—No, qué va.

Por eso Tracy, al leer la declaración de Ingram en el expediente, había pensado que fueron los inspectores que lo habían interrogado quienes lo habían llevado a dar por hecho que la chiquilla que vio era Elle Chin. En realidad, el testigo no había llegado a verle la cara a la pequeña, que, además, no llevaba las alitas de mariposa de colores de Elle Chin ni se estaba resistiendo. En su declaración, Bobby Chin había dicho que su hija tenía tantas ganas de enseñar aquellas alas que ni siquiera le había dejado ponerle el abrigo. También había testificado que la cría se había enfurruñado al ver que él no quería jugar al escondite y que se había sentado a llorar en el suelo. Saltaba a la vista que Elle era muy capaz de mostrarse desafiante. A no ser que Chin mintiese.

De cualquier modo, Tracy optó por no dar demasiado crédito a lo que decía haber visto Ingram.

—¿Puedes describir a la mujer?

—No, porque llevaba una gorra de béisbol.

—¿Y al hombre?

—Tampoco lo vi bien en realidad, pero creo que también llevaba gorra, de béisbol o de ese estilo.

—¿No le viste la cara?

—No.

—¿Qué recuerdas de lo que pasó después?

—¿Cuando se apagaron las luces? Oí a un hombre gritar: «¡Elle! ¡Elle! ¡Sal!». Algo así. El padre salió corriendo del laberinto como si le hubiesen prendido fuego. El hombre estaba histérico. Se puso a decirme que encendiera las luces y que mandara cerrar el aparcamiento y todo eso, pero la verdad es que era imposible.

—¿Por qué?

—Las luces funcionaban con un temporizador y aquello era una granja; o sea, que sí, había un aparcamiento, pero podía salir y entrar quien quisiera. De todos modos, llegaron todos corriendo y el padre nos dijo adónde teníamos que ir y lo que teníamos que hacer. Le dijo a todo el mundo lo que llevaba puesto su hija, cómo era de alta… Luego se llenó todo de policías. Había agentes por todas partes y tenían perros. Nos tuvieron allí casi toda la noche haciéndonos preguntas.

—¿Viste el coche en el que se metió la niña?

—No. Como le he dicho, se apagaron todas las luces.

Tracy le dio las gracias y se levantó de la mesa, más convencida aún que antes de que Ingram no había visto a Elle Chin. Quien hubiese querido secuestrar a Elle la habría atrapado y la habría envuelto en un abrigo o una manta. Una chiquilla de cinco años como ella habría estado aterrada. Habría gritado, pataleado… Estaba a punto de formular la siguiente pregunta, pero se detuvo ante una idea. Aterrada… a no ser, quizá, que hubiese conocido a la mujer que la llevaba y al hombre que las acompañaba.

—Entonces, la niña no parecía estar resistiéndose, ¿verdad?

—No —respondió el joven—. Iba andando y ya está.

CAPÍTULO 9

La mañana siguiente a Halloween, Tracy salió del ascensor en el séptimo y giró, por costumbre, hacia el cubículo del equipo A.

—Perro viejo no aprende nuevo —dijo mientras cambiaba de dirección para encaminarse al despacho de la Unidad de Casos Pendientes.

Después de hablar con Jimmy Ingram había vuelto a casa sin perder el tiempo y Dan y ella habían paseado el cochecito de Daniella por un barrio de Redmond. Le había sorprendido ver a familias enteras con disfraces a juego, de personajes de *Los Increíbles*, *Frozen* y hasta *El mago de Oz*. A ella ni siquiera se le había ocurrido disfrazarse, aunque a Dan sí, al parecer. Se había puesto una careta de Frankenstein, una peluca de Elvis y una chaqueta horrible de colores. Dan era así: a todo el mundo le pareció divertidísimo aquel Frankenelvis.

Tracy le había puesto a Daniella un disfraz de abeja con el que, según todos los que se cruzaban con ellos, estaba adorable. La pequeña apenas aguantó una hora antes de quedarse frita. De vuelta, se encontraron la casa hecha un desastre: Rex y Sherlock se habían comido las chocolatinas que había dejado Dan sobre la encimera. Por suerte para los perros, las habían vomitado. Dan no se sintió tan afortunado como ellos: como la idea de comprar las chocolatinas había sido suya —en el caso improbable de que un chiquillo se aventurara a llegar a su casa, apartada de todo, en busca de golosi-nas—, Tracy había concedido a Frankenelvis el honor de limpiarlo todo y llamar al veterinario por si consideraba necesario examinar-los. Teniendo en cuenta la cantidad de chocolate y de comida para perros que habían vomitado, el especialista había determinado que no hacía falta.

Tracy había dedicado el resto de la velada a estudiar el expe-diente de Elle Chin en busca de algo que hubieran podido pasar por alto los inspectores del caso, alguna pista oculta en las fotografías o las declaraciones de los testigos capaz de desvelar lo que le había ocurrido a la cría. La experiencia le había enseñado que es fácil acer-carse demasiado a las pruebas durante una investigación e incurrir en una miopía que, a veces, hace que pasen inadvertidos detalles importantes.

En ese punto, Tracy tenía la costumbre de buscar a alguien capaz de mirarlas con otros ojos, procurar una opinión no condi-cionada, empezar de cero. Por eso estudió el caso de Elle Chin como si acabaran de asignárselo.

El divorcio de los Chin había sido amargo y desagradable en casi todos los sentidos. También había sido violento; al menos, a juzgar por el testimonio de Jewel Chin. Los inspectores habían compro-bado el historial de Bobby Chin sin encontrar incidentes anteriores de maltrato físico o verbal a mujeres, con la notable excepción de su exmujer. ¿Podía ser parte de una estrategia destinada a obtener ventaja sobre él? Lo dudaba. Su madre decía siempre que los tigres no mudan las rayas. El cónyuge infiel no se enmienda y el que ha maltratado volverá a maltratar.

Decidió averiguar si Bobby Chin era un tigre. Lo que había que determinar era si había llegado a odiar a su mujer hasta tal extremo de querer hacerle daño a su hija. Tracy prefería creer que algo así era imposible, aunque, por desgracia, sabía que ocurría con demasiada frecuencia. Todo apuntaba, además, a que la policía de Seattle le había concedido el beneficio de la duda por el hecho de ser del cuerpo. Ella, desde luego, no pensaba hacerlo.

Chin se había graduado en la Universidad de Washington, donde había pertenecido a la fraternidad Phi Delta Phi. Los inspectores que habían llevado el caso no habían encontrado informes policiales sobre maltrato alguno a mujeres, aunque eso no excluía tal posibilidad. Muchas universitarias no denunciaban incidentes así. No confiaban en el sistema y temían pasar discriminadas el resto de la carrera. El maltrato doméstico que había admitido Chin y los otros dos episodios documentados en los que tuvo que presentarse la policía en el domicilio hacían pensar en tendencias violentas, mientras que la única «excusa» esgrimida por Chin era que su mujer le había provocado, lo que no hacía pensar precisamente en arrepentimiento.

Anotó su intención de localizar a alguno de sus compañeros de fraternidad para hablar sobre él.

El expediente tampoco contenía prueba alguna de que Jewel Chin sufriese trastornos psicológicos ni adicciones, como había mantenido Bobby Chin, aunque, también era cierto que no todo el mundo va por su propio pie al loquero para contarle esas cosas. Jewel podía tener un problema mental sin diagnosticar y, aunque el informe del tutor procesal no mencionaba nada por el estilo, era de esperar que tanto Jewel como Bobby Chin se habrían desvivido por mostrar su mejor cara al entrevistarse con quien debía determinar su responsabilidad parental.

En cuanto a la sospecha de que hubiese sido Jewel Chin la culpable de la desaparición de su hija, el expediente recogía numerosas declaraciones tanto suyas como de su novio, Graham Jacobsen, que apoyaban mutuamente sus coartadas. Los dos decían haber pasado aquella noche en casa, a excepción de los quince minutos aproximados que se había ausentado él para recoger la comida que habían encargado en un restaurante chino del barrio. El establecimiento había confirmado el pedido y la recogida, y los inspectores habían adjuntado los recibos. Bobby Chin sostenía que se trataba de una coartada planeada. A instancia suya, los investigadores habían elaborado un esquema cronológico de aquella noche y determinado que, aun teniendo en cuenta la visita del novio al restaurante, Jewel Chin —u otra persona— y él habrían dispuesto de tiempo suficiente para conducir hasta el laberinto, raptar a la cría y regresar al domicilio antes de que se desatara el caos provocado por su desaparición. Si la chiquilla que había visto aquella noche Jimmy Ingram era Elle Chin —cosa improbable, en opinión de Tracy—, la cronología explicaría, quizá, por qué no forcejeaba, ya que estaba con su madre.

Los inspectores del caso también habían planteado esta posibilidad, aunque sin encontrar prueba alguna que la sostuviese. Bobby Chin podía decir, si quería, que su mujer estaba como una cabra; pero su credibilidad no salía mejor parada que la de ella.

Bill Miller, el agente que acudió al domicilio de los Chin la noche de la desaparición, había elaborado un informe tan extraño —por llamarlo de algún modo— que Tracy no pudo menos de preguntarse si no habría visto los de los inspectores antes de redactar el suyo, si no habría cedido a la tentación de ayudar a un compañero. Como Chin, trabajaba en la comisaría Norte. Tracy lo añadió a la lista de personas con las que quería hablar.

La lectura del expediente la llevó a pensar en aquella frase de la película *Dulce hogar... ¡a veces!*, que había visto con Dan antes de que naciera Daniella. Keanu Reeves, en su papel de yerno, decía algo así como que se necesita permiso para tener perro o para conducir y hasta para pescar, pero dejan ser padre a cualquier gilipollas.

Demasiado cierto.

—¿Se puede?

Tracy alzó la vista y vio a Kinsington Rowe, su antiguo compañero del equipo A, de pie en el umbral. El recién llegado le dedicó una sonrisa cauta.

—Me he pasado antes por si querías un café.

Sabía bien a qué había ido en realidad Kins: a hablar de Fernandez.

—No te preocupes por eso, Kins —le dijo. Ya le había expresado sus dudas cuando él le había dicho que Nolasco sostenía que el ascenso de Fernandez era provisional, pero tampoco quería discutir con él ni lanzarle un «Te lo dije» a la cara.

Él entró en el despacho con una hoja doblada. Llevaba un polo debajo de un jersey de cuello de pico, vaqueros y zapatillas de deporte. Recorrió con la vista los abrumadores estantes de carpetas negras y preguntó:

—¿Vas a aceptar el puesto?

—En realidad, no tengo muchas opciones —respondió ella, incapaz de disimular por completo el tono sarcástico de su voz.

Su antiguo compañero hizo una mueca de dolor.

—Mira, Tracy…

—Olvídalo, Kins. En serio, lo mismo esto me permite pasar más tiempo en casa. —Mientras lo decía, la asaltó otro pensamiento—. ¿Cómo sabes que he aceptado?

—Pues porque estás sentada ahí y… —Le tendió el papel que llevaba doblado en la mano.

—¿Eso qué es?

—Lo han publicado en la página web hace una hora y supongo que lo habrán enviado también a la prensa.

Tracy sintió que se le aceleraba el pulso al leer:

Última hora: Inspectora condecorada dirigirá Unidad de Casos Pendientes de Seattle

Escrito por Relaciones Públicas, 1 nov. 2019, 11:22

Tracy Crosswhite, inspectora condecorada de Crímenes Violentos, dirigirá la Unidad de Casos Pendientes de la policía de Seattle a fin de renovar el compromiso del cuerpo con la resolución de delitos pasados y su empeño en hacer justicia a las víctimas y sus familias. «El nombramiento de la inspectora Crosswhite viene a recalcar la dedicación del cuerpo a la resolución de delitos sin importar cuándo se hayan cometido y al encarcelamiento de los responsables», ha declarado la nueva comisaria, Marcella Weber. Crosswhite ha recibido dos veces la Medalla al Valor de la policía de Seattle, la mayor distinción del cuerpo, por su labor investigadora. El año pasado, la Unidad de Casos Pendientes resolvió veinte de estos, según recordó Weber, quien lo atribuyó a los avances y mejoras de la ciencia forense y a la devota labor de investigación del inspector de Crímenes Violentos Arthur Nunzio.

La redacción del comunicado tenía todo el sello de Nolasco. Si había hecho públicos los resultados de Nunzio había sido por establecer un punto de referencia, del que se serviría, sin lugar a duda, para medir la eficiencia de Tracy. Aquello no tenía base razonable alguna, ya que la inmensa mayoría de los casos que había resuelto Nunzio se había debido a los adelantos en el análisis de ADN y no había garantía alguna de que aquel ámbito fuese a dar más avances ni a ofrecer una nueva herramienta que pudiera usar Tracy para resolver otros casos antiguos.

También tenía claro que a otros inspectores les daría igual lo que ella quisiera decir al respecto. «Vuelvo a estar entre la espada y la pared». Se encogió de hombros.

—Es la cama que me han puesto, así que tendré que dormir en ella.

—Pues no te acomodes mucho, porque a lo mejor necesitamos tu ayuda.

—¿Con qué?

—Ha llamado Katie Pryor. —Se refería a la agente a la que había formado Tracy y a la que había ayudado a conseguir un puesto en la Unidad de Personas Desaparecidas a fin de que pudiera dedicar más tiempo a su familia—. Están buscando a una joven. La madre ha denunciado su desaparición y…

—¿Y por qué no se encarga su unidad?

—Dice que, dadas las circunstancias, tiene la corazonada de que no va a salir nada bien.

El instinto de Katie no solía fallar.

—¿Por qué? ¿Qué sabemos?

—He hablado con la madre esta mañana. Por lo visto, la llamó el compañero de piso para decirle que la joven —se detuvo antes de mirar su cuaderno—, Stephanie Cole, llevaba dos días sin aparecer por allí, cosa que no es habitual en ella. Al parecer, se acababa de mudar de Los Ángeles. Fernandez está de juicio y Del y Faz, hasta arriba de trabajo con lo del tiroteo del bar de Pioneer Square; así que, si tuvieses tiempo para echarme una mano… —Kins le dedicó aquella sonrisa encantadora suya con la que seguro que había encandilado a más de una en sus tiempos de universitario.

—¿Se lo has dicho a Nolasco?

—No, pero sí a Billy. —Billy Williams era el sargento al mando de la Sección de Crímenes Violentos.

—¿Y a Billy le parece bien?

—Dice que, estando faltos de personal, cree que es lo más prudente. —Kins volvió a sonreír.

El sargento y Tracy tenían buena relación. Billy era negro y, por tanto, sabía de discriminación, tanto manifiesta como sutil.

—¿Me ofreces el caso por compasión, Kins?

—No lo sé. ¿Tú te compadeces de mí? Porque, a fin de cuentas, de los inspectores que hay en esta sala, la que ha recibido dos condecoraciones eres tú. Sería un verdadero honor investigar contigo.

—Serás capullo… —Tracy recogió el bolso.

CAPÍTULO 10

Mientras sacaba el coche del aparcamiento cerrado de la comisaría, Kins fue poniéndola al corriente del caso.

—¿Es de riesgo? —dijo Tracy mientras miraba las notas de la declaración de la madre. Se refería a si Stephanie Cole era prostituta o adicta o si pertenecía a las gentes sin hogar que, según se decía, estaban enviando a Seattle otros estados para que aprovechasen los recursos que ofrecía a dicho colectivo.

—No lo parece. Tiene diecinueve años, se mudó hace solo un mes desde Los Ángeles y trabaja de recepcionista en una empresa de transportes de Fremont, aunque no se ha presentado a trabajar ni ayer ni hoy, según me ha confirmado su jefa, lo que coincide con lo que le dijo a su madre el compañero de piso.

—¿Scott Barnes?

—Eso es.

—¿Compañero de piso o novio?

—Compañero de piso solo, aunque todavía no he hablado con él.

—¿Qué edad tiene?

—¿Barnes? Veinte.

—¿Has comprobado si tiene antecedentes?

—Está limpio. Impecable, vaya. Estudia en la Universidad de Washington, en el campus de Bothell, y trabaja en el Starbucks y paseando perros.

—Siempre es el novio, ¿no? —dijo Tracy.

—Eso parece.

Barnes había propuesto verse con Kins en el aparcamiento oriental de Green Lake para poder pasear a los dos perros que tenía por la tarde. El lago que daba nombre al barrio incluía un sendero de cinco kilómetros.

—Ese es —anunció la inspectora cuando llegaron al aparcamiento, relativamente lleno, y lo vieron de pie cerca de una hilera de patines de recreo dispuestos en batería y con la correa de lo que parecía un golden retriever añoso y un bodeguero inquieto.

Kins dejó el vehículo y se dirigió con Tracy hacia Barnes. Fue el inspector quien llevó la voz cantante.

—¿Les importa si damos un paseo? —preguntó el joven—. Si no los canso, se dedicarán a volver loco al dueño el resto del día.

—Sin problema —dijo Kins.

Tracy, de hecho, se alegró de poder moverse en vez de estar plantada con aquel frío. La temperatura rondaba los tres grados y, mientras caminaban, podía ver su aliento convertido en vaho. Los dos perros iban delante, pero estaban bastante bien educados y, cada vez que Barnes los llamaba, acudían a su lado. Tracy se subió por completo la cremallera del chaquetón y se puso guantes para protegerse.

Era Kins quien hacía las preguntas.

—¿Por qué llamaste a la madre de Stephanie Cole?

—Me levanté y vi que no estaba en casa. Como era ya el segundo día, pensé que quizá se había vuelto a Los Ángeles. La verdad es que no sabía a quién más podía llamar. No quería preocupar a su madre, pero… se asustó igualmente.

—¿Qué relación tienes con Stephanie?

—Solo somos compañeros de piso. —Se hicieron a un lado para dejar pasar a dos mujeres que iban hacia ellos. Había gente corriendo y en bici, madres con cochecitos y paseantes de todas las edades aprovechando que el día estaba despejado—. Se mudó aquí hace un mes, más o menos, desde el valle de San Gabriel, y yo estaba buscando alguien con quien compartir piso para que me saliera más barato el alquiler.

—¿No compartís cuarto?

—¿Stephanie y yo? No, el piso tiene dos dormitorios. No somos novios, si es lo que pregunta.

—¿Y no puede ser que llegase a casa y saliera antes de que tú te levantaras?

—Lo dudo.

—¿Por qué?

—De entrada, porque la puerta de su cuarto estaba igual de abierta las dos mañanas y, segundo, porque no la oí levantarse ayer ni la he oído hoy, ni tenía ropa en el suelo de la habitación ni en el cuarto de baño.

—¿Siempre la oyes levantarse?

—Los martes y los jueves, siempre. Esos días, aprovecho que no tengo clase hasta las diez para intentar dormir un poco más; pero Stephanie hace mucho ruido. Pone la radio en el cuarto de baño y, además de la música, oigo la ducha y el secador. Si ayer hubiese estado en casa, la habría oído.

—¿Y anoche tampoco fue al piso? —preguntó Kins.

—Esta mañana, cuando me he levantado, no estaba.

—Has dicho algo de la ropa en el suelo.

—Cuando llega a casa del trabajo, sobre las cuatro o las cuatro y cuarto, sale a correr y siempre lo deja todo en el suelo de su habitación o en el cuarto de baño.

—Entonces, ¿cuándo fue la última vez que la viste?

—El miércoles por la mañana, antes de que se fuera a trabajar.

—¿Sabes si tenía planes para esa noche? —preguntó Tracy. Se había colocado detrás de ellos para dejar pasar a los que iban corriendo o paseando en el sentido contrario. Dobló los dedos de las manos para ahuyentar el frío y volvió a asir el bolígrafo que usaba para tomar notas.

Barnes volvió la cabeza para responder:

—Me dijo que la habían invitado a una fiesta los compañeros del trabajo y que estaba pensando en ir, pero que todavía no se había decidido.

—¿Y sabes si fue?

—No estoy seguro, pero yo diría que no.

—¿Por qué? —quiso saber Kins.

—Estaba haciéndose un disfraz. Le había hecho cortes a una falda y una blusa que había comprado en una tienda de segunda mano para tener algo que ponerse si decidía ir. No tenía mucho dinero. Había tenido que pagar dos meses de fianza de su parte del piso.

—No te sigo. ¿Por qué crees entonces que no fue a la fiesta?

—Porque la falda y la camiseta siguen en su cama. Parece raro con todo el trabajo que le dio aquello.

«Sí que lo parece», pensó Tracy.

—¡Ah! Además, tampoco fue a trabajar ayer ni ha ido hoy.

—¿Cómo lo sabes?

—Porque su madre llamó a la empresa de transportes en la que trabaja.

—¿Y es normal que falte? —preguntó la inspectora.

—Solo la conozco desde hace unas semanas, así que no se lo podría decir con seguridad; pero, por lo que me había dicho, le hacía falta el dinero. Decía que su madre y ella no tenían muy buena relación, Stephanie tenía que pagarse todos sus gastos. Aceptó el primer trabajo que pudo encontrar. —Este dato también figuraba en el informe de Pryor. De hecho, era uno de los motivos que la habían llevado a recurrir a Crímenes Violentos—. Me da la impresión de que la van a despedir. Tiene toda la pinta.

—¿Sabes el nombre del empleado que organizó la fiesta del miércoles? —quiso saber Kins.

—No, ni idea.

—¿Dónde estabas tú la noche del miércoles?

—¿Yo? Salí con unos amigos por el Distrito Universitario.

Tracy apuntó todos los detalles: el nombre de los amigos de Barnes y su número de teléfono.

—¿A qué hora llegaste a casa?

—A la una de la madrugada, más o menos. Cogimos un Uber.

—¿Llamasteis para pedirlo?

—Sí.

—¿Y tienes en el móvil el recibo? —Cuando Barnes asintió, Kins le dio su dirección de correo electrónico de la comisaría para que se lo enviase—. ¿Qué hiciste al llegar a casa?

—¿El miércoles? Me fui a la cama.

—¿Habías bebido?

—Un poco.

—¿Drogas?

—No.

—¿Se quedó a dormir contigo alguno de tus amigos?

—No. Todos teníamos clase el jueves por la mañana.

—¿A qué hora te levantaste el jueves?

—A las nueve más o menos. Tenía clase a las diez. —Barnes les dijo a qué clases había asistido y con quién había comido.

—¿A qué hora llegaste a casa?

—Por la tarde trabajaba en el Starbucks, así que tenían que ser como mínimo las seis y media.

Tracy volvió a tomar nota de todo.

—¿Saliste anoche a celebrar Halloween? —preguntó Kins.

El joven negó con la cabeza.

—No.

—¿No fuiste de fiesta? —intervino Tracy.

—Las de la facultad se celebraron el miércoles, porque así no se nos llenan de niños de instituto. Es mucha responsabilidad para las fraternidades.

—Has dicho que Stephanie sale a correr después de salir de trabajar.

—Religiosamente.

—¿Adónde va?

—Normalmente por aquí, alrededor del lago, o en Woodland Park. —Señaló las copas de los árboles que había al otro lado del agua.

—¿Tiene amigos con los que salir o con los que quedar para correr?

—Que yo sepa no. Normalmente vuelve a casa, corre sola, cena ensalada, ve la tele y se acuesta.

—¿Qué hiciste tú anoche?

—Me quedé estudiando en el piso.

—¿Toda la noche?

—Hasta las once o así. Luego me vi un episodio de *Jack Ryan* y me fui a la cama.

—¿Cómo es que tenías el teléfono de la madre de Stephanie?

—Porque fue el que puso como contacto de emergencia en su solicitud de alquiler. Llamé al administrador del piso.

Kins le pidió el nombre y el número de teléfono del administrador y él se lo dio.

—¿Sabes si Stephanie puede tener algún trastorno mental?

—No.

—¿Has visto medicamentos suyos en los cajones del cuarto de baño o en la cocina?

Él se encogió de hombros.

—No.

—¿Consume drogas?

—No, que yo sepa.

—¿No ha dado nunca señales de que quisiera hacerse daño?

—Conmigo no, desde luego.

Le expresaron su intención de ver el piso y echar un vistazo al cuarto de Stephanie y él les dijo que estaría allí alrededor de las cinco de la tarde.

Tracy y Kins dejaron que Barnes siguiera paseando a los perros y volvieron al coche.

—¿Has dado orden de búsqueda del vehículo de Cole? —quiso saber Tracy.

Kins asintió.

—Según su madre y el Departamento de Tráfico de California, tiene un Prius de 2010 con matrícula californiana. Les he pedido una fotografía.

—No debe de ser difícil de encontrar. Barnes dice que Cole corría todas las tardes por Green Lake o Woodland Park. Este aparcamiento tiene cámaras en las farolas. Haré que nos den el vídeo para comprobar si vino el miércoles o el jueves por la tarde.

—¿Qué impresión te ha dado Barnes? —Kins se apartó para dejar pasar a una mujer que corría con un cochecito de bebé.

—Al principio me parecía extraño que hubiese llamado a la madre, porque es raro que los jóvenes de su edad se molesten en hacer algo así; pero parece un chaval responsable, que estudia y lleva adelante dos trabajos.

—Mucho más responsable que mis hijos, desde luego.

—Tal vez esté preocupado de verdad por ella.

—O quiere que lo parezca.

—Creía que la escéptica era yo.

—Se me habrá pegado. —Kins abrió la puerta del vehículo y se metió.

—Ya que estamos aquí, podríamos ir a Woodland Park y ver si también hay cámaras en el aparcamiento.

El parque comprendía casi cuarenta hectáreas de pistas para correr, merenderos, jardines y prados, además del Woodland Park Zoo.

—Cuando los críos eran pequeños compramos un pase para el zoológico —dijo Kins—. Creo que eso evitó que Shannah se volviera loca. —No vieron cámaras y decidieron recorrer a pie parte de una pista que serpenteaba por la hierba bien cuidada. Los caducifolios exhibían los colores del pleno otoño, aunque algunos habían empezado a perder las hojas y a salpicar con ellas la senda de tierra—. Mis chicos hacían aquí competiciones de campo a través —dijo Kins—. La pista está bien definida y es muy popular entre corredores y paseantes. Dudo que nadie se vaya a arriesgar a cometer aquí un secuestro.

Como todavía tenían tiempo antes de que Barnes volviese a su piso, se dirigieron a la empresa de transporte de Fremont para hablar con la jefa de personal. Esta confirmó que Cole trabajaba en recepción de lunes a viernes y de 7.50 horas a 15.50 horas, así como que había ido a trabajar el miércoles, pero había faltado el jueves y ese día, viernes. Ellos le preguntaron por la fiesta que se iba a celebrar el miércoles por la noche y la mujer les respondió que, si bien estaba al corriente de que los empleados tenían intención de hacer una, no sabía gran cosa al respecto, motivo por el que llamó a otra joven que trabajaba en la centralita.

Ame Diaz dijo que había invitado a Cole a la fiesta, pero que Cole no se había presentado. Diaz debía de rondar los veinticinco y era bajita y fornida. Aunque por el apellido se habría dicho que era de origen hispanoamericano, bien podría haber sido filipina. Dijo estar al cargo de la coordinación de las rutas de los transportistas y de atender las llamadas de los clientes que aguardaban sus envíos.

—¿Le dijo Stephanie si pensaba salir a correr antes de la fiesta?

—No recuerdo nada de eso. Puede que sí, pero no lo recuerdo. Creo que corría a diario.

—¿Y eso lo sabía alguien más de la empresa?

Diaz se encogió de hombros.

—Es posible.

—¿Saben de alguien que pudiera estar enterado de que Stephanie saldría a correr el miércoles por la tarde?

La muchacha negó con la cabeza.

—Que yo sepa, no.

—¿Tenía Stephanie relación con alguien del trabajo? ¿Salía con alguien?

—La verdad es que no lo sé.

La jefa de personal añadió:

—Entró a trabajar hace un par de semanas y la mayoría de nuestros empleados son mayores que ella y están casados.

—Almuerza en el comedor con los demás —señaló Diaz—, pero no puedo decir si hay alguien con quien tiene algún contacto más estrecho. Comemos todos juntos.

—¿Tampoco saben si se está viendo con alguien?

—¿Se refieren a si tiene novio? ¿Aquí, en el trabajo? —El tono de voz de la telefonista dejaba claro que no era muy probable.

—¿Nunca ha hablado de nadie?

—Creo recordar que una vez le pregunté dónde vivía y me dijo que había alquilado una habitación en un piso que compartía con un chaval. Universitario, me parece que era.

—¿Y no expresó ningún interés romántico por él?

—A mí no, desde luego. Estoy casi segura de que dejó Los Ángeles y se vino sola a vivir aquí. Yo diría que no estaba con nadie, pero tampoco lo sé seguro.

—¿No expresó ningún interés por nadie?

Diaz sonrió, pero solo por nervios.

—A mí, no.

—¿Ni tampoco le gustaba a nadie?

—No, que yo sepa.

Tracy miró a Kins, que indicó con un movimiento de cabeza que no tenía más preguntas. Le dieron las gracias a Diaz y su jefa la dejó volver a su puesto.

—¿Sabe si Stephanie tenía alguna clase de interacción con los transportistas o con el personal del almacén? —preguntó Tracy a la encargada.

—No debería, porque no trabaja de operadora, sino de recepcionista.

—¿Y no ha visto nunca a nadie que fuera a verla a recepción?

—Eso aquí no está permitido.

—De todos modos —insistió Tracy.

—No, no he visto a nadie.

Kins se inclinó hacia delante.

—¿Llevan uniforme los trabajadores del almacén o los transportistas?

—Una camiseta de la empresa.

—¿Cómo es?

—Gris claro, con rayas finas negras y el nombre y el logo de la empresa en el bolsillo.

—¿Y los pantalones y el calzado?

Kins estaba reuniendo tal información por adelantado, por si descubrían que alguien había visto a Cole con alguien o encontraban pisadas.

—El pantalón es negro, pero los zapatos pueden ser los que ellos quieran.

—¿Hay cámaras en el aparcamiento? —preguntó el inspector, consciente de que muchas empresas del ramo las tenían para disuadir a los ladrones.

—En el aparcamiento y en la zona de carga y descarga.

—Necesitaremos la grabación de la tarde del miércoles, desde las tres y media hasta las cuatro y media, por ejemplo. ¿Me la podría enviar aquí? —Le tendió una tarjeta de visita que incluía su dirección de correo electrónico y su teléfono. Tracy y él revisarían el vídeo antes de mandarlo a la unidad especializada de Park 90/5, en Airport Way, sede de la policía científica, la Unidad de Huellas Latentes, los SWAT y otras unidades forenses de la policía de Seattle.

Tracy y Kins dieron las gracias a la mujer y volvieron al coche. Eran casi las cinco cuando se dirigieron al bloque de pisos de dos plantas en el que vivían Cole y Barnes. De camino, Tracy llamó al número del administrador del edificio y quedó con él en los aparcamientos con la intención de preguntarle por las cámaras de vigilancia que pudiese haber.

El administrador apareció ataviado con un chaquetón largo, un gorro de lana y guantes.

—¿Ha tenido quejas sobre alguno de ellos? —preguntó Tracy.

—De él y su antiguo compañero de piso se me quejaron un par de veces porque tenían la música muy alta; pero desde que se mudó Cole no ha habido nada.

La inspectora señaló que había cámaras en los aparcamientos y el administrador le advirtió que tenían una función meramente disuasoria.

—Llevan más de un año sin funcionar. —Entonces les enseñó la plaza de Cole, que estaba vacía, y confirmó que la joven había registrado un Prius con matrícula de California en su solicitud de alquiler.

Tras hablar con él, Tracy y Kins subieron andando al segundo piso. Barnes no estaba en casa, así que llamaron a la puerta de al lado. Fue a abrir una mujer de unos treinta y cinco años que dijo no conocer a Barnes ni a Cole sino de vista. Describió a Stephanie como callada y retraída.

—¿Los ha oído discutir o gritar?

—No —repuso meneando la cabeza.

—¿Ha visto algo que indique que son algo más que compañeros de piso? —preguntó Kins.

—¿Se refiere a si son pareja? —Se encogió de hombros—. Nunca me ha dado esa impresión, pero tampoco he estado nunca en su piso, conque no tengo ni idea.

—¿Nunca los ha visto de la mano o besándose? —insistió el inspector.

—No. —Ella volvió a mover la cabeza—. Esta generación no es como la suya. A los jóvenes de hoy les da igual compartir piso con gente del otro sexo.

Tracy y Kins se miraron. Tracy se sintió mayor. Dieron las gracias a la vecina y volvieron al coche a esperar a Barnes.

—Lo que ha dicho de nuestra generación te ha dolido, ¿eh?

—Pero ¿qué edad piensa que tenemos?

—La suficiente —concluyó Kins—. Ve acostumbrándote ahora que tienes una niña.

Ya lo había hecho. Había ido a una clase de apoyo para madres de recién nacidos y se había sentido como un ser antediluviano.

Cuando llegó Barnes, los condujo a su piso. Encontraron el interior tal como lo había descrito el joven. El cuarto de Cole tenía la puerta abierta y dentro se veía un colchón sobre su somier cubierto por una colcha celeste. Sobre esta descansaba la camiseta blanca y la falda rasgadas, así como una bolsa sin abrir de medias de rejilla negra.

—Parece que tenía la intención de ir a la fiesta —dijo Tracy.

—Como ha dicho Barnes, no tiene sentido que hiciera todo esto si pensaba rajarse.

Tracy reparó en el portátil —un MacBook— que había también sobre la cama y se propuso pedir a la policía científica —si tenían que recurrir a ella— que se encargase de él para que la Unidad de Apoyo Técnico y Electrónico buscase correos electrónicos o búsquedas interesantes.

La puerta del armario empotrado también estaba abierta, pero, aunque el interior estaba hecho un desastre, no vieron nada desconcertante. Tracy vio varios pares de zapatillas de deporte, todas New Balance. Fueron al cuarto de baño que compartía con Barnes, pero no encontraron fármacos ni nada sospechoso o particularmente llamativo. También buscaron manchas de sangre en las juntas de azulejos y baldosas y en la alfombrilla, sin observar nada a simple vista. Tampoco olía a lejía. Fotografiaron el dormitorio de Cole y el baño antes de cerrar la puerta del primero y sellarla con cinta policial negra y amarilla.

—¿Por qué hacen eso? —Barnes parecía preocupado.

—Pediremos una orden judicial para que manden a una unidad de la científica a echar un vistazo con más detenimiento. ¿Te importa? —preguntó Kins.

—Claro que no. Aquí estaré.

Cuando salieron, comentó el inspector:

—Si tuviese algo que ocultar, no estaría tan tranquilo ni se mostraría tan colaborador. ¿No te parece?

—Vamos a ver si encuentran algo en el piso antes de borrarlo de la lista de sospechosos.

—Tenemos que encontrar el coche —dijo Kins.

—Haremos que Katie publique un comunicado de prensa con fotografías de Cole y el Prius. Ya vamos tarde para las noticias de las seis, pero quizá dé tiempo a sacarlo en las de las diez y en las de mañana. Tal vez alguien la haya visto o haya visto su coche.

Había caído la tarde y el aparcamiento estaba salpicado ya de círculos de luz. Tracy recordó que, según el expediente de Elle Chin, el domicilio de Bobby y su exmujer estaba en Green Lake. Pensando en no dejar para mañana lo que pudiese hacer hoy, aprovechó el tiempo que invertía Kins en hacer sus llamadas de teléfono para buscar la dirección de lo que había sido el hogar de los Chin y la introdujo en el mapa de su teléfono. Estaba a nueve minutos de allí.

CAPÍTULO 11

Tracy aparcó en la acera de enfrente de la antigua casa de Bobby Chin, sita en Latona Avenue, cerca de la Sesenta y Dos Nordeste. Era una construcción de una sola planta revestida de madera de color verde oscuro que, según calculó, no debía de tener más de noventa metros cuadrados. El jardín delantero estaba cercado por una valla de madera blanca con un enrejado en el que crecían glicinias nudosas que en ese momento estaban en letargo. Dado lo exiguo de las propiedades, la separación entre la de Chin y las de sus vecinos apenas superaba los cuatro metros.

Tracy dejó a Kins hablando por teléfono en el vehículo y se acercó a la vivienda de la derecha. El hombre que salió a abrir le dijo que su familia había comprado aquella casa hacía dos años y que no habían llegado a conocer a los Chin. Probó en la de la izquierda, que tenía las paredes de estuco celeste y una entrada porticada sobre tres escalones de ladrillo. Las dos ventanas frontales tenían las persianas echadas, pero la potente luz del porche estaba encendida. Respondió a la llamada una mujer de más de setenta y cinco años y gesto indefinido. Dentro se oía un televisor que parecía estar emitiendo el noticiario.

Tracy le enseñó la placa y le expuso el motivo de su visita. La anciana hizo un mohín y un gesto resignado con los ojos.

—Me suponía que tendría algo que ver con esos dos. No me diga que al final uno de ellos ha conseguido matar al otro.

El comentario pilló a Tracy por sorpresa.

—¿Por qué dice eso?

—Porque ha venido usted a preguntarme por ellos.

—Quería hablar de la desaparición de su hija.

—Vaya, perdón. Eso fue hace… ¿Cuánto? ¿Cinco años?

—Sí.

—¿Ha habido novedades?

—Estoy revisando el caso.

La vecina se identificó como Evelyn Robertson. Su marido y ella habían comprado aquella casa y habían criado en ella a dos hijos antes de que él pasara a mejor vida.

—¿Debo entender por lo que ha dicho que el ambiente estaba cargado en el hogar de los Chin?

—Es una forma suave de expresarlo. Al principio me alegré de que tuviéramos a un agente de policía viviendo al lado, pero lo que no me imaginé es que acabaría por presentarse aquí toda la comisaría. Y no solo una vez.

—¿Y sabe por qué?

—Claro. A Bobby lo sacaron esposado una de las veces. Más tarde vino a disculparse. Dijo que estaba avergonzado y que lo sentía mucho.

—¿Lo conocía bien?

—No mucho. De cruzarnos de vez en cuando. No era mal tipo o, por lo menos, no lo parecía cuando hablaba con él.

—Y con la mujer, ¿llegó a hablar mucho?

Ella negó con la cabeza.

—No.

—Parece que hubiese tenido algún incidente con ella.

La señora Robertson apretó los labios antes de decir:

—No tengo muy claro a qué se dedicaba. Quiero decir antes de tener a la cría. Después, pasaba casi todo el tiempo en casa. A veces la veía empujar el carrito con ropa de deporte… y venía mucho a la casa un tipo grande. Pero mucho.

—¿Sabe quién era?

—Una vez se lo pregunté y ella me contestó que era su entrenador personal y que me metiera en mis asuntos. Así me lo dijo: «Es mi entrenador personal. Métase en sus asuntos». —La expresión de la septuagenaria hacía pensar que, en su opinión, el entrenador había sido más que un entrenador.

—¿Podría describírmelo?

—Por supuesto, aunque no creo que tenga ya mucho sentido, porque se mató de un tiro.

Aquello dejó sin palabras a Tracy. El expediente de Elle Chin no decía nada de aquel dato, que hizo saltar varias señales de alarma.

—¿Cuándo ocurrió eso?

—Después de que desapareciera la cría. Un año después, si no me falla la memoria, aunque le advierto que ya no tengo la cabeza como antes.

—¿Y dice que se pegó un tiro?

—Salió en el periódico. Yo no oí ni vi nada… Miento: aquella noche vinieron una ambulancia y un montón de policías, así que supongo que se puede decir que fui testigo del desenlace.

—¿Se disparó dentro de la casa?

—Sí.

—¿Y vino a interrogarla la policía?

—Solo me preguntaron si había visto u oído algo, pero yo ni me había enterado. Hasta que vino la policía, quiero decir.

Tracy se preguntó si había sido de veras un suicidio. Se le ocurrían varias razones por las que tanto Bobby como Jewel Chin podían querer ver muerto al novio de ella.

—Se llamaba Graham, ¿verdad? —Hojeó las notas que había tomado del expediente—. Graham Jacobsen.

—No lo sé. Como le he dicho, la mujer me dijo que me metiera en mis asuntos y eso fue lo que hice. Me alegré de que la familia vendiese al final la casa. Habían pasado ya tantas tragedias… Primero, desaparece la chiquilla y, luego, se mata de un tiro el entrenador.

—Pero ¿el entrenador venía ya por la casa antes del divorcio de los Chin?

—Antes, después… —Se encogió de hombros—. Estaba siempre en esa casa.

—¿Cree que Jewel Chin estaba teniendo una aventura?

—Ni lo sé ni me importa, así que nunca pregunté. —Pero sí que lo creía.

—Da la impresión de que no le tenía mucho aprecio a Jewel Chin.

—No es que fuera muy amable. Además, teniendo en cuenta las cosas que se oían en esa casa, yo prefería no acercarme demasiado.

Tracy se hizo el propósito de preguntarle qué había oído, pero primero dijo:

—Además de lo que hablaba con Bobby Chin cuando se cruzaban, ¿qué me puede decir de él?

—Trabajaba mucho y tenía un horario muy irregular. Lo oía salir muy temprano y volver a las tantas.

Tracy dedujo que se debería a las guardias.

—¿Vive usted sola?

—Desde la muerte de mi marido, y de eso va ya para los diez años; pero mis tres hijos vienen mucho y me tienen bien cuidada.

—Me ha dicho que a veces oía cosas en la casa. ¿Qué cosas?

—Discusiones, peleas… Y usaban un lenguaje… Yo no daba crédito a lo que soltaba la mujer por esa boca teniendo una cría pequeña en casa.

—¿La mujer?

—Juraba como un carretero.

—¿Y Bobby?

—Él no era ningún angelito, pero nunca lo oí blasfemar. Como ella no, desde luego. A veces, se iba de casa y ya está. Yo estaba viendo la televisión y lo veía entrar en el coche y salir pitando. Me asomaba para ver si llevaba a la niña, pero, por desgracia, no.

—¿Por qué dice eso?

—Porque la mujer bebía. Creo que ese era parte del problema.

—¿Y cómo sabe que bebía?

—Porque siempre estaba peor por la noche que por el día. Algunas veces, la veía por la mañana y parecía agradable, pero por la noche se la llevaban los demonios. Mi padre bebía de noche. Conozco a los bebedores y, créame, ella lo era. Bobby se iba de casa y ella se quedaba en la puerta, gritándole y soltando de todo por aquella boca. Imagine cómo se puso la cosa que un día llamé a los CPS.

—¿A Protección del Menor?

—Esa casa no era sitio para una niña tan pequeña. Ellos supusieron que había sido yo la que los había denunciado y no les sentó muy bien, aunque Bobby me dijo que lo entendía. La mujer no. Cada vez que me veía, me asesinaba con la mirada.

—¿Y se volvieron más violentas las peleas de los Chin?

—Se lanzaban cosas. La ventana de mi cocina da a esa casa. Además, como le he dicho, se presentó un par de veces la policía. La última fue cuando se llevaron esposado a Bobby. Me daba una lástima aquella pobre chiquilla… La veía ahí, de pie, en medio de todo el follón, viendo a sus padres pelearse de ese modo. Viendo a la policía llevarse a su padre esposado.

—¿Veía mucho a Elle?

—De vez en cuando. A veces estaba en el jardín y la veía desde mi valla o salía a pasear con su padre cuando yo regaba el césped y se paraban a saludar. ¡Qué encanto de cría! Él, además, parecía cuidarla mucho.

—¿Estaba en casa la noche en que desapareció?

La señora Robertson asintió.

—Ya lo creo. Estaba viendo la televisión y, de pronto, se les llenó la casa de coches de policía y de agentes. Creí que al final se habían matado entre ellos, de tanta policía que vino. Entonces empezó a entrar gente con mascarillas y guantes de goma.

—La policía científica.

—¿Así se llama? La desaparición de la chiquilla apareció en todas las noticias.

—¿Vio juntos a la mujer y al novio después de que desapareciera la niña?

—Los vi antes. Él llegó a la casa y estaba allí cuando se presentó la policía. Como le digo, estaba allí a todas horas. Era más de lo mismo, pero con otro.

—¿Más de lo mismo?

—Los gritos, las discusiones, las palabrotas… Con otro hombre, pero lo mismo. Lo que pasa es que el entrenador no se callaba y le gritaba las mismas lindezas a ella.

—¿Llamó usted alguna vez a la policía?

—No —contestó con rotundidad—, yo no quería meterme.

—La noche de la desaparición de Elle, ¿vio salir de la casa a la mujer o al novio? —quiso saber Tracy.

—No, pero tampoco estuve pendiente. Creo que estaba viendo la televisión. Normalmente, en estas fechas dejo echadas las persianas para que no se vaya el calor. Sí que me acuerdo de cuando vino luego la policía. Qué lástima, que no apareciera la chiquilla, aunque…

Tracy aguardó.

—¿Aunque qué?

La anciana meneó la cabeza.

—Nada —dijo al fin—, solo que me da mucha pena.

CAPÍTULO 12

Después de volver del turno de tarde, Franklin dispuso el plato y el botellín de Budweiser en la bandeja con patas plegables y se sentó a ver las noticias de las diez en el televisor Sharp de tubo de imagen de veintiséis pulgadas. El resto del espacio estaba ocupado en su mayoría por montañas de periódicos, revistas, cintas de vídeo y otras cosas que había acumulado su madre. Los tres hermanos habían aprendido a vivir rodeados de todo aquello. Franklin no se decidía a tirarlo. Más de una vez había pensado en buscar un contenedor y deshacerse de todo sin contemplaciones, pero nunca lo hacía. Tampoco es que hubiese ningún motivo de peso, porque ninguno de ellos esperaba precisamente recibir visitas.

Cogió el mando a distancia y quitó el partido de la liga universitaria de fútbol americano para poner las noticias.

—Evan, tráeme la sal y la pimienta y, ya que estás, la salsa inglesa.

El interpelado entró cojeando y con un labio hinchado. Los cardenales de los brazos habían adoptado un espantoso color amarillo en las zonas en que no estaban morados. Llevaba su propio plato y le tendió a Franklin la sal y la pimienta.

—¿No me has oído pedirte también la salsa inglesa?

Evan lo miró desconcertado.

—Que me traigas la puta salsa inglesa.

El pequeño obedeció y Franklin se sirvió una cantidad generosa en el filete y la patata asada. Evan se hizo un hueco en el sofá empujándolo todo hacia un lado y posó el plato sobre un montón de libros que descansaba sobre la mesita de delante. Su hermano mayor meneó la cabeza. Si había un atajo para no moverse demasiado, Evan lo encontraba. Encima de estúpido, era vago. Mala combinación.

—Quita de ahí los putos libros, que los vas a tirar —dijo Franklin—. Además, ¿no te he pedido que limpiases un poco?

—Me gustan así, uno encima de otro. Así tengo la boca más cerca del plato.

—Quita los libros y recoge esta pocilga cuando acabes de cenar.

Evan cortó un trozo de filete y preguntó con la boca llena:

—¿Qué ha pasado con el fútbol?

—Que se ha acabado. Quiero ver las noticias.

Evan frunció el ceño.

—Son las mismas noticias todas las noches. Yo prefiero el fútbol, porque no sabes quién va a ganar. Me gustan los Seahawks.

—Calla. Quiero ver las noticias por si dicen algo de la muchacha del parque. En esta casa tengo que hacerlo yo todo. Me toca a mí pensar por los tres. Así que cierra el buzón cinco minutos. —Apuntó con el mando a distancia al televisor e intentó subir el volumen. Nada—. ¿Le has cambiado las pilas al mando?

Evan lo miró con gesto ausente.

—Levanta el culo y tráeme dos pilas doble A. Compré un paquete el otro día. Están en el cajón de la derecha de la placa de la cocina.

El hermano dejó el cuchillo y el tenedor y fue cojeando a la cocina.

—Y, ya que estás levantado, sube el volumen de la tele. —Cuando obedeció, le gritó por encima del hombro—: Y tráeme también otra cerveza.

Franklin vio las noticias mientras masticaba el filete, abrasado por arriba y por abajo pero crudo por dentro. Oyó a Evan revolviendo entre los cajones de la cocina y predijo lo que vendría a continuación.

—No veo las pilas.

—La derecha es la mano con la que lanzas la pelota de béisbol.

—Ya sé que mi…

Dejó de revolver y, segundos después, volvió a oírse ruido. El muy gilipollas había estado mirando en el cajón que no era.

—Aquí están.

Franklin lanzó un gruñido. Tener que cuidar a Evan, y a Carrol, ya puestos, era un trabajo de locos; pero le había prometido a su padre que se encargaría de ellos. No es que su padre hubiese hecho gran cosa por ninguno de ellos en vida, porque, cuando no estaba trabajando, se encerraba en el sótano o en la cabaña. Tampoco podía decirse que le hubiera dado más opciones. Todas las opciones habían desaparecido cuando Franklin había descubierto lo que había en el sótano. Desde luego, vender la casa y seguir con su vida en otra parte no era factible.

Evan lo llamó desde la cocina:

—¿Quieres una Bud o una Bud Light?

—¿Qué te he dicho? ¿Te he pedido una Bud Light? Esa es el agua con pis de Carrol. Yo no bebo de esa mierda. Tráeme ya una Bud.

—Es que no están frías.

Franklin estaba a punto de estallar.

—He metido dos en el congelador para que est… —Se tragó el resto de la frase al ver aparecer en la pantalla la foto de la joven.

Evan entró en la salita.

—He sacado también la segunda para que no explote…

—Chis… —Franklin tenía los ojos clavados en el televisor—. Sube el volumen.

—He encontrado las pilas.

—Deja de darle a la lengua y sube el volumen. —Debajo de la fotografía había un nombre: Stephanie Cole—. Mierda —dijo Franklin entre dientes. Dejó el cuchillo y el tenedor.

El noticiario no daba muchos detalles, ni falta que hacía. Una cosa estaba clara: la policía estaba buscando a Cole. La presentadora decía que la habían visto por última vez en Fremont la tarde del miércoles y que solía salir a correr por Green Lake o Woodland Park. No decían nada de North Park. Eso era bueno. La presentadora dio también los pormenores del coche de Cole, un Prius azul con matrícula de California, que apareció en pantalla seguida del número que ofrecía la policía a quien pudiese saber algo al respecto. Acabó rogando a los espectadores que llamaran a ese teléfono si tenían información.

Franklin cerró los ojos y se pasó los dedos por el pelo. Tenía el estómago encogido y le ardía la úlcera. El doctor decía que era del estrés. ¿En serio, señor Sherlock? Pruebe usted a vivir sin estrés en esta casa.

—«Nadie se va a poner a buscarla». Eso era lo que decías, ¿no, hermanito?

Evan se puso blanco como la pared.

—¿Y yo qué sabía, Franklin?

El mayor se puso de pie y volcó con los muslos la bandeja con el plato, que cayó a la alfombra.

—«Nadie se va a poner a buscarla». Eso decías, ¿no?

—Pero…

—No hay pero que valga, Evan. Te dije que no lo hicieras. Nos acabas de joder a todos. Con lo que me ha costado…

—Pero no han dicho que *saban* nada.

—¿Qué quieres, que den detalles de la investigación por la tele? La policía no dice nunca lo que sabe y lo que no. La cosa es que la están buscando y se han encargado de que ahora la esté buscando todo cristo. ¿Crees que les va a costar mucho encontrar un coche con matrícula de California?

Franklin se pasó la mano por el mentón pensando qué hacer. Había mandado a Carrol a encargarse del coche, pero a saber qué clase de chapuza había hecho el muy vago. Con un poco de suerte, aquello se olvidaba, como había pasado con el resto. Con un poco de suerte, tampoco valía demasiado la pena encontrar a aquella joven. Con un poco de suerte, la policía la buscaría un tiempo y luego lo dejaría por imposible. Lo dudaba. Aquella era diferente. No era prostituta, sino una dichosa animadora de instituto. Seguirían buscando y eso significaba que Franklin tenía que hacer algo enseguida.

Miró su cena desparramada por la alfombra y cogió el plato de Evan.

—Lo tuyo es eso —anunció señalando al suelo.

El pequeño no protestó. Le tendió el botellín.

—¿Todavía quieres la cerveza?

Franklin alargó la mano y, cuando Evan dio un paso para dársela, le cruzó la cara con un golpe tal que lo lanzó al suelo.

CAPÍTULO 13

Tracy había pasado una noche tranquila en casa con Dan y Daniella. Había llovido con fuerza y los dos se habían sentado a leer en el salón con la chimenea encendida hasta que, agotada por la semana de trabajo, se había quedado dormida en el sofá. Tampoco le había durado tanto el sueño: durante una investigación, era normal que su subconsciente siguiera estudiando el caso al irse a dormir y cuando se despertaba. Aquella mañana, sus pensamientos le habían impedido volverse a la cama después de darle el pecho a Daniella.

Abrió la puerta del despacho de Casos Pendientes y se sentó enseguida a la mesa. Aunque, cuando aceptó el puesto, pensó que había dejado atrás los fines de semana de trabajo, allí estaba otra vez. Había quedado con Kins en que se verían avanzada la mañana.

Encontró el detallado listado de casos que había elaborado Art Nunzio con los expedientes que había revisado. Se había levantado pensando en Stephanie Cole, lo que la había llevado a acordarse del Cowboy, el asesino en serie que ataba y asesinaba a prostitutas que trabajaban en los moteles de la avenida Aurora, en el sector septentrional de Seattle. Tracy lo había puesto entre rejas, pero, por encima de todo, lo que había desencadenado aquel recuerdo era algo que había leído en los papeles de Nunzio.

Pasó el dedo por las palabras mecanografiadas en ellos, volvió la primera hoja y siguió recorriendo con él la segunda. Se detuvo y leyó el resumen con más detenimiento. Angel Jackson, de treinta y dos años, desaparecida en la avenida Aurora, conocida zona de prostitución. Prosiguió en aquella página, unos casos más allá. Tres meses después de la desaparición de Jackson, se había desvanecido sin dejar rastro Donna Jones, de veintinueve, en aquella misma zona. Jones era una heroinómana famosa en el cuerpo por sus numerosas detenciones por prostitución, por tráfico de estupefacientes y, en cierta ocasión, por apuñalar a un cliente en la pierna.

Los dos casos estaban al cargo de los mismos inspectores que habían investigado el de Elle Chin. Al dejar el cuerpo, los tres expedientes pasaron a la Unidad de Casos Pendientes.

Tracy salió del despacho y se dirigió a la escalera que descendía al cuarto que había justo enfrente del rellano de la sexta planta, convertida en almacén y que hacía unos años había alojado al grupo operativo que investigaba el caso del Cowboy. La barandilla metálica vibró al bajarla. Abrió la puerta y encendió la luz. Sobre las estanterías portátiles se acumulaban, una tras otra, hileras de expedientes. Tracy caminó hasta el fondo de la sala y retiró el plano que había fijado a la pared y en el que su equipo y ella habían ido marcando la ubicación de cada uno de los asesinatos del Cowboy. Volvió corriendo al despacho y, quitando el tablero de corcho que había vaciado Nunzio, pegó el plano con cinta adhesiva a la pared.

Escribió «AJ» en una nota adhesiva y la colocó en el lugar del mapa en que se había visto por última vez a Angel Jackson. Entonces puso en otra «DJ» e hizo lo mismo con el último paradero conocido de Donna Jones. Las dos ubicaciones se hallaban a una manzana de distancia en el tramo septentrional de la avenida Aurora, que coincidía con la carretera estatal 99, iba de norte a sur y llevaba directamente a Green Lake y Woodland Park, los dos lugares por los que salía a correr Stephanie Cole. Puso en los alrededores una tercera nota adhesiva en la que había escrito «SC», aunque no sabían bien dónde había desaparecido la joven.

Si bien los dos casos antiguos eran, sin duda, diferentes del de Stephanie Cole, al menos a juzgar por la información que habían descubierto hasta entonces Tracy y Kins, que no era mucha, el lugar y las circunstancias parecían, sin duda, interesantes. Todas parecían haber sido secuestradas sin testigos. No se habían encontrado cadáveres, ni tampoco grabaciones de vídeo, muestras de ADN, sangre ni ningún otro indicio relevante que seguir. Con los años, Seattle se había visto bien servida de asesinos en serie y eso explicaba, probablemente, que hubiesen asignado los casos de las dos prostitutas al mismo equipo de inspectores.

Llamaron a la puerta.

—¿Qué haces? —preguntó Kins.

Tracy le contó la revelación que había tenido a mitad de la noche, pero a Kins no le sorprendió.

—Podía haberte ahorrado las molestias —le dijo en cambio—. Los agentes de tráfico de la comisaría Norte han encontrado el coche de Cole esta mañana. Los de la científica van ya para allá.

—¿Para dónde?

—Para un aparcamiento de Ravenna.

—¿Han encontrado algún cadáver?

—No, solo el coche.

Tracy colocó la pegatina en torno a la zona de Ravenna Park, al norte del Distrito Universitario y la Universidad de Washington y a menos de tres kilómetros al este de Green Lake; fue a por el bolso y la chaqueta y salió sin pausa del despacho.

Mientras Kins conducía el coche de la comisaría, Tracy llamó a la Oficina de Relaciones Públicas para informar de las novedades relativas al Prius de Cole y pedir que insistieran en que quien hubiese visto a Cole o su vehículo en las inmediaciones de Ravenna Park llamase a la línea habilitada para ello. A continuación, habló con el sargento de guardia y, tras ponerlo al día, le rogó que pusiera a los agentes de la comisaría Norte a mostrar la fotografía de Cole por las viviendas cercanas a Ravenna Park y por el propio parque por si alguien recordaba a la joven. Acto seguido, llamó a Scott Barnes y lo despertó para preguntarle si Cole salía a correr alguna vez por Ravenna Park. El joven no lo sabía con certeza, aunque sí estaba seguro de que no se lo había oído decir nunca a ella.

Tracy colgó y se volvió hacia Kins.

—¿Sabemos si hay cámaras en el aparcamiento de Ravenna?

—Todavía no. ¿Qué ha dicho Barnes?

—Que no lo sabe. Dice que Cole le preguntó dónde había otros sitios para salir a correr, además de Green Lake y Woodland Park, pero que él no es de hacer ejercicio y le dijo que lo buscase en Google. ¿Qué sabemos del móvil de Cole? ¿Te ha llamado la compañía telefónica?

Después de que el compañero de piso le diera el número de la joven, Kins se había puesto en contacto con el operador, Verizon, para pedir que rastrearan el teléfono tras informarlos de lo urgente de las circunstancias.

—Ayer por la noche. Me dijeron que lleva apagado desde la noche del miércoles.

—¿Apagado? ¿Cuántos críos apagan en algún momento su móvil?

—Ninguno, si tengo que guiarme por el comportamiento de mis hijos y todos sus amigos.

Tracy meditó al respecto.

—Es poco probable que Cole saliera a correr sin ir oyendo música, ¿verdad?

—Te digo lo mismo: no conozco a nadie que no lo haga, por lo menos con esa edad.

—¿Y ha podido rastrear Verizon los movimientos de su móvil antes de que lo apagase?

Kins asintió.

—El miércoles por la tarde estuvo en Green Lake y en Fremont y, más tarde, más al norte, en North Park. Ahí fue donde perdieron la señal.

—Green Lake es donde vive y Fremont, donde trabaja. ¿Qué estaba haciendo en North Park?

—Ni idea.

—Si ahí se apagó el teléfono, tuvo que ser ahí donde desapareció.

—Entonces, ¿cómo llegó el coche a Ravenna Park? —La pregunta era retórica—. La empresa de transportes ha mandado el vídeo de la tarde del miércoles. Cole salió sola del edificio con ropa de deporte y con una bolsa de gimnasio. Dejó el aparcamiento a las 15.56. No parece que la siguiera ningún vehículo.

—¿Qué dirección tomó?

—Salió del aparcamiento y fue al norte.

—No al sur.

—No.

—North Park está al norte.

—Lo sé. Le he pedido a Anderson-Cooper que busque en los locales y las calles de la zona cámaras, particulares o de tráfico, que puedan haber grabado el coche.

Kins entró en el aparcamiento de Ravenna Park y se detuvo al lado del furgón gris de la policía científica. Había varios inspectores con guantes analizando un Prius azul con matrícula de California y la zona de alrededor. Tracy no pasó por alto que el coche estaba aparcado al lado del parque, lejos de la calle. Buscó una senda por allí cerca, pensando que una joven como Cole dejaría el vehículo tan cerca como le fuera posible de la pista que usaría para correr.

Kins y ella saludaron al sargento de la científica, Dale Pinkney, quien les dijo que un empleado de Parques y Jardines de Seattle había denunciado el coche al ver que llevaba varios días en el mismo sitio. Al encontrarse con él el jueves, había supuesto que debía de haber alguien viviendo dentro, pero no había visto a nadie y, al final, decidió llamar a la policía. Ignoraba que hubiese salido en las noticias.

El coche no parecía tener daños ni había nada a simple vista que hiciese pensar que estaba inservible. Pinkney quería analizarlo en el sitio y luego llevarlo con una grúa a Park 90/5 para llevar a cabo pruebas de ADN y demás análisis forenses.

—¿Han encontrado algo dentro? —quiso saber Kins.

—Un teléfono, una bolsa de deporte con ropa y una bolsa de la compra de Bartell.

—¿El teléfono de Cole está en el coche? —preguntó Tracy.

Pinkney asintió sin palabras.

—¿Podemos verlo? —dijo Kins.

Fueron al coche y Pinkney les dio sendos pares de guantes y, a continuación, una bolsa con el móvil. Tracy pulsó la pantalla a través del plástico, pero la pantalla permaneció inactiva. Entonces accionó el botón de encendido del lateral y el aparato volvió a la vida, pero estaba protegido con contraseña.

—Tiene batería de sobra —dijo enseñándoselo a Kins.

Tendría que pedir a Andréi Vilkotski, de la Unidad de Apoyo Técnico y Electrónico, que hiciera un volcado de los correos electrónicos de Cole, los mensajes de texto y del contestador y cualquier llamada efectuada o recibida. También buscaría entre las fotografías a personas que apareciesen con frecuencia: amigos y conocidos con los que habría que hablar y quizá un novio o un aspirante a novio.

Kins fue sacando con cuidado prendas de vestir femeninas de la bolsa de deporte: vaqueros, una blusa, un jersey... Debía de ser lo que Cole había llevado el miércoles al trabajo antes de cambiarse para ir a correr. No parecían estar rasgadas ni manchadas y ni Tracy ni él detectaron que tuvieran sangre.

Pinkney le entregó entonces la bolsa de Bartell Drugs.

—Estaba detrás del asiento trasero.

—Accesorios de pirata —anunció el inspector mientras mostraba a Tracy un paquete de plástico sin abrir con un cinturón negro ancho, una espada de plástico gris, un parche y un pañuelo rojo.

—Más indicios de que pensaba ir a la fiesta —confirmó Tracy.

En el recibo estaban impresas la dirección del establecimiento y la hora en que había pagado Cole la compra: las 16.18 del miércoles.

—¿Dónde está la avenida Veinticuatro Noroeste? —preguntó Kins.

Tracy la introdujo en su teléfono. Estaba en North Park.

—Parece que ya sabemos por qué fue a North Park—dijo su compañero.

La inspectora negó con la cabeza.

—¿Por qué no fue a un supermercado de Green Lake, cerca de su piso, o de Fremont? ¿Para qué quería ir hasta North Park?

—Puede que allí no hubiera supermercados grandes o que no encontrara accesorios de pirata.

Tracy sacó el cuaderno de espiral y el bolígrafo para anotar que debía comprobar en el historial del teléfono, cuando lo desbloqueara Vilkotski, si Cole había llamado al establecimiento o había hecho una búsqueda antes de dirigirse allí en coche. Dudaba que la joven hubiera acudido a aquel Bartell en particular con el presentimiento de que tenían accesorios de piratas, más aún si, como parecía, tenía la intención de salir a correr antes de ir a la fiesta. Esto también parecía contradecirse con el hecho de que para hacerlo volviera nada menos que hasta Ravenna Park.

—¿Por qué no ir a Green Lake o a Woodland Park en lugar de aquí?

—Quizá se cansó de correr allí. Barnes dice que estaba buscando más sitios. Me pregunto a qué viene tanto empeño en comprar esos accesorios. ¿No será que quería impresionar a alguien que sabía que iría a la fiesta?

—Vamos a acercarnos al supermercado y ver si alguien la recuerda —propuso Tracy—. Todavía deben de tener la grabación de vídeo.

Kins pidió a Pinkney que los llamasen si descubrían algo más. Para encontrar coincidencias de ADN o de huellas dactilares podían hacer falta días y hasta semanas, por mucha prisa que tuvieran.

No tenían tanto tiempo, al menos si querían tener la esperanza de encontrar a Cole con vida.

Tracy anunció mientras regresaban al coche de la comisaría:

—Voy a llamar a Oz para decirle que el tiempo apremia y que hay que tener cuanto antes las pruebas de ADN que le lleguen. —Se refería al laboratorio de criminalística de la Policía Estatal de Washington, Michael Melton, a quien llamaba así por *El mago de Oz*, aunque otros se referían a él como *Grizzly Adams* por el parecido con el personaje de televisión que interpretaba Dan Haggerty en los setenta que le daban el pelo y la barba.

—Tienen cola —advirtió Kins—. Yo estoy esperándolos para otro caso y, por lo visto, puede tardar semanas.

—Cola tienen siempre, pero yo conozco el punto débil de Mike.

Las cuarenta y ocho horas siguientes a un secuestro eran decisivas: las estadísticas revelaban que las probabilidades de encontrar con vida a una persona desaparecida caían de forma espectacular superado ese momento.

Y Tracy y Kins ya iban con retraso.

Hablaron con la encargada del Bartell de North Park, que no recordaba a Stephanie Cole. El establecimiento, sin embargo, tenía cámaras en el techo y, según les dijo, debían de tener todavía la grabación correspondiente al miércoles a las 16.18. La siguieron a un cuarto de la zona de almacenaje de la parte trasera y se sentó al ordenador para buscar el vídeo de dicha fecha y hora.

—Ahí —dijo Tracy estudiando el monitor—. Esa es.

Cole entró en el supermercado con la ropa de deporte. Aunque no era más que una grabación, el hecho de verla entrar viva en la tienda convertía aquella imagen en algo atrayente y personal. También daba esperanzas, esperanzas que Tracy rezó por que no fueran infundadas.

La joven se dirigió al fondo del local, donde encontró el paquete de accesorios de pirata y, transcurrido apenas un minuto, volvió a la parte delantera.

—Tenía claro lo que quería —dijo la inspectora.

—Desde luego, no perdió el tiempo —convino Kins.

—Parece que debió de llamar primero, ¿no?

Tracy observó al resto de los presentes para ver si alguno se interesaba en ella, pero no vio a nadie sospechoso mientras Cole iba a la línea de cajas, donde la atendió una joven.

—¿Quién es esa? —preguntó la inspectora señalando a la cajera.

—Denis —dijo la encargada.

—¿Trabaja hoy?

—No, hoy libra.

Tracy tomó nota del nombre completo y la encargada se comprometió a poner a su disposición el horario completo de la empleada. Cole y ella hablaron poco. En determinado momento del vídeo, Stephanie miró el Fitbit que llevaba en la muñeca.

—Le preocupa la hora.

El indicador situado en la base de la imagen los informó de que Cole salió del supermercado a las 16.19. Una vez más, Kins y Tracy trataron de determinar si la habían seguido.

No, no la había seguido nadie.

La encargada tecleó algo y les mostró la grabación del aparcamiento. Vieron a la joven salir del local y dirigirse al coche con prisa, a un trote ligero, una señal más de que le apremiaba el tiempo. Tracy volvió a mirar entre la gente y los vehículos de su alrededor. Cole arrancó y se unió al tráfico de la calle.

—Si la siguió alguien, tuvo que ser a partir de este momento —dijo Kins en voz baja.

Estudiaron la imagen sin ver ningún coche que fuese tras ella.

Hicieron algunas preguntas más a la encargada y le dieron sus tarjetas de visita. Tracy le pidió que enviase el vídeo a Kins para que él pudiera remitirlo a la unidad de Park 90/5.

—¿Alguna conclusión? —preguntó el inspector cuando volvieron al coche.

—Una solo: compró el disfraz a las 16.18, de modo que, con ese tráfico, es imposible que llegara a Ravenna Park a tiempo de correr. Por lo menos, de día, cosa que debía de ser de vital importancia para alguien que no conocía la pista por la que iba a correr y, además, pretendía ir luego a una fiesta.

—Tal vez, al no ser de aquí, no sabía que anochece a las cuatro y media. Pensaría que tenía más tiempo.

—Tal vez —repitió Tracy muy poco convencida—, aunque también puede ser que no saliese a correr allí.

—Pero allí es donde está su coche.

—Lo sé, y también sé que, de momento, no hemos encontrado ningún otro indicio de su presencia.

—Nos estamos perdiendo en conjeturas. A lo mejor encontramos alguien cerca de Ravenna Park que recuerde haber visto a Cole o su coche.

—Creo que deberíamos buscar parques y pistas para correr por aquí cerca.

—De acuerdo, pero, primero, vamos a comer algo. Así podemos repasar nuestras notas, ponerlas en común y ver si estamos pasando algo por alto. También podemos buscar senderos, llamar a Pinkney para ver si han encontrado algo más y averiguar si se ha recibido alguna llamada con información sobre el caso.

Tracy miró la hora. No se había dado cuenta de que eran ya las doce y media. Quería hablar con Bill Miller, el agente de la comisaría Norte que había acudido en primer lugar a la casa de Jewel Chin la noche de la desaparición de Elle. La víspera había confirmado que todavía trabajaba allí y, por el turno que, según su sargento, le tocaba aquel día, debía de estar a punto de salir.

Tracy puso a Kins al corriente.

—Pues llámalo. A lo mejor matamos dos pájaros de un tiro —dijo él.

—Creo que para eso necesitas otro modismo.

—Lo que necesito es mejorar mi vocabulario. ¿*Modismo* has dicho?

CAPÍTULO 14

Tracy llamó al móvil de Bill Miller en el momento en que salía de la comisaría Norte después de acabar su turno. Quería hacerle unas preguntas relacionadas con el informe que había elaborado la noche de la desaparición de Elle Chin, pues tenía la impresión de que había cargado las tintas donde interesaba para beneficiar a su compañero. Miller estaba a punto de comer antes de irse a hacer ejercicio, volver a casa y acostarse; pero se mostró muy dispuesto a quedar con ella en el restaurante IHOP de la avenida Aurora, cerca de la comisaría Norte.

—¿Lo ves? —dijo Kins—. Dos pájaros de un tiro.

No fue difícil de encontrar y no solo porque todavía no se había quitado el uniforme. Era casi tan ancho como el banco corrido en el que se había sentado. Parecía haber cumplido no hacía mucho los treinta años y tenía rasgos faciales infantiles, el pecho hinchado y unos bíceps que parecían haberse propuesto romperle las mangas de la camisa.

—Se da un aire a Li'l Abner —comentó Kins mientras se acercaban, refiriéndose al protagonista de una tira cómica antiquísima.

—Sí que eres antiguo tú —sentenció Tracy.

—He criado a tres varones. Eso te absorbe la juventud antes de lo que tardas en decir *vasectomía*.

Miller tenía delante un plato a medio comer, con huevos, filetes y una montaña de tortitas aún sin empezar.

Durante las presentaciones, el agente miró con gesto abochornado la cantidad de alimento que había en la mesa.

—Me estoy cargando de hidratos de carbono antes de entrenar.

—¿Qué ejercicio haces? ¿Aplastamiento de coches? —dijo Kins con una sonrisa.

Miller soltó una carcajada.

—Tengo una competición dentro de poco y no es fácil cuando tengo este turno. —Tenía la voz más aguda de lo que había esperado Tracy al ver su tamaño—. Pero, por lo menos, me da tiempo a llegar al gimnasio.

—¿De qué es la competición? —quiso saber el inspector.

Tracy, imaginando que se trataba de crear un vínculo entre hombres, lo dejó proseguir.

—Levantamiento de potencia. Me aficioné en la universidad.

—¿No jugabas al fútbol americano? —preguntó Kins—. Porque podrías haber hecho tú solo la línea ofensiva o defensiva. A mí me habría encantado correr detrás de ti.

—Qué va. Mi padre es neurólogo y no quería verme golpeando a nadie con la cabeza. Tenía una beca de atletismo: lanzamiento de martillo, de peso, de disco… ¿Tú jugabas en la uni?

—Cuatro años y uno en la liga nacional. Ojalá hubiese tenido cerca a tu padre para darme consejos. Habría salido mejor parado.

—¿Conmociones cerebrales?

—Alguna que otra, pero me retiré por una lesión de cadera. Me tuvieron que poner una nueva antes de cumplir los cuarenta. Mira qué suerte. A mis hijos no los dejo que jueguen al fútbol.

Tracy y Kins hicieron su pedido cuando la camarera acudió a llenarles la taza de café. Él pidió tortilla francesa y ella, un bollo danés.

—Usted es la inspectora que atrapó al Cowboy —le dijo Miller.

Tracy había recibido mucha atención dentro del cuerpo y en los medios de comunicación por aquel arresto, no le sorprendía que un agente de la comisaría Norte conociera aquel caso.

— Sí, señor —respondió.

—Me pareció reconocer su apellido cuando me llamó. ¿Ahora se dedica a casos sin resolver? —Parecía sorprendido.

—Sí, señor.

—Me ha dicho que tenía que ver con el de Elle Chin. ¿Ha habido algún avance? —Miller se echó media jarrita de sirope en la montaña de tortitas antes de cortar con el tenedor un trozo del tamaño de una porción de tarta.

—Lo estoy revisando por si acaso —repuso Tracy.

Miller fue directo al grano.

—Imagino que querrá hablar conmigo por el informe que hice la noche de la desaparición de la niña.

—Primero, quiero preguntarte si conocías bien a Bobby Chin.

El agente bajó las tortitas con un sorbo de leche antes de decir:

—No mucho. Bobby y yo teníamos más o menos la misma edad. Creo que él estaba un curso por delante en la academia, pero no éramos amigos ni nada de eso.

—¿Qué clase de persona era?

Miller encogió aquellos hombros colosales.

—Un buen tío. A mí me caía bien. Ya le digo que no es que saliésemos de copas. Él estaba casado. —Hizo un mohín al decirlo.

—¿Conocías a su mujer?

—No la había visto nunca hasta aquella noche, pero sí que había oído hablar de ella, igual que todos los agentes de la comisaría Norte.

—¿Bobby hablaba de ella?

—No como estará pensando. —Meneó la cabeza—. Lo que pasa es que a veces ella lo llamaba cuando estaba de servicio y su compañero oía la conversación y se la contaba al resto. Ya sabe cómo van esas cosas. En comisaría es imposible guardar un secreto.

—Me consta.

—Luego estaban los informes sobre maltrato y la denuncia por violencia doméstica que presentó contra él. Tampoco es fácil guardar discreción sobre eso.

El cuerpo de policía, como muchos otros organismos, era un pañuelo. Si alguien no quería que los demás supiesen de sus asuntos personales, más le valía tener la boca callada… o amenazar a su compañero con pegarle un tiro, algo que siempre les había funcionado a Tracy y a Kins.

—¿Tú te lo creíste? —preguntó la inspectora.

—¿Lo de la violencia doméstica? Al principio, no. Pensé que se lo estaba inventando ella, porque había oído que estaban teniendo un divorcio complicado. Pero Bobby se declaró culpable, así que supongo que sí, que era verdad.

—¿Nunca le preguntaste a Bobby?

—No. Me dije que no era asunto mío. De todos modos, lo que oí fue que Bobby lo reconoció. Dijo que le había dado una bofetada, creo, y eso no tiene justificación alguna.

—¿Te había parecido alguna vez que pudiera ser violento?

—No —respondió Miller sin vacilar—, pero yo no trabajaba con él. Me parecía un tío muy equilibrado, aunque le gustase oír *heavy metal*. A su compañero lo tenía loco.

—Tengo entendido que Bobby dejó el cuerpo. ¿Sabes algo de él?

—Eso fue poco después de la desaparición de su hija. Le hicieron cogerse una baja —confirmó—. Tuvo que ser muy duro para él. Me refiero a la incertidumbre. Encima, su mujer no hacía más que aparecer en las noticias diciendo que estaba convencida de que había sido él quien se había llevado a su hija. No tenía pruebas, pero eso no le impidió usarlo para vapulearlo en los medios, desde luego.

Por lo que tengo entendido, él contraatacó con la misma arma, acusando a su mujer y al novio de haberla secuestrado.

Tracy pasó entonces al tema del informe.

—¿Tú fuiste el primero en llegar aquella noche a casa de los Chin?

—Me dieron la orden de salir volando y averiguar si la exmujer y el novio estaban en la casa.

—¿Quién te la dio?

—El sargento de guardia.

—¿Sabes quién lo llamó a él?

—No. Supongo que sería Bobby, pero no lo sé seguro.

No había que ser muy imaginativo para hacerse una idea de los prejuicios que podían tener los agentes contra Jewel Chin ni lo que tuvo que decirle Bobby a su sargento para que mandase coches patrulla a su casa.

—Podría pensarse que cuando llegaste a la casa no tenías muy buena impresión de la exmujer.

—No sé si podría decirse así, pero sí es verdad que había oído bastante sobre ella para saber qué podía esperarme.

La camarera les llevó el pedido. Kins echó salsa caliente y kétchup sobre la tortilla y las patatas fritas.

—¿Y estaba en casa? —preguntó Tracy partiendo un pellizco del bollo para metérselo en la boca.

—Sí, con su novio.

—Cuéntame qué pasó cuando llegaste. —Tracy sabía que los informes eran un suplicio para cualquier agente, motivo por el que la mayoría solo reflejaba en ellos lo más trascendente y de la forma más sucinta posible. Además, tampoco querían ofrecer demasiado material que pudiese utilizar un abogado defensor. El informe de Miller no era ninguna excepción. Quería conocer sus impresiones, no solo los hechos.

—Creo que la palabra que usé para describirlo en mi informe fue *raro*.

—¿En qué sentido?

—A ver, yo entonces era más joven. No estoy casado ni tengo hijos, pero…

—¿Pero…? —preguntó Tracy dejando la taza en la mesa. La vecina, Evelyn Robertson, también había acabado sus comentarios con un *pero*.

—¿Tiene usted hijos?

—Una hija.

Miller miró entonces a Kins, que soltó una risotada.

—Si tres varones te parece poco…

—¿Y no pensarían que la primera reacción de la madre al ver a un policía que llama a su puerta para decirle que no encuentran a su hija sería precisamente preguntar por la niña?

Tracy se detuvo un instante. Aquello habría sido lo primero que habría preguntado ella.

—Sí.

—Yo me pasé todo el trayecto preocupado por cómo se lo iba a decir, rezando por no ser el primero en llegar para no tener que darle la noticia, y, cuando me presento allí y se lo digo, se pone a despotricar de Bobby y a decir que es todo una trola, que ha sido Chin quien se ha llevado a la niña, que tiene una orden de alejamiento contra él… Yo estaba flipando. ¿A qué coño venía eso?

—¿Y llegó a preguntar por la hija en algún momento?

—Luego, cuando llegaron los inspectores. Estando yo allí solo, lo único que hizo fue soltar sapos y culebras y decirme que avisara por radio de que Bobby se había llevado a la niña y que había que arrestarlo. El novio también me lio una buena.

—¿Cuánto tardaron en llegar los inspectores?

—Media vida. A mí, por lo menos, fue lo que me pareció.

—Háblame del novio.

Miller sonrió.

—Era culturista, de los de bronceado falso, bíceps grandes y cinturita de avispa. Cargado de esteroides sin duda. Lo siento, pero es un prejuicio que tengo.

—¿Qué decía él?

—Le costaba meter baza, porque la mujer no dejaba de despotricar. No había quien dijese nada. Ella no paraba de decir que había que detener a Bobby y meterlo en chirona, que había estado a punto de matarla a golpes y solo había conseguido que lo dejasen en libertad con cargos, que lo único que estábamos haciendo nosotros era proteger a un compañero...

—¿Y era cierto?

—Yo no, desde luego. Yo no tuve nada que ver con ese arresto y, cuando me enteré, no justifiqué lo que había hecho Bobby. Mi padre me lo dejó bien enseñado: uno no le pone la mano encima a una mujer, jamás. Aquella noche, yo solo hice mi trabajo. No conocía los detalles de lo que había pasado, aparte de que había desaparecido la cría en un maizal.

—¿Te dio la impresión de que la mujer supiese dónde estaba la niña?

—Ese otro inspector de Casos Pendientes... ¿Cómo se llamaba?

—Art Nunzio.

—Eso. Él me preguntó lo mismo una vez. Creo que le dije que no sabía lo que estaba pensando ni si me había dado otra impresión aparte de: «¿Qué coño hace embistiendo contra Bobby en vez de preguntar por su hija?». Como puse en el informe, me pareció muy raro.

Los inspectores habían escrito algo muy parecido. Decían que Jewel no había dejado de acusar a su exmarido ni siquiera cuando la informaron de que Bobby había sido quien había anunciado su desaparición y había impedido que saliera nadie del aparcamiento del maizal. Los testigos lo habían descrito como «desconsolado».

Jewel Chin, en cambio, sostenía que estaba actuando, que había hecho «un numerito delante de la policía» y que los agentes se lo habían tragado.

Kins salió del banco corrido para ir a los aseos y Miller siguió con su exposición:

—Cuando llegaron los inspectores y le preguntaron lo que había hecho aquella noche, dónde habían estado el novio y ella, se enfadó más todavía, nos puso a todos de vuelta y media y dijo que no pensaba decir nada más hasta que hablase con su abogado. Entonces se cerró en banda. No abrió la boca nada más que para decir que la culpa era de Bobby. No nos ayudó en nada. Ni entonces ni nunca, por lo que recuerdo.

Los inspectores que habían llevado el caso también habían hecho constar que Jewel Chin parecía más preocupada por sí misma que por la niña. Después de acudir a la prensa para culpar a Bobby de la desaparición de su hija, se encerró en una habitación de hotel para evitar a los periodistas. Más tarde se negó a responder a las preguntas de los investigadores. En su informe final, el inspector encargado del caso plasmó sus sospechas de que a la niña se la habían llevado Jewel, el novio o alguien a quien conocían —o a quien habían pagado—, probablemente para hacer daño a Bobby Chin. Con todo, no había pruebas que apoyasen aquella teoría.

—¿Qué impresión te dio todo aquello? —quiso saber Tracy—. Me refiero a lo que pensaste en realidad, con independencia de lo que dijera tu informe.

—Que la mujer era un mal bicho —respondió el agente sin dudarlo—. Sigo sin explicarme cómo alguien así puede tener hijos ni por qué se molesta en tenerlos. —Movió la cabeza de un lado a otro antes de apartar la mitad de la montaña de tortitas como si hubiese perdido el apetito, algo extraño dado su tamaño—. Bobby tampoco era ningún santo, como ya he dicho. —Volvió a menear la cabeza—. No sé qué pasó aquella noche. No sé si sería la madre y el novio, si sería Bobby o cualquier otro. Solo espero que la niña esté viva donde sea. Que esté viva y a salvo y que ninguno de ellos tenga más contacto con la chiquilla. En mi opinión, es la única esperanza que tiene esa cría de llevar una vida normal.

La señora Evelyn Robertson, la vecina, había venido a insinuar lo mismo, aunque no lo había dicho.

Kins volvió a la mesa, pero no hizo ademán de sentarse.

—Puede —anunció en cambio mirando a Tracy— que tengamos un testigo que haya visto a Stephanie Cole.

—¿Dónde?

—En los alrededores de North Park.

—Eso está cerca de Bartell.

—Lo sé. Quizá tengas razón con lo de que estábamos buscando donde no era.

CAPÍTULO 15

Kins llevó el coche hasta una vivienda de ladrillo de una sola planta situada frente a una escuela de primaria. Tracy le había propuesto dar una vuelta para tomar contacto con el barrio. Dedujo que North Park era un barrio de clase media, con casas bajas y discretas y jardines bien cuidados. Aquel sábado ventoso vio a mucha gente con perros, en su mayoría jubilados, al parecer, que se protegían del frío con chaquetones largos y, algunos, bufandas, con guantes y gorros de lana. Daba la impresión de ser un lugar agradable. Al menos, los transeúntes sonreían. Algunos se saludaban y charlaban en la acera, lo que era bueno si de veras habían visto a Cole.

Kins aparcó en la calle y los dos subieron los escalones de una casa alargada con grandes ventanales a uno y otro lado. La puerta se abrió antes de que tuvieran ocasión de llamar, haciendo patente que el hombre alto y canoso que los recibió los estaba esperando. A sus pies saltaba de un lado a otro un Jack Russell terrier que movía la cola inquieto.

—¿Señor Bibby? —preguntó Kins.

—Ustedes deben de ser los inspectores. —El hombre miró al perro—: Ya está, Jackpot... Ya está. Échate y déjalos entrar. —Volvió a dirigirse a Kins y a Tracy—: Se pone nervioso cuando tenemos visita.

En ese momento llegó una mujer que, tras saludarlos, se agachó para tomar en brazos al animal.

—Entren —dijo el hombre—, que voy a cerrar la puerta antes de que se escape. —Después de hacerlo, añadió—: No los esperaba tan pronto.

La mujer dejó al perro en el suelo mientras Kins se identificaba y presentaba a su compañera. El inspector les hizo saber que se encontraban por los alrededores cuando habían llamado. Brian Bibby les presentó a su esposa, Lorraine. Tracy calculó que los dos debían de rondar los setenta y cinco.

—¿Puedo ofrecerles algo de beber? ¿Café, té, un vaso de agua…? —preguntó Lorraine.

Tracy y Kins declinaron la invitación y Bibby pidió café.

La vivienda, como el jardín, era sencilla, pero estaba bien cuidada. El salón estaba forrado con paneles de madera y tenía el suelo de tarima, sobre el que descansaba una alfombra de grandes dimensiones y un sofá de piel pegado a una ventana con vistas a la escuela que había en la otra acera. Había un sillón de lectura de cuero de diseño futurista orientado tanto hacia la ventana como hacia un televisor de pantalla plana fijado a la pared. Tras el sillón, se elevaba una estantería llena de libros bien dispuestos, al parecer ensayos —biografías—, junto con fotografías familiares. Todo apuntaba a que los Bibby tenían un hijo y una hija. Al lado de la librería, en el hueco de un hogar de ladrillo rojo, escupía aire caliente una chimenea encastrada.

El señor Bibby les cogió los abrigos y los invitó a sentarse en el sofá. Entonces ajustó la almohada eléctrica que descansaba en el sillón y les explicó que tenía la espalda dañada por todos los años que había trabajado en la fábrica de Boeing en Everett.

—Hice lo posible para aguantar hasta jubilarme —dijo—, pero aun así me temo que dejé de trabajar demasiado pronto. Yo no sirvo para estar de brazos cruzados.

—¿Y en qué ocupa su tiempo? —preguntó Kins.

—Tenemos una Boston Whaler en el puerto deportivo de Edmonds. En época de salmón, Lorraine y yo salimos casi todas las mañanas, tenga yo la espalda como la tenga. Los ahúmo en un horno que tenemos ahí atrás, los liofilizo y los reparto entre todos los vecinos. Tengo un congelador lleno en el garaje, de modo que, si alguno de ustedes quiere llevarse…

Una vez más, los dos rechazaron cortésmente la oferta.

Lorraine regresó entonces con el café del señor Bibby, quien le dio las gracias, dio un sorbo y dejó la taza sobre un posavasos en la mesa que había al lado de la lámpara de pie. Ella abrió una silla plegable y se sentó al lado de su marido.

—Señor Bibby… —empezó a decir Kins.

—Solo Bibby, por favor —dijo el anfitrión—. Todo el mundo me ha llamado siempre Bibby.

Parecía decirlo con orgullo.

—¿Dice que cree haber visto a Stephanie Cole?

—¿Tienen una fotografía suya? —preguntó Bibby.

Kins sacó la que habían usado para dar a la prensa y le tendió el teléfono a Lorraine, que se lo pasó a su marido sin mirar la imagen. Bibby estudió la fotografía antes de preguntar:

—¿Corre?

—¿Por qué lo pregunta? —quiso saber Kins.

—Porque la joven que vi estaba corriendo en el parque que hay al final de la calle.

—¿Ahí fue donde la vio?

—Es adonde vamos a pasear Jackpot y yo. Esa es nuestra ruta habitual. Vamos hasta la entrada del parque y caminamos hasta el final de la pista antes de volver.

—¿Y es esta la joven?

—Desde luego, se parece. Tenía el pelo recogido en una cola de caballo. Es lo único que me impide estar seguro al cien por cien, pero diría que por lo menos lo estoy en un noventa por ciento.

—La Cole de la fotografía tenía el pelo suelto por debajo de los hombros—. ¿Vive por aquí? Nunca la había visto, pero supuse que, si había salido a correr por el parque, quizá se acababa de mudar.

—¿Por qué dice eso?

—Porque, en realidad, ese parque no es para correr. Solo tiene una pista y, como le he dicho, se corta al fondo de la quebrada. Además, es muy escarpada, lo que imagino que no debe de ser bueno para las rodillas y, supongo, para la espalda de un corredor que va cuesta abajo. Con tanta sobrecarga… Por si fuera poco, después de bajar, hay que subir, lo que no debe de ser muy agradable. Por otra parte, no es fácil encontrar la entrada al parque si uno no vive aquí. Así que supuse que debía de haberse mudado hace poco al barrio y no lo conocía bien.

—¿A qué hora salen a pasear Jackpot y usted? —preguntó Kins.

—Depende de la época del año. Salimos de casa cuando todavía hay luz suficiente para ir y volver; por la tarde, porque así Jackpot puede pasar la noche más tranquilo y yo estiro la espalda.

—¿Y cuando vio a la joven corriendo?

—Eso fue el miércoles —respondió antes de mirar a su esposa como si estuviera calculando la hora—, así que Jackpot y yo tuvimos que salir de casa a las cuatro menos cuarto más o menos.

—¿Sale usted a pasear con su marido? —preguntó Tracy dirigiéndose a Lorraine.

—A veces, pero no siempre. Todavía trabajo a media jornada. El miércoles no salí.

—Entonces, ¿a qué hora vio a Stephanie Cole? —dijo entonces mirando a Bibby.

—Suponía que me lo preguntarían, así que he consultado el calendario de las puestas de sol. Ese día se puso a las 16.48. Jackpot y yo la vimos entre las cinco menos veinticinco y las cinco menos veinte, mientras volvíamos. Acababa de ponerle otra vez la correa… Se había puesto a perseguir a una ardilla, un conejo o cualquier otro bicho y no dejaba de dar vueltas por la maleza. Lo acababa de atar cuando llegó corriendo la joven por la pista. Recuerdo haber pensado que estaba oscureciendo y que más le valía darse prisa si no quería acabar sin luz.

—¿Qué llevaba puesto? —preguntó Kins.

—Ropa de deporte: mallas, camiseta de manga larga y zapatillas de deporte. Llevaba unos de esos auriculares para escuchar música, de los que no tienen cables. No estoy seguro de cómo se llaman.

—Inalámbricos —dijo Tracy.

—Tiene sentido.

—¿Vio si llevaba teléfono?

—Sí, en la mano.

—¿Y dice que Jackpot y usted hacen esa ruta a diario? —quiso saber Kins.

—No digo que a veces no nos alejemos un poco más, pero ¿qué sentido tiene si tenemos el parque aquí mismo? Soy animal de costumbres, como podrá confirmarles Lorraine.

—¿Habló usted con la joven?

—No. Ella me sonrió y yo la saludé con la cabeza y aparté a Jackpot para que pasase. Era muy poquita cosa. —Tendió la mano con la palma hacia abajo—. Yo diría que más bajita aún que Lorraine.

Kins le preguntó la altura a la esposa, que respondió que medía uno sesenta y cinco, cuando Cole medía uno sesenta y dos.

—¿Creen que pudo perderse por el parque? —preguntó Lorraine con aire preocupado.

—No lo sabemos —repuso el inspector—. Estamos haciendo cuanto podemos por reconstruir el recorrido que hizo esa tarde. ¿Debo entender que no la vio salir del parque? —preguntó a Bibby.

—No, no la vi. Para entonces, Jackpot y yo debíamos de estar ya en casa o a punto de llegar.

—¿Vio a alguien más cuando completaron su paseo, en la pista o en los alrededores?

—No. De hecho, estaba convencido de que Jackpot y yo éramos los únicos que quedábamos por allí… hasta que llegó ella corriendo.

—¿Y en la calle, al salir del parque? ¿Vio a alguien?

El anciano negó con la cabeza.

—Lo siento.

—¿Ni a nadie sentado dentro de un coche?

Bibby volvió a negar.

—No recuerdo ningún coche. Siempre hay coches aparcados en la acera, pero suele ser durante el horario escolar: la mayoría se ha ido a las tres.

—¿Cuándo acaban las clases?

—A las dos y media —dijo la mujer.

—Lorraine ha estado treinta y siete años enseñando en esa escuela. A ver qué maestro tarda menos en ir de su casa al trabajo.

—¿Ahí es donde sigue enseñando a media jornada? —preguntó Tracy.

—Ya no enseño, pero echo una mano con las labores administrativas.

—¿Cómo se enteraron de que había desaparecido la joven? —dijo Kins a Bibby.

—Por las noticias. —El anfitrión señaló la pantalla—. Como les he dicho, soy animal de costumbres. Cuando volvemos de paseo Jackpot y yo nos sentamos a ver King 5 y me tomo una taza de café. Ayer estaba viendo las noticias cuando pusieron una fotografía de la muchacha y dijeron que había desaparecido. Miré a Lorraine y le dije: «Yo creo que el miércoles me crucé con esa joven en el parque».

La esposa asintió.

—Le pregunté: «¿Vive por aquí?». Lorraine suele enterarse de esas cosas antes que yo, porque los padres que se mudan al barrio matriculan a sus hijos en la escuela. De todos modos, esa muchacha parecía muy joven para tener críos. Más bien pensé que se habría mudado aquí con sus padres. ¿Me equivoco?

—¿En qué? —quiso saber Kins.

—Quiero decir que si se ha mudado aquí.

—Todavía estamos atando cabos. La información que nos ha dado ayuda, muchas gracias. ¿Recuerda algo más?

—No, nada. Solo espero que no le haya pasado nada malo a esa muchacha. Este barrio es muy tranquilo. Los vecinos son buena gente. Todos nos conocemos y nos llevamos bien.

Tracy se volvió hacia Lorraine.

—¿Sabe si la escuela tiene cámaras de seguridad en ese aparcamiento? —Señaló por la ventana.

—No, no tiene. El mes de enero pasado robaron la rampa para sillitas de ruedas que había delante de un aula portátil y nos habrían venido muy bien para grabar a los ladrones.

—¿Ustedes lo ven normal? —preguntó Bibby.

—Éramos la segunda escuela a la que se lo hacían —dijo Lorraine—, pero, sin cámaras, no podemos hacer gran cosa y, desde luego, no vamos a poder comprarlas si los votantes no aprueban los dos impuestos con los que quieren destinar fondos a todas las escuelas de primaria de Seattle.

—¿Dice que la entrada al parque es difícil de encontrar? —preguntó Tracy a Bibby.

—De aquí a poco tengo que sacar a Jackpot de paseo. Podemos salir un poco antes si quieren acompañarme.

—Se lo agradeceríamos —dijo la inspectora.

El anfitrión se puso en pie con una mueca de dolor.

—Sin problema. Seguro que mi espalda me lo agradece.

Bibby se puso ropa de abrigo y ató a Jackpot, y Kins y Tracy los siguieron hasta la puerta. El inspector se puso al lado del perro y el dueño, mientras Tracy, tras ellos, inspeccionaba a su paso el aparcamiento de la escuela y, a continuación, la casa dispuesta en diagonal a lo que Bibby describió como la entrada del parque. Esta no estaba bien delimitada, aunque había una señal de tráfico que indicaba su presencia. Estaba pintarrajeada con símbolos pandilleros.

—¿Tienen bandas por aquí? —preguntó Tracy cuando se detuvieron ante el acceso.

—Solo de septuagenarios —repuso Bibby.

Lo recóndito de la entrada llevó a la inspectora a preguntarse si no habría tenido Cole dificultades en encontrar la pista para correr. «¿Pidió indicaciones?», apuntó en su libreta.

En la acera opuesta al comienzo de la pista vio una casa de dos plantas con ventanales de cristal que iban del suelo al techo. Buscó cámaras de seguridad sobre la entrada principal y la puerta corredera de cristal del lateral, pero no vio ninguna. Se propuso hablar con todos los propietarios cuyas viviendas dieran a la entrada del parque y siguió a Kins y a Bibby, que ya estaban entrando.

La señal que había al comienzo de la pista no incluía un plano de su recorrido. Si era la primera vez que Cole corría en aquel parque, posiblemente ignorase que la senda descendía hasta una quebrada y terminaba allí de forma abrupta.

—Hace unos años, la pista estaba hecha un asco. La habían convertido en un vertedero de electrodomésticos, ruedas…, en fin, de todo —dijo Bibby al tomar la senda—. Un vecino consiguió financiación del condado para limpiarla y entre todos hicimos el trabajo. Ahora está mucho mejor.

Tracy los siguió por el abrupto desnivel que descendía hasta un barranco boscoso poblado de arces y helechos. Sí, subir corriendo aquella cuesta debía de ser agotador y se preguntó por qué habría elegido Stephanie Cole aquel lugar cuando cerca de casa tenía pistas mejores para correr, alrededor de un lago espléndido y en uno de los mejores parques de Seattle.

Llevaban quince minutos de camino cuando el terreno se hacía más llano. Llegaron a una pasarela de madera formada con palés sobre un arroyo y Bibby anunció:

—Aquí fue donde me crucé con ella. Como les he dicho, había estado persiguiendo a Jackpot por esos matorrales y acababa de conseguir agarrarlo por el collar y ponerle la correa cuando la vi pasar corriendo.

Desde allí no se alcanzaba a oír el tráfico de la calle: solo el viento que agitaba las hojas de aquel sereno bosquecillo. Tanta quietud, sin embargo, no transmitía paz precisamente, sino más bien una sensación fatídica acentuada por la falta de sol y el silencio. Tracy observó desde la pista las plantas, las ramas rotas y las hojas abatidas. Buscó huellas en el terreno, cualquier señal que indicara que habían arrastrado por el suelo a una mujer. Trató de dar con algún lugar en que la tierra estuviera removida o amontonada.

La luz invernal se disipaba entre las copas de los árboles, aunque muchos de ellos habían perdido la mayoría de sus hojas. Siguieron avanzando. Tracy no había dejado de mirar a un lado y a otro en busca de colores poco naturales entre los arbustos. Ya estaba haciendo planes de volver por la mañana con perros adiestrados en la búsqueda de cadáveres y con inspectores de la policía científica. También llamaría a Kaylee Wright, la rastreadora de personas, capaz de recrear lo que había ocurrido en el lugar de los hechos a partir de pisadas y daños en la vegetación. Si allí se había cometido un delito, iban a necesitar a Wright. Dada la cantidad de tiempo transcurrida y la lluvia violenta de la noche anterior, dudaba que la Unidad Canina de Búsqueda y Rescate pudiese dar con un rastro. Tendría que llamar para confirmarlo. De cualquier modo, Kaylee era tan eficaz como los perros, si no más.

Llegaron al final de la pista, que no por anodino dejaba lugar a dudas sobre su condición. Un matorral tupido se encaramaba en aquel punto a una ladera pronunciada. A mitad de esta, sobre dos barandillas de metal, había señales que indicaban que allí acababa el camino.

—Aquí es donde nos damos la vuelta Jackpot y yo para desandar la pista colina arriba.

—Dame la mano —dijo Tracy tendiéndole la suya a Kins. Él la ayudó a subir a la barandilla, pero a la inspectora le fue imposible ver al otro lado de la pendiente—. ¿Qué hay ahí arriba? —le preguntó a Bibby.

—Patios traseros de viviendas —dijo él mientras ella volvía a poner el pie en tierra—. Por eso la pista no hace una vuelta completa: parte del terreno es propiedad privada.

Tracy volvió a estudiar la vegetación y notó una abertura en la maleza, una trocha abierta por animales que subía por la ladera.

—Nos estamos quedando sin luz —dijo Kins.

Tracy miró el reloj. Si Cole había salido a correr por allí a aquella hora más o menos, también ella había tenido que volver casi a oscuras.

Regresaron a la vivienda de Bibby y, tras dejarle sus tarjetas de visita, le hicieron saber que tal vez lo llamasen para hacerle más preguntas.

—Cuando quieran —respondió él—. El viejo Jackpot y yo estaremos aquí. Ojalá no le haya pasado nada a esa chiquilla.

Ya en el coche, dijo Tracy:

—Habría que llamar a la comisaría Norte para que pongan un agente en la entrada por si nos ha visto alguien visitar el parque.

—¿Estás pensando lo mismo que yo, que quizá esté ahí el cadáver de Cole?

—Por desgracia, hay muchas probabilidades.

—Llamaré a la policía científica. ¿Llamas tú a Kaylee? —preguntó Kins. Después de años trabajando juntos, era frecuente que predijeran los movimientos y pensamientos del otro.

—Voy.

—Habría que hablar con los propietarios de las casas que hay frente a la entrada del parque y con los que tienen el patio trasero colindante con la quebrada. Aquí hay algo que huele muy mal. Bibby la ve aquí y su coche aparece en Ravenna Park. Me da muy mala espina.

—Pues ya somos dos —concluyó Tracy.

CAPÍTULO 16

Tracy y Kins recorrieron las viviendas situadas ante la entrada del parque. Por desgracia, aquel no era el mejor momento para encontrar en casa a sus propietarios. Quienes trabajaban no habían acabado todavía su jornada o estaban atrapados en uno de los atascos de Seattle, mientras que los padres sin ocupación laboral debían de estar recogiendo a sus hijos de las actividades extraescolares.

Recorrieron la calle de casa en casa y apuntaron los domicilios en los que no les abrían para enviar a una pareja de inspectores al día siguiente. Los vecinos con los que sí lograron hablar no habían estado en casa la tarde del miércoles o no recordaban haber visto a Cole ni su vehículo. Ninguna de las viviendas tenía cámaras de seguridad, aunque los propietarios les dijeron que era normal que los vecinos del barrio salieran a pasear, muchos de ellos con perros. Aunque varios mencionaron a Bibby, ninguno pudo decir nada concreto de aquel miércoles. Nadie oyó nada, ni gritos ni voces, procedente del parque. Uno de los residentes les confirmó lo que les había dicho Bibby: que los vecinos estaban muy pendientes y que probablemente habrían notado la presencia de un extraño o de un coche desconocido. Kins llamó al sargento Billy Williams para solicitar que los agentes de la comisaría Norte enseñaran la fotografía de Cole en tantas casas y en tantos negocios de North Park como les fuera posible.

Siendo positivos, Tracy y Kins habían conseguido ya dar cuenta del paradero de Cole hasta las cinco menos cuarto aproximadamente de la tarde del miércoles, por más que aquello no explicase cómo había acabado su coche en un aparcamiento de Ravenna Park.

—Acabó el turno a las 15.50 —dijo Tracy ya en el coche, mientras Kins recorría la calle en busca de ventanas iluminadas—. Sabemos que seis minutos más tarde salió del trabajo después de ponerse ropa de deporte. De Bartell salió a las 16.19 y Bibby se cruzó con ella en la quebrada entre las 16.30 y las 16.45, de modo que es poco probable que fuese a ningún otro sitio después de comprar en el supermercado.

—Coincido contigo —dijo Kins sin dejar de inspeccionar las casas.

—Ahora sabemos que fue a correr al parque, lo que significa que no tenía motivos para ir hasta Ravenna, y menos aún si tenía prisa por llegar a casa, ducharse, ponerse el disfraz y acudir a la fiesta de Halloween, que era, sin duda, lo que planeaba hacer.

—Eso parece —convino el inspector.

—Su compañero de piso dice que no fue a casa, porque no se puso el disfraz. Eso convierte a Bibby en la última persona que la vio antes de su desaparición.

—Parece que sí. —Kins detuvo el vehículo frente a una casa que tenía las luces encendidas y los dos se apearon.

—Entonces, tenemos a una joven que, al parecer, se ha esfumado sin dejar rastro. No hay testigos ni pruebas, por el momento, de que se haya cometido un crimen, y tampoco hay cadáver.

—Todavía. ¿Adónde quieres ir a parar?

—Estoy pensando en los otros dos casos que te dije que estaba investigando Nunzio.

—¿Los de las dos prostitutas desaparecidas?

Cruzaron la calle.

—También desaparecieron sin más. Sin testigos, sin pruebas de que se cometiera un crimen, sin cadáveres… y no muy lejos de aquí.

—De momento, vamos a centrarnos en Cole —dijo Kins—. Si ella nos lleva en esa dirección, recorreremos ese camino. Por el momento, su caso es reciente. Si la encontramos, quizá tengamos suerte y resolvamos los otros dos… o descubramos que no tiene nada que ver con ellos. —Vio que sobre la puerta había una cámara mirando a la calle—. De momento, parece que la suerte nos sonríe.

Llamó y salió una mujer de unos treinta y cinco años con el pelo castaño oscuro que se presentó como Nancy Maxwell. Dijo que su marido había instalado la cámara al mudarse allí, pero no había colocado otra en la parte trasera de la casa, la que daba a la quebrada.

Maxwell los invitó a pasar. Su marido estaba con sus dos hijos en el entrenamiento de fútbol. Encendió su ordenador y puso el vídeo correspondiente a la tarde del miércoles, entre las tres y media y las cinco y media de la tarde. Aunque no vieron ningún Prius pasar por delante de la casa, ni tampoco a Stephanie Cole, sí que pasó un hombre por la acera a las 16.22.

—¿Quién es ese? —quiso saber Tracy.

—Evan Sprague.

—¿Vive aquí?

—Sí, con sus hermanos, dos casas más abajo.

—¿Y pasea todos los días a esta hora? —preguntó Kins.

—Todos los días, como Bibby, no; pero lo he visto otras veces.

—¿Puedes aumentar la velocidad?

Pasaron a cámara rápida las dos horas siguientes y no vieron a Evan Sprague volver a casa. Kins preguntó a Maxwell si conocía el motivo.

—Seguramente dé vueltas a la manzana. Evan es un poco lento, «discapacitado» es probablemente la palabra adecuada. No se le nota demasiado, pero… supongo que hará siempre el mismo recorrido para no perderse y para que puedan buscarlo sus hermanos.

—¿Dice que vive a dos casas de aquí? ¿En qué dirección?

—Se lo enseño. —Maxwell salió al porche y cruzó los brazos al sentir el frío. Señaló manzana abajo—. La casa está medio en ruinas. Era de sus padres. Son gente muy agradable, pero dudo que tengan mucho dinero para arreglos. Franklin trabaja en un hogar de jubilados y Carrol, en un Home Depot.

—¿Carrol es varón? —quiso confirmar Kins.

Aquella relación no le acababa de encajar a Tracy.

—¿Sus padres murieron?

—Sí —repuso Maxwell—, antes de que nos mudáramos nosotros.

—¿Y los hermanos siguen viviendo juntos?

—Ellos tres sí.

—¿Qué edad tienen?

—Yo diría que Franklin estará entre los cuarenta y muchos y los cincuenta y pocos. Es el mayor. Luego van Carrol y Evan. Evan es más joven.

—¿No se ha casado nunca ninguno?

La mujer se encogió de hombros.

—A mí al principio también me pareció raro, pero, como le he dicho, son muy buenos vecinos. Casi siempre están a lo suyo. La noche de Halloween llevamos a los críos y Evan y Franklin les dieron tabletas de Hershey de las grandes. Fue un detalle.

—¿Evan también trabaja? —preguntó Tracy.

—Hace chapucillas por el barrio. Les corta el césped a varios vecinos. Franklin se encarga de cuidarlo. Es muy cariñoso con él.

—¿Sabe si son más? Aparte de esos tres hermanos, quiero decir.

—No lo sé. Ya sé que suena raro: tres hermanos viviendo juntos… Lo noto por las preguntas que me hacen; pero piense que es muy normal ver hermanas que viven juntas y a nadie le parece extraño.

Hicieron una copia del vídeo y la enviaron al correo electrónico de Kins, y, tras dar las gracias a Maxwell, se dirigieron a la casa de los Sprague. El sol se había puesto ya y lo único que interrumpía la oscuridad eran los círculos de luz de las farolas. Los árboles de detrás de las casas se mecían con la brisa y el aire estaba cargado como si fuese a llover de nuevo.

Aquella casa medio en ruinas se encontraba sobre una loma. A diferencia del resto de jardines, el de aquella vivienda se hallaba yermo, sin flores ni plantas, y tenía hierba salvaje por césped. Un caminito de cemento cuarteado llevaba a los escalones de madera del porche.

—Parece la casa de Norman Bates del estudio de la Universal Picture —comentó Kins mientras se acercaban—. Si veo a una anciana sentada en una mecedora al lado de la ventana, te dejo sola haciendo el interrogatorio.

—Estás hecho un cagueta —dijo Tracy.

—Y nunca lo he negado. Me dan miedo la oscuridad, las películas de miedo y los tiburones. Cuando voy a Hawái, nunca me baño por lo que pueda haber en el agua.

Tracy echó un vistazo al lateral de la casa. El jardín se extendía por detrás unos diez metros y parecía seguir hasta la quebrada boscosa, más o menos por donde terminaba la pista, aunque la oscuridad hacía difícil decirlo con seguridad. No vio que hubiera una valla en la parte trasera ni separando las tres propiedades contiguas. El césped pasaba de un jardín a otro sin más interrupción que algún que otro parterre de flores.

Los inspectores subieron los escalones que daban a un porche sumido en la oscuridad. Las persianas les impedían mirar por la ventana. Tracy ya había dado por hecho que los hermanos Sprague no debían de estar en casa antes de que Kins llamase a la puerta principal, que emitió un sonido sordo y casi hueco. La luz del porche se encendió tras un par de intentos y, a continuación, se abrió la puerta.

—¿Qué desean? —La pregunta la formulaba un hombre ancho de espaldas que parecía tener la edad que le había atribuido la vecina al mayor de los hermanos. Tenía el pelo moreno y largo, con algunas canas y peinado hacia atrás para despejarle la frente. Una cascada de rizos se extendía casi hasta el cuello de la camiseta blanca. Llevaba vaqueros y, pese al frío, iba descalzo.

—¿Franklin Sprague?

—¿Quién pregunta?

Kins hizo las presentaciones y los dos le mostraron sus placas.

—Sentimos molestar a estas horas.

—No pasa nada. Estaba viendo la tele. Es que creí que serían abogados o locos de una secta. Hoy en día no puede uno bajar la guardia. ¿En qué puedo ayudarlos? —añadió cruzando sus brazos rollizos.

Tracy supuso que tenía que estar helándose, allí plantado, con aquel fresco, descalzo y en camiseta, pero no los invitó a entrar.

—Estamos preguntando en el vecindario por si alguien ha podido ver a una joven que vino a correr al parque el miércoles, a última hora de la tarde.

—¿Ha desaparecido o algo? —preguntó Sprague.

—Sí —respondió Kins.

—¿A qué hora salió a correr?

—Entre las cuatro y las cuatro y media.

Él negó con la cabeza.

—El miércoles, yo estaba trabajando y, cuando salí, fui a hacer la compra. Cuando llegué aquí ya había anochecido hacía un buen rato.

—Uno de sus vecinos recuerda haberla visto en el parque.

—¿Bibby?

—¿Lo conoce?

—Sé que sale al parque casi a diario. Lo sabe todo el barrio. ¿Han hablado con él?

—Él fue quien llamó para decir que la había visto.

—Pues ahí lo tienen.

—Entonces, ¿ni usted ni ninguno de sus dos hermanos la han visto? —preguntó Tracy.

—¿Les ha hablado Bibby de mis hermanos?

—No, ha sido otra persona del vecindario.

—Yo no la he visto, desde luego. A ver… Carrol también tenía que estar trabajando el miércoles a esa hora. —Se encogió de hombros—. ¿Cómo es esa joven? ¿Tienen alguna fotografía suya?

Kins buscó la que tenía en el móvil de la comisaría y se lo tendió a Sprague.

—Esperen un segundo. —El hombre volvió a entrar, dejando la puerta medio cerrada.

Tracy miró a Kins, movió los labios como para pronunciar «Norman Bates» e hizo el gesto de apuñalarlo varias veces con un cuchillo ficticio. La puerta volvió a abrirse y salió Sprague, que se colocó unas gafas estrechas de lectura.

—Ya no veo como antes —dijo—. Déjenme echarle un vistazo.

Entonces cogió el teléfono de Kins y bajó la mirada para examinar la imagen.

—Qué guapa. Pero no, no la he visto. —Le devolvió el teléfono.

—¿A qué se dedica? —preguntó Tracy.

—Trabajo en un hogar de ancianos de Seattle.

—¿Y qué hace allí?

—Soy neurocirujano —respondió con cara seria. Acto seguido sonrió—. Era broma, inspectora: soy técnico de servicios ambientales, que es una forma muy retorcida de decir que trabajo de conserje. Friego el suelo y los cuartos de baño, quito las sábanas cuando alguien las mea o se muere…, cosas así. No es muy glamuroso, pero algo es algo. Llevo años allí. Si quieren, puedo darles el nombre de mi supervisor.

Kins sonrió con él.

—¿Me ha dicho que su otro hermano también estaba trabajando el miércoles por la tarde?

—Carrol trabaja en el ome HoHomefhidHoHHHHdlkHome Depot de Shoreline. No sé bien qué horarios tenía esta semana, pero el miércoles todavía no estaba en casa cuando yo llegué. Lo sé porque quise que me echaran una mano para meter la compra. Lo más probable es que siguiese en el trabajo, aunque no puedo asegurárselo. A veces, cuando acaba, se queda un rato en un bar de por allí.

—¿Y su otro hermano? —quiso saber Tracy.

—¿Evan? Evan estaría en casa, porque no trabaja. No puede.

—¿Está en casa ahora alguno de sus hermanos? Nos gustaría hablar con ellos.

—Carrol no está. Supongo que hoy saldrá tarde o se habrá entretenido tomándose una cerveza y quizá termine cenando fuera. Evan sí, pero está malo. Ha agarrado una gripe gorda y está con fiebre. Ha estado casi toda la tarde vomitando y ahora está durmiendo en su cuarto. Espero no pillarla yo también.

Tracy y Kins le dejaron sus tarjetas de visita.

—¿Puede decirle que nos llame?

—Claro, pero les advierto que es difícil que se acuerde de algo. No anda muy bien de memoria. A largo plazo no recuerda nada. Les recomiendo que vuelvan cuando esté yo en casa, por si no entiende algo de lo que le preguntan.

—¿Cuándo sería un buen momento? —quiso saber Kins.

—Cualquier día por la noche, cuando se haya recuperado. Solo por curiosidad, inspectores: ¿esa es la joven que ha salido en las noticias?

—Sí.

—Entonces me sonaba de eso. ¡Qué lástima! Tan joven… Espero que la encuentren y que no le haya pasado nada.

Tracy y Kins le dieron las gracias y bajaron del porche. La puerta se cerró tras ellos y la luz se apagó.

—Joder, tengo la piel de gallina —dijo Kins cuando llegaron al coche.

—Sí, ya ha quedado claro que no eres de carácter heroico —replicó Tracy mientras se dirigía al lado del copiloto.

—¿Qué quieres decir, que a ti no se te han puesto los pelos de punta? —preguntó su compañero por encima del techo del vehículo—. Da un miedo terrible: tres hermanos huérfanos que viven solos en casa de sus padres.

—Tú tienes tres hijos. ¿Y si se fueran a vivir juntos?

—Llamaría a una empresa de residuos peligrosos para que les limpiase la casa antes de ir a verlos. Tengo la esperanza de que algún día se casen y se vayan de casa, pero ¿juntos los tres? Eso es lo más raro que he visto en mi vida.

Tracy ocupó su asiento y se abrochó el cinturón.

—Como se están poniendo los precios en Seattle, tienen suerte de poder contar con la casa. Además, la vecina tiene razón.

—¿Con qué?

—Si fuesen tres hermanas, no le darías más importancia.

Kins se apartó del bordillo.

—De tres hermanas compartiendo casa dirías que son solteronas, ¿no?

—Si siguiéramos estando a mediados del siglo XIX.

—¿Y cómo llamas a tres hermanos que viven juntos?

—¿Solterones?

—Señor Salido, señor Verde y señor Dospiedras —dijo Kins partiéndose de risa.

—¿Te lo acabas de inventar? —respondió Tracy sin querer seguirle el juego.

—Sí. —Miró a la carretera y luego a ella—. Venga ya. Reconoce que tiene su gracia.

—¿Dospiedras?

—Ahí está lo gracioso. Los otros dos son para… Olvídalo. Un tío se habría reído.

—No lo dudo. Vamos a pasarnos por la comisaría Norte para ver cómo han organizado las visitas de los agentes al barrio y asegurarnos de que tienen la foto de Cole y la descripción del coche. Cuando volvamos a la central, confirmaré que mañana por la mañana mandan a un equipo de la científica y a una unidad canina.

—Yo me encargo. Tú, vete a casa a ver a tu hija. Es sábado: seguro que Dan agradece que estés allí.

—¿Y Shannah?

—Ha salido con sus amigas. De todos modos, si se ha tomado un par de copas, a lo mejor tengo suerte.

Tracy puso los ojos en blanco.

—Vale, señor Dospiedras.

—¿Lo ves? ¿A que te ha hecho gracia?

Dan la recibió en la puerta con la sonrisa pícara de cuando tramaba algo.

—Ven, que quiero que veas una cosa.

La llevó a la sala de estar, donde estaba Therese sentada en el suelo. Daniella, de pie, estaba agarrada con una mano a la mesita del sofá. Sonreía y babeaba mientras tendía la otra mano hacia el sonajero que le ofrecía, a escasos centímetros, la niñera.

—¿Qué está pasando aquí? —preguntó la recién llegada.

—Que su hija quiere ser más adelantada que todos los niños de su edad —contestó Therese.

Tracy dio un paso al frente y se puso de rodillas. Daniella centró de inmediato su atención en ella.

—No la distraiga, señora O'Leary —dijo Therese antes de agitar el sonajero para recuperar el interés de la cría—. Tu soliiita… —entonó—. Sola, soliiita…

La pequeña dio una palmada en la mesa de madera y, tratando de mantener el equilibrio, soltó la mano, dio un paso algo torpe, uno más y, tras agarrar el sonajero, se lanzó al regazo de la niñera.

Tracy se echó a reír y Daniella, al verla, sonrió y se puso a agitar brazos y piernas. La madre la levantó y le besó las mejillas.

—Se supone que le queda todavía un mes para hacer eso —aseguró Therese—. Esta cría tiene buenos músculos, ya se lo digo yo.

—Ha salido al padre —comentó Dan.

—¡Chasco gordo, chaval! —replicó Tracy sin dejar de hacer carantoñas a su chiquitina—. Esta niña es Crosswhite de la cabeza a los pies. Sarah siempre se adelantaba a todo el mundo en cualquier cosa que se propusiera.

—¿Chasco gordo? Te has pasado un poco, ¿no crees?

—No lo decía por tu forma física.

—¡Encima! —exclamó el marido.

Therese se puso en pie.

—Siento que no estuviera aquí para verlo primero, señora O, pero a mí también me ha pillado de improviso. La he dejado un segundo para ir a por el teléfono y, cuando he vuelto, me la he encontrado de pie y dando un par de pasitos antes de volver a caerse al suelo.

Tracy sonrió. Era el precio que tenía que pagar por su trabajo: sabía que se perdería avances como aquel.

—No pasa nada, Therese. Me alegra que podamos compartirlo.

—¡Uf! Me daba miedo que se enfadase conmigo. En fin, he quedado para salir, así que la dejo aquí para que camine solo para ustedes. En la cocina tienen estofado para la cena.

—¿Eso es lo que huele tan bien?

—He usado todas las verduras que he encontrado —anunció la niñera antes de salir de la sala de estar.

—¿Tienes hambre? —preguntó Dan.

—Dame un minuto. Quiero jugar un rato con Daniella, que, además, sí que debe de tener hambre. Eso espero, por lo menos.

—La he esperado —gritó Therese desde su cuarto.

Tracy soltó una carcajada.

—De aquí a nada va a estar recorriendo toda la casa —advirtió Dan ofreciéndole un dedo a su hija.

—Y ya es una polvorilla…

—Tú lo has dicho: Crosswhite de los pies a la cabeza. ¿Cómo te ha ido el día?

—Ha sido interesante. —Tracy lo puso al corriente de lo que habían averiguado Kins y ella—. Por lo menos, sabemos por dónde empezar. De todos modos…, me temo que mañana encontrarán su cuerpo en algún lugar de ese parque. Por la mañana tenemos pensado volver con un equipo de la científica y una unidad canina. Siento lo del fin de semana de trabajo.

—El hombre que pasea a su perro, ¿es de fiar? ¿Puede ser sospechoso?

—Todos pueden ser sospechosos, aunque en su caso es poco probable. Está casado y casi todo el vecindario sabe que pasea al perro todos los días a la misma hora. Lo más seguro es que sea una coincidencia. Además, si fuese culpable de algo, ¿por qué tanto interés en decirnos que la vio en el parque?

Tomó en brazos a Daniella y se levantó para llevarla al sofá. Se levantó la camisa y le dio el pecho mientras seguía hablando con su marido.

—¿Cómo lo estás llevando? —quiso saber él.

—Bien, pero gracias por preguntar. Tanto ajetreo me ayuda, porque no me deja mucho tiempo para darle vueltas a la cabeza.

—¿Y este caso no te está haciendo aflorar demasiados sentimientos?

—Eso me va a pasar siempre, Dan. Es lo que tiene la realidad.

—Ya, pero ¿cómo vas a sentirte si los perros encuentran mañana un cadáver?

—Triste —repuso sin vacilar—. Triste por esa muchacha y su familia, y más resuelta todavía a atrapar al hijo de perra que lo haya hecho.

Dan sonrió.

—¿Qué? —dijo ella.

—Crosswhite de los pies a la cabeza.

Tracy sonrió.

—¿Cómo llamas a tres hermanas de mediana edad que viven juntas?

—¿Solteronas?

Ella puso los ojos en blanco.

—¿Y a tres hermanos de mediana edad que viven juntos?

—Ni idea. ¿Cómo llamas a tres hermanos de mediana edad que viven juntos? —Su tono reflejaba que se había dado cuenta de que se trataba de un chiste.

—Señor Salido, señor Verde y Dan —dijo ella.

—¿Dan? —Parecía confundido, pero también curioso.

—Kins ha dicho «señor Dospiedras» y asegura que es ahí donde está la gracia del chiste. —Dejó a Daniella con cuidado sobre los cojines—. Pero yo espero que el otro sea Dan.

CAPÍTULO 17

El domingo por la mañana, Tracy encontró el furgón de la policía científica aparcado en la cabecera de la pista. Habían cortado el paso con cinta policial negra y amarilla tendida entre los árboles. Kins estaba de pie cerca de la señal de madera, hablando con Pinkney y un puñado de inspectores de la científica con guantes azules, pantalón negro con bolsillos y chaquetas en las que se leía POLICÍA en el pecho y CSI en la espalda. Los perros adiestrados en búsqueda de cadáveres y los agentes de la oficina del *sheriff* del condado de King que los llevaban se encontraban en las inmediaciones. Todo muy discreto. En la quebrada, por lo menos, nadie podría verlos; pero los vecinos ya habían empezado a asomarse a las ventanas y algunos se habían aventurado a salir a la acera para hablar con un agente de paisano a quien, sin duda, le estarían preguntando si toda aquella actividad tenía algo que ver con la joven sobre la que habían estado preguntando por las casas.

—Creo que lo mejor será empezar allí al fondo e ir subiendo por la pista hasta llegar a la carretera —anunció Kins al ver llegar a Tracy.

La inspectora se mostró de acuerdo y Kins ofreció a Pinkney y al resto de inspectores de la científica un resumen de las características de aquel terreno antes de llevarlos al final del recorrido. Aunque el Subaru de Tracy marcaba nueve grados aquella mañana, en la quebrada, donde el follaje impedía el paso de la luz del sol, hacía más frío. No dudó en ponerse guantes y un gorro de lana.

Mientras los perros hacían su trabajo, fue poniendo a Kins al tanto de lo que había averiguado hablando con los agentes de la Unidad de Búsqueda y Rescate.

—El sargento ha confirmado que, con el tiempo transcurrido desde la última vez que vieron a Cole y la lluvia que ha caído, es poco probable que los perros sean capaces de dar con un rastro que seguir.

—¿Y qué sabes de Kaylee? —preguntó su compañero refiriéndose a la rastreadora de personas del condado de King.

—Volvió anoche de un congreso en California, así que le he dicho que descanse mientras empiezan los de la científica. Dice que estará aquí a mediodía.

Los perros pasaron varias horas buscando el rastro de un cadáver. Tracy albergaba la esperanza de estar equivocada.

Poco después de empezar, se acercó Pinkney con varias bolsas de plástico selladas.

—Hemos encontrado sangre, de mamífero.

—¿Seguro? —dijo Kins.

—Le he hecho la prueba de Kastle-Meyer y sabemos que es sangre. En la furgoneta le haré una de precipitina para ver si es animal o humana; pero, si yo fuera hombre de apuestas, apostaría a que es humana.

—¿Por qué? —quiso saber Tracy, consciente de que Pinkney tenía sus motivos.

—Porque también hemos encontrado esto.

Dentro de la primera bolsa de pruebas había un auricular inalámbrico blanco como los que recordaba Brian Bibby haberle visto a Cole al cruzarse con ella en el sendero. El auricular y la sangre hicieron que a la inspectora le diera un vuelco el corazón. En las otras bolsas habían recogido colillas de cigarrillo. Una parecía reciente, porque apenas tenía barro, mientras que las otras tenían aspecto de llevar mucho más tiempo expuestas a las inclemencias del tiempo.

—¿Dónde han encontrado el auricular?

Pinkney se volvió y los llevó hasta donde habían colocado varias banderillas rojas.

—Cerca de donde estaba la sangre.

—¿Y esta? —Tracy levantó la bolsa de la colilla que parecía más reciente.

El sargento señaló hacia el fin de la pista, situado a sus espaldas. Justo encima de esa loma, al lado de un tocón, donde se veían más banderines rojos asomando sobre el follaje y el resto del árbol.

—El auricular estaba ahí, en esos matorrales, cerca de donde hemos encontrado la sangre. —De la maleza sobresalía otro banderín de pruebas—. Estamos buscando el que falta.

Tracy se volvió hacia Kins. La colilla estaba en un lugar inusual, pues cabría haberla encontrado en la pista o en los arbustos si lo habían lanzado desde ella. Parecía más probable que la hubiese arrojado alguien que estuviera esperando tras el tocón, un lugar perfecto para ocultarse y observar el sendero.

Tracy miró por sobre su hombro e imaginó a Cole corriendo por allí y, tras llegar al final de la pista, deteniéndose quizá a buscar por dónde proseguía o a tratar de dar con otra. Al no ver ninguna, debió de dar la espalda a la ladera para volverse a mirar la pendiente, tan larga como sobrecogedora, que debía desandar. Habría sido el momento perfecto para caer sobre ella desde detrás del tocón, lo que también explicaba dónde había aparecido la sangre. La vegetación, además, parecía haber sufrido daños. Tracy se agachó y vio manchas negras en las hojas de un arbusto bajo.

—¿Cuánto tiempo tardará Kaylee? —preguntó Kins mirando la hora.

—La llamaré para ver a qué hora calcula.

Tracy se puso en pie y sacó el móvil. Mientras marcaba, recorrió el lugar con la mirada en busca de tierra removida, aunque los perros ya habían estado en la quebrada y no habían dado con el rastro de un cuerpo enterrado. Todavía.

Kins y ella llamarían a la familia de Cole para averiguar su grupo sanguíneo. Si coincidía con la sangre que habían encontrado en la maleza, buscarían ADN y lo compararían con algo que encontrasen en su apartamento —su cepillo de dientes, un cabello…—. Pidieron a Pinkney que ordenara a sus inspectores salir del espacio de detrás del tocón y de los arbustos ensangrentados para evitar alterar más el lugar antes de que Kaylee Wright tuviese ocasión de estudiarlo.

Ella sabría decirles qué había ocurrido, si habrían arrastrado el cuerpo y en qué dirección lo habrían llevado.

Los perros subieron la pista en dirección a la cabecera para disponerse a recorrer cada una de las cuatro hectáreas de aquel cinturón verde. En la quebrada no habían encontrado restos enterrados. Una buena noticia, quizá. Con todo, no quería decir, ni de lejos, que Cole estuviera viva.

Wright llegó al lugar justo después del mediodía. Recorrió la pista en vaqueros, botas de senderista y una chaqueta abrigada con la cabeza gacha, mirando a un lado y a otro del camino. Como Tracy, era una mujer alta, pues medía un metro ochenta. El pelo oscuro le caía hasta los hombros desde debajo de un gorro azul marino. Tras estudiar criminalística en la universidad, donde había jugado al voleibol, había entrado a trabajar en el cuerpo de policía de Seattle y, con el tiempo, había llegado a inspectora de la científica. Las dos se habían conocido en el edificio de Park 90/5. Si Tracy se había convertido en la primera mujer inspectora de la Sección de Crímenes Violentos de Seattle, Wright era la primera rastreadora de personas titulada del condado de King.

Llevaba consigo un puñado de banderines amarillos y, de cuando en cuando, se detenía para clavar uno en el suelo. Al hombro llevaba una bolsa con las fichas azules que usaba para dibujar el diseño de la suela de cada una de las pisadas que encontraba y registrar su tamaño y su profundidad. También llevaba una cámara, aunque prefería fiarse más de su propia vista. Había encontrado a varias de las víctimas del asesino del río Green. Trabajaba siguiendo el principio de Locard, según el cual nadie puede entrar ni salir de un entorno sin perturbarlo, llevarse algo o dejar una prueba. En un mundo en el que el análisis de ADN y la tecnología forense no dejaban de lograr adelantos, Wright representaba la vuelta a una ciencia que había evolucionado hacía doscientos años. Buscaba huellas, piedras volcadas, ramas rotas de árboles, arbustos y hierbas, vegetación pisada o alterada de otro modo, sangre, cabello o fibras textiles y cualquier otra alteración de las que pasaban inadvertidas a la mayoría de las personas, incluyendo algunos inspectores. Podía saber cómo había entrado y salido un extraño del lugar de los hechos y cuántas personas habían estado presentes; determinar, con un margen de entre cuatro y seis horas, cuándo habían estado allí, y acercarse mucho a lo que habían estado haciendo.

Mientras se acercaba, Wright estudió al equipo de la policía científica que analizaba el sitio y luego observó el calzado de Tracy y Kins. Para ella, las pisadas eran como huellas dactilares. Obtendría el tipo de zapato y el diseño de la suela de todos los presentes para poder eliminarlos. Ninguno de los dos inspectores le proporcionaron ningún detalle de la investigación a fin de no influir en sus conclusiones ni hacerla vulnerable ante el contrainterrogatorio de un abogado defensor habilidoso.

Mientras ella se ponía manos a la obra, Tracy y Kins se apartaron para hablar con Pinkney, que acababa de colgar su teléfono.

—Hemos acabado en el piso —les hizo saber—. Hay muchas huellas dactilares que analizar. Hemos tomado también las del compañero para eliminarlas.

—¿Alguna conclusión? —preguntó Kins.

—A simple vista, no había manchas de sangre en la alfombra, las paredes ni los desagües del cuarto de baño. Hay que confirmarlo, por supuesto. Tampoco hay indicios de pelea. Su compañero no presentaba contusiones ni arañazos que puedan hacer pensar en un forcejeo.

—¿Y el vehículo? —dijo Tracy.

—Seguimos buscando huellas y ADN, pero está claro que han limpiado bien el interior. —Con eso captó enseguida la atención de sus dos interlocutores—. Las manijas de la puerta, el volante, el freno de mano…, todo lo que podría haber tocado alguien lo han limpiado con una toallita desinfectante. Hemos encontrado trazas de alcohol isopropílico y cloruro de benzalconio, como los del gel hidroalcohólico para las manos.

Tracy miró a su alrededor, donde se afanaban Wright y los inspectores de la policía científica.

—Que busquen tierra en los listones del suelo para compararla, si encuentran, con la que hay al pie del tocón donde habéis encontrado la colilla.

—Ya lo hemos tenido en cuenta —repuso Pinkney—. Andréi Vilkotski también está analizando ya el teléfono y el portátil. Supongo que los desbloqueará y nos descargará todo el contenido antes de mañana a primera hora.

Estuvieron otros veinte minutos hablando antes de que Tracy propusiera a Kins:

—Mientras esperamos, vamos a hablar con los vecinos a los que no vimos anoche.

Los dos ascendieron de nuevo al comienzo de la pista, lo que los dejó sin aliento. Rodearon la manzana en dirección a la parte trasera del parque y subieron los escalones de la puerta principal de la vivienda de Nancy Maxwell con la esperanza de que les diera permiso para acceder a su jardín trasero. Al ver que no obtenían respuesta, rodearon la vivienda y llegaron a una extensión de unos quince metros cuadrados de césped sin delimitar por vallas delante de la pendiente que descendía hasta la quebrada. Tracy miró a la derecha, dos casas más allá, al jardín trasero de los Sprague, que parecía estar encima justo de donde había encontrado la policía científica la colilla detrás del tocón.

—¿Estás pensando lo mismo que yo?

—Nos dijo que podíamos ir cuando quisiéramos —repuso Kins.

—Tenemos que asegurarnos de que los agentes de la policía científica buscan rastros de sangre en todos los jardines.

—Por si fuera poco.

Recorrieron la manzana y llegaron al porche de los Sprague. Tracy llamó tres veces sin que respondiera nadie. Probó una vez más y el resultado fue el mismo.

—Yo habría dicho que el hermano pequeño estaba en casa —comentó.

—Si tan enfermo estaba…

Salieron de la propiedad y Kins llamó a la comisaría Norte para hablar con el sargento de guardia y puso el manos libres para que Tracy pudiera participar en la conversación. El sargento les dijo que sus agentes habían hablado con más de setenta y cinco vecinos y propietarios de negocios de la zona de North Park sin dar con nadie que recordase a Cole ni su coche. Habían conseguido grabaciones de vídeo de las viviendas equipadas con cámara y las habían enviado a la unidad de Park 90/5 para que las analizasen. También los informó de que la línea telefónica que habían puesto a disposición del público había recibido más de ciento cincuenta llamadas y que tenía a sus agentes siguiendo las pistas, aunque daba la impresión de que ninguna resultaría demasiado útil.

Kins colgó.

—Quizá Kaylee tenga mejores noticias.

Recorrieron de nuevo la pista y encontraron a Wright hablando con Pinkney.

—Estábamos preparándonos para recoger —dijo el sargento de la científica—. Nos hemos quedado muy pronto sin luz y lo que nos queda por ver no justifica el uso de generadores.

—¿Hay algo? —preguntó Tracy a la rastreadora.

—Era lo que le estaba contando ahora a Dale. —Wright los llevó por la pista hasta una serie de banderines amarillos dispuestos en una línea relativamente recta que delimitaba un sendero.

»Por aquí pasea gente y también perros. He marcado las huellas que han podido hacerse en los últimos días. —Se arrodilló—. Estas de aquí son de alguien que venía corriendo. Las impresiones son constantes a lo largo de todo el recorrido.

—¿Qué nos puedes decir de esa persona? —quiso saber Tracy.

—Que es bajita. El pie es estrecho, a juzgar por el ancho que presenta en el antepié y el talón, y el largo de la zancada, de entre cuarenta y uno y cuarenta y tres centímetros. Esto suele coincidir con una mujer, aunque no siempre. El intervalo de la zancada es consistente, como la elección de ruta, lo que hace pensar que la persona en cuestión corría con un objetivo.

—¿Están bien definidas las huellas? —preguntó Tracy.

—Algunas mejor que otras. Las lluvias recientes no han ayudado, pero ya estoy más que acostumbrada a cosas así en Seattle. Me bastan para hacerme una idea más o menos precisa. Aunque lo comprobaré en el laboratorio, conozco el dibujo. Pertenece, seguro, a unas New Balance.

Tracy y Kins habían encontrado varios pares de zapatillas de aquella marca en el armario de Cole.

—Otra cosa —añadió Wright—. Lo normal es que al correr se marque primero el talón y luego la punta. Las huellas del principio siguen ese patrón, pero, a medida que avanzaba por la pista, se marcan más por el tercio anterior.

Los llevó hasta el final de la senda.

—Aquí se detuvo. Veréis que, a diferencia de las pisadas del resto de la pista, que apuntan en la misma dirección y mantienen un intervalo constante, las de aquí miran en distintas direcciones.

Se puso en cuclillas para ilustrarles lo que estaba diciendo.

—El solapamiento de algunas y los pasos indecisos ponen de relieve un cambio de estado mental, una actitud de incertidumbre. Teniendo en cuenta el lugar y lo que me dicen los signos, deduzco que la persona en cuestión no esperaba que la pista terminase así y se detuvo a mirar a su alrededor.

—¿Para averiguar si continuaba o si había otro sendero? —dijo Kins.

—Esa es una de las hipótesis que hay que manejar, sin duda; pero los indicios también hacen pensar en que en este punto se produjo un forcejeo.

—¿Cómo lo sabes? —preguntó Tracy.

—Primero, por el número de impresiones, la diversidad que presenta su profundidad y el daño sufrido por el entorno. —Wright les mostró varios sitios en los que se había alterado la vegetación.

—¿Cuántas huellas diferentes hay?

—Tres. Veréis que hay marcas de arrastre, tierra y piedras revueltas y vegetación pisoteada. También he encontrado huellas de perro en la pista y fuera, en la maleza. Por la decoloración de la vegetación, yo diría que la partieron y la pisaron hace entre tres y cuatro días. He tomado varias muestras para examinarlas en el laboratorio. También he encontrado sangre.

—Dejando a un lado por un segundo la sangre, y suponiendo que es humana, ¿qué hay en la vegetación que te haga pensar en una refriega? ¿Por qué no lo puede haber hecho, sin más, gente que salía del sendero?

—Las personas son como los animales: toman el camino que ofrece menos resistencia y, normalmente, no se meten en los matorrales a no ser que persigan algo o huyan de algo.

Tracy recordó que Bibby había comentado que había tenido que dar caza a Jackpot por entre la maleza para volver a ponerle la correa. Dios sabía que a Sherlock y a Rex no había quien los parase cuando seguían un rastro que les interesaba.

—Siguen la pista, como hizo quien vino aquí a correr, o cualquier trocha abierta por animales —prosiguió Wright—. Además, los indicios no se corresponden con una persona que pudiese estar paseando, como haría quien abandonase la senda para buscar setas o bayas. En determinado momento arrastraron al sujeto que corría y lo llevaron en dirección a los arbustos. Aquí podéis ver las marcas que dejó con los talones en la tierra. —Wright les mostró varios ejemplos de las huellas que salían de la pista y se internaban en la vegetación.

—Pero, si el cuerpo no está aquí, ¿dónde está? ¿Se la llevó alguien? —preguntó Kins.

—Una vez más, se trata de una hipótesis que hay que considerar.

—¿Cuántos eran?

—¿Cuántos se la llevaron? Uno solo, según las pruebas. Venid aquí, que os diré lo que creo que pasó. —Se dirigió a la trocha, en la que había colocado más banderines amarillos y rojos—. He marcado los puntos en los que he encontrado una huella de bota, completa o parcial, o vegetación dañada. Todas las pisadas miran en la misma dirección. —Señaló la colina que ascendía hasta la trasera de las casas—. La persona que bajó esta ladera llevaba una intención clara.

Siguió subiendo hasta llegar al tocón donde habían encontrado la colilla los inspectores de la científica.

—Alguien estuvo aquí. —Señaló dos marcas de zapato como medias lunas en el terreno y la vegetación dañada—. No son fácil de distinguir, pero se trata de la puntera de una bota de senderismo. —Se volvió hacia la ladera—. Quien dejó las huellas bajó por esa colina y se agachó aquí apoyando todo su peso en sus metatarsos —dijo mientras se lo mostraba.

Tracy se puso en cuclillas. A pesar de no estar a más de tres metros por encima del lugar en que acababa la senda, el tocón habría servido para ocultarla, más aún si estaba oscureciendo. Alzó la mirada a Kins.

—Podría haberse escondido sin dejar de ver la pendiente.

—La estaba esperando —concluyó el inspector.

—¿Quién? —preguntó Tracy poniéndose en pie—. ¿Quién sabía que Cole iba venir aquí a correr?

—El compañero de piso —dijo Kins por proponer lo que se le iba ocurriendo— o alguien que la hubiese seguido. ¿Bibby?

—Hemos visto las cintas de vídeo y sabemos que no la siguió nadie desde el trabajo ni desde Bartell. —Miró a Wright, pues sabía bien lo que era capaz de determinar a partir de los indicios que veía—. ¿Qué nos puedes decir de la persona que llevaba las botas de senderismo?

—El antepié y el talón son anchos y el zapato mide casi treinta y cuatro centímetros, lo que corresponde a un cuarenta y seis más o menos.

—Una persona grande —dijo Kins.

—Las personas pequeñas pueden tener los pies grandes —apuntó la rastreadora— y la profundidad de la huella puede variar según el tipo de terreno, la saturación y otros factores. Por tanto, he buscado más bien signos de altura.

—¿Signos de altura?

—Los hombres corpulentos se mueven de un modo diferente de los que son bajitos o de constitución más delgada. Mirad la maleza de donde estuvo agachado. He encontrado ramas rotas a varios palmos del suelo que debieron de enganchársele en la ropa cuando lo atravesó para llegar con rapidez a la pista. Eso indica que tenía un objetivo.

Tracy pensó en el compañero de piso, Scott Barnes. No había mirado los zapatos que llevaba cuando pasearon con él a los perros, pero tampoco era un hombre voluminoso, sino más bien delgado y más bajo que ella. Le calculaba un metro setenta y cinco a lo sumo y dudaba que llegase a los setenta kilos. Pensó también en Franklin Sprague y en Brian Bibby. El primero era corpulento, pero Bibby no, aunque sí alto. Además, con sus problemas de espalda, era poco probable que pudiera subir una pendiente, y menos aún con otra persona a cuestas.

Encima, llevaba consigo al perro.

—Si quien estaba aquí al acecho bajó para hacerse con ella, ¿adónde la arrastró? —preguntó Kins.

—Ladera arriba —repuso Wright. Subió la pendiente, donde había dispuesto más banderines en la tierra y la maleza—. Las huellas de bota se hacen más profundas e irregulares, lo que indica que quien las dejó pisaba con más cuidado y haciendo lo posible por no perder el equilibrio mientras subía con algo pesado.

—La cuestecita se las trae, desde luego —aseveró el inspector.

—No debió de ser fácil —convino la experta—. Ese es otro de los motivos que me llevan a concluir que no es ningún enclenque y que debe de estar en buena forma física. Además, por la sangre que he encontrado, podemos suponer que la víctima no estaba consciente. —Quería decir que Cole habría sido un peso muerto y, como tal, mucho más difícil de cargar y de mantener en equilibrio.

—Eso explicaría que no la oyesen los vecinos —dijo Tracy—. ¿Has encontrado alguna piedra con sangre o pelos?

—No. Si la golpearon con una piedra, el agresor tuvo que llevársela también. —Wright miró pendiente arriba—. Las huellas llevan a los jardines traseros de esas casas. Ahí he perdido la pista y dudo que sea capaz de encontrarla. Alguien ha pasado el cortacésped hace no mucho, ayer o anteayer, por…, en realidad, por toda la extensión.

Tracy recordó que la vecina con la que habían hablado, Nancy Maxwell, les había dicho que Evan Sprague cortaba el césped en algunas viviendas del barrio.

—El suelo está cubierto casi por completo de hierba salvaje, cuyas briznas no se aplastan ni se estropean con tanta facilidad como las del césped. Quien la arregló cortó la hierba y la usó de acolchado sobre el terreno, de modo que va a resultarme más difícil encontrar un rastro o muestras de sangre. Tendré que buscar los indicios que pudo dejar el sospechoso después de salir del jardín.

Tracy dudaba que fuera probable.

—No creo que llevase encima el cuerpo mucho más allá habiendo casas con ventanas ni que saliera a la calle para quedar expuesto mientras lo metía en un vehículo.

—Quizá esperó, o esperaron, a que anocheciera —dijo Kins.

—Quizá. —Tracy meditó al respecto—. Si partimos de esa suposición, habría que suponer también que Cole estaba viva todavía o que querían desviar la atención de este barrio y centrarla en Ravenna Park… o tal vez las dos cosas. Eso hace pensar que el agresor debe de vivir por aquí, ¿no?

—Probablemente —convino Kins.

—Si no viviera aquí, habría dejado el cuerpo donde estaba, ¿no? Al trasladarlo, corrió un gran riesgo y por ello cabe suponer que debió de tener un motivo de peso para hacerlo.

—Son demasiadas piezas para que las encaje un hombre solo, ¿no es verdad? —dijo Kins.

—Eso parece, aunque, desde luego, podría hacerlo una persona.

—O tres.

—Con lo que tenemos no nos da para pedir una orden de registro —advirtió Tracy, que sabía bien lo que estaba queriendo decir su compañero.

—No, pero es una razón más para hablar con el hermano enfermo. ¿Cómo era?

—Evan.

—Y con el otro, ya puestos.

—Carrol.

Dieron por concluido el día y regresaron al comienzo de la pista cuando el sol ya se ponía. Wright expresó su intención de volver para recorrer el lugar con más detenimiento. Tracy y Kins solicitarían el permiso necesario para acceder a los jardines traseros de las viviendas. Por el momento, optaron por centrarse más en lo que no habían encontrado que en lo que habían encontrado, para seguir abrigando al menos una leve esperanza de que Stephanie Cole siguiera con vida.

CAPÍTULO 18

Franklin Sprague recorrió en coche la pequeña población de Cle Elum, en la que reinaba la tranquilidad a primera hora de la tarde de aquel domingo. Giró al norte para tomar Summit View Road y siguió en dirección a la falda de la montaña antes de doblar a la derecha al llegar al camino de tierra que descendía hasta el cañón del Curry. Las pocas casas de aquella zona apartada no se veían desde la carretera y resultaban casi inaccesibles con las nieves invernales. Ni siquiera con vehículos con tracción en las cuatro ruedas podía uno estar seguro de llegar a ellas tras una nevada copiosa.

Se detuvo ante una cerca cerrada con candado y dotada de carteles oxidados que advertían: Prohibido el paso, propiedad privada y Entrada terminantemente prohibida.

Su padre había guardado con celo su intimidad desde que había adquirido aquellas tierras hacía unos cuarenta años. Dijo que quería disponer de un terreno en el que cazar y pescar donde nadie lo molestase. Había arreglado la cabaña destartalada, la caseta del equipo de bombeo y el granero de la propiedad, aunque no tenían ganado ni nunca lo tendrían. Como el sótano de Green Lake, el granero era un lugar prohibido. En verano, su padre viajaba a la finca con frecuencia y muchas veces iba solo. Cuando llevaba consigo a la familia, a Franklin y sus hermanos ni se les ocurría andar cerca del granero ni preguntar siquiera por él si no querían llevarse una paliza por curiosos.

—Abre el candado —le dijo a Carrol—. Te acuerdas de la combinación, ¿no?

—Me acuerdo. —Su hermano abrió la puerta de la furgoneta y se apeó.

—Ni se te ocurra tocar a la chica —dijo Franklin mirando a Evan por el retrovisor.

El pequeño bajó la lona con que habían cubierto a las mujeres que yacían en el suelo del vehículo. Antes de salir de Green Lake, Franklin le había mandado quitar uno de los dos asientos traseros para acomodar la carga.

—Solo estaba mirando —masculló Evan.

—¿Cómo dices? —El mayor se volvió en su asiento.

Evan hizo una mueca de dolor. Todavía tenía cardenales en los brazos y la espalda de la hebilla del cinturón. En el regazo sostenía un par de juegos de mesa, el Monopoly y el Risk, y una baraja de cartas.

—No te me pongas fanfarrón, chaval —le dijo Franklin—, ¿o es que quieres otra tunda? No estaríamos metidos en esta de no ser por ti. Que siempre tengo que estar limpiando tu mierda y la de Carrol. Siempre sacándoos las castañas del fuego.

—Yo solo quería tener una para jugar…

Franklin le levantó la mano como si estuviera a punto de propinarle un golpe.

—Que no me contestes. —Evan se encogió de miedo—. ¿Me oyes? Que te dejo seco de un golpe en la cabeza y te dejo aquí, en la carretera, para los lobos y los coyotes. ¿Me has entendido?

Evan bajó la mirada.

—Y deja ya esos putos juegos, que pareces un niño de doce años.

El pequeño puso las dos cajas en el suelo de la furgoneta, pero se guardó la baraja en el bolsillo de la chaqueta.

La cadena tintineó cuando Carrol la retiró de la valla de metal y la cancela chirrió al tirar de ella. Había que engrasar las bisagras. Franklin avanzó lo necesario para que el mediano volviera a cerrarla y colocase de nuevo el candado. Cuando volvió al asiento del copiloto, siguieron adelante otros cuatrocientos metros. Las ramas del denso matorral y los árboles del borde del camino arañaban la furgoneta. No los habían recortado desde que Franklin había descubierto rodadas de bicicleta de montaña por la pista. No quería que la gente se acercara demasiado a la propiedad.

El mayor salvó la pequeña elevación que daba a un espacio con forma de glorieta en la que dejar el coche. El lugar parecía comido por la intemperie. La madera que revestía la casa estaba pidiendo a gritos una capa de pintura y el techo de metal tenía goteras, por lo que probablemente los hongos debían de estar pudriendo las vigas. Para dejarlo en condiciones harían falta tiempo y dinero, y Franklin no tenía ninguna de esas dos cosas. En primavera se pondría a arreglar con Carrol y Evan la cubierta, eso era lo más urgente. Ninguno de sus dos hermanos valía un centavo ni servía para trabajar. Joder, pero si Evan ni siquiera era capaz de concentrarse para clavar un puto clavo.

Franklin rebasó la casa para llegar a la parte trasera del granero. Carrol volvió a salir de la furgoneta, quitó el candado y abrió las puertas destinadas a la descarga de heno. El mayor metió el vehículo marcha atrás y se apeó mientras el mediano cerraba las puertas.

—Evan, sal y ven aquí —gritó Franklin.

Cuando el pequeño llegó a la parte de atrás de la furgoneta, Franklin retiró las tres lonas con que había cubierto a otras tantas mujeres: la corredora con la que se había hecho Evan en el parque y las dos prostitutas que habían atrapado Carrol y él en la avenida Aurora.

Las tres estaban atadas y amordazadas, aunque, a esas alturas, el miedo hacía más que la cuerda y la mordaza en el caso de las prostitutas. Si intentaban escapar, gritaban o llamaban la atención de otro modo, sabían que les caería encima una paliza tan rápida como violenta. La joven atleta todavía no había llegado a aquel punto.

—Llevadlas al cuarto Evan y tú —ordenó a Carrol. Igual que con el sótano que habían construido bajo la casa para su padre, Franklin jamás había entrado en el cuarto que había oculto tras una cuadra situada al fondo del granero hasta que murió su padre.

—¿Las vamos a dejar aquí a todas? —preguntó el mediano con aire preocupado.

Franklin no le había revelado a ninguno de sus hermanos su plan durante el trayecto por el simple hecho de que no había acabado de decidirlo. A esas alturas solo tenía clara una cosa:

—¿Qué otra opción tenemos? Con la policía buscando a la muchacha que raptó Evan justo en nuestro patio trasero… Llevan desde ayer trabajando en la quebrada. ¿Cuánto crees que van a tardar en registrar las casas una a una?

—¿Q-q-qué vamos a hacer?

—Dejarlas aquí hasta que podamos evaluar la situación como es debido.

Estaba intentando conducirse de la forma más inteligente. La noche que había bajado al sótano y se había encontrado a la muchacha, había mandado a Carrol a cambiar de sitio el coche. La joven llevaba las llaves atadas a una de las zapatillas. Franklin le había dado a su hermano guantes, un gorro de lana y una caja de toallitas desinfectantes y le había dicho que no dejase huellas ni muestras de su ADN. Tenía la esperanza de alejar de North Park la atención de la policía, pero no había contado con que Bibby podía haber visto a la muchacha en la quebrada durante su paseo diario. Aquello lo había cambiado todo. La policía estaba poniendo patas arriba todo el vecindario y el parque, y no tardaría en centrarse en Franklin —que tenía dos condenas por andar con prostitutas— y sus hermanos.

Se había asegurado de dar impresión de normalidad. Evan y él habían regalado dulces la noche de Halloween... y habían sido muy espléndidos. Había comprado tabletas de las grandes para que los hijos de los vecinos se acordasen de ellos. Para que recordaran a Evan. Además, se había asegurado de que el pequeño pasara el cortacésped como acostumbraba. Lo de que estaba enfermo se le había ocurrido cuando se presentaron los dos inspectores en su casa. Necesitaba tiempo para preparar al muy imbécil, y también a Carrol, antes de que los interrogaran... y, además, para que se curasen los cardenales de Evan.

—He traído bastante comida y agua para unos cuantos días. Así tendré tiempo para hacerme una idea de la que ha montado Evan. Evan, deja ya esos putos juegos y ayuda a Carrol a llevarlas al cuarto de atrás. Dejadlas encadenadas a los postes.

Franklin llevó la compra de la furgoneta a la cabaña. La temperatura había descendido en el cañón. Haría que Carrol les dejase unas mantas a las mujeres para que no se muriesen de frío..., aunque eso le quitaría un problema.

El interior olía a humedad, a hongos y a abandono. Dejó la puerta abierta, pese al frío, con la esperanza de que se ventilara. Se hizo un bocadillo y se tomó una cerveza en la mesa de la cocina mientras meditaba su siguiente movimiento.

Se perdería las visitas habituales con su chica el tiempo que estuviese allí, en el cuarto del granero; pero Evan no le había dejado demasiadas opciones. Su hermano lo había complicado todo aún más al llevar a la deportista al sótano y dejar que viese a las otras dos. Si no lo hubiese hecho, Franklin podría haber tenido la oportunidad de encontrar la salida a aquella situación. Podría haber soltado a la muchacha en cualquier sitio y rezar por que no recordase lo que le había pasado. El golpe que había recibido había sido lo bastante fuerte para hacerla sangrar.

Ahora, sin embargo, sabía lo del sótano y lo de las otras dos mujeres. Las escaleras que bajaban allí estaban ocultas detrás de una puerta que había abierto su padre en la parte trasera de la despensa. Había hecho que los chicos excavaran una habitación bajo los cimientos y la había reforzado con traviesas de ferrocarril y postes de madera de diez por diez con tratamiento de presión hincados en cemento. Habían tardado casi un año, un año sacando de noche en carretilla la tierra que cavaban y echándola a la quebrada que había a la espalda de la propiedad. Lo dejaron cuando tenían una cámara de un metro ochenta de alto y dos metros y medio por dos metros y medio más o menos. Su padre decía que era para una bodega de vino, pero Franklin no lo había visto comprar en su vida una sola botella que no fuese de Jim Beam. Hasta el día de su muerte, Franklin no tuvo ni idea de para qué usaba su padre aquel sótano. No lo sabía entonces, porque les tenía prohibido entrar allí, igual que en el cuarto del fondo del granero, y los mataba a golpes con la hebilla del cinturón solo para que supiesen lo que pasaría, el dolor que los esperaba, si desobedecían sus órdenes. Ni se les había ocurrido. Ni siquiera cuando se lo llevaron a la residencia para enfermos de alzhéimer. Hasta el día que le habían dado sepultura y lo habían cubierto con seis palmos de tierra.

Había sido el lugar perfecto para encerrar a las dos mujeres. Franklin había pasado mucho tiempo rumiando su plan. Sabía que tenía que andarse con mucho cuidado. Después de su segundo arresto, el juez le había dejado clarito que a la siguiente estaría un tiempo entre rejas, y eso significaba perder su trabajo. A Carrol también lo habían trincado una vez, así que estaba igual. Además, de todos modos, ninguno de los dos se podía permitir salir mucho de putas con el dinero que ganaban. Franklin suponía que esa era también la conclusión a la que había llegado su padre. ¿Para qué pagar por algo que puedes coger sin más? Nadie iba a echar de menos a un par de furcias. Eran… ¿Cómo coño se decía? Sonaba a *fungicida*, pero eso era para los hongos. Fungible, eso era. Las prostitutas eran fungibles. Se gastaba una y se sustituía por otra sin que a nadie le importara. Joder, si el asesino del río Green había conseguido que no lo pillasen durante décadas… Supuso que, en caso de que Carrol y él se cansaran de ellas, solo tendría que llevárselas a las dos lejos de la casa. Porque le habían visto la cara, sí, pero no sabían dónde vivía. Solo habían visto el sótano. Les metería el miedo en el cuerpo, las asustaría tanto que no dirían ni pío.

Pero no estaba preparado para algo así, para que su hermano fuese tan gilipollas de desobedecerlo.

Siempre estaba la otra solución, por más que Carrol no se cansara de recordarle que no:

—N-n-no somos asesinos, Franklin.

Todavía no.

Sus dos hermanos entraron en la cocina mientras él dejaba el plato en el fregadero y tiraba el botellín a la basura.

—¿Qué hacemos ahora?

—¿Ahora? —Franklin sacó otra cerveza del frigorífico—. Ahora, cogéis las tijeras de podar que hay en el granero y cortáis las ramas del camino, pero no mucho: lo justo para que no rayen la furgo.

—Y t-t-tú, ¿q-q-qué vas a hacer? —preguntó Carrol con gesto de pocos amigos.

—¿A ti qué te importa?

—S-s-solo era por saberlo.

—Pues, ya que s-s-solo quieres saberlo, te diré que voy a pasar un ratito en el granero. Me parece que me lo he ganado. ¿Algo que objetar? —Al ver que ninguno de los dos abría la boca, concluyó—: Eso me parecía.

El hombre al que llamaban Franklin había ido al retal de alfombra en el que estaba sentada Stephanie Cole y se había desabrochado el cinturón. Cuando Stephanie se había apartado, tanto como se lo permitía la cadena, se había echado a reír. Luego había ido hasta Angel Jackson y, después de soltarla del poste, la había llevado al fondo del cuarto como a un perro por la correa.

Aunque odiara reconocerlo, Stephanie estaba tan aterrada que había rezado..., había rezado para que no la eligiese a ella, sino a una de las otras dos, Angel o Donna, y se había sentido aliviada al ver que escogía a Angel. Aun así, sabía que era solo cuestión de tiempo. Suponía que por algo la habían llevado allí.

Media hora después de entrar, Franklin volvió a encadenar a Angel al poste. Observó a Stephanie con el ceño fruncido y la mirada oscura y severa antes de salir sin pronunciar palabra.

Stephanie había hecho lo posible por mantenerse bien atenta cuando la habían metido en la furgoneta con la esperanza de oír algo que le indicara dónde estaba o adónde las llevaban. Sabía que aquellos hombres eran hermanos por la conversación que habían tenido en la habitación de tierra. Sabía que Franklin estaba al cargo de los otros y que Evan lo había desobedecido, aunque no pudiese decir cómo exactamente. Lo había visto horrorizada golpearlo con la hebilla del cinturón hasta el punto de llevarla a pensar que estaba dispuesto a matarlo. Casi había sentido lástima por Evan, a quien tenía por un poco tardo. Casi. Sobre todo, estaba muerta de miedo. Si Franklin era capaz de hacer tanto daño a alguien de su sangre, ¿qué no estaría dispuesto a hacer? ¿Qué les había hecho ya a Angel y a Donna? ¿Qué le haría a ella?

Miró a Angel Jackson.

—¿Estás bien? —Tenía la cabeza echada hacia atrás, apoyada contra la pared, y los ojos cerrados—. Angel, ¿estás bien?

—Déjala —dijo Donna Jones—, que está soñando con que está en otro sitio.

A la luz que se colaba por entre los listones de aquel cuarto pudo ver mejor a las dos mujeres que en la oscuridad de la habitación en la que las habían tenido encadenadas antes. Angel tenía la piel oscura. Afroamericana o hispana. Donna era blanca y tenía el pelo castaño claro. Tenía marcas de aguja en la cara interna de los brazos. Heroína. La droga de moda.

Stephanie y Angel habían hablado en el sótano. Donna era más callada. Angel le había dicho que los hombres la habían secuestrado primero a ella y, unos meses después, a Donna. Las habían llevado a moteles para drogarlas.

—¿Por qué no me ha tocado Franklin? —preguntó Stephanie—. ¿Por qué solo a Angel?

—No te ha tocado a ti, ni tampoco a mí, porque no somos suyas —respondió Donna.

—¿Que no somos suyas?

—Angel es de Franklin y yo soy de Carrol. Supongo que a ti te raptó Evan. —Sonrió—. Mira a tu alrededor, pequeña Miss Sunshine. Mira los trozos de alfombra, el cartón, las cadenas… Para ellos no somos más que perros. Animales de compañía, y ellos, nuestros dueños.

Stephanie se secó las lágrimas.

—¿Le pasa algo a Evan? Parece…

—¿Retrasado? Retrasados son los tres. Vaya panda de hijos de puta endogámicos. Pero Evan… —Donna se echó a reír—. ¿No has visto cómo te mira? Te mira como si tuviese planeado algo especial para ti.

—¿Qué? —preguntó Stephanie sintiendo crecer el miedo en su interior.

—Sí, sí: Evan va a venir a buscarte. Franklin le ha dado la condicional, pero solo de momento. Se te acaba el tiempo, cielo. Va a querer divertirse contigo. ¿Qué es lo que no deja de preguntarte, si quieres jugar con él? —Meneó la cabeza con una risita—. Yo ya me habría cagado encima si fuese tú.

—Déjala en paz —dijo Angel sin apartar la cabeza de la pared ni abrir los ojos.

—Tú también te has dado cuenta —siguió diciendo Donna— de cómo te mira: como un niño delante de un árbol de Navidad cargado de regalos. Está deseando ponerse a desenvolverlos…

Por las mejillas de Stephanie empezaron a correr las lágrimas. ¿Cómo había llegado allí? ¿Qué había hecho para que la vida la llevase a una situación así? Tenía que haberse quedado en casa. Podría haber esperado un poco más a perder de vista a sus padres, pero ya no aguantaba tantas disputas, tantas peleas. Pensaba que tras el divorcio mejoraría la cosa, pero, de hecho, todo había ido a peor. Las discusiones por el dinero, por el precio de su formación… Precisamente por eso había decidido Stephanie no ir a la universidad. Había sacado la media necesaria y no le faltaba ambición, pero estaba harta de que la usaran los dos en sus batallas. Lo único que quería era empezar de cero. Estaba convencida de que la vida podía ser mejor, pero no tenía ni idea de lo equivocada que había estado.

—¿Por qué tienes que ser así? —dijo Angel abriendo los ojos.

Donna volvió a apoyar la cabeza contra la pared.

—¿Y cómo quieres que sea?

Angel miró a Stephanie.

—Escúchame: cuando te llegue el momento, cierra los ojos y piensa que estás en cualquier otro sitio. Piensa en el chico que te gustaba del instituto. Piensa en él y déjate ir a cualquier otro sitio. Así no será tan malo.

Cuando Franklin volvió a entrar en la cocina, Carrol y Evan estaban sentados a la mesa, cuchicheando como dos niñas. Cada uno tenía una cerveza en la mano. El mediano arrancaba trozos de la etiqueta, una costumbre que tenía cuando estaba nervioso, como el tartamudeo. El pequeño tenía la vista clavada en la mesa.

—¿Ya habéis podado las ramas del camino?

—Hem… hem… hemos llegado hasta donde hemos podido.

Lo que quería decir que aquellos gandules de mierda lo habían dejado.

—Deja ya el tartajeo.

—Es… es… eso intento.

Franklin cogió la cerveza de Evan y le dio un trago.

—¿Y se puede saber de qué estabais hablando, imbéciles?

Evan miró a Carrol.

—¿Tiene usted algo que decir? —preguntó Franklin al mediano—. Venga, di lo que tengas que decir.

—A Evan y a mí n-n-no… nos parece bien que tú estés con tu mujer y nosotros no podamos.

El muy capullo tartamudeaba hasta cuando quería hacerse el duro.

—¿Ah, sí? —Franklin miró a su hermano pequeño—. ¿Eso es lo que piensas, Evan?

Él despegó la mirada de la mesa.

—Quiero jugar con ella.

—Y-yo… yo no he hecho nada malo. Hi-hi-hice lo que tú me dijiste desde el principio. Esperé mi momento y, cuando enc… encontré una chica, me la t… me la t… me la traje como tú decías. No sé p-p-por qué me castigas si la culpa ha sido de Evan.

Franklin soltó una risotada.

—¡Vaya, hombre! Ahora prefieres tirar a Evan bajo las ruedas. ¿Cómo sienta eso, hermanito?

—¿Qué ruedas? —dijo Evan.

El mayor de los tres volvió a reírse.

—Las que te acaban de pasar por encima sin que te des cuenta. —Miró otra vez a Carrol—. ¿Y quién tenía que estar vigilando a Evan mientras yo compraba?

—Evan ya es mayorcito.

—Sí —dijo el pequeño—, ya soy mayorcito.

—Pues la cosa es que precisamente ahora parece que tenemos pruebas de que igual no es así, ¿no es verdad? —Franklin miró a Carrol—. Sabes que es gilipollas, que no encontraría ni su culo aunque se hubiese sentado sobre sus manos.

—Yo no me siento sobre mis manos.

—P-p-pero si yo estaba en el trabajo.

—¿En serio? ¿A qué hora saliste?

Carrol bajó la mirada.

—¿Te crees que soy tan gilipollas como vosotros dos? Sé a qué hora saliste. Si hubieses vuelto a casa en vez de irte al bar, ahora no estaríamos metidos en este jaleo. ¿No te parece? Conque la culpa es de los dos: tuya, por hacer lo que hiciste, y tuya, por permitirlo. —Volvió a beber de la cerveza del pequeño antes de decir—: Evan, métete en la furgoneta. —Luego, se volvió hacia Carrol—. ¿Tienes tu móvil?

El mediano apartó la mirada de Franklin para dirigirla a Evan y volvió a clavarla de nuevo en Franklin con gesto inseguro.

—Sí.

—Pues tenlo a mano por si tengo que localizarte.

—N-n-no lo entiendo.

—Te quedarás aquí un par de días para asegurarte de que no pasa nada.

Carrol se animó y, acto seguido, dijo:

—P-p-pero mañana trabajo.

—Pues llamas y dices que estás malo, como hoy. Le has dicho a tu jefa que tienes gripe, ¿no?

—Sí.

—Vuelve a llamar mañana por la mañana y le dices que sigues sin encontrarte bien, que estás tosiendo y estornudando y no quieres contagiar al resto de compañeros. No querrá que vayas y repartas tus gérmenes por toda la tienda.

—¿Y adónde vas tú?

—Evan y yo volvemos a Seattle. Quiero llevarlo al médico para que tengamos un justificante de su enfermedad. Además, lo inspectores quieren hablar con él y necesito que esté listo.

Carrol sonrió como una calabaza de Halloween.

—Borra esa sonrisita de mierda, que no estás de vacaciones. Hay un montón de cosas que hacer aquí y la policía quiere hablar también contigo.

—¿C-c-conmigo? ¿Por… por qué quieren hablar conmigo?

El mayor sacó una hoja de papel del bolsillo de la camisa.

—Te he escrito aquí lo que tienes que decir. Léelo y te lo aprendes. De aquí a un par de días me habré hecho una idea de si tenemos de qué preocuparnos y te pondré al corriente. Evan, a la furgoneta.

—Yo quiero…

Franklin se llevó la mano a la hebilla del cinturón y dio un paso hacia su hermano menor, que echó hacia atrás su silla y se levantó corriendo de la mesa. Franklin le dio una palmada en el cogote al verlo pasar. Carrol seguía sonriendo.

—¿Se puede saber qué es lo que te hace tanta gracia? —le preguntó.

—N-n-nada —dijo el mediano borrando la sonrisa.

Franklin recogió los dos botellines y tiró lo que quedaba al fregadero.

—Cuanto más sereno, mejor. Ni se te ocurra agarrarte una cogorza. Como me dé la impresión de que has estado bebiendo cuando te llame, vuelvo aquí y te doy la paliza del siglo. ¿Estamos?

—Estamos —repuso Carrol. Al ver que se daba la vuelta y echaba a andar hacia la puerta de la cocina, añadió—: Franklin.

El mayor giró sobre sí mismo.

—¿Qué?

—¿Qué pasa con mi mujer?

Franklin pensó unos instantes. ¿Quién sabía lo que era capaz de hacer Carrol si no le daba la oportunidad de sacar afuera toda la angustia que tenía acumulada?

—Tuya es —dijo—, pero cuando acabes de hacer lo que tienes que hacer. No toques a la mía.

—Tranquilo.

—Y ni se te ocurra tocar a la de Evan. Todavía tenemos una posibilidad de salir de esta —dijo, aunque a esas alturas no tenía nada claro cómo—. Puede que tengamos que echarle la culpa a Evan, alegar que es retrasado y no sabía lo que hacía y confiar en la misericordia del tribunal.

—¿C-c-crees que funcionará?

Franklin no tenía ni idea, pero no pensaba decírselo a un idiota tartaja como él para empeorar las cosas.

—Léete el guion. Te llamaré para repasarlo contigo. De momento, tengo que ir preparando a Evan. —Aunque dudaba mucho que Evan fuese a recordar gran cosa. Se aseguraría de que así fuera.

CAPÍTULO 19

A última hora de la tarde del domingo, Tracy y Kins regresaron a las casas que daban por la parte de atrás a la quebrada después de que se despidiesen la policía científica y Wright. Vieron que había dos coches en el camino de entrada de Nancy Maxwell. La vecina no se sorprendió de verlos de nuevo y, esta vez, la acompañaba su marido. Tracy lo evaluó de inmediato. Medía más de un metro ochenta y era de complexión mediana. Le miró las pantuflas y, aunque no le parecieron particularmente grandes, tampoco podía decirlo de manera concluyente. Maxwell lo presentó como Paul.

—Tengo entendido que han precintado el parque —dijo este con actitud tensa—. ¿Puedo preguntar qué está pasando? ¿Tiene que ver con la joven que ha desaparecido? Por aquí está todo el mundo como loco.

—¿Cómo sabe que hemos precintado el parque? —preguntó Kins.

—He hablado con nuestro vecino Brian Bibby. Dice que hablaron ustedes ayer con él sobre una muchacha que había visto corriendo en el parque el miércoles, la misma que ha salido en las noticias, y que esta tarde, cuando ha ido a pasear con Jackpot, la entrada estaba cortada con precinto policial.

—Tenemos dos hijos pequeños —dijo Nancy—. ¿Hay motivos para preocuparse?

—Todavía estamos buscando a la joven —dijo el inspector con voz calmada— y alguna pista que confirme que estuvo ahí.

—Entonces, no han encontrado ningún cadáver, ¿verdad? —quiso saber Paul.

—No podemos revelar los detalles de una investigación en curso.

—¿Qué puñetas significa eso? El parque está en el jardín trasero de mi casa. Si han matado a alguien ahí abajo, tengo derecho a saberlo. Como ha dicho mi mujer, tenemos dos hijos.

—No hemos encontrado ningún cadáver. —Kins no perdió la compostura—. Solo queríamos hacerles unas preguntas más para la investigación.

En ese momento dobló la esquina un vehículo precedido por la luz de sus faros, una furgoneta blanca que pasó delante de la casa.

—Ese es Franklin Sprague —dijo Nancy Maxwell al ver que Tracy se había quedado mirando.

Los cristales tintados le impedían ver al conductor, pero, al pasar la furgoneta bajo la farola, creyó ver por el parabrisas a alguien en el asiento del copiloto. El vehículo dobló al llegar al camino de entrada de los hermanos Sprague.

—¿Vieron a alguien en el jardín trasero el miércoles por la noche? —preguntó Kins.

—Oh, Dios —dijo Nancy Maxwell.

—¿Creen que le han hecho daño a esa joven y que quien lo ha hecho estuvo en nuestro jardín? —preguntó Paul.

—Por el momento, sigue desaparecida sin más y estamos tratando de encontrarla. ¿Vieron a alguien en el jardín de atrás? —insistió el inspector.

—No —dijo Paul.

Nancy negó también moviendo la cabeza.

—¿Ni tampoco oyeron nada?

—No. —Nancy se había puesto pálida y daba la impresión de estar mareándose.

—Parece que han cortado el césped hace poco.

—Ya se lo dije ayer: lo corta Evan Sprague cada dos jueves. Con eso se gana un dinerito y, supongo, tiene algo que hacer. Como no tenemos cercada la parte trasera, tiene sentido que lo paguemos entre los vecinos.

—¿Y lo cortó el jueves pasado? —quiso saber Tracy.

—Sí.

—¿Siempre lo corta ese día?

—Sí, el jueves. Siempre sigue un mismo horario, porque, según dice Franklin, tiene problemas de memoria.

—¿Conocen bien a Brian Bibby y su mujer?

—Tenemos buena relación, de vecinos —dijo Paul Maxwell—. Lorraine daba clases en la escuela de enfrente. Creo que Bibby trabajaba en la Boeing. Ahora están los dos jubilados. Les gusta pescar. A él, por lo menos. Yo creo que Lorraine lo hace por complacerlo. Tienen una embarcación en el puerto deportivo de Edmonds y la usan en verano.

—Si salen de la ciudad, nos avisan —lo interrumpió Nancy Maxwell—. Tienen una caravana y, cuando se van de viaje, le echamos un ojo a la casa.

—¿Fuma Bibby? —preguntó Tracy.

—No lo sé —dijo Paul Maxwell.

—Y de los hermanos Sprague, ¿qué pueden decirnos?

—Son muy reservados —dijo el marido—. No los conocemos muy bien, pero son gente amable.

Tracy y Kins les agradecieron el tiempo que les habían dedicado y prometieron tenerlos informados de lo que pudiesen.

Mientras regresaban a la acera, Kins dijo:

—Vamos a hablar con Bibby.

—Primero, vamos a hablar con los Sprague. Estoy convencida de que he visto a alguien en el asiento del copiloto.

Caminaron hasta la puerta y llamaron. Como la última vez, la luz del porche parpadeó justo antes de que Franklin Sprague abriese la puerta.

—Inspectores. He notado que había actividad en el parque y los he visto hablando con Nancy cuando he pasado por delante de su casa. ¿Hay novedades? ¿Han encontrado a esa joven?

Tracy le miró los pies, pero no llevaba zapatos, sino calcetines. Cuando alzó la vista, Sprague la estaba observando.

—¿Están en casa sus hermanos? —dijo Kins.

—Evan sí, pero Carrol sigue en el trabajo.

—¿En el Home Depot de Shoreline? —preguntó Tracy.

—Eso es. Le di su tarjeta. ¿No les ha llamado?

—No —dijo el inspector.

Sprague meneó la cabeza.

—Lo siento. Se lo volveré a recordar cuando llegue.

—Y Evan, ¿está en condiciones de que hablemos con él?

—Claro que sí. Todavía no se encuentra bien del todo y está un poco pálido, pero está algo mejor. Lo he llevado al médico esta tarde para asegurarme de que no se trataba de una infección bacteriana y al parecer no necesita antibióticos. ¿Les comenté la otra vez que tiene una falta?

—Sí.

—Voy a buscarlo.

Tampoco esa segunda vez los invitó a entrar ni dejó la puerta abierta. Tracy lo oyó llamar a su hermano desde el otro lado del umbral.

—¿Evan? Ven aquí.

Franklin abrió la puerta acompañado por un hombre tan alto como él, aunque menos recio. Tracy calculó que el hermano mayor debía de pesar alrededor de los ciento quince kilos. Sin duda tenía la corpulencia necesaria para llevar a cuestas a una joven. Evan debía de rondar los noventa kilos, aunque resultaba difícil asegurarlo por los pantalones de deporte anchos y la sudadera gris con la capucha echada. Tenía las manos metidas en el bolsillo frontal y, como Franklin, iba en calcetines. A la luz del porche tenía el rostro cetrino.

—Estas dos personas son inspectores de policía —dijo Franklin— y quieren hacerte unas preguntas sobre la noche del miércoles.

—Vale —convino Evan.

—Tengo entendido que le gusta salir a pasear —dijo Kins.

—Sí, por hacer ejercicio.

Hablaba con lentitud, pero de manera clara.

—¿A qué hora suele salir?

—Cuando acabo mis deberes de la casa, pero he estado malo. Llevo unos días sin salir.

—¿Y saliste el miércoles?

Evan pensó su respuesta.

—No estoy seguro. No me acuerdo.

—¿Y el jueves?

—La noche de Halloween, Evan —dijo Franklin.

—En Halloween les di chuches a los niños. —Tracy recordaba que Nancy Maxwell les había dicho que Evan les había dado tabletas grandes de Hershey a sus hijos.

—¿Te acuerdas de lo que hiciste el miércoles por la tarde? —preguntó Kins.

Evan negó con la cabeza.

—No me acuerdo.

Franklin Sprague se encogió de hombros y posó una mano sobre el hombro de su hermano. Kins le enseñó la fotografía de Stephanie Cole.

—Estamos buscando a esta joven…

—No la he visto —dijo el pequeño.

169

—Deja que te hagan las preguntas antes de contestar, Evan. —Franklin miró a Tracy y Kins y puso los ojos en blanco.

—Llevaba ropa deportiva —dijo Kins—. ¿No la viste?

Evan negó con la cabeza.

—No me acuerdo.

—Mira la fotografía, Evan —insistió Franklin.

El pequeño miró a su hermano y luego a la fotografía.

—No la he visto —dijo.

—¿Sales a pasear por el parque, Evan?

—Todos salimos a pasear al parque —aseveró Franklin—. Para eso está.

Tracy pensó que parecía responder con demasiada prontitud.

—Y tú, Evan, ¿tú sales a pasear por el parque?

—Para eso está —repuso él imitando a su hermano.

—¿Recuerdas la última vez que paseaste por el parque? —preguntó Tracy.

Evan negó con la cabeza.

—No.

—¿No fue hace poco?

—Yo no… —Miró a Franklin.

—No se acuerda muy bien de las cosas, inspectores. Ya se lo advertí, creo. Normalmente tengo que recordarle que haga las cosas y escribírselas para que no las olvide.

—Tengo entendido que les cortas el césped a los vecinos —dijo Kins.

—Cada dos jueves —respondió Evan.

—¿Se lo cortaste el jueves pasado?

El pequeño miró a su hermano.

—Quiere saber si lo cortaste hace un par de días.

—Ajá. Sí que se lo corté, pero el jueves que viene no: uno de cada dos.

—Se lo recuerdo los jueves por la mañana y ponemos en el calendario los días que lo corta —informó Franklin— para que no se le olvide.

—Cuando vas a pasear al parque, ¿por dónde accedes?

Evan volvió a mirar al mayor.

—¿Por dónde entras en el parque? —le explicó él.

—Por la entrada —repuso el menor mirando a Tracy.

—¿Nunca atajas por el jardín de detrás de la casa? —preguntó la inspectora.

Una mirada más a Franklin, que respondió por él:

—Por ahí no hay entrada y la pendiente es demasiado empinada.

—¿No ha visto nunca a nadie entrar por ahí al parque? —volvió a intentarlo Tracy.

—¿Por la pendiente que da a la quebrada? —preguntó Franklin—. No.

—¿Puedo preguntar a qué médico ha llevado a Evan?

—No recuerdo el nombre. Nos han atendido de urgencia en el Northwest Hospital. Lo han examinado y le han sacado sangre. En teoría, nos dirán mañana si necesita antibióticos.

Tras unos minutos más de conversación, los inspectores dieron las gracias a los hermanos y se despidieron. Mientras se dirigían hacia el coche, comentó Tracy:

—No se acuerda de si fue el miércoles al parque, pero sí de que cortó el césped el jueves y de que repartió golosinas.

Kins la miró.

—Franklin ha dicho que se lo tiene que recordar y ponérselo en el calendario para que no se le olvide. Suena a que sea algo fijo. Y lo de Halloween lo recuerda porque estaba entusiasmado. Lo de pasear no parece algo fijo.

—Sí, pero sabemos que sí salió.

—Lo que no quiere decir que lo recuerde. ¿Adónde quieres llegar?

—Solo digo que me parece raro. Además, es grandullón, igual que su hermano. Podría subir esa ladera con el cuerpo de una mujer.

—Pero ¿cómo iba a saber que Cole estaba en el parque?

—Pudo verla cuando salió a pasear. La hora a la que cruzó delante del jardín de los Maxwell encaja perfectamente. Quizá la vio entrar en el parque.

—¿Y qué hizo luego? ¿Volvió andando a su casa para bajar por la ladera y esperar a que llegase allí? No me lo acabo de imaginar atacando a una joven…

—Es posible.

—Pero no parece probable.

—¿Te ha olido a tabaco cuando hablábamos con él? —preguntó Tracy.

—No estoy seguro. ¿Por qué? ¿A ti sí?

—Me ha parecido. ¿Quieres que vayamos a Shoreline para hablar con Carrol?

—Ya que estamos aquí, podríamos aprovechar para ver a Bibby —dijo Kins—. Después, yo me pasaría por el piso de Cole para hablar con su compañero de piso.

—A mí me gustaría acercarme a las urgencias del Northwest Hospital.

—¿Crees que está mintiendo? ¿Por qué iba a decir que ha estado allí si no es verdad?

—Por comprobarlo no perdemos nada.

Bibby no recordaba haber visto a Evan el miércoles, pero sí el martes. Tampoco creía haber oído nada en el parque mientras paseaba a Jackpot ni al volver a casa. Decía no haber visto a nadie en el jardín de detrás, aunque su casa estaba situada en la esquina de la calle y su jardín no era contiguo a los de las cuatro casas que compartían la larga extensión de hierba. Tenía una valla lateral. Kins le preguntó por el calzado que usaba y por la talla, pues, según le dijo, necesitaban eliminar las huellas que había dejado en el parque.

Bibby los tenía en un zapatero situado delante de la puerta principal.

—Mi mujer no quiere que entre con barro de la calle —explicó antes de tender a Kins un par de Hoka—. Mi médico los recomienda para carcamales achacosos como yo. Dice que son milagrosos, porque permiten a los hombres correr después de los cincuenta. Yo me conformo con poder pasear con ellos.

Tracy y Kins apuntaron la marca y la talla (un cuarenta y tres), y la inspectora fotografió las zapatillas y la suela para Kaylee Wright. La huella era diferente del diseño en cuadrícula que había encontrado en el parque la rastreadora, pero el calzado tenía barro y daba la impresión de haberse usado hacía poco.

De casa de Bibby fueron al Northwest Hospital y hablaron con un tal doctor Dan Waters, quien confirmó que había examinado a Evan Sprague aquella misma noche y que Franklin pensaba que su hermano podía tener la gripe y se preguntaba si necesitaría antibióticos. Aun así, se acogió al secreto profesional y se negó a revelar nada más sin una orden judicial.

Del hospital fueron al piso de Stephanie Cole. Scott Barnes los dejó entrar y no puso ninguna pega para mostrarles sus zapatos. Tenía un par de Merrell de senderismo del cuarenta y dos que presentaban, a simple vista, un diseño diferente del de las botas que había encontrado Kaylee Wright en la quebrada. Tracy las fotografió igualmente. Barnes dijo no tener conocimiento de que Cole hubiese ido en coche hasta North Park ni saber si conocía a alguien allí o tenía ningún otro motivo para visitar aquel barrio.

Antes de volver a casa, Tracy comprobó las llamadas que se habían recibido en la línea de información sobre el caso y se puso en contacto con la comisaría Norte. Ni en la una ni en la otra obtuvo datos nuevos ni pistas prometedoras.

Era como si Stephanie Cole se hubiera desvanecido sin más.

CAPÍTULO 20

Franklin se sentó en la cocina a tomarse una cerveza con la sensación de que acababa de esquivar una bala. Se alegraba de haber llevado a urgencias a Evan y de haberlo preparado para responder a las preguntas de los inspectores durante el camino de regreso de Cle Elum. Por una vez, el imbécil no lo había defraudado. Así y todo, era evidente que los inspectores no pensaban soltar la presa. Al verlos en el porche de los Maxwell, había sabido que a continuación llamarían a su casa. Necesitaba más tiempo para prepararlo, pero no parecía que fuese a tenerlo. Se había asegurado de que supiese lo que tenía y lo que no tenía que decir. La memoria del imbécil no era buena, pero le daba para periodos cortos, y por eso era capaz de jugar a las cartas y a juegos de mesa. Era cuando pasaba más de una hora cuando empezaba a tener problemas.

Acto seguido, los inspectores centrarían su atención en Carrol, que se pondría a tartamudear y a escupir como un poseso. El mediano no sería capaz de mentir ni aunque le fuese la vida en ello. Su única esperanza dependía de que tomase al pie de la letra el consejo de su padre, que siempre decía que la mejor defensa era un buen ataque.

Marcó el número de móvil de Carrol y su hermano contestó a la primera.

—¿Q-q-qué pasa?

—¿Te lo estás pasando bien?

Carrol no respondió.

—¿Has tocado a mi chica?

—No, te lo juro.

—¿Y a la de Evan?

—No. A ver, es-es-estaba llorando y… puede ser… que haya tenido que darle una guantada para que se callara; pero nada más. ¿P-p-por qué? ¿Q-q-qué pasa, Franklin?

—Pues que he visto a esos dos inspectores hablando con los Maxwell cuando estaba llegando a casa y, luego, han venido a casa para hablar con Evan.

—Mierda.

—Eso mismo: mierda. De todos modos, lo ha hecho bastante bien. Alguien les ha dicho que sale a pasear a la misma hora más o menos a la que desapareció la muchacha. Le han hecho preguntas de todas clases sobre cuándo fue la última vez que salió a dar una vuelta, si fue al parque…

—¿Y q-q-qué ha dicho Evan?

—Lo que yo le había dicho que tenía que decir, aunque me temo que puedan tener alguna prueba que lo sitúe allí.

—P-p-pero la mujer no está allí.

—No, la mujer no está allí, pero la poli puede hacer hoy toda clase de mierdas para demostrar lo que les dé la gana. Pueden sacar ADN de casi todo: huellas, pelo… —Al decirlo se acordó de algo importante—. ¿Limpiaste el coche de arriba abajo como te dije?

—Sí, todo —repuso Carrol sin dejar de balbucir—, y llevaba los guantes y el gorro, como me dijiste.

Franklin pensó al respecto.

—¿Fr-Fr-Franklin?

—Calla y escucha. Mañana, lo primero que vas a hacer será llamar a esa inspectora…

—¿Y qué le digo?

175

—Calla y atiende. La vas a llamar para que no venga ni vaya a buscarte a Home Depot. Te has estudiado el guion que te he dado, ¿verdad? —El mediano no contestó, lo que quería decir que no se lo había mirado. Si era gandul el tío mierda—. Pues sácalo y te lo estudias. Mañana, cuando estés listo, la llamas y le dices que no te dejan hacer llamadas personales mientras trabajas y que has tenido que esperar a un descanso para ponerte en contacto con ella.

—Vale.

—Y, por Dios bendito, no te pongas a tartamudear como un descosido, que pareces sospechoso. Compórtate.

—Lo intentaré.

—Más te vale intentarlo bien… si no quieres acabar en un módulo penitenciario.

—¿Qué vas a hacer tú, Franklin?

El mayor tendió la mano para hacerse con dos bolsas de basura de plástico blanco. En una estaban las botas de Evan y en la otra, la ropa que se había puesto aquel miércoles. Los inspectores habían preguntado si solía pasear por el parque y Franklin había sorprendido a la mujer mirándoles los pies. Eso quería decir, probablemente, que habían encontrado huellas de zapato. En esa época del año, cuando el suelo estaba húmedo, una pisada podía ser como una huella dactilar.

—Lo primero que tengo que hacer es librarme de un par de cosas —respondió—. Tú, ve practicando, que, cuando vuelva, te llamaré otra vez para que lo repasemos hasta que te salga bien.

Sabía que Carrol quería hacerle la siguiente pregunta y no se atrevía. De todos modos, Franklin tampoco tenía la respuesta, al menos, todavía no. Eso sí, si en algún momento sospechaba que la policía sabía más de lo que estaba dando a entender, tendría que tomar la decisión de deshacerse de las mujeres del granero y enterrarlas en cualquiera de aquellos andurriales.

—No somos asesinos, Franklin —dijo Carrol.

Quizá no, todavía no. Pero lo llevaban dentro. El mayor de los Sprague lo sabía por un motivo: había visto las pruebas de lo que había hecho su padre y lo había visto salirse de rositas.

Llevaban en su interior el ser asesinos.

Y muchas cosas más.

Stephanie se puso en pie. El largo de la cadena no le permitía nada más que levantarse y estirarse. Echó una pierna hacia atrás y sintió la tensión en el tendón de Aquiles y la pantorrilla. Dolía, pero le sentaba bien. Cambió de pierna y estiró los músculos de la derecha.

—¿Qué coño estás haciendo? —preguntó Donna.

—Estiramientos.

—Eso ya lo sé, pero ¿para qué?

—Porque estoy cansada de estar aquí sentada, harta de este frío y este agarrotamiento. —Se llevó una rodilla al pecho y luego la otra. ¡Dios! Sí que sentaba bien.

—Siéntate, no vayas a hacerte daño.

—Deberías probar.

—¿Para qué? ¿Para estar en forma? ¿Y de qué me va a servir si nos van a matar de todos modos? Por eso nos han traído aquí, al culo del mundo. Quieren matarnos y enterrarnos… o dejarnos para que se nos coman las alimañas.

Stephanie movió la cabeza de un lado a otro para no escucharla. La cadena no le daba para hacer saltos de tijera, pero sí para trotar en el sitio. Levantó bien las rodillas y siguió hablando mientras trataba de mantener la respiración.

—Eso no cambia el hecho de que tengamos que estar aquí sentadas un día tras otro —dijo—. Si quieres continuar sentada, allá tú.

Se agachó para hacer cinco flexiones. Pese a sentirse débil y deshidratada, pasó a hacer cinco ejercicios de Burpee y volvió a trotar en el sitio. Cinco series, haría cinco series y, después, un rato de yoga. Recordaba la mayoría de los movimientos de las clases que había recibido en casa y, si había algo que se le hubiera olvidado, lo haría a su manera. Cuando acabase, meditaría durante treinta minutos. Aunque, al no tener su teléfono, le era imposible guiarse por la aplicación que usaba normalmente, había hecho suficientes sesiones como para haber aprendido a respirar y contar, que era, al fin y al cabo, de lo que iba aquello.

Oyó ruido de cadenas y miró a Angel Jackson, que también se había puesto de pie. Se detuvo.

—No pares —le pidió Angel—. Enséñame lo que hay que hacer.

CAPÍTULO 21

El lunes, a primera hora de la mañana, Tracy hizo una parada en el parque comercial de Redmond, donde tenía cita con Lisa Walsh. La informó de que había aceptado el puesto en la Unidad de Casos Pendientes.

—¿Porque has querido o para fastidiar a tu capitán? —Walsh se acomodó en su sillón.

El despacho resultaba acogedor gracias a la calefacción.

—Quizá un poco por todo. Quiero seguir trabajando. Me encanta lo que hago y, además, no quería que el capitán fuese el motivo por el que me alejara de algo que amo y que se me da muy bien. De todos modos, lo que de verdad me convenció fue algo que me dijo el inspector que me precedió en la unidad, algo con lo que me identifico.

—¿Y qué fue?

—Me recordó que las víctimas y sus familias no tienen voz. Yo puedo dársela, puedo ser su voz y, tal vez, buscar justicia para víctimas que otros han olvidado.

—Me parece de veras admirable.

—También me hizo ver que algo que yo veía como inconveniente y de lo que hablamos en la última sesión puede ser, en realidad, un punto a favor.

—¿Y de qué se trata?

—Que a mí me importa. Según él, «me preocupa un huevo». —Sonrió al recordar la nota de Nunzio—. Me dijo que eso es lo que distingue a los buenos inspectores de los que cumplen, sin más, con su deber.

—¿Y cómo interpretas eso?

No pudo menos de sorprenderse ante la pregunta.

—Pues como él quería que lo interpretase.

—Es decir… —la invitó Walsh.

—Que es bueno empatizar con las víctimas, con personas a las que no conozco ni conoceré nunca. Que si me solidarizo con ellas es porque me importan. Sé lo que es perder a un ser amado por un crimen violento.

—Desde luego, pero también eres consciente de que eso tiene su lado negativo, ¿verdad?, de que podría afectarte…

Una vez más, el comentario le resultó llamativo. A la terapeuta le preocupaba, a todas luces, el impacto emocional que podían suponerle los casos; pero también para eso estaba preparada Tracy.

—Podría ser, sí, si dejo que me domine, si me obsesiono con los casos que investigo. Sin embargo, ya no soy la persona que era entonces. Mi vida ha cambiado.

—¿Cómo has vivido la vuelta al trabajo teniendo que dejar a tu hija con la niñera? —Walsh cambió de enfoque.

—Dejar a Daniella no es fácil. El otro día me perdí sus primeros pasos y verla tratar de caminar me produjo una sensación agridulce; pero Dan también se los perdió. Supongo que son cosas que forman parte del hecho de ser madre en estos tiempos. Encima, además de los casos antiguos pendientes, también estoy investigando un caso activo, conque he estado de trabajo hasta las cejas, y…

—Y…

El razonamiento de Tracy se vio interrumpido, como ocurría a menudo cuando estaba centrada en una investigación, por una idea. Pese a estar presente en cuerpo, su subconsciente se ponía a repasar pruebas forenses… o de pronto cobraba relevancia algo que había dicho un testigo.

—Lo siento, estaba pensando en uno de los casos sin resolver, de una madre a la que le desapareció una hija de cinco años.

—¿Y en qué pensabas concretamente?

—La desaparición de mi hermana destrozó a mi familia, como ya sabes. Sin embargo, todo lo que he leído de esta mujer, de la madre… Es como si a ella no le hubiese impactado, como si hubiese tenido más interés por ver a su exmarido entre rejas que por encontrar a la niña. Es extraño, ¿verdad?

—No sabría decirte. Cabe la posibilidad de que optase por compartimentar sus sentimientos en lugar de enfrentarse a ellos. Son cosas diferentes.

Tracy había hecho lo mismo con el caso de Sarah, pero eso había sido mucho después del incidente. El caso de Jewel Chin era distinto.

—Eso es lo que más me choca del informe del agente que acudió a la casa. Fue el primero que la vio la noche en que se esfumó la niña y dice que tuvo la sensación de que a Jewel Chin no le importaba. Por lo que dice, no es que hubiese compartimentado su dolor, sino que no había dolor alguno que compartimentar. Estaba demasiado ocupada con despotricar de su exmarido. Solo me estaba preguntando si no será por algún defecto fundamental de su carácter.

—No lo sé. Podría ser, desde luego; pero, sin hablar con ella, resulta imposible hacerse una idea. Creo que deberíamos volver a ti.

—Un defecto… o quizá sabe algo que los demás ignoramos. ¿Y si su hija no ha desaparecido en realidad?

—Me parece que habría que dejarlo por hoy —concluyó Walsh.

Tracy miró el reloj de la pared.

—¿Tú crees?

—Me temo que la sesión no está siendo productiva. Has adoptado lo que yo llamaría una «actitud de combate». Ahora mismo estás en pleno campo de batalla, con la cabeza totalmente centrada en lo que ocurre en él después de apartar todo lo que pudiera ponerse entre tú y tu objetivo.

—Lo siento, no pretendía… ¿Crees que eso es malo?

Walsh dejó el cuaderno.

—Hay ejemplos de personas que alcanzan un éxito increíble debido a su capacidad para concentrarse de forma intensa y excepcional, Tracy. Eso les permite trabajar durante horas sin descanso, sin dormir, sin comer y sin distracciones externas. Da Vinci, Edison, Alexander Graham Bell…, hasta de Bill Gates dicen que es así.

—No es mala compañía —dijo Tracy.

Walsh, sin embargo, no sonreía.

—¿Has visto el documental *Free Solo*?

—No —respondió la inspectora.

—Va sobre un joven escalador que se propone ascender sin cuerdas ni anclajes El Capitán, en el parque nacional de Yosemite, algo que no ha conseguido nadie aún. Alcanza un grado de concentración tal que es capaz de describir de memoria cada uno de los movimientos que efectúa durante las casi tres horas que dura el ascenso de entrenamiento. Pues bien, al hacerle un escáner cerebral, descubren que tiene la porción del cerebro que detecta el peligro y el miedo prácticamente inactiva, como si no registrase la posibilidad de fracasar, de caer y morir, a pesar de que conoce a muchos escaladores a los que les ha pasado.

—¿Por qué me cuentas esto?

—Porque quiero que tengas cuidado, Tracy. Si conocemos a los hombres que te acabo de nombrar es porque vivieron y alcanzaron las metas que se habían marcado. De los que resbalaron y cayeron no tenemos noticia. Todos los primeros estaban escalando una pared similar y, por tanto, podrían haber caído y ahora no conoceríamos sus nombres.

CAPÍTULO 22

Tracy salió del despacho de Walsh sin tener muy claro lo que había ocurrido durante la sesión. Walsh había insinuado que estaba destinada a despeñarse o, por lo menos, así lo interpretaba ella. Tampoco tenía mucho tiempo para darle vueltas, porque esa misma mañana tenía una reunión con la antigua maestra de Elle Chin y esperaba averiguar algo más de los padres. Entonces, tendría que echar a correr para comisaría para que Kins y ella pudiesen estudiar el siguiente paso que debían dar en el caso de Stephanie Cole. Los minutos no dejaban de sucederse y las probabilidades de encontrarla con vida iban reduciéndose a su paso.

La escuela infantil estaba situada dentro de una iglesia del barrio de Green Lake. Tracy llegó pronto y, tras aparcar, se puso a revisar el expediente de la muerte de Graham Jacobsen, el novio de Jewel Chin, que le acababan de enviar de la comisaría Norte. Lo descargó y se puso a leerlo en el teléfono. La policía había llegado a la conclusión de que Jacobsen se disparó en la cabeza a quemarropa con una Glock de nueve milímetros que había comprado hacía unos años en Craigslist. Jewel Chin declaró que había encontrado su cadáver a su regreso de un bar de Green Lake. Se había confirmado su coartada. La autopsia posterior determinó que Jacobsen estaba bebido y tenía varios esteroides conocidos en su organismo, incluidas prednisona y metilprednisolona, que, combinadas con el alcohol, podían haber actuado como depresores. Nadie había intentado averiguar dónde había estado Bobby Chin aquella noche.

La policía no encontró nota de suicidio. No obstante, tenía el teléfono de Jacobsen y, en él, decenas de mensajes de texto a Jewel Chin y las respuestas de ella, tan escasas como exiguas. En una, le decía a Jacobsen que, en su opinión, era preferible que se fuera de casa. El informe redactado la noche de su muerte resultaba siniestro por la similitud que guardaba con el de la desaparición de Elle Chin. Jewel Chin, al decir del inspector que lo había firmado, parecía indiferente respecto del suicidio y había mostrado una mayor preocupación por el caos que había provocado y por la posibilidad de que influyera en la venta de la casa. Preguntó incluso si estaba obligada a revelar lo que había ocurrido allí a quienes estuvieran interesados en comprarla.

En resumidas cuentas, Art Nunzio no habría dicho de ella precisamente que «le preocupaba un huevo». Tracy volvió a preguntarse si no sería un defecto fundamental de su carácter que nadie había diagnosticado.

Se dirigió a la escuela. Dentro de las instalaciones de la iglesia, pasó al lado de un grupo de madres jóvenes que dejaban a sus hijos y se imaginó haciendo lo mismo con Daniella. Las ventanas de la clase estaban decoradas con motivos negros y naranjas de Halloween y dibujos garabateados de brujas, fantasmas y calabazas. Entró en el vestíbulo y se acercó a la mujer que, de pie tras el mostrador de recepción, rebuscaba expedientes en un armario archivador de tres cajones.

—¿Es usted la inspectora Crosswhite? —preguntó al verla acercarse.

—La misma —respondió Tracy.

La mujer se inclinó sobre el mostrador para tenderle la mano.

—Yo soy Lynn Bettencourt. Hemos hablado por teléfono.

Bettencourt, la directora del centro de educación infantil, parecía más joven de lo que había esperado. Por teléfono le había dicho que llevaba ocho años en aquella escuela y le daba clase a Elle Chin el año de su desaparición, lo que había llevado a Tracy a solicitar hablar con ella en persona.

—Estaba buscando el expediente de Elle —dijo la directora—. Quería haberlo hecho antes, pero tenemos a una compañera de baja por enfermedad y no doy abasto.

—Tómese su tiempo —repuso Tracy, quien, sin embargo, no veía la hora de volver a comisaría para hablar con Kins.

Bettencourt abrió y cerró cajones buscando.

—Aunque lo tenemos casi todo en el ordenador, imprimí su expediente para los trámites del divorcio y la custodia e hice un duplicado. Aquí está. —Sacó un archivo de tres dedos de grosor y cerró el cajón—. Venga por aquí.

Llevó a Tracy hasta un despacho con tragaluces y ventanas que daban a un patio de recreo vacío con una zona de juegos sobre baldosas de goma. Bettencourt se sentó tras su escritorio y movió el brazo extensor de la pantalla de su ordenador para que pudieran verse bien la inspectora y ella.

Cuando hubo acabado, Tracy le preguntó:

—¿Cuándo le dio clase a Elle Chin?

—El año de su desaparición. Eso fue hace cinco. Aquí, en la escuela, fue una tragedia para todo el mundo, como podrá imaginar sin duda. Una cosa así no se olvida nunca. Era una niña encantadora y muy inteligente.

Tracy señaló con la cabeza la carpeta que descansaba sobre la mesa.

—¿Dice que imprimió su expediente para los trámites del divorcio?

Bettencourt abrió la carpeta y pasó las páginas.

—Para resolver el régimen de convivencia familiar, solicitaron un psicólogo que valoró el caso con Elle.

—¿Y habló con usted?

Ella asintió con la cabeza al tiempo que cerraba los ojos. Era un gesto que repetía mucho.

—Sí.

—Pero, antes, dígame: ¿conocía bien a los padres?

Bettencourt se encogió de hombros y negó con un movimiento suave de la cabeza.

—No mucho. Animamos a los padres de nuestros pequeños a que participen con nosotros en la educación de sus hijos, pero no es obligatorio.

—¿Ninguno de los dos participaba?

—Esporádicamente sí, pero poco más.

—¿Y cuál de los dos participaba más?

—El padre, sobre todo. —Bettencourt vaciló como si quisiera decir algo más, pero no lo hizo.

—Me ha parecido que iba a decir algo…

La directora tardó un instante en responder.

—Las opiniones pueden ser injustas.

—Pero ¿cuál es la suya? —Tracy aguardó. Bettencourt estaba estudiando lo que iba a decir—. Lo único que intento es averiguar algo más sobre los padres —dijo la inspectora por tratar de disipar cualquier aprensión.

—La madre parecía más preocupada por otras cosas.

—¿Por hacer ejercicio? —preguntó la inspectora recordando la impresión de Jewel Chin que había expresado Evelyn Robertson.

Bettencourt sonrió, aunque con gesto pensativo.

—Sí.

—¿Los animó usted a ella y a Bobby Chin a participar más?

—Animamos a todos los padres, aunque no siempre tenemos el mismo éxito. Si digo que las opiniones pueden ser injustas es porque hay padres que no pueden hacer otra cosa. El trabajo no se lo permite y no pueden dejar el trabajo.

—¿Trabajaba Jewel Chin?

—No lo sé. El padre era policía, eso sí lo sé. Los críos se revolucionaban cada vez que venía de uniforme. —Bettencourt sonrió.

—Entonces, diría que Bobby Chin participaba más.

La directora parecía incómoda. Dejó escapar un suspiro.

—Como le he dicho, él trabajaba mucho. Había días que tenía que recoger a Elle y no podía. Entonces mandaba a su hermana o, con menos frecuencia, a su padre o a su madre.

—¿No a su mujer?

Bettencourt negó con la cabeza.

—La tía y los abuelos figuraban en nuestra lista de personas que podían recogerla.

—¿Y la madre tenía a algún familiar en la lista?

La directora hojeó el expediente y, un momento después, respondió:

—No.

—¿Figuran los nombres de la tía y de los abuelos en el documento?

—Aquí están, sí. Con los números de teléfono.

—¿Cuánto tiempo tuvo usted a Elle antes de que desapareciese?

—Unos trece meses, desde septiembre de un curso hasta octubre del siguiente. —Parecía a punto de echarse a llorar.

—¿Se encuentra bien? —preguntó Tracy.

Bettencourt sacó un pañuelo de papel de la caja que tenía sobre el escritorio y se enjugó las comisuras de los ojos.

—Tómese su tiempo —dijo la inspectora.

—Aquí, en la escuela, la noticia fue un mazazo. Nunca había pasado algo parecido. —Suspiró.

—Por su reacción, deduzco que tenía mucho trato con la cría.

Volvió a soltar el aire de los pulmones.

—Es imposible no querer a estos niños. Son tan inocentes… Vienen aquí llenos de ilusión y con unas ganas tremendas de aprender y nuestra labor consiste en fomentar su entusiasmo y su inquietud. Se crea un vínculo muy especial, que es lo que más echo de menos de la docencia.

Bettencourt parecía ser una muy buena persona.

—Hábleme de Elle. ¿Notó algún cambio en su comportamiento?

—¿Por el divorcio?

—Sí.

—Tenemos muchos niños de padres separados. Dependiendo de cómo sea el proceso, los críos se ven más o menos afectados.

—¿Y Elle?

—Deme un minuto. —Bettencourt sacó un folio y se puso a leerlo.

—¿Qué es?

—Un informe que hice para el psicólogo que se encargó del plan de convivencia familiar.

—¿Y qué dice?

—Noté cambios en su comportamiento durante el curso. Tenga en cuenta que es habitual que los chiquillos se porten mal durante un divorcio, y más aún si son tan pequeños como Elle y no tienen la madurez emocional necesaria para entender lo que está pasando. Eso los frustra y los somete a estrés.

—¿En qué cambió Elle?

—Tenía episodios de rabia: se peleaba con otros niños y se mostraba triste, deprimida. Echaba de menos a su padre.

—¿Se lo dijo ella?

—Sí. También lo expresaba en sus dibujos. —Bettencourt le tendió un dibujo tosco de una niña pequeña de la mano de alguien y Tracy pensó de inmediato en el testigo que decía haber visto a Elle alejándose con una mujer del maizal.

—¿Decía algo de su madre?

—Directamente no.

—¿E indirectamente?

—Elle decía cosas como que su papá siempre llegaba tarde, que su mamá ya no quería a su papá, que su mamá tenía novio y que el novio sería su nuevo papá… Son cosas que, las más de las veces, se deben a comentarios negativos que hace un progenitor del otro.

—De manera que no cree usted que la madre gestionara la situación pensando en los intereses de Elle.

—¿Quiere conocer mi juicio personal?

—A partir de todo lo que sabía de la familia y de la niña.

—No sé si soy la más indicada, porque no vivía con ellos…

—Lo entiendo.

—Dudo que ninguno de los dos padres tuviese en mente el interés de Elle a la hora de enfrentarse al divorcio —sentenció Bettencourt—. Esa es mi opinión. El marido se fue de casa y las acusaciones de violencia doméstica limitaron el tiempo que se le permitía estar con Elle. Entonces, poco después de haberse marchado el marido, se mudó a la vivienda el novio de la madre.

—¿Cómo sabe eso?

—La hermana de él me lo contó una tarde cuando vino a recoger a Elle. Yo le dije que hablara con ella, porque a la cría le estaba costando entender la situación de por qué no estaba su padre en casa y el novio sí.

—¿Le dijo Elle algo del novio? ¿Notó algo en su comportamiento que pudiera indicar que estaba sufriendo maltrato?

Bettencourt no respondió de inmediato. Entonces, abrió la carpeta y le mostró otro dibujo de una niña pequeña hecha con unos pocos trazos. Tenía lágrimas azules que llegaban hasta el suelo. A su lado, también con escasas líneas, se veía un hombre con gesto furioso. Tracy levantó la vista para clavarla en la directora.

—Le dije a su tía que Elle decía que la niña estaba triste porque el hombre le pegaba.

—Entiendo que le dio todo esto a las autoridades que llevaban el divorcio.

—Elle lo dibujó después de que el psicólogo elaborase y presentara el plan de convivencia familiar, pero sí que lo puse en conocimiento tanto de él como de la Oficina de Protección del Menor.

—¿Y qué pasó?

—Nada. La madre dijo que Elle se equivocaba, que le había dicho que el hombre del dibujo era su papá y que lo había dibujado después de que se hubiera enfadado y le hubiera pegado a su mamá.

—¿Volvió a preguntarle a Elle?

—No, porque fue cuando desapareció.

Tracy le hizo aún algunas preguntas más antes de quedar en que la directora le haría una copia del expediente. Se puso en pie para marcharse.

—¿Inspectora?

Tracy se detuvo y, al notar la preocupación de la directora, preguntó:

—¿Algo más?

—Me ha preguntado antes por mi juicio personal.

—Sí.

—Dudo que ninguna de las dos opciones representara un entorno sano para esa chiquilla.

—Entiendo —dijo Tracy.

Bettencourt seguía pareciendo intranquila, como si la inspectora no hubiese comprendido lo que trataba de decirle.

—Se lo diré de otro modo. Veo a muchos críos con situaciones familiares difíciles y, por lo común, se debe más a uno de los padres que al otro, porque ataca verbalmente a su cónyuge y lo culpa de lo que ha ocurrido. El otro se convierte en el protector del niño, en la persona que se traga el dolor y el orgullo para dar prioridad a los intereses del pequeño.

—Pero este no era el caso.

La directora movió la cabeza de un lado a otro.

—Por desgracia, no.

CAPÍTULO 23

Tracy se reunió con Kins en el cubículo del equipo A. Faz y Del habían salido para seguir reuniendo información entre los testigos del tiroteo de Pioneer Square y Fernandez seguía con el fiscal en un juicio por asesinato que se estaba celebrando en el Tribunal Supremo del condado de King.

—Ha llamado Pinkney —anunció Kins refiriéndose al sargento de la policía científica—. La prueba de precipitina ha revelado que la sangre es humana. He llamado a la madre de Cole para preguntarle cuál es el grupo sanguíneo de Stephanie. No ha sido un trago muy agradable. Es A positivo, lo que coincide con la muestra que recogió la científica. Tenemos cabello de un cepillo que había en el cuarto de baño del piso, pero he llamado al laboratorio para que se centren en las colillas, porque, al menos por el momento, creo que podemos dar por sentado, por los auriculares y el grupo sanguíneo, que la sangre es de Cole. —Entonces, tendiéndole varias páginas, anunció—: Andréi Vilkotski, de la Unidad de Apoyo Técnico y Electrónico, me ha encargado que te diga que te profesa adoración eterna por arruinarle el fin de semana.

Se trataba del historial de llamadas del teléfono de Cole y del contenido de su portátil.

—¿Hay algo? —preguntó Tracy.

—Durante su horario laboral no hizo llamadas ni mandó mensajes de texto, pero sí que hay llamadas de los dos a teléfonos con los prefijos 626 y 909, que corresponden a ciudades del valle de San Gabriel.

Miró la hora de las llamadas: entre las diez y las diez y media de la mañana, entre las doce y la una y entre las dos y las dos y cuarto.

—Coincide con sus descansos —concluyó Tracy.

—Eso parece. En las fotos no hay gran cosa que valga la pena.

—Habían albergado la esperanza de encontrar a alguien que se repitiera en varias, un novio del que nadie supiese nada, por ejemplo—. Échale un vistazo a la última que hizo.

Se trataba de una imagen de la cabecera de la pista de North Park. Cole había fotografiado la señal de PROHIBIDO ARROJAR BASURA que había sobre las bolsitas de caca de perro.

—Ya sabemos que tenía sentido del humor —dijo Kins.

—Y que no se sentía amenazada precisamente.

—Además, que una muchacha de diecinueve años obedezca las normas de la empresa y no use el móvil en el trabajo no me suena a alguien que quiera saltarse dos días seguidos la jornada laboral y arriesgarse a que lo despidan, ¿verdad? —razonó Kins—. El último mensaje es de las 15.55, justo antes de la hora en que salió del local de la empresa, y está dirigido a Ame Diaz. Dice que va a salir a correr y espera llegar a tiempo a la fiesta. —Hizo un gesto a Tracy para que volviese la hoja.

»El martes por la noche llamó a un almacén de alquiler de disfraces de North Park. Me he puesto en contacto con ellos para preguntar si recordaban si llamó una mujer preguntando por un disfraz de pirata dos días antes de Halloween.

—¿Y ha habido suerte?

—Qué va. Por teléfono no he conseguido nada, porque la mujer que me ha atendido dice que la temporada de Halloween es una locura. Así que le he pedido a Billy que mande a algún agente con la foto para ver si alguien la recuerda, aunque dudo que llegase a ir.

—¿Por qué?

—Porque le he preguntado a la mujer cuánto costaría alquilar un disfraz de pirata y me ha dicho que, siendo Halloween, entre cincuenta y setenta y cinco dólares.

—¡Ay! —exclamó Tracy. Aquello explicaba que hubiese ido a la tienda de segunda mano, se cortara ella misma la falda y la blusa y optara por los accesorios de nueve con noventa y nueve dólares de Bartell Drugs.

—También buscó establecimientos de Bartell, como suponías tú —siguió diciendo Kins—, y usó la aplicación del móvil para saber dónde estaban y localizar parques públicos.

—De manera que pretendía ir a North Park.

—Quizá por necesidad, como también suponías. Otra cosa: no buscó Ravenna Park en el mapa, lo que hace pensar que no tenía intenciones de ir allí… ni conocía siquiera la ruta.

Tracy dejó las hojas en la mesa.

—¿Y ahora?

—Esta mañana han llamado los padres para preguntar si se sabía algo. Estaba a punto de llamarlos. ¿Quieres encargarte tú?

—Ni lo sueñes.

Kins sonrió.

—Tenía que intentarlo. —Marcó el número. Desde el lado de la línea que compartía con Tracy, daba la impresión de estar haciendo cuanto estaba en sus manos por tranquilizar a la familia.

Mientras acababa, la inspectora elaboró una lista de sospechosos y de pruebas. En ella incluyó a Brian Bibby, Scott Barnes, Franklin Sprague, Evan Sprague y Carrol Sprague. A continuación escribió también: «psicópata desconocido». Al lado de cada nombre apuntó las pruebas que, en apariencia, exoneraban a cada uno, como el dolor de espalda de Brian Bibby y el calzado que usaba para caminar o la constitución física y la talla de zapato de Scott Barnes. Franklin Sprague y su hermano Carrol no parecían tener muchas papeletas, ya que los dos habían estado en el trabajo el miércoles a las cuatro y media de la tarde. Habían comprobado en la residencia de ancianos que Franklin trabajaba allí y el horario que tenía, pero todavía no habían localizado a la persona de Home Depot que debía confirmar que Carrol Sprague pertenecía a la plantilla. Tenían pendiente una visita al almacén.

Mientras hacía la lista, se dio cuenta de que no les había preguntado a Franklin ni a Evan qué zapatos se ponían para pasear por el parque. Lo anotó. Haría saber a los Sprague, como a Bibby, que necesitaba la información para eliminar la huella de las que habían encontrado.

Volvió a repasar la lista y rodeó el nombre de Evan Sprague. Le escamaba que Franklin hubiese recurrido con tanta presteza a la excusa de la mala memoria de su hermano, en particular respecto de si recordaba haber salido a pasear el miércoles por la tarde, y de su supuesta gripe, que no le había impedido cortar el césped el jueves ni repartir dulces por Halloween.

Al lado de su nombre apuntó: «¿Cuándo cayó enfermo?».

Confeccionó también una lista de tareas pendientes que incluía regresar a la empresa de trasporte de Fremont y a Bartell Drugs. La clave parecía estar en averiguar quién sabía que Cole iba a salir a correr aquella tarde. Era poco probable que el agresor estuviese esperando para hacerse con la primera persona que apareciera, especialmente teniendo en cuenta que no era habitual encontrar corredores en aquel parque. Lo que sí debía de saber era que la pista acababa en aquel punto y que el tocón constituía un escondite perfecto. Eso coincidía también con las pruebas que indicaban que alguien había alejado a propósito el cuerpo y el coche del barrio. Anotó que había que asignar a otro inspector la labor de comprobar antecedentes entre los vecinos, en particular entre los jóvenes, y ver si alguno había sido acusado, sobre todo, de violencia contra mujeres jóvenes.

Apuntó un par de cosas más y usó el teléfono de la mesa de Faz para llamar al laboratorio de criminalística de la Policía Estatal de Washington y dejar un mensaje a Michael Melton para que la llamase en cuanto le fuera posible. Deseaba asegurarse de que daba prioridad al análisis del ADN presente en las colillas. Aunque la Sección de Crímenes Violentos tenía prioridad, sobre todo en caso de homicidio, el laboratorio seguía sin dar abasto. Quería que Melton entendiera que había una joven desaparecida y que cada minuto contaba. Él tenía cinco hijas y de vez en cuando no venía mal aprovechar que asuntos así le tocaban muy de cerca.

Acababa de llamar al Home Depot de Shoreline para hablar con Carrol Sprague cuando apareció en el cubículo Johnny Nolasco y la miró con gesto inquisidor.

—¿Qué haces tú aquí? —preguntó.

Tracy bajó el teléfono.

—Estoy echándole una mano a Kins con un caso.

El aludido se volvió, pero seguía al aparato y no pudo responder. Nolasco tenía la camisa arremangada y varios folios en la mano.

—¿Y tus casos pendientes?

—También estoy en ello.

El capitán miró a Kins, que acababa de concluir su conversación.

—¿Por qué no me lo has dicho si necesitabas ayuda con tus expedientes?

—Se lo comuniqué a Billy.

—¿Por qué?

—Nos llegó el otro día a través de Personas Desaparecidas. Fernandez sigue de juicio, y Faz y Del están con lo del tiroteo de Pioneer Square. Tracy estaba aquí cuando nos lo comunicaron y le pregunté a Billy si podía contar con ella.

—¿Y qué se nos ha perdido a nosotros en un caso de personas desaparecidas?

—Hay circunstancias…

—¿Cuáles?

Kins le ofreció un breve resumen y Nolasco estudió el calendario que había en la pared.

—¿Por dónde va la investigación?

El inspector lo puso al corriente de los avances que habían hecho hasta entonces y Nolasco se volvió hacia Tracy.

—¿Y tú qué estás haciendo?

—De momento, una lista de sospechosos basada en los testimonios que tenemos, las pruebas que conocemos y las circunstancias exculpatorias. Además, estoy coordinando la operación con la policía científica, con Kaylee Wright y con criminalística.

—¿Criminalística?

—Hemos encontrado colillas en el parque y Wright cree que las dejó alguien que se había escondido a esperar a la víctima. Tenemos la esperanza de que puedan sacar muestras de ADN. También hemos encontrado sangre.

—¿Quién sabía que pensaba salir a correr a ese parque?

—Es lo que estamos intentando averiguar.

—¿En qué casos pendientes estás trabajando?

Tracy lo informó sobre las dos prostitutas desaparecidas y sobre Elle Chin.

—Nunzio estaba investigando agresiones sexuales, casos en los que se habían encontrado muestras de ADN y que tenían posibilidades de resolverse. ¿En alguno de esos hay pruebas con ADN?

—Todavía no —repuso Tracy sabiendo que se trataba de una pregunta retórica.

—Da la impresión de que has empezado con el pie equivocado. ¿Eres consciente de que Nunzio tuvo un año inmejorable el año pasado y que consiguió resolver veinte expedientes?

—Sí, el comunicado de prensa ya lo ha dejado bien claro —respondió ella—. No sé quién les daría esos detalles…

El capitán sonrió con suficiencia.

—Nos gusta celebrar los éxitos… y mantener el nivel.

—Lo recordaré… cuando resuelva estos casos. —Sonó su móvil y Tracy, agradecida por la excusa que se le ofrecía para escapar, se puso en pie y miró la identificación de llamada sin reconocer el número, que tenía por prefijo de zona el 206—. Inspectora Crosswhite —respondió.

—¿Inspectora? —Era una voz aguda de varón—. Soy Carrol Sprague. Creo que habló usted con mi hermano Franklin y le pidió que la llamase.

—Gracias por ponerse en contacto conmigo, señor Sprague.

—Estoy en el trabajo y no me dejan hacer llamadas personales a no ser que esté en mi hora de descanso. No tengo mucho tiempo.

La voz sonaba afectada, aunque Tracy no lograba discernir en qué sentido. Le hizo las mismas preguntas que les había formulado a Franklin y a los demás vecinos: dónde estaba el miércoles a la caída de la tarde y si había visto a Stephanie Cole.

Carrol confirmó que aquel día estaba trabajando y que después salió a tomar una cerveza a un lugar de la avenida Aurora llamado The Pacific Pub.

—Como imaginará, no pude ver ni oír nada.

—¿Estuvo tomándose la cerveza con alguien del trabajo?

—No.

—¿Y no quedó con nadie en el bar?

—No, pero allí me conocen. Puede preguntarle a la camarera.

Lo haría. A continuación, quiso saber si paseaba alguna vez por el parque.

—Los días que trabajo no me da tiempo. Además, si tengo que serle sincero, no me va demasiado lo de los paseos.

—¿Qué me dice de sus hermanos?

—Evan tiene más tiempo para hacer cosas de esas. Supongo que Franklin ya le habrá dicho que tiene una falta…

—Algo sí que nos dijo.

—Él tiene más tiempo.

A Tracy, aquella conversación le daba mala espina. Casi tenía la sensación de que Carrol estuviese hablando una octava por encima de lo normal. Además, pronunciaba con mucho tiento cada palabra.

—¿Cómo se encuentra? —preguntó.

—¿Evan? Bien.

—¿Se ha recuperado ya del resfriado?

—Ah… M… Sí. A-a-al final no era nada. E-e-está más sano que una pera.

Hubo otra pausa, que Tracy aprovechó para preguntar:

—¿Ha vuelto a dar sus paseos, entonces?

No hubo respuesta.

—¿Señor Sprague?

El silencio se hizo muy elocuente. Sprague volvió a hablar con cuidado, como quien se detiene a considerar cada una de sus palabras.

—Perdóneme, inspectora, pero creo que se ha cortado. No he oído bien lo último que ha dicho.

—Solo me preguntaba si Evan habría retomado de nuevo los paseos que le gusta dar.

—Pues no lo sé, inspectora. Como le he dicho, la mayoría de las tardes no estoy en casa. Ha… hace tiempo que no llego temprano a casa y n-n-no le puedo decir lo que hace o no Evan.

Sonaba a que estuviera intentando salvar los muebles… sin demasiado éxito. Se preguntó si el tartamudeo no sería el motivo por lo que parecía hablar con voz forzada.

—Tengo que volver al trabajo.

Tracy le dio las gracias y colgó. Cuando volvió al cubículo del equipo A, Nolasco, gracias a Dios, ya se había ido.

—Era Carrol Sprague —hizo saber a Kins.

—¿Qué te ha dicho?

—Que Evan ha superado el resfriado y está más sano que una pera.

Kins entornó los ojos.

—Creía que tenía una gripe gorda que lo había arrastrado a urgencias.

—Y yo también —dijo la inspectora.

CAPÍTULO 24

Tracy y Kins pusieron rumbo al Home Depot de Shoreline. Convencida de que Carrol Sprague había mentido sobre la salud de su hermano, la inspectora quería saber si también había mentido al asegurar que había estado trabajando la semana anterior.

De camino los llamó Mike Melton y Tracy puso el manos libres para que Kins pudiese participar también en la conversación.

—Tracy Crosswhite —exclamó Melton—. Te hacía en casa con tu cría y no dando caza a los malos. ¿A qué debo este placer? ¿Tiene algo que ver con el mensaje de voz en el que me pides que ponga tu análisis de ADN delante del resto de los que hacen cola? Muy fino, por cierto, lo de decirme que la víctima es una muchacha joven. Como si no tuviese bastante preocupación con mis niñas…

—Lo siento. —Tracy sonrió—. Solo quería que supieses lo que tenemos entre manos.

—Lo sé. Y les he pedido a todos que espabilen. He puesto a trabajar con esas pruebas hasta al último becario que tengo.

—Eres el mejor, Mike.

—Me lo dice todo el mundo.

—Te debemos una cena.

—En el puestecillo ambulante de comida mexicana que tú elijas —añadió Kins.

—No, gracias. Estoy a régimen.

—¿Qué? —exclamó el inspector—. ¡No digas blasfemias!

—Mi hija la nutricionista dice que tengo la tensión alta por lo que como, así que me ha puesto a hacer dieta… No recuerdo cómo se llama, pero en mi vida he comido tantas verduras.

—Es el precio que tienes que pagar por haber criado hijas listas que, encima, te quieren, Mike —dijo Tracy.

—Ya, ya. Os llamaré cuando tenga resultados. Mientras tanto, imaginadme comiéndome una zanahoria… y disfrutando.

Apenas había colgado la inspectora cuando volvió a sonar el teléfono. La identificación de llamada la informó de que se trataba de Kaylee Wright. Volvió a ponerlo en manos libres.

—No me equivocaba con lo del calzado —dijo la rastreadora—: la zapatilla de deporte es una New Balance 880v10, un modelo relativamente nuevo que se vende por ciento treinta dólares.

—Podemos concluir por ese precio que la joven, que trabajaba de recepcionista y acababa de pagar una fianza y un mes de alquiler de piso, debía de tomarse muy en serio lo de salir a correr —señaló Tracy.

—La zapatilla, desde luego, es buena.

—¿Qué me dices de la bota?

—En efecto, es de Merrell, una Yokota 2 de hombre, calzado de senderismo impermeable de gama media. El desgaste de la suela es propio de una pisada pronadora.

—Por favor —pidió Kins—, ilustra a un pobre ignorante. ¿Eso quiere decir que gira el pie hacia fuera o hacia dentro?

—Hacia fuera.

—¿Y el inspector medio puede distinguir a una persona pronadora de una… de una que camine cargando el peso del pie hacia dentro?

—Te refieres a un supinador. Lo dudo mucho, a no ser que se trate de una pronación muy pronunciada.

—Pero, si tenemos a un sospechoso y conseguimos una orden judicial para que nos entregue su calzado, ¿tú podrías hacer una comparación? —siguió diciendo Kins.

—Si es de la misma marca, el desgaste de la suela será igual que el de la huella que hemos encontrado —dijo Wright—, siempre que coincida también el número.

Tracy y Kins llegaron a Home Depot y, tras una serie de preguntas, un empleado los llevó al despacho de la encargada de la tienda, Helen Knežević. La mujer, sentada tras una mesa funcional cubierta de papeles, parecía asediada. Tenía la vista clavada en la pantalla de su ordenador y ni siquiera la apartó cuando Kins llamó a su puerta.

—¿Sí, qué pasa? —preguntó.

—Señorita Knežević —dijo el inspector.

La encargada miró hacia la puerta, tomó un par de gafas de encima de un montón de documentos y se las puso.

—¿En qué puedo ayudarlo? —Hablaba con acento de Europa del Este, de Rusia o uno de los países vecinos, supuso Tracy.

El recién llegado hizo las presentaciones.

—Queríamos hacerle un par de preguntas sobre un empleado.

—¿De qué empleado se trata? —preguntó con cautela.

—Carrol Sprague.

Knežević los invitó a pasar al despacho y les indicó con un gesto que tomaran asiento en las dos sillas que había frente al escritorio. Parecía preocupada.

—¿Qué desean saber? Información personal no puedo darles, porque va contra las normas de la empresa.

—Solo queremos confirmar los días que vino a trabajar la semana pasada.

—¿Puedo preguntar qué ocurre?

—Estamos investigando un caso y el señor Sprague podría ser un testigo esencial. Solo necesitamos que nos confirme los días y las horas que estuvo trabajando, en concreto entre el miércoles y el viernes.

Tracy sabía que Kins estaba intentando reunir tanta información como le fuera posible antes de hablar con Carrol Sprague, con el fin de dejarlo que se delatara él solo con su declaración: darle toda la cuerda que necesitara para ahorcarse.

—¿Eso es todo?

—Con eso podemos empezar. —El inspector le dedicó una sonrisa.

Knežević se reclinó en el respaldo y se quitó las gafas. Alzó la mirada al monitor con el rostro fruncido, tecleó algo y usó el ratón.

—Trabajó el miércoles, 30 de octubre, de las nueve de la mañana a las 16.30.

Era lo que habían dicho tanto Franklin como Carrol Sprague. La mujer volvió a entornar los ojos y movió el ratón sobre la alfombrilla.

—Y el jueves y el viernes, con el mismo horario.

Tracy miró a Kins, quien se encogió de hombros.

—¿No llamó para decir que estaba enfermo? —quiso saber la inspectora.

—¿La semana pasada? Tenía que venir trabajar ayer y hoy, pero ha faltado los dos días por encontrarse indispuesto.

—Un momento. ¿Hoy no está aquí?

—No, ha llamado para decir que estaba con gripe y no quería contagiar al resto.

Carrol había mentido. Le había dicho a Tracy que la llamaba durante un descanso.

—Cuando un empleado llama para ausentarse por enfermedad, ¿se le exige algún tipo de justificante médico?

—No. Los empleados no tienen días de baja, sino horas al mes. Los que están a tiempo completo tienen ocho horas al mes. Quien se da de baja más horas, tiene un punto en su contra.

—Entonces, ¿el señor Sprague tiene un punto en su contra?

—No, porque ha acumulado suficientes horas de baja sin usar.

—¿Enferma con frecuencia?

Knežević volvió a mover el ratón mientras miraba la pantalla a cegarritas. Tras unos minutos, dijo:

—No, es la primera vez este año. Es un buen trabajador y tiene buenas evaluaciones.

Kins y Tracy le dieron las gracias y salieron.

En el aparcamiento, dijo Tracy:

—Carrol nos ha mentido.

—Sobre lo de hoy, pero sí que trabajó el miércoles, luego no pudo estar en el parque.

—Eso sí es verdad, pero su hermano Evan sí que pudo. ¿Y si lo están encubriendo Franklin y Carrol?

—¿Crees que los dos mayores se han deshecho del cadáver entre ayer y hoy?

—Lo que creo es que deberíamos preguntar en la residencia de ancianos si Franklin trabajó ayer y si ha trabajado hoy. —Tracy llamó a la responsable de recursos humanos del centro y supo que Franklin libraba el domingo, pero que ese día trabajaba de nueve a cinco y media.

La inspectora le dio las gracias, colgó y dio la noticia a Kins. Miró el reloj.

—A esta hora es, más o menos, cuando sale a pasear Evan. ¿Y si vamos a ver si podemos hablar con él en la calle, lejos de sus hermanos? Quizá recuerde más de lo que dice Franklin.

CAPÍTULO 25

Tracy y Kins sabían que los vecinos de North Park estaban agitados, razón por la que aparcaron donde pudiesen observar la calle sin llamar la atención.

A las 15.27, dijo la inspectora:

—Si no lo vemos dentro de quince minutos, vamos a la casa.

Diez minutos después, se incorporó Kins para anunciar:

—Ahí está.

Evan Sprague iba por la acera en dirección a la entrada del parque. Se había abrigado con un gorro negro y un chaquetón Carhartt y llevaba las manos en los bolsillos. Iba precedido por bocanadas blancas de vaho. Pocos se habrían atrevido a pasear con aquel frío. Él llegó al acceso al parque y se detuvo como si quisiera tomar la pista.

—¿Qué hace? —Preguntó Kins.

—Ni idea.

—La vecina nos dijo que daba la vuelta a la manzana, lo que explicaba que no hubiese pasado de nuevo delante de la cámara de su porche.

—Tal vez se equivoque.

—O quizá se está planteando…

Tras un instante, Evan rebasó el comienzo de la senda.

—Qué raro —dijo Kins—. Vamos.

Tracy y él salieron del coche, cruzaron la calle y alcanzaron a Evan antes de que llegase al final de la manzana. Él se dio la vuelta en el momento en que llegaban a su altura.

—Hombre, Evan. ¿Cómo te va?

El menor de los Sprague se detuvo y los miró con expresión ausente, como si no los reconociera o no los recordara, cosa muy probable si Franklin no mentía sobre su memoria.

—Somos los inspectores de policía que fueron a verte a casa el otro día para hablar contigo   —dijo Kins.

Tracy le habría propinado una patada sin dudarlo por desaprovechar aquella ocasión perfecta de determinar si la memoria de Evan era tan mala como aseguraba Franklin.

—¿Cómo te encuentras? —preguntó la inspectora.

Él no respondió.

—¿Está malo Carrol, tu hermano?

—¿Carrol?

—¿Está malo en casa? —insistió.

—Carrol trabaja.

—¿Hoy trabaja?

—No me acuerdo.

—Ahora mismo íbamos para el parque —dijo Kins—. ¿Te apetece pasear por el parque?

Evan no respondió. De nuevo parecía confundido.

—¿Paseas todos los días a esta hora? —probó Tracy.

—Tengo que irme a casa. —Se dio la vuelta y apretó el paso.

—Vamos contigo —dijo Tracy, y ella y Kins se apresuraron para no quedarse atrás.

Evan no parecía estar cómodo, pero tampoco protestó ni echó a correr. Kins caminaba a su lado y Tracy, detrás.

—Sabemos que el miércoles saliste a pasear a esta hora, Evan.

—No me acuerdo —aseguró él.

—Tus vecinos tienen una cámara de vídeo que te grabó pasando por delante de su casa.

—¿Bibby?

—No, los Maxwell. Pasaste por su casa igual que has hecho hoy. Recorriste esta calle y pasaste por delante de la entrada del parque. Ese fue el día que salió a correr por el parque una joven llamada Stephanie Cole. —Kins tenía una foto de Cole preparada en el teléfono y se la enseñó—. Es esta, Evan.

Él la miró por encima, pero no respondió. Parecía preocupado. Kins sacó una segunda fotografía.

—Y este era su coche. Míralo de más cerca, Evan. Es importante que encontremos a esa joven antes de que le pase algo.

Evan lanzó una ojeada rápida a la imagen.

—Yo no vi ningún coche. Solo estaba paseando.

Kins miró a Tracy, quien supo lo que quería decir: Evan recordaba haber salido a pasear aquel día.

—¿Y qué me dices de la joven, Evan? ¿La viste? —preguntó la inspectora.

—No, no la vi.

—Sabemos que aquel día salió a correr al parque, Evan.

Él volvió a guardar silencio.

—¿Viste a la joven, Evan?

—Estaba malo —dijo de repente—. Tenía gripe.

—El miércoles, no, Evan —corrigió Kins—. El miércoles saliste a pasear y el jueves cortaste el césped, conque no estabas malo.

—¿Se había perdido, Evan? ¿Se paró a pedir indicaciones? —lo tanteó Tracy.

Él se llevó las dos manos a la cabeza.

—N-n-no me acuerdo.

—Evan, tenemos que encontrar a esa muchacha. Sabemos que no quieres que le pase nada. Es importante que la encontremos.

—Me tengo que ir a casa.

Tracy cambió de táctica.

—¿Estaba Carrol en casa ayer?

—Carrol trabaja en Home Depot.

—¿Se puso malo? —probó Kins—. ¿Estaba en casa ayer… domingo?

—Carrol trabaja en Home Depot. Franklin trabaja en un hogar de ancianos. Yo no trabajo.

—¿Ha estado Carrol en casa enfermo ayer y hoy, Evan? —insistió Tracy.

—Yo fui al médico —respondió él, cada vez más confundido a todas luces—. Tuve que ir al médico.

—Evan —dijo Tracy y él se detuvo para mirarla—. Está bien, Evan. —Él seguía manteniendo una actitud cauta—. ¿Tienes por ahí un cigarrillo?

Él se llevó instintivamente la mano al bolsillo frontal del chaquetón y acto seguido negó con la cabeza.

—Tengo que irme a casa. No debería hablar con ustedes. Tengo que irme. Tengo que irme a casa. —Siguió caminando, casi trotando, y, al llegar al final de la manzana, giró a la derecha.

—Es fumador —concluyó Tracy viéndolo desaparecer tras la esquina.

—Pero no convencerás a ningún fiscal ni a un juez para que nos dé una orden de registro por haberse dado unos golpecitos en el chaquetón.

—Puede que no baste por sí solo, pero también sabemos que Carrol mintió sobre su horario de trabajo.

—Aunque no en relación con el miércoles.

—Sabemos que en la quebrada había alguien al acecho con la corpulencia necesaria para cargar con una mujer de sesenta kilos inconsciente, y la parte trasera de la casa de los Sprague da a esa misma quebrada.

—Tanto Franklin como Carrol trabajaron el miércoles, que es el día de los hechos, y hay otras tres casas cuya parte trasera da a la quebrada.

Empezaron a andar hacia el coche.

—Vamos a probar de todas formas —dijo Tracy—. Veamos si podemos convencer a Cerrabone.

Encontraron a Rick Cerrabone en su despacho, preparándose para un juicio. Aquel fiscal de dilatada experiencia, integrante del Proyecto de Delincuentes de Gran Peligrosidad, siempre se estaba preparando para un juicio y el despacho que tenía en el juzgado del condado de King solía dar la impresión de haber recibido un bombazo. Era de la vieja escuela y, aunque aceptaba a regañadientes el uso de portátiles y otros aparatos, seguía siéndole fiel a un buen número de carpetas negras, que descansaban sobre su mesa o forraban las paredes de la sala junto con cajas llenas de pruebas, transcripciones, fotografías y demás material.

Los invitó a entrar por una simple cuestión de cortesía profesional —con los años habían tenido ocasión de colaborar en bastantes casos—, aunque les dejó claro que no tenía mucho tiempo y podía ser que lo llamasen en cualquier momento para acudir a la sala si la defensa decidía hacer un trato.

Señaló las dos sillas que tenía delante de la mesa. Tracy y Kins retiraron los montones de papeles y se sentaron. En las estanterías, que iban del suelo al techo, había dispuestos volúmenes legales que, sin embargo, no servían más que de decoración desde que, hacía ya mucho tiempo, estaban accesibles en línea todos los casos. Sus anaqueles albergaban también fotografías enmarcadas de Cerrabone con su mujer y retratos de sus tres hijos: dos varones ya adultos y una hija con el birrete y la toga de su graduación.

—¿Eso es de la universidad? —preguntó Tracy con gesto incrédulo.

209

Cerrabone se volvió para mirar la instantánea.

—De la Escuela de Medicina de la Johns Hopkins.

—¿Que Hillary Cerrabone se ha graduado en la Escuela de Medicina? Pero ¡si era una chiquilla!

—Y yo era joven y tenía pelo —repuso el fiscal—. No me lo recuerdes, por favor.

Cerrabone nunca había parecido joven. Tenía aspecto alicaído, con eternas ojeras, barba de media tarde y una piel que pedía a gritos un poco de sol. Cuando Tracy lo conoció, pensó que le daba un aire a Joe Torre, antiguo entrenador de los Yankees. En la sala de vistas, a Tracy le recordaba a Colombo, el inspector de policía de la televisión de aire desgarbado y despistado. Se trataba de una actuación suya con la que conseguía embaucar al jurado. Después de los juicios, sus integrantes aseguraban a menudo que sentían «lástima por Cerrabone» por lo mucho que parecía esforzarse.

—Con razón sigues trabajando —dijo Kins.

—Por ella no, desde luego. Su formación no nos ha costado un centavo. Ha conseguido becas para sus estudios de grado y de posgrado, y lo que no cubrían las becas lo ha ido pagando con préstamos estudiantiles.

—¿Por qué no le pides que hable con mis hijos? Los tres están ya en la universidad y la matrícula me trae por la calle de la amargura. Hay uno, eso sí, que deja de estar en nómina este mes de junio. Como decida hacer cursos de posgrado, se las tendrá que arreglar por su cuenta.

—¿Qué puedo hacer por vosotros? —Cerrabone se había quitado la corbata y arremangado la camisa blanca hasta la mitad del antebrazo.

El inspector le hizo un resumen de la desaparición de Stephanie Cole. El fiscal había oído hablar del caso, aunque no conocía los detalles de la investigación.

—¿Y creéis que uno de esos tres hermanos tiene algo que ver con que haya desaparecido la muchacha? —dijo yendo al grano.

—Sabemos que el mayor nos ha mentido al asegurarnos que Carrol estaba trabajando y Evan, el menor, con gripe.

—¿Qué pruebas tenéis de eso?

—Hemos confirmado que Carrol llamó a su jefa ayer y la ha llamado hoy para decir que estaba enfermo, pero, al preguntarle por Evan, no sabía nada de la gripe del pequeño.

—¿Y creéis que Carrol ha tenido que ayudar a hacer desaparecer a esa joven por el hecho de no haber ido a trabajar? —preguntó Cerrabone escéptico.

—Lo creemos muy probable —dijo Tracy.

—Pero ¿no fue a trabajar el miércoles y el jueves?

—Sí.

—¿Y Evan fuma porque se llevó la mano al bolsillo del chaquetón?

—Sí —repitió Tracy.

—¿Cuántas colillas encontró la policía científica en el lecho del arroyo de ese parque?

—Tres o cuatro —contestó con rapidez la inspectora—, pero solo una al pie del tocón en el que cree Kaylee que tuvo que esconderse la persona que acechaba a Cole, y el jardín trasero de los Sprague da a la pista que lleva hasta ese tocón. Si conseguimos una orden de registro que nos permita averiguar qué marca de tabaco f…

—Con lo que me estáis contando no os van a dar una orden de registro —dijo el fiscal en tono realista—. Habéis confirmado que Evan estuvo en urgencias…

—Pero eso fue después de los hechos.

Cerrabone se encogió de hombros.

—Eso da igual. Que Franklin y Carrol mintieran sobre lo del trabajo pudo deberse a varias razones. La clave es que los dos estaban trabajando el miércoles a la hora de la desaparición de la joven.

—El que la esperó detrás del tocón la acarreó luego colina arriba, Rick. No la dejó en la quebrada. Alguien, además, cambió de sitio el coche de la joven. Probablemente fue la misma persona… o alguien con interés en todo esto, como un hermano del agresor. En los dos casos estamos hablando de uno o varios individuos que no querían vernos registrar la zona, lo que apunta a alguien que vive en ella.

—O a alguien que estaba en la quebrada, la vio venir, se escondió, la agredió y usó luego su coche para llevar el cuerpo a otro lugar para que la policía científica no encontrase ninguna prueba. —Tendió las manos con las palmas hacia arriba—. También puede ser que esa persona usara su coche para deshacerse del cadáver porque le resultó oportuno y no suponía contaminar su propio vehículo, si es que tenía. Entonces, se deshizo también del coche.

—¿Con cuántos agresores nos hemos topado que sean tan listos? —preguntó Tracy.

—Con pocos —reconoció Cerrabone—. Normalmente, solo los psicópatas.

—Que representan el cuatro por ciento de la población.

—Sin embargo, nos las hemos arreglado para que nos toquen unos cuantos. Me habéis dicho que también había dos prostitutas desaparecidas cerca de North Park, ¿no?

Tracy se arrepintió de mencionar los otros dos casos.

—Estamos investigando un delito de oportunidad, Rick. Quien lo cometió estaba esperando a Cole al final de la pista.

—Eso no lo sabes. Son conjeturas.

—Kaylee dice que fue eso lo que pasó —dijo Tracy.

—No tenéis ninguna prueba de que fuese… —Cerrabone consultó las notas que había tomado antes de continuar—, de que fuese Evan ni ninguno de sus hermanos, que es lo que interesa si queréis una orden de registro de su casa.

—Sabemos que Evan pasó por la entrada del parque aquel día.

—Con eso no basta.

—Esa joven podría seguir con vida, Rick —dijo Tracy.

Él negó con la cabeza y señaló la foto de su hija con el birrete y la toga.

—¿Creéis que no sé lo que está en juego? No me hagáis esto. Queríais mi opinión sobre lo que os puede decir el juez y yo os estoy dando una respuesta sincera.

—No, solo…

—Habéis venido en busca de un consejo y yo os estoy diciendo que es poco probable que un juez se preste a dictar una orden de registro basándose en lo que me habéis contado. Si no estáis de acuerdo conmigo, solo tenéis que probar.

Tracy y Kins salieron del juzgado y regresaron a pie a la comisaría central con tiempo ventoso y frío. Sabían que las probabilidades de conseguir una orden de registro sin la intercesión de Cerrabone eran escasísimas. En el cubículo del equipo A encontraron a Faz y a Del sentados ante sus escritorios. El de Maria Fernandez seguía vacío.

—Dime si no son Starsky y Hutch, que han regresado de entre los muertos —dijo Faz haciendo girar su asiento para mirarlos.

—Esperemos que no —contestó Tracy—, aunque tiene toda la pinta.

—Pensaba que estabas investigando casos pendientes —dijo Del.

—Igual que Nolasco —dio Tracy.

—¡Huy, que muerde! —dijo Del.

—No te pases con ella —medió Kins—, que Cerrabone acaba de decirnos que no nos piensa ayudar con una orden de registro.

—Pues pedidla sin su ayuda —dijo Del como si no fuese nada—. Eso que os ahorráis en tiempo y en molestias. Los picapleitos no tienen pelotas, aunque Cerrabone no suele ser así. ¿Es por la chavala que ha desaparecido por el norte?

—Tenemos testigos que nos han mentido. Tres hermanos que viven juntos en una casa cerca de donde desapareció la chica. Tracy cree que podrían estar protegiéndose unos a otros.

—Pues que tengáis suerte —dijo Faz—. Nosotros estamos hasta las cejas con el tiroteo de Pioneer Square. ¿Sabéis lo que es intentar que un vagabundo trastornado te cuente algo que tenga sentido?

—El mundo está del revés —concluyó Del— y vamos todos de cráneo.

—Vete a casa —propuso Kins a Tracy—. Yo me encargo de preparar la orden de registro, llevársela al juez y contarte luego con qué cariño nos la ha rechazado.

—No, me quedo y te echo una mano.

—Vete, anda —insistió su compañero—. A mí, en casa, me espera una cena de sobras en solitario. Shannah tiene esta noche club de lectura, o más bien club del vino, porque la mitad de las veces ni siquiera se ha leído el libro.

—Solito en casa —dijo Tracy.

Kins se encogió de hombros.

—Todo cambia mucho cuando se van los críos.

—Dímelo a mí —terció Faz—. Cuando Antonio se fue de casa, Vera y yo nos mirábamos como dos extraños.

—Nosotros nos reservamos los martes para hacer vida de pareja —dijo Kins a Tracy—. En primavera y verano, jugamos al golf y, en esta época del año, cenamos y vemos una peli o lo que echen. En vez de discutir, elegimos película. Vete a casa, a ver a Dan y a la cría.

—Ayer dio sus primeros pasos… antes de tiempo.

—Ha salido muy lista —dijo Faz.

—Entonces, mejor que no se te acerque mucho —dijo Del.

Tracy se había dado ya la vuelta para irse cuando aparecieron en el cubículo Nolasco y Maria Fernandez. Él, que se había puesto ya el abrigo y llevaba las llaves del coche en el índice, miró a Tracy y anunció a continuación:

—Maria acaba de terminar con el juicio.

—¿Qué ha pasado? —quiso saber Faz—. ¿Lo han condenado?

—Se ha declarado culpable —repuso Fernandez—. Asesinato. Cadena perpetua.

—Qué bien —dijo Del.

—¿Sigues con la investigación de la joven desaparecida? —preguntó Nolasco a Kins haciendo caso omiso de Tracy.

—Tracy y yo estábamos a punto de solicitar una orden de registro.

—Maria está disponible. Ponla al día.

—Pero Tracy ya está puesta al día.

—Tracy ya tiene bastante con los casos pendientes —aseveró Nolasco.

—Tracy está aquí delante —dijo la inspectora—. Si quiere decirme algo, capitán, dígamelo a mí.

Nolasco sonrió con aire satisfecho.

—Maria ha vuelto al equipo A. Quiero que Kins la ponga al día con lo de Cole. ¿Algún problema?

Tracy negó con la cabeza. El caso había cambiado de manos. No quería renunciar a él, pero tampoco pensaba enzarzarse con Nolasco delante de otros inspectores.

—Con Maria, no, desde luego.

—Como te dije, Nunzio no te ha hecho ningún favor. Te ha puesto el listón muy alto, así que más te vale ponerte a intentar alcanzarlo.

—Me gustaría hablar con usted en privado.

—¿Ahora? Imposible. Ya me iba. —Recorrió el cubículo con la mirada, se dio la vuelta y se marchó.

Fernandez hizo un mohín.

—Lo siento, Tracy. No sabía que estuvieses investigando este caso con Kins. Le he contado a Nolasco lo del juicio y me ha dicho que hable con Kins para que me ponga al día.

—No pasa nada. —Tracy estaba que se la llevaban los demonios. ¿Cómo es que Nolasco no tenía siquiera pelotas para hablar con ella en privado?—. De todos modos, ya me iba a casa.

CAPÍTULO 26

Evan apartó la mirada del televisor cuando oyó traquetear la puerta del garaje. Había vuelto Franklin. Llevaba tres horas con el estómago en un puño, desde que lo habían parado aquellos inspectores en la acera. Tenía ganas de vomitar.

El mayor le había dicho que no abriese la puerta si llamaban, que se escondiera si volvían los inspectores y lo llamase al móvil. Que la policía no podía volver a hablar con él. Él no le había desobedecido. No había abierto la puerta. Los inspectores ni siquiera habían llamado. Lo habían abordado en la calle. Lo habían pillado por sorpresa. Sabía que no debía hablar con ellos, pero no dejaban de hacerle preguntas y lo confundían.

Franklin iba a pensar que les había dicho demasiado. No le iba a dejar ni que se explicase: se pondría a gritarle y luego lo hartaría a palos, como había hecho siempre. Como había hecho también su padre.

—Ten la boca cerrada —le había dicho Franklin—. Ten la boca cerrada, que nos vas a buscar la ruina a todos.

Evan no quería vérselas con el cinturón. Otra vez no. Todavía le dolían los brazos y las piernas, que tenía llenas de cardenales morados y amarillos. Franklin le había hecho ponerse ropa ancha de deporte para ir al médico, pero el médico le había levantado la sudadera para mirarle la respiración y, al ver las marcas, se había sorprendido y le había preguntado qué le había pasado.

—Se resbaló el otro día en el barranco que hay detrás de casa —había dicho Franklin—. Se dio un buen leñazo con las rocas.

El doctor le había preguntado a Evan si era eso lo que había pasado y él había repetido lo que había dicho Franklin para que no le volviese a pegar.

No quería que le volviese a pegar.

Oyó las llaves del coche al caer en la encimera. Franklin había vuelto a ir a Cle Elum y había recogido a Carrol, que entró en el salón justo detrás de él.

—¿Quién ha limpiado esto? —Franklin miró los sofás y la mesita.

Evan había despejado toda la porquería y hasta había pasado la aspiradora para tener contento a Franklin.

—Yo —respondió antes de mirar de nuevo hacia el televisor.

—¿Ah, sí? ¿Qué será lo siguiente, que llueva para arriba?

—¿Qué? —El pequeño lanzó a Franklin un vistazo rápido.

El mayor recorrió el salón con la mirada.

—¿Por qué has limpiado?

—Porque me lo has dicho tú.

—Pero eso te lo digo todos los días y nunca lo haces. —Evan notó que Franklin tenía los ojos clavados en él e intentó no devolverle la mirada—. ¿Cuánto rato llevas viendo la tele?

—No lo sé.

—¿Has recogido la cocina como te dije?

—Ajá.

Franklin fue a la cocina y Evan oyó abrirse y cerrarse el frigorífico. El mayor volvió con una cerveza y Evan supo, sin mirar, que seguía con la vista clavada en él mientras se la bebía.

—No está reluciente que digamos, pero está limpia.

Evan se concentró en la televisión. Estaba a punto de vomitar.

—¿Qué te pasa?

El menor meneó la cabeza.

—Nada.

—*Nada*, no. Se ve a la legua que te pasa algo. Has limpiado el salón y, encima, la cocina… —Recorrió de nuevo la habitación con la mirada—. Como me estés mintiendo… —Se sentó en la butaca reclinable, que había sido el sillón de su padre—. ¿Qué ves?

—*The Big Bang Theory*.

—Esos ya los has visto. Te lo dije el otro día. Además, de la mitad de los chistes, ni te enteras.

—Me gusta Penny.

—Sí, está muy buena. —Franklin dio un sorbo de cerveza—. ¿Ha venido alguien?

—No —respondió enseguida Evan sin despegar los ojos del televisor. Le corría por los costados el sudor de los sobacos y tenía un nudo en el estómago, como si fuese a vomitar.

—¿Y esos inspectores?

Evan negó con la cabeza.

—No han llamado a la puerta.

Esperó, pero su hermano no le hizo más preguntas. Soltó el aire que había contenido y empezó a relajarse. Los dos estuvieron un minuto viendo la tele en silencio, hasta que Franklin dijo:

—¿Has salido a pasear hoy?

—Ajá… —respondió.

—Oye, mírame a la cara cuando te hablo.

Evan miró a su hermano mayor.

—¿Has salido a pasear?

—He salido a pasear —respondió haciendo lo posible por no atragantarse con las palabras.

—¿Te has parado a hablar con alguien?

Sintió que la nuez se le helaba en la garganta.

—No.

—¿Con Bibby tampoco? ¿Te has parado a hablar con Bibby?

—No he visto a Bibby.

Franklin dio otro sorbo.

—A lo mejor se ha muerto por fin el muy hijo de puta. Él y la mierda esa de perro.

Evan sonrió.

—A mí me gusta Jackpot. Y el señor Bibby me cae bien.

—A ti lo que te gusta es que su mujer te haga *brownies*. No te quiero ver hablar con ninguno de los dos, ¿me oyes? No hacen más que meter las narices donde no los llaman. No quiero que las metan en nuestros asuntos.

—No he hablado con Bibby.

Franklin lo miró fijamente.

—Eso ya lo has dicho.

—No me acordaba.

El mayor señaló el televisor con la cerveza.

—Eso es porque piensas con la picha. Has estado pensando en esa chavala, ¿verdad? —Franklin sonrió.

—A veces.

—Ya te digo. A finales de esta semana, libro. Iremos a la cabaña a echarles un vistazo a las nenas. Tú y yo, en la furgo.

Evan sonrió.

—¿Y Carrol?

—A Carrol, que le den. Ya ha pasado bastante tiempo solo allí. Que se quede aquí vigilando la casa. Puede que me lance a darle un poco de alegría a tu chica; con eso te la dejo preparada.

El pequeño sintió pánico. Con su chica jugaba él.

—Me dijiste que no lo harías.

—A lo mejor he cambiado de opinión…

—Tú tienes la tuya.

Franklin soltó una risotada y se acabó la cerveza antes de tenderle el botellín.

—Anda, levántate y tira esto.

Evan dejó el sofá. Al pasar por la butaca, alargó el brazo para recoger el casco y Franklin lo agarró por la muñeca.

—¿Te ha dicho Carrol si ha tocado a mi chica?

—No he hablado con Carrol.

—¿No lo estarás encubriendo?

—No me ha dicho nada.

Franklin le soltó la muñeca.

—Me estás ocultando algo —dijo—. Se te nota a la legua y pienso averiguar qué es.

Evan tenía que ir al baño si no quería mearse encima.

—Tengo que ir a hacer pipí.

—Pues ve. Anda, cuando vuelvas, haz algo útil y tráeme otra cerveza.

Stephanie recorrió la pared tanto como se lo permitió la cadena que la sujetaba al poste.

—Y, ahora, ¿qué haces? —preguntó Donna—. ¿Más ejercicio?

—Estoy buscando una tabla.

—¿Qué quieres, hacer fuego frotando dos palitos, pequeña Miss Girl Scout?

—Lo que quiero es encontrar algo que pueda usar de arma. —Levantó la piedra que había desenterrado del suelo—. Voy a intentar sacarle punta a un extremo con esto.

—Y, luego, ¿qué?

—Esperaré a que me quite las cadenas para clavárselo, quitarle las llaves y abrir también las vuestras.

—¿Así de fácil? ¿Has apuñalado alguna vez a un hombre?

—No, ¿y tú?

Donna asintió.

—Una vez, a un cliente que intentó irse sin pagar.

—¿Qué pasó?

—Pues que pagó. Lo que quiero decir, pequeña Miss Girl Scout, es que no basta con tener un cuchillo. Tienes que estar dispuesta a usarlo sin pensártelo dos veces. Si dudas, te quitará el cuchillo y te lo clavará a ti… y puede que a nosotras también.

Stephanie no había pensado en eso.

—¿No dices que nos van a matar y a dejarles nuestros cadáveres a los animales?

—Por eso estamos aquí. Les has desbaratado los planes. ¿O no oíste a Franklin? Evan no tenía que haberte raptado. Te llamó «animadora de instituto».

—¿Y qué pasa?

—¿Cómo que qué pasa? Que Angel y yo no somos «animadoras de instituto», por si no lo habías notado. ¿Tú sabes cuántas de nosotras desaparecen y aparecen después molidas a palos? ¿Y sabes lo que hace la policía?

—No.

—Pues nada. Nada en absoluto. Pero a una animadora de instituto sí la van a buscar. Posiblemente, tu papá y tu mamá estén presionando a la policía para que te encuentre. Por eso estamos aquí. Por eso van a matarnos. Por ti.

Stephanie miró a Angel, que se limitó a asentir sin palabras.

—Entonces —concluyó—, supongo que no puedo pensármelo, ¿verdad? En cuanto vea la ocasión…

—Vas a hacer que nos maten a las tres —dijo Donna.

—Pero ¡si dices que nos van a matar de todos modos! ¿Cuál es la diferencia?

Angel se echó a reír.

—La pequeña Miss Sunshine tiene razón. ¿No te parece?

CAPÍTULO 27

El martes por la mañana, Tracy seguía hecha una fiera por el rapapolvo que había recibido de Johnny Nolasco delante de su antiguo equipo y por la cobardía del capitán. Tanto Maria Fernandez como Kins la habían llamado después de que saliera de comisaría, pero en los dos casos había dejado que saltara el contestador. Ninguno de los dos tenía la culpa de lo que acababa de ocurrir y no quería que la rabia la llevase a decir nada de lo que después pudiera arrepentirse.

Había pasado una noche tranquila en casa y, cuando Dan le había preguntado si estaba bien, le había dejado claro que quería disfrutar de la familia.

Llamó a los padres y a la hermana de Bobby Chin, cuyo número figuraba en el documento de autorización de la escuela, pero ninguno de los teléfonos estaba activo. Entonces, se centró en los compañeros de fraternidad de Chin con la intención de determinar si había tenido antecedentes de conducta violenta contra las mujeres.

Uno de ellos, Peter Gillespie, dirigía y producía una emisora de la Root Sports Northwest con sede en un edificio situado en Eastgate, justo a la salida de la I-90. Gillespie se mostró sorprendido y después perplejo ante la llamada, pero accedió a reunirse con ella aquella misma mañana. Antes de salir de casa, Tracy miró su página de Facebook y la de LinkedIn. Gillespie era un tipo popular con más de mil quinientos amigos en la primera red social. Las fotografías que tenía allí subidas se remontaban a su época universitaria e incluían algunas con su compañero de fraternidad Bobby Chin. Daba la impresión de que habían sido muy amigos entonces, pero, aunque esperaba ver fotos de los dos después de la graduación, apenas si encontró. Había algunas de fiestas organizadas a pie de coche para celebrar los partidos de fútbol americano universitario, otras de excursiones en bote en el lago Washington y otras de una reunión de antiguos alumnos cinco años después de la graduación. También había subido imágenes de su boda y retratos con su mujer y sus dos hijos. Tracy las fue mirando por encima sin encontrar ninguna más en la que apareciera Bobby Chin.

Aparcó y se dirigió al interior del edificio. Minutos después de anunciar su llegada en el mostrador de recepción, se presentó ante un hombre fornido ataviado con pantalones de vestir y una camisa con el cuello abierto. Se diría que había engordado unos doce o trece kilos desde la universidad. La llevó a una sala de reuniones de la planta baja.

—Solo tengo veinte minutos —le advirtió—, pero, si tiene más preguntas, estaré encantado de responderlas por teléfono. ¿Se trata de Bobby, me ha dicho?

Tracy le hizo saber que estaba encargándose de resolver el caso y Gillespie le hizo la misma pregunta que todos:

—¿Ha habido algo más?

—No, solo estoy intentando ver si hay algo que se pueda haber pasado por alto en la investigación anterior. ¿Conocía bien a Bobby Chin?

—En la universidad, estábamos en la misma fraternidad y entramos a la vez, de manera que sí, teníamos mucho roce. En aquella época salíamos mucho juntos.

—¿Ya no?

—Es complicado.

—¿Discutieron?

—No, seguimos siendo amigos. —Parecía que a Gillespie no le resultaba fácil definir su relación—. Lo que pasa es que, durante un tiempo, cada uno se fue por su lado. Bobby entró en la policía de Seattle justo después de la universidad y eso nos sorprendió a quienes lo conocíamos. Dejamos de vernos tan a menudo.

—¿Qué fue lo que los sorprendió? —Tracy suponía que le contestaría que Chin había sido bastante gamberro en la universidad.

—Porque jamás lo comentó. Estudió informática, lo que llaman CTIM: ciencia, tecnología, ingeniería y matemáticas. Era muy inteligente y se le daban de miedo los ordenadores. Siempre pensamos que tiraría por esa rama.

—De modo que los sorprendió que se metiera a policía.

—Muchísimo. Cuando me enteré, le pregunté por qué y me dijo que quería estudiar ciencias forenses y que, si servía primero de agente, podría empezar a estudiar con una base previa que le sería muy útil. Eso sí, a sus padres les jodió cosa bárbara.

—¿Cómo lo sabe?

—Porque me lo dijo Bobby. Sus padres son de China y muy tradicionales. Su hermana y él sí nacieron aquí. Los padres querían que hiciese algo de ordenadores y tecnología. Lo último que querían era un agente de policía, por lo menos eso es lo que me contó Bobby.

—¿Los conoces, a ellos o a su hermana?

—En la graduación hablé con ellos, pero ya está. A la hermana sí la vi un par de veces. Estaba también en la universidad. No recuerdo ni cómo se llamaba.

—Gloria.

—Eso. Era unos años menor que nosotros. Bobby y ella parecían llevarse muy bien, pero tampoco lo sé con seguridad.

—Dice que se distanciaron. ¿Cuándo?

—Más o menos cuando empezó a salir con Jewel.

—O sea, que conoce a su exmujer.

Gillespie meneó la cabeza.

—No, la verdad es que no, y, si he de serle sincero, no sé de nadie que la conozca.

—¿No mantuvieron el contacto?

—Lo intentamos. En realidad, debería decir que lo intenté yo. Vino con Bobby a un par de fiestas de las que organizábamos en la batea del vehículo de alguno; pero saltaba a la vista que aquello no le gustaba. Bobby apareció alguna que otra vez sin ella, pero luego también dejó de acudir. Algunos intentamos mantener el contacto con él, pero supongo que, entre la jornada completa y Jewel… Pasado un tiempo, uno lo da por imposible.

—¿Cuándo fue la última vez que lo vio?

—¿Ahora? Ahora nos vemos una o dos veces al mes. Está trabajando en una empresa de aquí, de Bellevue.

—¿Cuándo retomaron su relación?

—Poco después de que dejase a Jewel. Lo vi un día que había salido a cenar por el centro de Bellevue. Se volvió a casar y ahora tiene un chiquillo.

—¿No le ha preguntado qué le pasó, por qué estuvo tanto tiempo desaparecido?

—No, porque lo sé.

—¿Y qué fue?

—A Jewel no le gustábamos los amigos de universidad de Bobby. Pensaba que éramos inmaduros.

—¿Eso le dijo Bobby?

—No hacía falta. Jewel lo dejó muy clarito.

—¿Y qué decía Bobby de ella?

—Él se alegraba de haber salido de aquella relación. Lo único que lamentaba era no haberse dado cuenta antes, porque quizá así podría haber salvado a su hija.

—¿De qué tenía que haberse dado cuenta antes?

—De la enfermedad mental de Jewel.

—¿Y quién le dijo que ella tuviese una enfermedad mental?

—Bobby.

—¿Han hablado alguna vez Bobby y usted de la desaparición de su hija?

—No mucho —dijo Gillespie—. No es algo de lo que a él le guste hablar. Lo que sí dice es que está convencido de que a Elle se la llevaron Jewel y su novio, pero que nunca se va a poder demostrar. ¿Sabe que el novio se pegó un tiro?

—Sí.

—Bobby cree que Jewel también tuvo algo que ver con eso.

—¿Y le ha dicho por qué?

—Está convencido de que Jewel solo usaba al novio para darle celos y, una vez acabado todo el proceso de divorcio y desaparecida Elle, quiso cambiarlo por alguien que tuviese dinero; pero él sabía lo que había pasado con la cría y ella, por tanto, no podía dejarlo.

—¿Y Bobby cree que Jewel lo mató para que no la delatara?

Gillespie se encogió de hombros.

—Cuando me lo contó, no entró en detalles: solo me dijo que es muy probable que tuviera algo que ver.

—Y tampoco le presentó ninguna prueba.

—No. Joder, yo qué sé. Supongo que Bobby se tiene que desahogar de algún modo.

—¿Lo ha visto alguna vez volverse violento?

Gillespie meditó su respuesta y, a continuación, movió la cabeza de un lado a otro.

—No, qué va. Todos nos desbocábamos un poco cuando bebíamos, lo normal en una fraternidad; pero ¿violento? No.

—¿Tuvo alguna relación en la universidad?

—¿Bobby? Coño, pues claro. Es un tío guapote. Tuvo muchas novias.

—¿Y tuvo algún problema por ser violento con ellas?

—No. Por lo menos, que yo sepa, no.

—¿Sabe cómo conoció a Jewel?

—Creo que me dijo que se conocieron en un bar, pero no me haga demasiado caso. Seis meses después, ya se habían casado. —Gillespie dio la impresión de querer seguir hablando, pero se mordió la lengua.

—¿Algo más? —preguntó Tracy.

Él se encogió de hombros e hizo un mohín.

—Oí decir por radio macuto que Jewel se quedó embarazada y que por eso se casaron tan a la carrera. No sé, yo nunca se lo he preguntado. No es cosa mía. De todos modos, la familia de Bobby tenía dinero y corría el rumor de que Jewel quería pillarlo. No se ofenda, pero meterse en el cuerpo de policía de Seattle no es precisamente aspirar a hacerse rico.

—Ni mucho menos —dijo Tracy sonriendo.

—Bobby no habla del tema ni yo se lo saco. Me conformo con haber recuperado a mi amigo, ¿sabe?

Tracy se hacía cargo, aunque no podía sino preguntarse si Bobby Chin no se habría resentido con la situación, si no habría empezado a tener la sensación de que Jewel Chin se la había jugado al quedarse embarazada, si no se habría cansado de oírla protestar y quejarse de su salario, sus horarios, sus amigos… Quizá hubiera conocido ya a la mujer con la que estaba casado en el presente y quería acabar con su anterior relación. Se preguntó si no se habría juntado todo para hacer que Bobby Chin acabara por estallar y su hija fuese solo un daño colateral.

De nuevo se planteaba la duda de si Jewel Chin podía tener un trastorno psiquiátrico.

Y había un modo de averiguarlo.

CAPÍTULO 28

Tracy localizó a Bobby Chin en la empresa de Bellevue en la que trabajaba y quedó para hablar con él mientras salía del despacho de Gillespie. Dio por hecho que este llamaría a su amigo en el momento en que se despidió de él y, a juzgar por lo dispuesto que se había mostrado Chin a encontrarse con ella pese a haberlo avisado con tan poco tiempo, sospechó que lo había hecho ya. La curiosidad solía ser un gran motivador y Chin, que había sido policía, debía de pensar que había surgido alguna novedad en el caso de la desaparición de su hija y desearía saber por qué andaba Tracy haciéndoles preguntas sobre él a sus amigos.

Trabajaba de jefe de seguridad en una compañía informática de propiedad china. Había dejado el cuerpo de policía de Seattle unos seis meses después de la desaparición de Elle, sospechaba Tracy, basándose en la conversación que habían tenido con el agente Bill Miller y en su propia experiencia, por el hecho, embarazoso para un agente de policía, de verse convertido en sospechoso de una investigación.

Tracy aparcó en el estacionamiento situado bajo un edificio alto de cristal azul en pleno centro de Bellevue. En el vestíbulo habló con un guardia de seguridad y observó a empleados recién salidos de la universidad pasar por los tornos con sus identificaciones colgando del cuello.

Bobby Chin la recibió de traje y corbata. El atuendo la sorprendió, y no por el contraste que ofrecía con los conjuntos informales propios del Pacífico Noroeste, sino por ser hecho a medida y en un material que parecía de calidad o, lo que es igual, caro. Había esperado encontrárselo con un uniforme pardo de guardia de seguridad como el del hombre que había sentado tras el mostrador del vestíbulo. Hicieron las presentaciones y Chin le entregó un pase con una cinta a nombre de una compañía llamada Xia Tech y Tracy lo siguió a través de un torno hasta un ascensor de cristal. Mientras subían, pudo contemplar, al oeste, una vista imponente de las aguas grises y calmas como el vidrio del lago Washington y, tras ellas, los chapiteles del centro de Seattle. Los montes Olímpicos, cubiertos de nieve, servían de telón de fondo.

—¿Qué clase de empresa es la Xia Tech? —preguntó Tracy en el trayecto.

—Es una compañía tecnológica de propiedad china. Sobre todo trabajamos en traducciones por internet. —Daba la impresión de haber contestado antes aquella pregunta—. Hace cuatro años, abrió esta sucursal y contrató a ingenieros para que trabajasen en inteligencia artificial y en aplicaciones basadas en la nube.

Seguro que el hecho de encontrarse cerca de Microsoft y de Amazon había tenido mucho que ver en la elección de aquella ubicación por parte de la empresa.

Tracy salió del ascensor al llegar al piso cuadragésimo y siguió a Chin por una sucesión de pasillos de un blanco deslumbrante hasta una puerta que tenía su nombre escrito.

—No es mal curro —dijo Tracy al entrar en un despacho con las mismas vistas espléndidas.

Chin sonrió.

—Parece sorprendida.

El cabello corto de aquel hombre bien parecido había empezado a tornarse gris a la altura de las sienes y su mentón prominente enmarcaba una sonrisa perfecta. El traje le sentaba de maravilla. Había hombres que parecían haber nacido para llevar traje y Chin era uno de ellos.

—Supongo que cuando habló de seguridad di por hecho que sería guarda jurado. —Tracy ocupó un asiento situado frente a Chin, que se sentó tras su escritorio, dejando a sus espaldas los ventanales con aquella vista impagable.

—En cierto sentido, lo soy. Me encargo de salvaguardar los intereses financieros de la empresa. Superviso a un equipo de ingenieros dedicado a prever nuestros puntos vulnerables para desviar a los piratas antes de que den con ellos. Las ideas que genera nuestra empresa valen mucho dinero.

—¿Cómo pasó de la policía de Seattle al mundo de la seguridad en internet y la nube? —Creía saberlo, pero quería oírlo de él.

—Yo estudié ingeniería informática en la Universidad de Washington por complacer a mis padres, pero siempre me había llamado mucho la atención la labor policial. Tenía la intención de acabar trabajando en el ámbito de la criminalística en Park 90/5, pero nunca llegué tan lejos.

En ese momento sonó el teléfono de su escritorio.

—Perdone. Lo resuelvo en un momento.

Era evidente que quien había llamado a su despacho era la mujer de Chin. Tracy aprovechó el paréntesis para recorrer con la vista aquella estancia. En un lugar prominente de la estantería que tenía Chin a la izquierda había enmarcado un retrato de su boda con una mujer caucásica. En otro, una foto que había tomado él mismo y en la que aparecía en un hospital, al lado de la cama de la misma mujer, recién convertida en madre y con un bebé en brazos. La tercera instantánea la conocía, porque figuraba en el expediente del caso sin resolver. En ella se veía una niña de rasgos chinos con un colorido disfraz de mariposa y una sonrisa de oreja a oreja. Sostenía la punta de las alitas para que se vieran bien los colores. Elle Chin.

Tracy sintió que la invadía una oleada melancólica.

—Sí, lo haré —estaba diciendo Chin—. Tengo una reunión. Yo también te quiero.

Colgó el teléfono y pulsó una serie de botones para retener futuras llamadas.

—Lo siento.

—Tranquilo, yo también llamo a mi marido y a la niñera para cosas parecidas —dijo la inspectora a fin de abordar el tema al que quería llegar.

—¿Cuántos hijos tiene?

—Una hija de diez meses. ¿Qué edad tiene su... hijo?

—Ha cumplido ya dos años. Tengo que actualizar las fotos. —En ese momento se le borró la sonrisa—. No todas, claro. —Alargó el brazo y tomó la de Elle Chin que tenía enmarcada—. Ella es Elle. La hice la noche que desapareció.

—Lo siento —aseveró Tracy.

—Más lo siento yo —dijo Chin emocionado. Aunque hacía cinco años que había desaparecido su hija, Tracy sabía que aquel día jamás se le olvidaría ni un instante a un padre. También sabía que el hecho de que una inspectora se presentara en su despacho para hablar de ella lo hacía mucho más real y doloroso, más aún cuando la desaparición se había producido en circunstancias tan horribles.

Chin se reclinó en su asiento.

—Pete Gillespie me ha llamado para decirme que ha ido a verlo y que le ha hecho un montón de preguntas sobre mí.

—¿Usted no lo habría hecho?

Chin asintió.

—Supongo que sí.

—Me han puesto al frente de la Unidad de Casos Pendientes en lugar del inspector Nunzio.

—Me lo imaginaba. ¿Se ha jubilado?

—Sí.

—Me alegro por él.

—Me gustaría revisar el caso de su hija.

—Perfecto. Pero ¿tienen información nueva que lo justifique o simplemente piensa usted que el culpable tiene que ser el marido de la loca?

—¿Lo es?

Él sonrió, aunque con gesto triste.

—¿El marido de la loca? Sí. ¿El marido que mató a su hija? Por supuesto que no. —Dejó escapar un suspiro—. Si no se ha descubierto nada más, ¿qué está haciendo aquí, inspectora? —Su tono indicaba un claro disgusto. Tracy hizo lo que hacía siempre: sacarle partido.

—¿Le molesta hablar de ello?

Él contestó con una risita sarcástica:

—Pues claro que me molesta. Ese día… Esos días fueron los peores de mi vida. Pasé una cantidad incontable de horas, durante un número incontable de meses, buscando a Elle. Nunca he podido aceptar que se haya ido. Por eso tengo aquí su foto. La veo todos los días tal como la recuerdo. Pero… —Se contuvo, apartó la mirada y tomo aire—. Tuve que seguir con mi vida, inspectora. En realidad, no nos quedan más opciones, ¿verdad? —Miró las fotografías de los estantes.

«No, no nos quedan más opciones», pensó Tracy, quien, en lugar de ello, dijo:

—Se ha vuelto a casar.

Chin asintió.

—Y tenemos un hijo. Y no hay día que no eche de menos a mi pequeña. ¿En qué más puedo ayudarla? ¿Quiere preguntarme qué clase de imbécil permite que su cría de cinco años juegue al escondite en un laberinto en medio de un maizal? Me han hecho esas preguntas cientos de veces y cientos de veces las he respondido.

Ya que había sido él quien había sacado aquel tema tan doloroso, Tracy consideró que era mejor arrancar el apósito de un tirón.

—¿Y cuál es su respuesta? ¿Por qué lo hizo?

—Porque no pensaba con claridad. Llevaba tiempo sin pensar con claridad. Jewel me había hecho enloquecer. Ya sé que es difícil de entender. A mí me cuesta explicarlo, pero es verdad. Yo no pensaba como padre, sino como un marido cabreado que intenta ganarse el favor de su hija de cinco años a la que solo puede ver la noche de los miércoles y un fin de semana cada dos. —Apoyó los antebrazos en el protector de escritorio—. Disponía de un tiempo limitado con Elle por culpa de determinadas circunstancias.

—¿La denuncia por violencia doméstica?

—No me enorgullezco de ello, inspectora, pero ocurrió. No es precisamente el sueño de nadie, que sus compañeros de trabajo vengan a casa y le pidan que se vaya, la última vez esposado… Yo no soy así. Yo no era así.

—¿Por qué lo hizo? —preguntó Tracy, consciente de que los hombres justificaban a menudo su comportamiento culpando a otros.

—Como le he dicho, no pensaba con claridad. Jewel me provocó y yo piqué el anzuelo. Pero fui yo quien lo hizo y lo asumo. Me equivoqué y me arrepentí en el momento mismo en que le di la bofetada. Sabía que lo usaría para hacerme daño.

—¿No se arrepiente de haberla golpeado?

Chin soltó un suspiro.

—Pues claro que me arrepiento de haberla golpeado. —Volvió a reclinarse—. Mi exmujer estaba enferma, inspectora, y yo pagué el precio.

—¿Enferma en qué sentido?

—Figura en los informes, inspectora.

—No he leído todo el expediente. Me hice cargo del caso hace solo un par de días —dijo Tracy fingiendo ignorancia. Lo había leído todo y, sin embargo, no recordaba ningún informe que asegurase que Jewel tuviera ninguna enfermedad mental.

Chin sonrió.

—Lo dudo. Lleva usted más de diez años investigando homicidios y ha resuelto más casos que ningún otro inspector. Además, la han condecorado dos veces con la Medalla al Valor. Impresionante.

—Así que se ha informado sobre mí.

—Como usted se ha informado sobre mí. Sigo teniendo amigos en la comisaría Norte.

—¿Bill Miller?

—No, aunque sé quién es. Se hizo usted muy famosa cuando atrapó al Cowboy. Así que no me diga que no ha leído el expediente, porque estoy seguro de que no se ha dejado atrás ni una coma. Hasta habrá hablado con otros además de hacerlo con Pete. ¿Con mi ex, quizá? Estará intentando averiguar qué clase de tío soy, si la ira pudo llevarme al extremo de matar a mi propia hija.

—Hábleme de aquella noche —pidió Tracy.

Chin guardó silencio unos instantes, tratando tal vez de decidir por dónde empezar, y al fin soltó aire.

—Como le he dicho, tenía un tiempo limitadísimo para estar con Elle y mi mujer hacía todo lo posible por boicotear aquellos pocos ratos. Por eso, cuando me tocaba, solía consentirla más de la cuenta. Solo quería que fuera feliz, inspectora. Me sentía tremendamente culpable por tener que dejarla en aquella casa con Jewel y su novio. Quería a mi chiquitina y ella me quería a mí. —Chin se secó una lágrima—. Quiso jugar al escondite. Al principio le dije que no, pero ella se puso a llorar. —Ya no pudo contener las lágrimas—. Me dijo que su madre y Graham, el novio, la dejaban jugar. Entonces se sentó en el suelo. Yo no quería que llorase. Solo quería verla feliz. Por eso la dejé jugar. Pensé que no se alejaría. —Sacudió la cabeza—. Entonces se apagaron las luces. No se veía nada. —Volvió a soltar aire.

Tracy le dio unos segundos antes de cambiar de tema.

—Hábleme de la enfermedad de su mujer.

Chin exhaló y se apoyó en el respaldo.

—Nadie la diagnosticó, ¿sabe? Tampoco hubo un fallo judicial al respecto. No llegamos tan lejos. *Trastorno límite de la personalidad*, ese es el nombre que oí con más frecuencia en las sesiones de terapia que tuve que hacer yo después de la desaparición de mi hija a la hora de describir el comportamiento de mi mujer y de aprender a lidiar con ello.

—¿De qué comportamiento hablamos en particular?

—Mi ex me apartó de mis amigos y trató de separarme también de mi familia. Me aisló. Yo no me daba cuenta entonces, pero, viéndolo desde el presente, era precisamente eso lo que hacía. No le caían bien mis amigos universitarios porque eran inmaduros; los del instituto, porque decía que estaban muy mimados y tenían muchos privilegios, ni mis padres, porque eran demasiado críticos. Entonces, empezó a utilizar a Elle para conseguir lo que quería. Utilizaba a todo el mundo para conseguir lo que quería: a mí, a Elle, al novio que se echó... Nos usó a todos hasta que dejamos de serle útiles o, en mi caso, cuando me di cuenta de lo tóxica que era nuestra relación y la abandoné. Ahí fue cuando empezó a atacar.

—¿Cómo?

—Cuando nos separamos, se buscó al novio ese. Era su entrenador personal. Dudo que le importase una mierda, la verdad; pero era atractivo y musculoso, perfecto para darme celos, para fastidiarme.

—¿Y lo consiguió?

—No. —Subrayó sus palabras con un movimiento enérgico de cabeza—. Como le he dicho, yo sabía lo que estaba haciendo e imaginé que, si tenía a alguien más a quien atormentar, me dejaría tranquilo. Yo estaba deseando no tener nada que ver con ella nunca más.

—Pero ese día no iba a llegar en la vida... mientras tuviesen en común a Elle.

—Lo sé. En determinado momento, pensé que la única salida que me quedaba era quitarme yo de en medio. Así de mal me tenía mi ex. De veras que lo pensé.

—¿Qué lo frenó?

—Me di cuenta de que eso supondría dejar a Elle en manos de Jewel, lo que equivaldría a condenarla a vivir en el infierno. No podía hacerle eso a mi hija.

Tracy se preguntó si no podía ser esa misma idea lo que lo habría impulsado a matar a Elle, sobre todo si Jewel no estaba bien de la cabeza como decía él.

—Deje que le pregunte algo. ¿No parece contradictorio que Jewel utilizara al novio solo para llevarse a Elle? Si era tan calculadora, debía de saber que así se ataría a él de por vida.

—A no ser que lo empujara a suicidarse… —Chin se encogió de hombros— o utilizase a alguien para que lo hiciera por ella. No me cuesta imaginar las retorcidas manipulaciones que desplegaría con él, porque yo también las sufrí. Dicen que fue una depresión causada por el uso de esteroides, pero yo sé que no es así. Estoy convencido de que fue una depresión causada por Jewel.

—Hay un testigo de la desaparición de Elle…

—Jimmy Ingram —dijo él.

—Dice que lo advirtió de que las luces se apagaban a las diez, pero que usted insistió en recorrer el laberinto. ¿Por qué?

—Como le he dicho, solo quería que mi hija se lo pasara bien, que fuera feliz. Había llegado tarde a recogerla porque me habían entretenido haciendo informes en comisaría. Jewel se negaba a darle nada de cenar las noches que me tocaba recogerla. —Meneó la cabeza—. ¿Qué clase de mujer deja que su hija pase hambre solo para poner en evidencia a su marido? —Al ver que Tracy no respondía, le habló de cuando llegaron al laberinto, de cuando la niña quiso usar el baño y de cuando le entró hambre—. Cuando acabamos de comer, el laberinto estaba ya a punto de cerrar. Le dije al chaval de las entradas que sería cuestión de minutos.

—Es curioso, porque él dice que no tuvo la impresión de que la cría que vio de la mano de aquella mujer estuviera resistiéndose, que no se revolvió, ni gritó ni hizo nada por escapar de ella.

—Lo sé. Yo también le he dado muchas vueltas.

—Les dijo a los inspectores que estaba convencido de que eran Jewel y el novio.

—Lo sé.

—¿Sigue creyéndolo?

—No lo sé. En realidad, lo que yo crea importa poco.

Tracy cambió de tema.

—Jewel sostenía que fue ella la que lo dejó a usted y que usted se obsesionó con ella.

—Sí, eso decía —respondió él sonriendo al tiempo que le sostenía la mirada—, pero eso no fue lo que pasó. Fui yo quien la dejó, y ella corrió a hacerse con un abogado y pedir el divorcio para que pareciese idea suya. A mí me daba igual, pero, claro, ni de lejos sospechaba la tormenta que estaba preparándome ella. Jewel me odiaba por haberla dejado, inspectora. Me odiaba porque no elegí la carrera profesional que ella pensaba que escogería y porque mis padres me negaron todo apoyo económico cuando me hice policía y me casé con ella. Mi ex utilizaba a Elle para hacerme daño. Se sirvió de la acusación de violencia doméstica para menoscabar mi posición en el plan de convivencia familiar y en el divorcio. Era muy calculadora.

—¿Y cree que planeó todo desde el principio?

—Esa parte, sí. Sé que lo hizo. No olvide, inspectora, que yo tenía trabajo y ella no. Jewel tenía todo el día para pensar en toda esa mierda, en cómo podía hacerme daño, desacreditarme y quizá hasta empujarme al suicidio como hizo con su novio para quedarse con todo. Yo estuve a un paso. Al final, tuve que marcharme, y le puedo asegurar que salir por esa puerta fue lo más duro que he hecho en mi vida, porque era consciente de que estaba dejando a Elle en manos de una madre disfuncional.

—Entonces, ¿por qué lo hizo, Bobby? Si tan seguro estaba de eso, ¿por qué dejó a su hija con alguien tan enfermo?

Chin sacudió la cabeza mientras luchaba con sus emociones.

—Creí que conseguiría la custodia de Elle. Estaba convencido de que el juez, el tutor procesal…, alguien vería lo que veía yo, lo que había acabado por entender. —Se encogió de hombros—. Pero no fue así. Subestimé a Jewel y lo pagué caro.

Tracy decidió plantear la cuestión que se insinuaba en los informes:

—Desde la desaparición de Elle, ya no tiene que lidiar con Jewel.

Chin cerró los ojos y meneó la cabeza.

—Si me casé con Jewel fue por Elle, inspectora. Quise responsabilizarme de mi niña. Mis padres, mi hermana, mis amigos…, todos se oponían en redondo a mi matrimonio con Jewel. Todos veían lo que yo no quería ver, pero Elle era responsabilidad mía.

Parecía sincero y lo cierto era que su argumento parecía sólido.

—He intentado localizar a sus padres y a su hermana, pero los números que tengo ya no existen.

—Mi familia no pueden decirle nada, inspectora.

—¿Dónde están?

—En China. Mi hermana conoció en la universidad a un estudiante de nacionalidad china y ahora viven en las afueras de Chengdu. Mis padres volvieron a casa con ellos. Me temo que ya los he hecho sufrir demasiado. Le pediría que los deje en paz. —Chin se puso en pie—. A menos que tenga algo más, pistas nuevas, tengo que volver al trabajo.

Aquello sonó más a «Tengo que seguir con mi vida».

Tracy llegó a la comisaría central a primera hora de la tarde, se hizo con una taza de café y se sentó en su despacho. Quería hacerle frente a Nolasco, pero no dejaba de pensar en la conversación que había mantenido con Bobby Chin. Su razonamiento parecía muy lógico al decir que quiso hacerse responsable de su hija, pero, al mismo tiempo, no se estaba haciendo ningún favor, ya que, si su exmujer había jugado tanto con su cabeza que lo había vuelto inestable, hasta el punto de pensar en matarse, ¿no era posible que hubiese considerado también la otra única salida a aquella situación?

En circunstancias normales, Tracy habría tenido por cierto que no; pero Chin había dejado claro que aquellas no eran circunstancias normales. De hecho, distaban mucho de serlo, al menos a juzgar por la descripción que hacía de ellas. Se le escapaba algo, pero estaba empezando a dudar que fuese capaz de averiguar jamás qué había ocurrido.

En ese instante recibió una notificación en su ordenador. Se trataba de un correo electrónico de Kins: habían rechazado la solicitud de orden de registro. Como había predicho Cerrabone, el juez había resuelto que no había pruebas suficientes para entrar en casa de los hermanos Sprague.

Aquello le pareció muy frustrante, aunque era algo que le ocurría mucho con un tribunal que daba la impresión de preocuparse más por los derechos de los agresores que por los de las víctimas. Estaba convencida de que los tres estaban detrás de la desaparición de Cole. Había demasiadas coincidencias, demasiadas medias verdades y mentiras descaradas. Aun así, por más que quisiera seguir investigando, sabía que no podía.

Nolasco lo había dejado bien claro.

Miró las dos carpetas de casos sin resolver que tenía sobre la mesa, correspondientes a Angel Jackson y a Donna Jones, las dos prostitutas desaparecidas en el tramo norte de la avenida Aurora. ¿También sería coincidencia que su desaparición se produjese en la misma zona, aproximadamente, que la de Stephanie Cole y en circunstancias similares, sin que se encontrara el cadáver de ninguna?

Al sacarle el tema a Kins, este había propuesto que se centraran en el caso de Cole y ampliaran la investigación al de las dos prostitutas si las pistas los llevaban hasta allí. Tracy sonrió.

¿No podía funcionar también a la inversa? Si abordaba los casos de las prostitutas y resultaba que la llevaban al de Stephanie Cole, Nolasco no podría sancionarla por ello, ¿verdad?

Sacó el teclado y comenzó a escribir. A través del registro de la propiedad del condado de King, averiguó que Ed y Carol Lynn Sprague habían adquirido la vivienda de North Park en 1957. Quiso comprobar si Ed Sprague podía se propietario de cualquier otro inmueble, de un lugar remoto, alejado de allí, al que sus hijos hubiesen podido llevar a una víctima de secuestro con la intención de mantenerla con vida o de enterrar su cadáver; pero no encontró ninguno a su nombre.

Según la esquela publicada en el *Seattle Post-Intelligencer*, Ed había muerto de cáncer hacía tres años. Había trabajado de ajustador en la Boeing, lo que llamó la atención de Tracy. Brian Bibby también había tenido la misma ocupación. Como no debían de llevarse muchos años, era muy probable que hubiesen coincidido. Aunque tal cosa no quería decir necesariamente que se conociesen, ya que la empresa contrataba a miles de ajustadores, valía la pena explorarlo. Anotó que debía preguntárselo a Bibby.

En el momento de su muerte, Ed dejaba tres hijos varones, Franklin, Carrol y Evan, y esposa, Carol Lynn. La necrológica mencionaba también a una hija llamada Lindsay.

Se detuvo con la sensación de haber llegado al momento de una investigación en que se da un avance inesperado, en que aparece una prueba decisiva. Nadie había comentado jamás que tuvieran una hija.

Miró las edades que tenía cada uno en el momento de la muerte del padre. Lindsay era diez años más joven que Evan. No había que hacer muchos cálculos para concluir que Carol Lynn debía de haber mediado los cuarenta cuando nació Lindsay y, aunque no era imposible que hubiese concebido a esa edad —Tracy lo sabía bien—, diez años entre hijos parecía mucha espera. ¿Un embarazo inesperado? Quizá sí. ¿Habrían adoptado a Lindsay para dar a Carol Lyn la niña que nunca había tenido? En tal caso, también cabía plantearse por qué habían esperado tanto para tomar la decisión.

Se preguntó dónde estaría Lindsay.

Llamó a la sede de Olympia del Departamento de Estado de Washington para la Infancia, la Juventud y las Familias. No le darían información delicada, como la relativa a la identidad de los padres biológicos, suponiendo que Lindsay fuese adoptada; pero sí podría conseguir datos más básicos. Quince minutos más tarde, después de mantener dos conversaciones distintas, colgó el teléfono con sus sospechas confirmadas. Ni Carol Lynn había vuelto a quedar encinta ni los Sprague habían adoptado una niña: Lindsay había llegado a la casa en régimen de acogida temporal y había vivido con ellos entre los doce y los dieciocho años, cuando, al alcanzar la mayoría de edad, había abandonado la red de hogares de acogida. Tracy consiguió el nombre que había recibido al nacer: Lindsay Josephine Sheppard.

Pensó en la escuela que había a una manzana de la casa de los Sprague y en el comentario de Brian Bibby acerca de la cercanía del puesto de trabajo de su mujer. Lo mismo cabía decir de los alumnos del vecindario. Se propuso averiguar si los Sprague habían asistido a la escuela primaria de North Park y, en caso de que así fuera, si el centro tenía más información de cualquiera de ellos y, en particular, de Lindsay.

Acto seguido, cambió de enfoque. Comprobó si alguno de los tres hermanos tenía antecedentes criminales… y volvió a dar en el clavo. Franklin Sprague había sufrido dos arrestos por solicitar los servicios de una prostituta.

—Bingo —dijo en voz alta.

Se preguntó si no podía existir algún tipo de conexión con Angel Jackson y Donna Jones. Siguió leyendo. Las dos detenciones se habían producido cerca de donde habían desaparecido más tarde las dos prostitutas de la avenida Aurora. Dos coincidencias más.

Su lectura fue cobrando velocidad. La primera vez, habían atrapado a Franklin Sprague cuando había solicitado los servicios de una agente de la policía de Seattle durante una operación encubierta. La segunda, fueron inspectores que trabajaban en la avenida quienes lo vieron tratar con una prostituta desde su furgoneta. Tracy cargó los expedientes criminales. En el primer caso recibió una condena por faltas que se tradujo en una multa de mil dólares y noventa días de cárcel, cuya ejecución quedó suspendida a condición de que completara doscientas cincuenta horas de servicios comunitarios. Seis meses más tarde, tras su segundo arresto, Franklin cumplió una condena de ciento veinte días en la cárcel del condado.

Tracy pinchó en el informe policial de Carrol Sprague y volvió a dar con lo que buscaba.

—Bingo —repitió.

Tercera coincidencia. Al mediano también lo habían cazado con prostitutas, también en la avenida Aurora, bastante cerca de donde se había visto por última vez a las dos desaparecidas.

A continuación, buscó informes policiales de Evan Sprague, esta vez sin éxito.

En ese momento sonó su móvil. La identificación de llamada la informó de que era Mike Melton, del laboratorio de criminalística de la Policía Estatal de Washington.

—Me ha costado encontrarte —dijo Melton—. Te he llamado tantas veces al fijo del cubículo que se ha convertido ya en costumbre.

—¿Qué tienes para mí? No me vendría nada mal un poco de tu magia de Oz.

—Algunas colillas estaban en muy mal estado y no hemos podido sacar ADN, pero de tres de ellas sí nos ha sido posible.

—¿De cuáles?

—De la que había detrás del tronco del final de la pista y de dos que encontrasteis cerca del principio.

Tracy apretó el puño.

—¿El mismo ADN o diferente?

—Diferente. Por desgracia, los hemos buscado los tres en la base de datos de delincuentes del FBI y no hemos dado con una sola coincidencia.

—¿No?

—No, lo siento.

Aquella base de datos solo recogía perfiles de ADN de personas condenadas por delitos graves. Cuando se trataba de faltas, el estado de Washington no exigía muestras al convicto, lo que quería decir que las de Franklin y Carrol Sprague no tenían por qué estar.

Tracy tuvo una idea.

—Si te doy una muestra, podríais compararla con la de las colillas y decirme si coincide, ¿verdad?

—Ya sabes que sí.

—¿Y también decirme si procede de un familiar?

Hacía poco los ciudadanos de Seattle habían visto en las noticias el juicio a un hombre al que habían detenido después de buscar en las bases de datos criminales el ADN hallado entre las pruebas de un homicidio y determinar que el culpable estaba emparentado con un criminal convicto —hermano suyo— cuyo ADN figuraba en una de dichas bases de datos. Un caso similar, ocurrido en California, había suscitado también una gran controversia cuando identificaron a un varón como el asesino de Golden State —antiguo agente de policía que había violado y asesinado a numerosas mujeres— gracias al ADN proporcionado por un pariente lejano a una web de genealogía genética.

—¿De un familiar? Claro. Ya sabes que eso también podemos hacerlo.

—Gracias, Mike. Estamos en contacto. —Antes de colgar se le ocurrió algo más—. ¿Mike?

—Sigo aquí.

—Si te preguntan, di que te he pedido las pruebas de ADN para dos casos pendientes que estoy investigando: la desaparición de Angel Jackson y Donna Jones. —A continuación, le dio el número identificativo de cada uno de ellos.

—Espera, que lo apunto. —Segundos después, dijo Melton—: Lo tengo.

—Gracias, Mike.

—¿Cómo está la chiquitina?

—No deja de crecer a marchas forzadas.

—No tienes ni idea de cómo vuela el tiempo.

Tracy colgó y llamó a Kins, con quien quedó en verse en el Starbucks más cercano. Prefería no hablar por teléfono ni ir a verlo al cubículo del equipo A.

Cuando llegó su compañero a la cafetería, Tracy lo puso al corriente de los resultados del laboratorio de criminalística, de lo que había averiguado por su cuenta de los antecedentes de Franklin y de Carrol y de la niña de acogida, Lindsay Sheppard.

Kins arrugó el sobrecejo.

—Aunque consigas encontrarla, su ADN no va a ser de ayuda si no es familia biológica.

—Eso ya lo sé, pero tengo otro plan.

—¿Lo quieres compartir?

—No.

—Me lo imaginaba. Mantenme al tanto, ¿vale? —dijo él con gesto desanimado.

—¿Qué pasa?

—Que Nolasco nos está insistiendo en que nos centremos en otros casos.

Tracy asintió.

—Te mandaré los resultados de Mike y te mantendré informado.

La inspectora miró la hora en su móvil: las tres y media. Franklin les había dicho que Carrol solía ir a un bar después de salir del trabajo y, aunque no estaba segura de que eso no fuese también mentira, solo había un modo de averiguarlo.

Y Carrol todavía no la había visto en persona.

CAPÍTULO 29

Tracy accedió con el coche de la comisaría al aparcamiento de Home Depot y recorrió con calma las hileras de coches para comprobar marcas, modelos y matrículas. Antes de salir del despacho, había llamado a Tráfico para solicitar un duplicado del permiso de conducir de Carrol Sprague con su fotografía. Había pagado hacía poco el impuesto de matriculación de un Kia Rio verde de 2017. Lo encontró en el ala oriental del edificio, cerca de la salida de la sección de artículos de jardinería. Tres filas más allá, estacionó en una plaza desde la que pudiera observar el vehículo y la salida y pegó con cinta adhesiva en el salpicadero una ampliación de la fotografía de Sprague que figuraba en su permiso de conducir.

Carrol Sprague tenía cuarenta y siete años, medía un metro ochenta y pesaba ciento cinco kilos. Llevaba gafas y estaba perdiendo el pelo, apenas le quedaban unos mechones sobre la cabeza. Por lo que se veía en la fotografía, no guardaba un gran parecido físico con Evan ni con Franklin. Tenía el cabello y la piel más claros que sus hermanos, no era tan alto y parecía más fornido, aunque sí que existía cierta similitud en los rasgos faciales.

En el parabrisas empezaron a caer gotas de lluvia que fueron aumentando su frecuencia hasta hacerse constantes. Tracy encendió de manera intermitente el limpiaparabrisas del Subaru para limpiar la luna mientras esperaba. Las gotas parecían heladas. Anunciaban nieve.

A las cinco menos veinte se incorporó en su asiento. Del centro de jardinería había salido un hombre en dirección al Kia Rio. La oscuridad y la lluvia hacían difícil distinguir sus rasgos. Además, el hombre llevaba un anorak de Gore-Tex verde y negro y se había protegido la cabeza con la capucha. Abrió con el mando a distancia e hizo que se iluminara el interior del vehículo antes de abrir la puerta.

Carrol Sprague.

Sprague salió marcha atrás de la plaza de aparcamiento y Tracy arrancó sin encender los faros y lo siguió dejando bastante distancia entre ella y el Kia. Este recorrió las calles del aparcamiento y salió a la 224 Sudoeste, dobló a la izquierda y se dirigió a la avenida Aurora Norte, también conocida como autopista del Pacífico. Tracy había dejado entre los dos una distancia de varios coches en aquella vía de cuatro carriles, pero no podía alejarse demasiado si no quería quedarse atrás en un semáforo o en caso de que Sprague girase de pronto.

Sprague recorrió así varios kilómetros y rebasó restaurantes de comida rápida, hoteles, moteles y negocios de una sola planta. Tracy volvió a pensar en Angel Jackson y Donna Jones y en lo fácil que le habría resultado a Sprague pasar por aquella avenida tras salir de trabajar y raptar a una prostituta sin llamar la atención.

Giró a la derecha para acceder al aparcamiento de un centro comercial dotado, entre otras cosas, de una clínica quiropráctica, un salón de videojuegos y un bar, el Pacific Pub. Tracy tomó el camino de entrada y observó por el retrovisor mientras Sprague aparcaba y salía del Kia, tras lo cual volvió a cubrirse con la capucha antes de entrar en el bar.

Animal de costumbres.

Tracy se puso el impermeable, se sacó la blusa de la cinturilla de los vaqueros para parecer un poco menos arreglada y, apeándose del vehículo, corrió a protegerse de la lluvia bajo los toldos dispuestos en la entrada de los locales.

El cristal tintado de la puerta y el escaparate del establecimiento le impedía ver dónde se había sentado Carrol Sprague. El interior estaba tenuemente iluminado por lámparas esféricas que pendían sobre una barra y mesas, algunas con bancos corridos, situadas contra la pared, y otras con sillas. En una de las de banco corrido cercana a la barra, Carrol Sprague se quitó el anorak y lo colgó en una percha antes de tomar asiento.

Tracy hizo otro tanto en una vacía desde donde se alcanzaba a ver la parte posterior de la cabeza de Sprague. Sobre él, colgado del techo, un televisor estaba emitiendo un partido de la liga universitaria de fútbol americano. Entonces se acercó a él una camarera con una carta plastificada, pero no llegó a dejarla en la mesa. Sprague y ella se intercambiaron unas palabras. Daba la impresión de que se conocieran. Aquel debía de ser el local que decía Franklin que frecuentaba su hermano al salir de trabajar.

Un par de minutos después, la camarera recorrió las mesas hasta llegar a la de Tracy. Le dio la bienvenida y le tendió la carta.

—¿Le traigo algo de beber?

—Puede que más tarde. He quedado con alguien, así que iré mirando la carta mientras espero.

La camarera dejó la carta sobre la mesa y se marchó. Poco después, volvió a la mesa de Sprague con una Bud Light de tercio y de nuevo se paró a charlar con él. «¿Su novia?», se preguntó Tracy. La mujer volvió a acercarse a ella.

—Creo que tomaré una Budweiser mientras espero —le dijo la inspectora.

—¿Botellín o de barril?

—Botellín, gracias.

Aunque no apartaba la vista de Sprague, la media docena de clientes que había en el bar habría pensado que estaba pendiente del partido de fútbol americano de la televisión. La camarera regresó con su cerveza. Veinte minutos después, dejó en la mesa de Sprague una cesta con lo que parecía una hamburguesa con patatas fritas y otro botellín. No se llevó el primero.

Se acercó de nuevo a Tracy.

—¿Sigue esperando?

—Sigo esperando.

—¿Le traigo otra cerveza?

—Todavía no, gracias.

—Avíseme si necesita algo.

—No lo dude.

Pasaron diez minutos más. La campanilla que pendía sobre la puerta de cristal tintineó entonces y Tracy vio por el rabillo del ojo a un hombre entrar en el bar. La inspectora lo miró mejor al ver que se dirigía a la mesa de Carrol Sprague.

Era Franklin Sprague.

—Mierda —dijo entre dientes.

Carrol Sprague levantó la vista de su hamburguesa con la boca llena y masculló un saludo a su hermano, que se acomodó en el banco corrido que tenía enfrente.

Franklin no respondió.

—¿Qué pasa? —preguntó el mediano antes de limpiarse las manos y la boca con una servilleta que dejó sobre la mesa.

Su hermano lo había llamado justo antes de que él saliera de trabajar para hablar con él. Aquello le había revuelto el estómago a Carrol. Si había algo peor que ver a Franklin enfadado era oírle decir que tenía que hablar contigo y no revelar de qué. Hacía que sonase a interrogatorio, a que fuera a hacerte preguntas sobre algo que ya sabía simplemente para averiguar si estabas mintiendo o escondiendo cualquier cosa.

La camarera fue a la mesa y le llevó a Franklin un tercio de Bud.

—Gracias, Janice.

—¿Te traigo algo de comer?

—Hoy no. He comido en el trabajo.

La camarera arrancó la cuenta y la colocó debajo de la cesta antes de marcharse.

—No estaría nada mal con once o doce kilos menos de culo —comentó mientras la observaba alejarse.

—Más colchón para cuando empujas —dijo Carrol intentando no perder los nervios. Bebió de su cerveza.

Franklin volvió a fijarse en lo que tenía delante.

—¿Has hablado con Evan?

—¿Con Evan? —Carrol negó con la cabeza—. ¿Cuándo?

—¿Cómo que cuándo? Cuando sea. ¿Hablaste con él anoche, cuando llegamos a casa?

El mediano no sabía a qué podía venir aquello. Sí que había hablado con Evan la víspera, al llegar a casa; pero de nada importante.

—No mucho. —Esa parecía la respuesta más segura.

—¿Y qué impresión te dio?

Carrol se encogió de hombros.

—Normal; quiero decir, tan normal como siempre. Tampoco hablamos gran cosa. ¿Por qué?

—¿No te diste cuenta de que había recogido el salón y la cocina?

Carrol le dio un sorbo a la cerveza antes de decir:

—¿No le habías dicho tú que lo hiciera?

—Sí, pero eso se lo he dicho un millón de veces. ¿Cuándo fue la última vez que obedeció, que tú recuerdes? Joder, si ni siquiera se acuerda de sacar la basura cuando la lleva en la mano.

—Eso es verdad —Carrol bebió otra vez—. ¿Qué te dijo cuando se lo preguntaste?

—Que lo había hecho porque se lo había dicho yo.

—Pues ahí lo tienes.

—¿Ahí tengo qué?

—La respuesta que buscabas.

Franklin dio un trago.

—Si fuese esa la respuesta que buscaba, ¿tú crees que ahora estaría yo aquí contigo?

Carrol no respondió. Supuso que la pregunta era retórica, aunque, por si las moscas, se estuvo callado mientras masticaba un par de patatas fritas.

—Estaba como… evasivo.

—Contigo siempre está evasivo, Franklin. Te tiene miedo.

—Puede, pero parecía estar escondiendo algo que no quería que yo averiguase.

—¿El qué?

—Si lo supiera, no te diría que lo estaba escondiendo, ¿no?

—¿Se lo preguntaste?

—Pues claro que se lo pregunté y él se puso a cambiar de tema sin mirarme a los ojos. Pensaba que a lo mejor a ti te había dicho algo.

Carrol movió la cabeza a un lado y a otro. Estuvieron un rato sentados en silencio y bebiendo cerveza.

—¿Qué crees que será? —preguntó el mediano.

—Yo qué sé, pero quiero que hables con él cuando llegues a casa para ver si se lo puedes sacar. Sereno, no borracho.

—Vale. Sí, claro.

—Todo este asunto se está torciendo demasiado.

—¿Qué asunto?

Franklin bajó la voz.

—¿Cómo que qué asunto? ¿De qué coño te crees que estoy hablándote? De lo de las chicas. Desde que se trajo a la del parque, la policía no hace más que dar vueltas por el barrio, interrogando a todo el mundo y preguntando quién tiene cámaras... He hablado con los Maxwell y dicen que les pidieron el vídeo de vigilancia del miércoles. ¿A que no adivinas quién sale?

—Bibby.

Franklin meneó la cabeza poniendo los ojos en blanco.

—Evan. Salió a pasear el miércoles pasado, justo antes de que llegara al parque la muchacha.

Carrol dejó las patatas en la cesta. Se le había quitado el hambre.

—Mierda.

—Sí, mierda.

El mediano volvió a darle un trago a la cerveza. Ojalá pudiera echarse al coleto un trago de *whisky*, pero Franklin le estamparía el botellín en la cabeza si se le ocurría pedirlo.

—¿C-c-crees que sabrán algo más?

—Claro que saben algo más. Bibby vio a la muchacha en el parque. Por eso, ya de entrada, bajaron allí a buscar pruebas. Ahora saben que Evan salió a pasear a la misma hora en que desapareció ella. Solo tienen que unir las piezas del rompecabezas.

—¿H-ha-has tirado los zapatos y la ropa de Evan?

Franklin asintió.

—¿Y las huellas? ¿Encontrarán tus huellas en el coche?

Carrol sintió una oleada de calor invadiéndolo por dentro.

—N-no creo. No... no... no me quité los guantes en todo el tiempo, ni el gorro, como me pediste. Ad... además, lo limpié todo con las toallitas que me diste. Por dentro y por fuera. Hice lo que me dijiste que hiciera.

El mayor se acabó la cerveza y dejó el botellín.

—Me parece que tendríamos que echar el cierre antes de que esto se nos vaya de las manos.

—¿Echar el cierre?

—Librarnos de las mujeres.

—¿Dejar que se vayan?

Franklin siguió hablando como si no hubiese oído una sola palabra de lo que le había dicho Carrol.

—Evan y yo haremos un viajecito mañana a la cabaña.

—¿Y yo?

—Tú te quedas aquí.

—¿Por qué?

—Porque no puedes seguir llamando al trabajo para decir que estás malo; por eso. Ya empieza a parecer un poco sospechoso y de sospechas ya vamos bien servidos.

—¿Qué pensáis hacer allí?

—No lo sé. —Se volvió y miró hacia la puerta antes de volver a dirigirse a él—. Si viene alguien, esos inspectores o quien sea, les dices que he llevado a Evan al este de las Cascadas. Diles que vamos a ver al tío Henry para cazar aves y ver cómo está. Yo lo llamaré para decírselo por si a alguien le da por comprobarlo. De todos modos, con la demencia que tiene no se acordará de gran cosa.

—Vale. —Carrol dio otro sorbo y miró con gesto anhelante a la barra antes de volverse de nuevo hacia su hermano—. ¿Qué vais a hacer allí, Franklin?

—Ya te lo he dicho: no lo sé.

El mediano sintió que le faltaba el aire. En el bar había empezado a hacer demasiado calor.

—No somos asesinos, Franklin.

Franklin movió la cabeza de un lado a otro.

—Pero ¿cómo coño pensabas tú que acabaría esto, gilipollas? —Levantó las cejas con gesto interrogante—. ¿Creías que íbamos a soltar así como así a esas dos para que se fueran así, tan contentas, sin soltarle a nadie una palabra?

—Y-y-yo… Eso fue lo que tú me dijiste.

—Y-y-yo… —lo remedó Franklin—. Ni se te había ocurrido pensar tan a la larga, ¿verdad? Te dije eso para callarte la puta boca.

— Y-y-yo… pensaba que las t-t-tendríamos siempre, que al final nos cogerían cariño y se querrían, no sé, casar con nosotros. —Las palabras salían de su boca en estampida.

Franklin meneó la cabeza.

—¿Qué coño le pasó al patrimonio genético de la familia después de tenerme a mí?

—No somos asesinos, Franklin.

El mayor siguió cabeceando.

—No sabes ni la mitad de lo que somos.

Tracy renegó entre dientes, se hundió en el banco y giró la cabeza para ocultar el rostro. Carrol Sprague no la había visto nunca, pero Franklin sí la conocía. Tampoco mejoraba la situación el hecho de que fuese una de las solo tres mujeres que había en el bar, que, además, parecía uno de esos locales en los que una mujer está destinada a llamar la atención por el simple hecho de cruzar la puerta. Pensó en levantarse y salir, pero Franklin se había sentado frente a su hermano, mirando hacia ella, y, en tal caso, sin duda la vería. Por lo demás, se le acababa de presentar una oportunidad que quizá no volvería a tener, al menos con la prontitud que requería el caso.

Decidió esperar.

La camarera acudió a la mesa de los Sprague con la carta y una cerveza. Franklin rechazó la primera con un gesto de la mano, pero aceptó el tercio de Budweiser.

Los hermanos estuvieron quince minutos hablando sin alzar la voz. Fuera de lo que fuese la conversación, parecía que le había quitado el hambre a Carrol. Al final, se pusieron de pie y cogieron sus chaquetones. Tracy bajó la cabeza y la volvió hacia la pared como si buscase el bolso que tenía al lado, en el banco. Oyó a los dos pasar a su lado arrastrando los pies y pudo comprobar que no se detenían. Un momento después, oyó la campanilla de la puerta. Levantó la cabeza en cuanto salieron los Sprague y vio a la camarera ir hacia su mesa para limpiarla.

—Perdona —dijo y, cuando la camarera se dio la vuelta, dejando los botellines que había estado recogiendo, y se acercó a su mesa, añadió—: Creo que me he cansado de esperar. ¿Me traes la cuenta, por favor?

—Claro —respondió la camarera, que miró el cuaderno y arrancó la nota de Tracy para tendérsela.

La inspectora le dio un billete de veinte.

—Ahora le traigo la vuelta.

—¿Los servicios? —preguntó Tracy, aunque ya sabía dónde estaban. La mujer señaló un pasillo estrecho que había más allá de la mesa de los Sprague con una flecha sobre la palabra ASEOS—. Si llega a ser un perro, me muerde y ni me entero.

Cuando la mujer volvió a la barra a por el cambio, Tracy se levantó con el bolso en la mano y se dirigió hacia el letrero. Entonces, al pasar por la mesa que habían ocupado los Sprague, se detuvo como para mirar el partido y, dejando su botellín, recogió uno de cada lado de la mesa. A continuación, las metió junto con las servilletas arrugadas de la cesta de comida de Carrol en el bolso antes de seguir caminando hacia los servicios.

Carrol siguió a su hermano y, ya en la calle, se dio cuenta de que había dejado la cuenta sin pagar.

—Mierda —dijo—. ¡Que no he pagado!

Franklin meneó la cabeza.

—Serás gilipollas. Anda, entra y paga. Nos vemos en casa.

El mediano abrió la puerta de cristal y volvió a entrar en el bar, bajándose la capucha y agitando los hombros para deshacerse de las gotas de agua. Tan histérico lo había puesto Franklin que ni siquiera se había acordado de la cuenta. Corrió a la mesa, pero no vio la nota. Entonces, cuando estaba a punto de darse la vuelta para buscara a Janice en la barra, vio que sobre la mesa había solo dos botellines, uno de Bud Light y otro de Budweiser. La Budweiser, además, estaba medio llena. Desde luego, no era muy propio de Franklin dejarse a medias la cerveza. Cómo tendría la cabeza para no habérsela tomado entera. Mejor: más para él.

Levantó el botellín con la intención de vaciar lo que quedaba, pero notó un sabor raro. Volvió a dejarlo en la mesa intentando identificarlo. En ese momento salió una mujer del baño y vaciló al verlo en la mesa. Sonrió con cara amable, muy amable, y siguió caminando hacia la puerta. Nunca la había visto en el bar y eso que no era de las que se olvidan. Era «un buen pedazo de mujer», como habría dicho Franklin: alta, rubia y guapa.

—Oiga —la llamó Janice, pero la mujer siguió andando. Janice salió de detrás de la barra con dinero en la mano.

—¿Pasa algo? —preguntó Carrol.

—Que se le ha olvidado el cambio.

—Será propina.

—Me ha dado uno de veinte y se ha tomado una cerveza.

Carrol sonrió.

—Eso que te llevas. Yo me he ido sin pagarte —añadió.

—Lo sé —dijo ella—. Me he imaginado que te habrías distraído al ver a esa mujer y he pensado: «A la próxima le cobro».

—No la había visto nunca por aquí.

—Había quedado con alguien, pero creo que la han dejado plantada.

Carrol la miró sorprendido.

—¿En serio? ¿Quién puede dejar plantado a eso?

—Yo qué sé —dijo Janice—. A mí me ha pedido solo una cerveza y me ha dicho que esperaba a alguien.

—¿Solo una cerveza? —Carrol volvió a mirar a la mesa en la que había estado sentado y, acto seguido, respondió a su propia pregunta: «¿Quién puede dejar plantado a eso?»—. Nadie.

—¿Qué pasa? —preguntó Janice.

Él la miró.

—¿Tú has recogido algo de mi mesa?

—Todavía no, ¿por qué?

Carrol se sintió de pronto acalorado.

—Carrol, ¿estás bien?

—Sí —dijo él. En ese momento identificó el sabor: barra de labios—. E-e-estoy bien.

Al llegar a casa, encontró a Franklin en el salón acribillando a preguntas a Evan, que estaba pálido y parecía aterrado.

—Sé que pasa algo, Evan. Has estado evasivo desde anoche.

—A la puerta no llamó nadie, Franklin.

—Franklin —dijo Carrol.

—¿No ves que estoy ocupado?

—Es que es importante.

—Igual que esto.

—¿C-c-cómo era esa inspectora? —preguntó el mediano, consciente de que la pregunta lograría captar la atención de su hermano.

—¿Por qué? —Franklin se volvió hacia él.

—¿Ru... rubia, casi tan alta como yo y muy guapa?

—¿Dónde la has visto?

Carrol sintió náuseas y se dejó caer en una silla.

—En... en... en... —No conseguía articular palabra.

—¿Qué? —dijo Franklin.

—En el... el... el bar, esta noche.

—¡Cómo iba a estar en el bar!

El tartamudeo de Carrol fue a peor a medida que se hacía cargo de lo que había ocurrido. No conseguía acabar la historia.

Franklin se sentó también.

—Tranquilízate y cuéntame qué ha pasado.

Entre balbuceos, el mediano le contó lo que había ocurrido al entrar de nuevo en el bar.

—Era barra de labios —dijo.

—¿Y cómo sabes tú a lo que sabe la barra de labios?

—Lo sé.

—¿Seguro?

—Seguro.

Franklin se pasó una mano por la cara, se levantó, le dio la espalda y se puso a pasear por la habitación. Cuando se dio la vuelta, estaba sonriendo, lo que acojonó de verdad a Carrol. Miró con disimulo a Evan, que parecía igual de aterrado, y luego volvió a clavar la vista en Franklin.

—¿Estás bien?

—Se llevó las cervezas por el ADN —dijo Franklin.

—Mierda.

—No, eso es bueno. —Franklin soltó una risotada—. Mirará el ADN que encuentre en los botellines y verá que no encaja con ninguno de los que hayan podido encontrar en el parque. Nos borrará de su lista de sospechosos.

—¿Y el coche? ¿Y si encuentran algo en el coche?

—¿No llevabas los guantes y el gorro?

—Sí, pero ¿y si se me cayó un pelo… o un folículo de piel o algo así?

—¿Qué se te va a caer, si no tienes pelo? Además, lo limpiaste todo, ¿no?

—Lo mejor que pude.

—Entonces, no tienes que preocuparte, por lo menos de momento.

Carrol seguía mareado.

—¿Y Evan? Si han encontrado ADN en el parque, podría ser de Evan.

—¿Qué ADN? —preguntó Franklin. Miró al menor—. ¿Estabas bebiendo algo cuando agarraste a esa chica?

Evan negó con la cabeza.

—¿Te tiró del pelo o te arrancó ropa?

El hermano repitió el gesto.

Franklin sonrió y miró a Carrol.

—No sospecha de Evan. Él tiene mejor coartada que nosotros, porque es idiota. Sospecha de ti y de mí. Los dos trabajamos el miércoles y nuestros jefes se lo confirmarán… si no lo han hecho ya. Si eso no le parece suficiente, el ADN sí.

—¿Estamos fuera de sospecha? —preguntó Carrol.

—Eso parece. —Franklin se volvió hacia Evan—. Parece que, al final, vas a poder probar a esa joven.

CAPÍTULO 30

A primera hora de la mañana siguiente, Tracy dejó los botellines y las servilletas en el laboratorio de criminalística de la Policía Estatal de Washington, en Airport Way. Mike Melton la saludó efusivamente. Habían trabajado juntos en muchos casos y habían colaborado en la recaudación de fondos para los Servicios de Apoyo a las Víctimas, organización sin ánimo de lucro que ayudaba a víctimas y familiares de delitos. Melton era el cantante y guitarrista de un grupo llamado The Fourensics, que actuaba todos los años en la fiesta que se organizaba en favor de la asociación, y Tracy había creado un torneo de golf cuyos beneficios iban destinados a honrar a Scott Tompkins, inspector fallecido, y auxiliaban también a la organización.

Las fotografías de Daniella que le enseñó Tracy provocaron una sonrisa en el rostro barbado de Melton. Viendo a aquel grandullón derretirse al contemplarla, no costaba imaginarlo haciendo lo mismo con sus propias hijas y sus nietos.

—No te envidio y mucho menos a tu marido —aseveró—. No es fácil criar hijas si eres hombre. Te tienen siempre preocupado, esperando que estén a salvo y que ningún chico les parta el corazón. Os quedan muchas noches en vela por delante.

—Ya nos han tocado algunas. Contigo parece que no acabaron.

—Este trabajo, encima, no lo hace más fácil precisamente. ¿Qué te voy a contar? Pero te vuelve precavido, y eso es bueno, creo. —Miró los botellines y las servilletas—. Doy por hecho que crees que el ADN de todo eso está relacionado de algún modo con el que sacamos de las colillas del caso de esa joven desaparecida.

—Así es.

—Y supongo que necesitas tenerlo cuanto antes.

—No se te puede ocultar nada. Eso sí, hazme un favor…

—Ya lo sé. Quieres que lo vincule a los dos expedientes que me diste ayer.

Tracy sonrió. Decirle a Melton cómo tenía que hacer su trabajo era como hablarle de ordenadores a Bill Gates.

—Les meteré prisa a los del laboratorio, otra vez, y les diré que has prometido comprarle un Rolex a cada uno para Navidad.

La inspectora soltó una carcajada.

—Igual se tienen que conformar con un Casio.

Mientras salía, llamó a Kins. Quería haberlo hecho la víspera, pero la del martes era la noche que reservaban Shannah y él para estar juntos y prefirió no molestar. Le dijo lo que había hecho y lo que había conseguido en el bar.

—Como no me ha visto en su vida… —dijo refiriéndose a Carrol Sprague—. Mike les ha pedido a los del laboratorio que se den prisa con el análisis de ADN y lo comparen con el de las colillas que encontraron los agentes de la policía científica en la quebrada.

—Por si es de un pariente.

—Si estamos en lo cierto, eso situará a Evan en el parque, probablemente detrás del tocón, lo que debería bastar para conseguir una orden de registro. Te llamaré cuando sepa algo de Mike. Ah, por cierto: oficialmente, he pedido el ADN en relación con las investigaciones de Angel Jackson y Donna Jones.

—¿Quiénes son esas?

—Las dos prostitutas que desaparecieron en la avenida Aurora.

Kins no respondió de inmediato, con lo que dejó claro que entendía el motivo que la había llevado a usar sus casos sin resolver para conseguir las pruebas de ADN del caso de Stephanie Cole, y a continuación preguntó:

—¿Vienes para acá?

—Estoy siguiendo otra pista.

—¿También de los dos casos pendientes? —preguntó con un tono que dejaba entrever que sospechaba que seguía hablando del caso de Stephanie Cole.

—Ya te iré contando.

Tracy se dirigió a North Park. Al ser horario escolar, los aparcamientos de la calle estaban ocupados. Los niños corrían con gran alboroto por el patio de recreo. Dejó el coche al doblar la esquina y fue andando a casa de Brian Bibby. No quería que los Sprague descubriesen el vehículo ni la vieran hablando otra vez con su vecino.

Bibby respondió a la tercera. Tracy sintió el calor procedente de la chimenea cerrada del matrimonio. En el equipo de música se oía música clásica.

—¡Inspectora! No esperaba volver a verla tan pronto. ¿Dónde está su compañero?

—Buscando pistas de otro caso. En realidad, he venido para hablar con su mujer. ¿Está en casa?

—¿Lorraine? Claro que está en casa. Entre.

Tracy entró y Bibby cerró la puerta tras ella.

—¿Han averiguado algo de la joven desaparecida?

—Seguimos investigando. También tenía una pregunta para usted.

—Dispare.

—¿Fuma?

Bibby miró hacia el salón como un niño que está a punto de recibir una regañina y respondió en voz baja:

—Un cigarrillo al día cuando salimos a pasear Jackpot y yo, pero no se lo diga a Lorraine. Sospecho que lo sabe, pero tampoco quiero restregárselo. Es un defectillo que tengo.

—¿Qué marca fuma?

—Marlboro, ¿por qué?

—Encontramos colillas en la quebrada y nos vendría bien eliminar su ADN. —Tracy metió la mano en el bolso buscando un hisopo para recoger la muestra.

—Pues lo tienen fácil. Yo no tiro las colillas en la quebrada. El barrio ha hecho un gran esfuerzo para dejar limpio el parque, así que me fumo mi pitillo mientras subo la pista y luego lo tiro en la papelera que hay fuera. ¿Lorraine? —la llamó Bibby echando a andar.

—Espere un momento —dijo Tracy—. También me estaba preguntando si por casualidad llegó a conocer a Ed Sprague.

—¿El padre? Claro que conocía a Ed. No mucho, pero sí que nos cruzábamos, como vecinos que éramos. Ya ha muerto.

—Lo entiendo. También tengo entendido que trabajó de ajustador en la Boeing.

—Eso es verdad —dijo Bibby—. ¿Le importa que nos sentemos? Ayer me pasé y hoy tengo la espalda molida.

Lorraine Bibby llegó al salón.

—¿Qué quieres? —Al ver a Tracy vaciló.

—La inspectora quiere hacerte unas preguntas.

—¿A mí? —Parecía sorprendida.

Bibby ocupó su sillón y Tracy se sentó en la plaza del sofá más cercana a la chimenea. Lorraine tomó asiento en el otro extremo.

—Me preguntaba si su marido y Ed Sprague se conocían del trabajo.

—Qué va —dijo él—. En la Boeing hay muchos ajustadores, inspectora; creo que entre quince y veinte mil, pero no me haga mucho caso.

—Sabía que eran muchos. Doy por hecho, entonces, que no iban juntos al trabajo ni nada de eso.

—También hay un montón de horarios —respondió Bibby meneando la cabeza—. No, no íbamos juntos al trabajo. Nos conocíamos y nos cruzamos un par de veces en la fábrica; pero no teníamos mucha relación.

—¿Qué clase de hombre era? ¿Qué sabía de él?

—Callado —dijo Bibby mirando a su esposa—. Ed era muy reservado. No hablaba mucho. Hay quien prefiere no tener mucho contacto con el vecindario. Lorraine, sin embargo, quizá tenga una opinión distinta. —Su tono no era condescendiente, pero sí sonó algo cortante.

Lorraine le frunció el ceño antes de dirigirse a Tracy.

—No me gusta hablar mal de los difuntos —dijo—. Carol Lynn, desde luego, era una dama encantadora. Sumisa, pero encantadora.

—¿Había algo de Ed Sprague que no le hiciera gracia?

Lorraine puso cara de estar masticando cristales al tiempo que fulminaba con la vista a su marido.

—De eso hace ya más de treinta años. Las cosas eran distintas en esa época —dijo con displicencia.

Tracy aguardó mientras Lorraine acababa de mascar cristal.

—¿Distintas en qué sentido? —preguntó entonces en tono persuasivo.

—Los chicos iban a la escuela con cardenales y heridas —dijo Bibby.

La inspectora miró a su anfitriona.

—¿Cree usted que Ed Sprague les pegaba?

—No lo sé —dijo ella, molesta sin duda con su marido— y, ahora, ya da igual.

—¿Les preguntó a los chicos? En la escuela, quiero decir. ¿Les preguntó?

—Hubo maestros que se lo preguntaron en varias ocasiones, pero ellos siempre decían lo mismo, que habían estado haciendo lucha libre o jugando al fútbol americano en el patio de su casa. Siempre tenían algo… Hasta les preguntamos por separado, pero todos decían lo mismo siempre.

—Los varones siempre son los más revoltosos —dijo Bibby—. Eso forma parte de su naturaleza. Mis hermanos y yo estábamos a la gresca a todas horas de pequeños.

—Entonces, ¿no cree usted que Ed Sprague les pegara?

Bibby arrugó el entrecejo.

—La disciplina era muy distinta en aquella época. Créame si le digo que mis hermanos y yo nos llevamos más de una bofetada de mi padre. Normalmente, nos la merecíamos y, después, nos lo pensábamos dos veces antes de volver a hacer lo que hubiéramos hecho; pero Lorraine tiene razón: ahora las cosas han cambiado.

—¿Llegó a dar parte la escuela de esos incidentes?

—No, que yo sepa —respondió Lorraine—. La ley permite que un padre castigue físicamente a sus hijos, pero… En fin, aquello parecía excesivo.

Tracy cambió de tema.

—¿Cómo eran los niños en la escuela?

—Pues como son ahora, más o menos. Ninguno era muy buen estudiante. Franklin era el mayor y el más corpulento. Era un líder natural, pero también era un poco abusón. Tuvimos muchos problemas con él. Unas cuantas peleas. Carrol tenía problemas de sobrepeso y tartamudeaba. Si alguien se metía con él, Franklin salía a defenderlo. Carrol hacía normalmente lo que le decía Franklin.

—¿Evan también iba a su escuela?

—Sí, aunque mucho después que sus hermanos. Además, estaba en un programa de educación especial. Era un niño muy dulce y amable, pero también hacía lo que le decía Franklin, quien siempre parecía estar cerca para protegerlo.

—¿Le tenían miedo a Franklin?

—Eso pensaban algunos maestros.

—¿Y usted?

—No creo. Quiero decir que, si así fuera, no seguirían viviendo juntos los tres, ¿no? A mí me da la impresión de que Franklin se encarga de cuidar a sus hermanos, especialmente a Evan.

—¿Ninguno ha estado casado?

—Ninguno. Siempre han vivido en esa casa, al menos, que yo sepa.

—¿Conoció a la chica que vivió con ellos en régimen de acogida?

—Lindsay. —Lorraine parecía sorprendida—. Estuvo allí solo unos años. Cuatro o cinco, creo. —Miró a Bibby.

—Yo, la verdad, no le presté mucha atención —dijo él—. Apenas si la recuerdo.

—Era mucho más joven que Franklin y Carrol. Era menor incluso que Evan. Llegué a preguntarme muchas veces si no la acogerían por eso, para que el menor pudiese tener a alguien de edad más cercana a la suya en casa.

—¿No les preguntó nunca a los Sprague por qué la acogieron?

—No. Supongo que di por hecho que Carol Lynn siempre había querido tener una niña y, como acabó con tres varones… Además, después de nacer Evan…, en fin, posiblemente decidió no tener más embarazos.

—¿Cómo era Lindsay?

—A ella no la vi tanto como a los hermanos. Creo recordar que cuando llegó estaba en séptimo curso. Era callada, voluble y taciturna. Ella también tuvo varios episodios de mal comportamiento.

—¿Cardenales también?

—Que yo recuerde, no.

—¿Alguien se preguntó por qué era taciturna?

Lorraine negó con la cabeza.

—Esos chicos de casas de acogida… pueden tener muchos problemas. Siempre admiré a Ed y Carol Lynn por hacer algo así… o por intentarlo al menos.

—¿Sabe si Lindsay llegó a casarse?

—No lo sé. Lo que recuerdo es que Lindsay voló del nido en cuanto cumplió los dieciocho. Creo que ni siquiera llegó a acabar secundaria. Nunca volví a verla.

—¿Nunca? —quiso saber Tracy.

—Ni una vez —dijo Lorraine y Bibby hizo un gesto de confirmación.

—¿Y nunca le preguntaron por ella a Carol Lynn?

—Una vez —respondió ella—. Solo de pasada. Ya sabe: «¿Qué fue de Lindsay?».

—¿Qué le dijo?

—Creo que me dijo que se había mudado de estado, ¿no? —preguntó a su marido.

—Eso entendí yo —dijo Bibby.

—Me dio la sensación de que lo decía con lástima, aunque tampoco habló mucho del tema. Lo que sí me dijo una vez fue que Lindsay llegó a su casa con un montón de problemas que se manifestaron al llegar a la adolescencia.

—Esos años son los más difíciles —la interrumpió Bibby.

Tracy hizo algunas preguntas más antes de dar las gracias a los Bibby y despedirse de ellos.

Se dirigió a la comisaría central y se encerró en su despacho a estudiar el expediente de acogida de Lindsay, que le habían enviado de Olympia. Acababa con su asignación al hogar de los Sprague. Había unos cuantos informes que documentaban visitas de seguimiento, pero carecían de todo interés.

A continuación, buscó los nombres de Lindsay Sheppard y Lindsay Sprague en las bases de datos estatales y federales en busca de un permiso de conducir, una tarjeta de la seguridad social, referencias fiscales o registros matrimoniales. Dio con un buen número de posibles coincidencias, pero, teniendo en cuenta la edad de nacimiento y la localización geográfica, llegó a la conclusión de que ninguna era la Lindsay Sheppard que buscaba. También revisó sin éxito partidas de defunción.

Además, introdujo los dos nombres en cuatro bases de datos de cuerpos de seguridad federales: el Centro Nacional de Información Criminal (NCIC), el Sistema de Índice Combinado de ADN (CODIS), el Sistema Automático Integrado de Identificación Dactilar (IAFIS) y el Programa de Detención por Crímenes Violentos (ViCAP). A continuación, hizo otro tanto en la base de datos de personas desaparecidas del estado de Washington. En ninguna de ellas obtuvo resultado alguno y con cada búsqueda fue aumentando su intranquilidad.

Tracy sabía por experiencia que muchas ciudades y condados enterraban, al menos en el pasado, restos sin identificar sin tratar de recoger muestras de ADN para análisis posteriores. También sabía que, aun en los casos en que sí lo hacían, no siempre integraban la información en las bases de datos estatales ni federales. Además, al buscar a su hermana, Tracy se enteró de que en las salas de pruebas de los médicos forenses de todo el país había restos de más de cuarenta mil personas que no habían podido identificarse por medios convencionales. Uno de estos medios consistía en que los familiares proporcionasen muestras de ADN para que pudieran compararse con el de la persona desaparecida o fallecida. Había muchas variaciones, pero ninguna podía aplicarse a Lindsay Sheppard al no ser familia biológica de Sprague.

Buscó en causas judiciales mediante sistemas como el Acceso Público al Archivo Electrónico de los Tribunales (PACER), así como en Westlaw y LexisNexis, sin encontrar nada en las bases de datos civiles, criminales o de bancarrota.

Lindsay Sheppard parecía haber desaparecido, sin más, del planeta tras cumplir los dieciocho.

Como Sarah.

Como Stephanie Cole.

Tracy sintió una oleada de tensión tan intensa que la obligó a levantarse del escritorio y estirarse. No sirvió de gran cosa. El corazón parecía habérsele puesto a latir de pronto a mil por hora. Le faltaba el aire y se había puesto a sudar. Reconoció aquellos síntomas.

Una respuesta de estrés agudo.

Respiró hondo varias veces, pero se sintió mareada y tuvo que sentarse de nuevo. Bajó la cabeza hasta dejarla entre las rodillas por miedo a desmayarse.

La respiración se le normalizó tras unos minutos, pero se sintió débil. Se preguntó si no sería diabética o anémica. Había leído que había mujeres que sufrían diabetes o anemia tras dar a luz. Se preguntó también si al buscar a Lindsay no había desencadenado el recuerdo subconsciente de aquellos días horribles posteriores a la desaparición de Sarah, como había temido Dan y había sugerido Lisa Walsh.

Tenía que sacarse a Lindsay Sheppard de la cabeza. Buscó el expediente de Elle Chin y pasó con rapidez las páginas. Entonces, tras unas llamadas telefónicas, localizó a Jewel Chin.

Recogió el bolso y salió por la puerta.

CAPÍTULO 31

Tracy llamó a la empresa inmobiliaria de Seattle en la que trabajaba Jewel Chin y consiguió, al fin, su número de móvil. Chin no pareció alegrarse de recibir su llamada. Le aseguró que estaba demasiado ocupada preparando una casa para enseñarla aquel fin de semana y por la tarde tenía sesión de entrenamiento personal. Tracy se preguntó si el entrenador personal no sería un novio nuevo.

La inspectora se ofreció a facilitarle las cosas y acudir a la casa de Queen Anne que estaba preparando.

—¿Necesito un abogado? —quiso saber Chin.

—Solo quería hacerle unas preguntas sobre aquella noche. Estoy revisando el expediente.

—¿Por qué?

Tracy había acabado por cansarse de responder a aquella pregunta.

—Quiero verlo desde otro ángulo —dijo.

—¿Y ese ángulo está relacionado con el padre?

Tracy, convencida de que de su respuesta dependería que Chin se aviniera o no a hablar con ella, dijo:

—Sí.

Chin convino a regañadientes en reunirse con ella.

Aparcó en la acera opuesta a una casa de ladrillo de estilo Tudor ante el que aguardaba un camión de mudanzas. Los operarios regresaban de la casa con mantas dobladas, que era de suponer que habían usado durante el transporte para proteger el mobiliario con que iba Chin a enseñar la vivienda. Tracy calculó que debía de tener unos doscientos ochenta metros cuadrados y el terreno sobre el que se asentaba podía llegar al millar. Era probable que la sacasen al mercado por un par de millones de dólares, algunos cientos de miles arriba o abajo.

Subió los escalones de la fachada principal y llamó a la puerta. Al estar abierta, atravesó el umbral y pisó un suelo de madera recién instalado. El interior estaba frío y olía a pintura, lo que explicaba que hubiesen abierto las puertas y las ventanas. A juzgar por lo penetrante del olor, iban a necesitar el resto de la semana para airear la casa. El salón era blanco sobre blanco: paredes blancas y dos sofás blancos también dispuestos en perpendicular a una chimenea con un refinado arreglo de flor artificial sobre la repisa. Los tonos de las flores se complementaban con los tonos de un cuadro abstracto que pendía sobre la repisa de mármol de la chimenea. Unas bombillas led de baja intensidad empotradas iluminaban el salón con un fulgor suave y cálido.

Tracy no podía imaginar sofás blancos ni arreglos florales en su casa, con los perros, que soltaban una cantidad de pelo impresionante, y su gato, Roger, todos corriendo como elefantes en una cacharrería.

—Lo siento, pero no estará lista hasta mañana —le dijo Jewel Chin al verla entrar en el salón.

Jewel Chin estaba tan arreglada como el salón que había preparado para enseñar: vaqueros blancos ceñidos, zapatos rojos con siete centímetros de tacón y una blusa azul marino con el cuello lo bastante amplio para revelar varias cadenas de oro. Llevaba los dedos y la muñeca adornados con anillos y un reloj de aspecto caro. Tracy se preguntó si pretendía mostrar la casa o exhibirse ella misma. El expediente decía que Chin no se había vuelto a casar. Había cumplido los treinta no hacía mucho y, pese a la profusión de maquillaje, ya asomaban patas de gallo. «Arrugas de preocupación», las había llamado su madre, quien aseveraba que podían contarse como los anillos que indicaban la edad de un árbol derribado.

—¿Por cuánto la vende? —preguntó Tracy.

—Un millón doscientos cincuenta, aunque es probable que suba de ese precio.

—¡Huy, se me va del presupuesto!

—Piense que estamos en uno de los mejores barrios de Seattle y que tiene acceso a colegios excelentes.

—Mi cría tiene solo diez meses. Todavía tengo tiempo para eso.

—Y el Interbay Golf Center está aquí al lado. ¿Juega al golf?

—Fatal.

—Además, la conexión con las tiendas y los restaurantes del centro de Seattle no puede ser más fácil —insistió Chin como quien repite el folleto propagandístico—. ¿A qué se dedica?

La pregunta sorprendió a Tracy, que hasta entonces había pensado que Chin sabía quién era y se había embarcado en una conversación trivial. Y eso que habían quedado a una hora concreta…

—Soy inspectora de la policía de Seattle —le dijo.

Chin dejó de sonreír.

—¿Es usted la agente?

—Inspectora —corrigió Tracy.

—Esperaba a alguien un poco más…, no sé, desaliñado.

—Lo tomaré como un cumplido.

—Vamos a la mesa del comedor. Como le he dicho por teléfono, no tengo mucho tiempo. —No parecía que el hecho de estar hablando con una inspectora la intimidara en absoluto—. ¿Me ha dicho que ha habido avances en el caso? ¿Ha venido a decirme que han encontrado el cadáver de Elle y pruebas de que la mató Bobby? —Chin formuló las preguntas sin expresar emoción alguna, como si estuvieran hablando de la casa y estudiando dónde colocar el sofá. Tal como recordaba Miller, también parecía más preocupada por culpar a su exmarido. Saltaba a la vista que no había pasado página.

—No —dijo Tracy—, qué va.

—Entonces, ¿qué hace aquí?

Qué agradable. Jewel señaló la mesa de líneas modernas del comedor y las dos se sentaron una frente a otra. Tracy volvió a explicar que se había hecho cargo de la Unidad de Casos Pendientes y estaba revisando varios de ellos, incluido el de Elle.

—Me ha dicho por teléfono que quería averiguar más acerca de mi ex. ¿Qué pruebas nuevas tienen?

Tracy asintió.

—Todavía no puedo entrar en detalles, pero ya he hablado con él.

La respuesta logró al menos que Chin se detuviera un segundo… antes de dejarse llevar por la paranoia:

—¿Le ha dicho que secuestró a Elle y que la enterró? ¿Que la vendió al mercado negro? Le habrá dicho que estoy loca, que sufro trastorno límite de la personalidad o narcisismo. El culpable siempre acusa al inocente.

A Tracy no le cabía duda de la verdad de aquella perla de sabiduría. Por desgracia, en este caso podía aplicarse a ambos cónyuges. Con todo, no se le escapaba que Jewel Chin se estaba acelerando más de la cuenta. No tardaría en perderla si no lograba llevarla a su terreno. Por todo lo que sabía de ella, Jewel era una depredadora siempre dispuesta a jugar con las flaquezas ajenas. Tenía que revelarle una propia y, esta vez, no iba a ser difícil.

—Tengo una cría recién nacida y sé que me moriría si le ocurriera algo. Una madre y una hija tienen un vínculo especial que los padres no entienden, porque no pueden entenderlo. Usted, desde luego, lo sabrá bien.

Jewel Chin la miró desconfiada o, al menos, recelosa. Tracy había hablado con suficientes testigos para deducir que aquella mujer estaba convencida de que todo el mundo iba en su contra, incluida su anciana vecina Evelyn Robertson. Quizá no bajase nunca la guardia.

—Entonces, ya sabe exactamente lo que siento —convino.

—Sí, créame. Me gustaría oír su versión de los hechos, aunque sé que debe de ser difícil para usted volver a aquellos días.

—Lo es —dijo Jewel. Casi parecía estar a punto de llorar. Casi, porque no tenía una sola lágrima en los ojos.

—¿Le importaría, si puede, hablarme de la noche en que desapareció su hija? Quiero conocer su punto de vista.

Chin adoptó un ángulo que le permitiese doblar las piernas.

—Ojalá pudiera. Ojalá hubiese hecho más por alejar a Bobby de ella. Ahora me arrepiento, pero… No, no puedo por más que quiera, porque estaba con Bobby.

Tracy le formuló un montón de preguntas cuya respuesta conocía a fin de que Jewel Chin pudiese seguir hablando y tomar la costumbre de responder.

—Al ser él agente de policía, ustedes no lo investigaron como tendrían que haberlo hecho.

—¿A qué se refiere?

—Lo que quiero decir es que no sé por qué no les pareció de lo más evidente que fue Bobby quien se llevó a Elle. La niña estaba con él y, de pronto, desapareció. ¿Y la excusa de él es que quiso jugar al escondite? —Indicó con un gesto que todo aquello le parecía absurdo—. La niña tenía cinco años. ¿Qué clase de padre juega al escondite con una niña de cinco años en un laberinto en medio de un maizal? ¡Por favor!

Tracy asintió como si Chin y ella fuesen dos hermanas agraviadas.

—Ni siquiera lo acusaron de imprudencia temeraria y eso que yo estuve meses presionando al fiscal para que presentara cargos contra él *por algo*.

Hasta entonces, se estaba mostrando exactamente como la persona que habían descrito Bill Miller en su informe y Bobby Chin cuando había hablado con él.

—¿Dónde estaba usted aquella noche?

Jewel puso los ojos en blanco.

—¿En serio? ¿Otra vez? ¿Para eso ha venido? Ya les dije a los otros inspectores dónde estaba. Pregúnteles a ellos. Por lo demás, puede hablar con mi abogado.

—No quería molestarla. Solo intento ponerme al día para poder seguir adelante. Los otros inspectores se han jubilado y por eso el expediente ha pasado a Casos Pendientes. Tengo entendido que estaba usted en casa.

Jewel se irguió.

—Lo siento, pero usted solo lleva diez meses siendo madre. Yo llevaba cinco años de maternidad.

Sin saber bien adónde pretendía ir con el comentario, Tracy decidió obviarlo para buscar de nuevo un terreno común.

—Yo también estoy divorciada.

—Entonces, ya sabrá lo que se sufre. No es nada agradable. Yo tuve que llamar tres veces a la policía porque Bobby me estaba pegando. La tercera vez, no pude más y accedí a presentar cargos contra él por violencia doméstica.

Hablaba como si aún no se hubiera resuelto el divorcio.

—¿Por qué le pegó?

—Porque le dije que habíamos terminado y lo quería fuera de la casa. Él no soportaba el rechazo. Aún no había nacido la mujer que rechazase a Bobby Chin. En la universidad, tenía un montón de novias que, por lo que sé, lo adoraban. Pues bien, yo no era ninguna de sus novias de universidad ni pensaba aguantar toda esa mierda.

Tracy volvió a insistir en la noche de la desaparición y le preguntó qué había hecho y con quién estaba por tratar de dar con alguna incongruencia.

—Pero no se moleste en buscarlo —dijo Jewel refiriéndose a Graham Jacobsen—, porque el muy imbécil se pegó un tiro.

No parecía precisamente destrozada por aquello.

—Lo siento mucho —dijo Tracy.

—Después de todo lo que había soportado, también tuve que aguantar aquello. —Jewel agitó la cabeza—. Tuve que mudarme. No podía seguir viviendo allí, por muchas manos de pintura que diesen.

—Pensaba que la casa se vendió en la liquidación de bienes conyugales.

—Pero, antes de que ocurriera aquello, yo habría considerado al menos comprarla.

Tracy sabía, por una orden judicial recogida en el expediente, que, para quedarse con la casa, Jewel habría tenido que comprar íntegra la parte de Bobby y que Jewel no podía permitirse tal cosa.

—De todos modos, él ya le dijo al inspector que aquella noche habíamos estado juntos, excepto los pocos minutos que salió a recoger comida para llevar. Así que puede olvidar, si quiere, la declaración del testigo ese.

—¿Qué testigo? —preguntó Tracy, aunque sospechaba saber a qué se refería.

—El crío que dijo que vio a Elle con una mujer asiática y un hombre.

Jimmy Ingram jamás había usado la palabra *asiática*.

—Yo estaba en casa. Hasta puedo decirle exactamente lo que vi aquella noche. Hice una lista y todo.

—¿Cuándo?

—Un tiempo después de enterarme de que existía aquella declaración. Me lo recomendó mi abogado, por si me sometían en algún momento a un contrainterrogatorio. Estoy convencida de que Bobby le tuvo que pagar al chico que dice que nos vio a Graham y a mí.

—¿Y le pidieron los inspectores la lista de los programas que estuvo viendo? —Tracy no la había encontrado en el expediente.

—No, pero no estaba dispuesta a dejar que Bobby me incriminase con pruebas falsas.

Increíble.

Tracy le preguntó cómo se había enterado de la desaparición de Elle y comprobó que su declaración coincidía con lo que había recogido Miller en su informe.

—Le dije que Bobby tenía algo que ver, pero él se quedó allí plantado mirándome.

—¿Qué quería que hiciese?

—Pues su trabajo: detener a la persona que estaba con mi hija cuando desapareció. Pensaba que llamaría a los SWAT o algo. A alguien. Si lo hubiera hecho, tal vez habrían encontrado a Elle.

—¿Cree que su ex era capaz de hacerle daño a su hija?

Jewel sonrió con suficiencia.

—¿Que si era capaz? Me pegó y el tribunal lo soltó con poco más que una regañina y lo hizo asistir a un cursillo de gestión de la ira. Ni siquiera tenían que haberle dejado pasar tiempo a solas con Elle. Le dije a mi abogado que defendiera ese argumento, pero perdí. El juez era un hombre. Antes había sido fiscal. Seguro que una jueza habría sabido comprenderlo.

—¿Comprender qué?

—Salta a la vista, ¿no? ¿Alguien capaz de perder los nervios con esa facilidad y hacer daño a otra persona? Bobby no es poca cosa. Podía haber agredido perfectamente a Elle y haberle partido el cuello.

—¿Vio alguna vez a su exmarido pegar a su hija? —preguntó Tracy.

—No, pero a mí tampoco… hasta que me pegó. Así que, desde luego, sí que era «capaz». —Hizo las comillas con los dedos.

Lo que más le llamaba la atención era la forma que tenía Jewel Chin de presentarse, al mismo tiempo, como heroína y como mártir. Todo lo presentaba desde el punto de vista de lo que hizo o cómo le afectó. Se había propuesto convencerla de que era ella la que llevaba la voz cantante, la madre competente y mujer capaz a la que había agraviado gravemente el sistema judicial, al mismo tiempo que hacía el papel de pobre madre indefensa maltratada por su marido.

Tracy se propuso averiguar si Graham Jacobsen tenía seguro de vida y, en tal caso, quién era su principal beneficiario. En aquel momento, se esperaba cualquier cosa de aquella mujer.

—¿Tiene usted hermanos? —le preguntó.

Chin volvió a poner los ojos en blanco.

—Un hermano que vive en Boston. Tiene tres hijos. Los inspectores también hablaron con él y vieron que no pudo matar a Elle, porque aquella noche estaba en Boston. Además, su mujer es caucásica, no asiática.

Otra vez.

—¿Quién le dijo que el testigo vio a una mujer asiática?

—No lo sé. Uno de los inspectores, supongo. Debería hablar con Bobby. Su madre y su hermana son asiáticas. Gloria, tan poquita cosa… Casi no habla. Bobby la usaba para recoger a Elle del colegio los días que le tocaba tenerla para que yo no me enterase, pero yo lo sabía, porque preguntaba en el colegio y allí tenían un registro de todo eso.

—¿Cree que Gloria se llevó a Elle?

Jewel se encogió de hombros.

—Yo ya no sé qué pensar. Lo dudo. —Con esto, se puso en pie de pronto—. Si hemos acabado, inspectora, tengo que ir a mi entrenamiento.

—Claro. —Tracy se levantó y se dirigió a la puerta—. La casa es preciosa. Ojalá pudiese comprarla.

—Traiga el dinero, que yo me encargaré de que salga ganando.

«No lo dudo», pensó Tracy, convencida de que a Jewel Chin se le daba más que bien dominar todos los ángulos que pudiera tener un asunto.

CAPÍTULO 32

Tracy entró en el despacho de Lisa Walsh poco antes de que dieran las cinco. Se había detenido de camino a Redmond tras la conversación que había mantenido con Jewel Chin. La terapeuta le hizo un hueco. La inspectora quería hablarle del ataque que había sufrido en su escritorio y preguntarle si tenía de qué preocuparse.

Al principio se había preocupado por si se había tratado de un microinfarto o un ataque leve al corazón. Le preocupaba ser anémica. Sin embargo, aparte de cierta fatiga, no sentía ningún efecto físico adverso. No sentía dormido el pecho ni el brazo izquierdo. La respiración se le había normalizado. Tampoco tenía un médico de atención primaria al que consultar ni creía que los síntomas justificaran una visita a su ginecólogo. Aunque no le hiciera ninguna gracia reconocerlo, estaba convencida de que sus síntomas eran más psíquicos que físicos.

Se preguntaba si no estaría aferrada a la misma pared de roca que el escalador del que le había hablado Walsh y si aquello no habría sido una caída.

Agradeció a Walsh que la viese habiendo avisado con tan poco tiempo y la terapeuta sonrió al decir:

—Me alegra haber podido atenderte. Cuéntame qué te pasa.

Tracy se sentó en el sofá.

—En realidad, no lo sé. He estado trabajando mucho en los casos de los que te hablé. Me enteré de que los hermanos que estaba investigando tenían una hermana de acogida y me puse a seguir esa pista. —Le habló de los detalles de la conversación que había mantenido con Lorraine Bibby, de su regreso al despacho para buscar información sobre Lindsay Sheppard y de la crisis que había tenido.

»Sé que el caso de esa chica desaparecida a los dieciocho guarda similitud con el de mi hermana, a la que secuestraron a la misma edad; tan tonta no soy. Pero he llevado otros casos parecidos y nunca he sufrido esos síntomas físicos. Ahora me encuentro bien; cansada, después de un día tan largo, pero bien.

—Háblame de los síntomas.

Tracy se los detalló.

—¿Debería acudir a urgencias?

—Yo diría que has sufrido un ataque de pánico, Tracy.

—¿Un ataque de pánico? —preguntó sorprendida—. ¿Qué es un ataque de pánico?

—Un episodio repentino de miedo intenso que desencadena reacciones físicas.

—Pero si estaba en mi despacho. No tenía nada que temer.

—Exacto.

—¿Quieres decir que me he imaginado un temor?

—No, lo que has experimentado es muy real. Los síntomas físicos eran reales. En un ataque de pánico puedes pensar que estás perdiendo el control, que estás sufriendo un ataque al corazón y hasta que te estás muriendo.

—Eso fue exactamente lo que pensé.

—Hay mucha gente que tiene un ataque de pánico o dos en la vida, pero luego el problema desaparece, normalmente cuando acaba la situación de estrés.

—¿El estrés es el que lo desencadena?

—Puede ser.

Lo que decía Walsh tenía sentido, pero...

—Entonces, ¿qué puedo hacer? A eso se dedica precisamente un inspector.

—Puedes aprender a manejarlo. También hay medicación.

—No me gusta medicarme.

—No se trata de nada que produzca adicción ni que vaya a ser para siempre. Solo para superar esto, si ves que lo necesitas.

—Lo que no entiendo es por qué me está pasando ahora, en este momento de mi vida. Cuando desapareció Sarah no me pasó y jamás viví una época más estresante.

Walsh asintió.

—Pero, por lo que me has contado, entonces te centraste en mantener unida a tu familia, en ser fuerte por tus padres. Más tarde, te concentraste en encontrar a tu hermana.

—Eso es verdad.

—Dices que la búsqueda de tu hermana te consumió durante años. Creo que lo describiste como una «obsesión», ¿no?

—Es que me obsesioné.

—Pero eso ya se acabó. Ya averiguaste lo que le pasó a tu hermana.

—Sabía que estaba muerta —dijo Tracy—. Siempre había sabido que estaba muerta. Había una leve esperanza de que me hubiera equivocado. Se dan casos, pocos, en los que la mujer consigue escapar y volver a su casa; pero yo sabía que es muy raro que ocurra.

Tracy pensó en Lindsay Sheppard, consciente de que era muy probable que también ella estuviese muerta. Al haber estado en el sistema de acogida y haber vivido problemas de drogas en casa, aquella joven formaba parte del grupo de riesgo. Lo había tenido todo en contra mucho antes de llegar a la casa de los Sprague. Stephanie Cole también debía de estar muerta.

Estaba cazando fantasmas. Volvía a verse rodeada de muertos.

—¿Cuál es ahora la diferencia, Tracy?

—¿Que cuál es la diferencia? ¿Te refieres a Dan y a Daniella?

—Conociste a un buen hombre y te enamoraste de él. Te casaste y tuviste una hija. Ahora eres mamá.

—Quieres decir que ahora tengo algo que perder.

—¿Tienes miedo de que les pase algo malo a Dan o a tu hija?

Tracy meditó la respuesta.

—Sí, pero eso es natural, ¿no?

—¿Qué sería lo peor que te podría ocurrir ahora?

—Perder a mi hija —dijo sin vacilar.

Walsh asintió.

—¿Por eso he tenido ahora el ataque de pánico?

—¿Por qué elegiste investigar ese caso sin resolver?

Pensó en la conversación que había tenido con Art Nunzio en su despacho.

—Porque alguien tendrá que hablar en nombre de esa chiquilla, alguien tiene que ser su voz.

—Porque a alguien le tendrá que preocupar un huevo —dijo Walsh—. Creo que tú lo expresaste así.

Tracy sonrió pensando en el inspector retirado.

—Sí, eso no puedo evitarlo.

—Ni puedes evitar preocuparte por tus seres queridos. ¿Y qué tiene de malo preocuparse por ellos?

—Nada.

—Nada. —Walsh sonrió—. El instinto de una madre la lleva a preocuparse por su hija; el de una esposa, a preocuparse por su marido. Por desgracia, tu trabajo te lleva a ver cosas horribles que les suceden a niñas y a jóvenes. Tienes que aprender a separar las dos cosas: tu vida y tu profesión.

—Pensaba que lo había hecho.

—Me dijiste que te habías hecho inspectora para encontrar a tu hermana, que lo habías convertido en tu ocupación y que, por tanto, las dos cosas eran una sola. Las cosas que ves en tu profesión no tienen por qué ocurriros a ti ni a tus seres queridos. Desde un punto de vista estadístico, es mucho menos probable. Los rayos no suelen caer dos veces en el mismo lugar. Casi nunca —dijo Walsh sonriendo—. Así que, en vez de preguntarte: «¿Puedo hacer este trabajo?», deberías plantearte: «¿Quiero seguir haciendo este trabajo?».

Tracy llegó a casa antes que Dan. Tenía la intención de prepararle una cena deliciosa e intentar relajarse un poco. Había llamado a Therese de camino y le había pedido que sacara unas pechugas de pollo del congelador para descongelarlas en el microondas y pusiera arroz a hervir. Prepararía pollo marsala, una de las comidas favoritas de Dan.

Al llegar, se lo encontró todo tal como había pedido, excepto a Daniella, que se había puesto quisquillosa y no quería que la soltaran ni que dejaran de prestarle atención. Therese se ofreció a quedarse, pero ya había trabajado tres días hasta tarde y, además, tenía clase de pintura. Tracy le insistió en que se fuera.

Cuando llegó Dan, ya tenía el perejil, los champiñones y el ajo en la encimera de la cocina y las pechugas en la sartén, pero no había conseguido hacer mucho más y estaba paseando de un lado a otro con Daniella en brazos.

—Está muy inquieta —dijo Tracy—. A lo mejor le está saliendo un diente.

—¿Quieres que la acune yo?

—Además, tiene hambre.

—Puedo darle el biberón. ¿Qué estás cocinando?

—De momento, nada. Te iba a hacer pollo marsala, pero no he podido avanzar mucho. Quería sorprenderte. —Soltó un suspiro—. Sorpresa.

Dan sonrió.

—Has conseguido ponerme a salivar, así que sería una pena no rematarlo. Yo me encargo.

La sonrisa de Tracy se desvaneció cuando Dan entró a la cocina y se puso a cortar ingredientes.

—Ha cambiado todo mucho, ¿verdad? —preguntó.

—Ya lo creo —respondió él picando perejil.

—¿A mejor?

Él dejó el cuchillo a mitad de un corte y la miró.

—¿Qué pasa? ¿Qué te preocupa?

Tracy le habló del ataque de pánico que había sufrido en el despacho y de su visita a Lisa Walsh.

—¿Se ha arreglado? ¿Puedo hacer algo más?

—Estoy bien —le aseguró ella—, en serio. Lisa me ha hecho ver que Daniella nos ha cambiado la vida.

Dan asintió sonriente, aunque no parecía muy convencido.

—Pero…

—Sin peros, simplemente… nos la ha cambiado —dijo Tracy—. Ahora somos una familia.

Dan miró el pollo.

—Mira, para ser sinceros, hoy no he almorzado y al final me he comido un bocadillo en el escritorio hace una media hora, así que pensaba proponerte que cenásemos algo ligero y nos sentáramos a leer junto a la chimenea.

Tracy se echó a reír.

—¿Y por qué no lo has dicho?

—Porque se veía a la legua que te hacía ilusión preparar esto y que te habías desvivido para tenerlo listo. Así que no pensaba abrir el pico nada más que para obligarme a acabar mi plato de pollo marsala. ¿Tú tienes hambre?

—No mucha.

—Entonces, ¿por qué no dejamos el pollo para mañana? A no ser que quieras que me estalle el botón del pantalón.

En ese momento se abrió la puerta trasera y entró Therese, que dejó las llaves sobre la encimera con estruendo.

—¿Qué haces aquí tan pronto? —preguntó Tracy—. ¿No tenías clase de pintura?

—Sí, hasta que ha empezado a nevar.

Tracy y Dan fueron a mirar por la ventana los copos que caían con calma.

—No es muy intensa, pero el profe nos ha mandado un mensaje de texto diciendo que se espera que empeore. —Therese miró la comida que había sobre la encimera—. Ya veo que tenían planes de pasar solos la velada, así que comeré algo y me iré a mi cuarto para que disfruten de su vida en pareja.

—Me temo —dijo Tracy— que no vamos a tener vida en pareja, por lo menos los próximos dieciocho años.

—A mí me lo va a contar. Ustedes tienen una sola, pero nosotros éramos siete. Yo me he pasado la vida compartiendo habitación con dos hermanas.

—¿Cómo se las arreglaba tu madre?

—Sola no, ya se lo digo yo.

—¿Qué quieres decir?

—Pues que nuestros hermanos y yo cuidábamos unos de otros. Los mayores ayudaban a criar a los pequeños. —Therese se detuvo a pensar un instante—. En realidad, era lo más natural, sobre todo entre mis hermanas y yo. Mis hermanos eran más flojos, pero… ¿Han pensado en darle una hermanita a Daniella?

Tracy se echó a reír.

—Creo que estoy ya mayor para pensar en más embarazos —dijo.

—Siempre pueden adoptar. Daniella es una niña muy sociable, eso se lo digo yo. Se llevaría a las mil maravillas con su hermana, como yo con las mías o, por lo menos, con algunas. Siempre nos lo hemos contado todo y hablamos cada dos por tres.

Sarah y ella habían sido así. Sabían cosas la una de la otra que nunca habían revelado a sus padres. Tracy echaba de menos eso, esa intimidad.

Entonces fue cuando se le iluminó la bombilla.

—¿Tracy? —preguntó Dan—. ¿Estás bien?

—Sí —respondió ella. No había comprobado si Lindsay Sheppard tenía hermanos, un familiar biológico…, quizá hasta una hermana.

CAPÍTULO 33

A la mañana siguiente llegó temprano al despacho y se puso a estudiar de inmediato el expediente de Lindsay Sheppard antes de hacer una llamada a Olympia. Tras media hora de investigación, averiguó que Lindsay Josephine Sheppard sí tenía dos hermanos mayores: un varón, Thomas Harden Sheppard, ya fallecido, y una hermana llamada Aileen Laura Sheppard. A los tres los habían apartado de la casa de sus padres tras numerosos incidentes de violencia doméstica y por cargos relacionados con las drogas que se habían traducido en diversas condenas. Lindsay, la menor de todos, era la que más probabilidades tenía de encontrar un hogar de acogida. El hermano, Thomas, tenía dieciséis años en aquel momento, y Aileen, quince.

Al introducir los nombres en las mismas bases de datos estatales y federales que ya había usado, supo que Thomas Sheppard había estado en la cárcel por diversos delitos relacionados con estupefacientes, en concreto con metanfetamina, y al final había sido víctima de asesinato por un asunto de drogas. Aileen también había estado presa por posesión de sustancias ilegales. Su libertad condicional había estado supeditada a su participación en un programa de rehabilitación. Por los archivos estatales supo que se había casado y que, según su agente de la condicional, tenía por última dirección conocida una de Union Gap, en las afueras de Yakima, en la región oriental de Washington.

Tras buscar el número de teléfono de la vivienda, llamó fingiendo ser abogada y confirmó que Aileen estaba en casa. Corrió a meterse en el coche. Había temas, como el paradero de una hermana, y más aún si esta resultaba haber muerto, que era mejor tratar en persona. La nevada se había ido moderando a lo largo de la noche. Aunque en Redmond no había llegado a cuajar gran cosa en el suelo, en Snoqualmie Pass y otros municipios del este de Washington se había acumulado en mucha mayor medida. El cielo parecía cargado y estaba cubierto por un manto gris plomizo que hacía pensar en que estaba por caer más nieve, a media tarde si había que hacer caso a la aplicación meteorológica del móvil de Tracy.

Apenas habían pasado dos horas y media desde que había salido de Seattle cuando aparcó delante de lo que parecía una casa modular con un jardincito y una cerca marrón. La vivienda parecía estar bien cuidada. Los setos del jardín nevado estaban bien cortados. En el camino de entrada había un vehículo aparcado que, a juzgar por la nieve acumulada, no se había movido de allí desde la víspera.

Tracy salió del coche de la comisaría y dejó con las botas un rastro nítido sobre la capa de nieve. Llevaba vaqueros, camisa de franela y el chaquetón negro largo, pero el frío se hacía notar.

Llamó a la puerta y cruzó los dedos.

Le abrió una mujer. Aileen Rodriguez, por su nombre de casada, según figuraba en su permiso de conducir. Treinta y tres años. Iba descalza y vestía mallas negras y una camisa blanca de manga larga. Estaba fornida, aunque no gruesa.

—¿Aileen Rodriguez? —preguntó Tracy.

—Sí.

La inspectora se presentó con la placa en alto.

—Me preguntaba si podíamos hablar unos minutos.

—¿Ha venido desde Seattle?

—Así es.

—¿Y por qué no ha llamado por teléfono?

—Quiero hablar de algo que prefiero tratar en persona.

Aileen entornó los ojos intrigada.

—¿Y de qué se trata?

—De su hermana, Lindsay Sheppard.

—Con eso no puedo ayudarla —fue a cerrar la puerta.

—He hecho un trayecto muy largo —se apresuró a decir Tracy— y, además, no le voy a robar mucho tiempo.

Aileen parecía tener curiosidad y, a todas luces, estaba pensando cómo responder. Se hizo a un lado.

—Entre, pero mi respuesta va a ser la misma. Llevo años sin ver a mi hermana.

Tracy se limpió las botas en la esterilla.

—¿Quiere que me descalce?

—No hace falta.

Dentro, pidió:

—¿Puedo pedirle un vaso de agua? El viaje ha sido largo…

—Siéntese. —Aileen señaló con la cabeza un sofá situado bajo la ventana antes de salir, presumiblemente hacia la cocina.

No tenía sed, pero sabía que aquello le daría la ocasión de observar el interior de la casa. Los muebles estaban también bien cuidados, aunque eran un poco antiguos. En los estantes vio fotografías familiares, la mayoría en marcos de doce por veinte. Aileen se había casado con un hispano y, al parecer, tenía con él dos hijos adolescentes. Metido tras una de aquellas instantáneas, visible solo parcialmente, se hallaba lo que Tracy había abrigado la esperanza de encontrar.

Aileen volvió con dos vasos de agua y le tendió uno a Tracy, que dio un sorbo antes de sentarse en el sofá. La anfitriona hizo otro tanto en un sillón de cuero antes de ajustar el cojín que tenía detrás y recoger un pie descalzo para sentarse sobre él. Puso su vaso en la mesita que quedaba entre las dos.

—Como le he dicho, estoy intentando dar con Lindsay.

—Ya es un poco tarde para eso.

—¿Por qué lo dice?

—Porque desapareció hace diez años, más o menos.

—¿Sigue viva?

—No lo sé.

—¿Cuándo la vio por última vez?

—No lo sé muy bien. Supongo que cuando nos separaron para llevarnos a casas de acogida distintas.

La foto que había tras el marco de doce por veinte no parecía decir lo mismo, aunque Tracy optó por no decir nada, al menos por el momento, porque sabía que solo lograría enfadarla.

—De modo que no sabe dónde podría estar viviendo.

Aileen negó con la cabeza.

—Eso no lo sabe nadie.

—¿Es usted su hermana mayor?

—Sí, ¿por qué? —Su tono se había vuelto desafiante.

—¿Y dice que las separaron cuando las llevaron a casas de acogida?

Ella asintió.

—En aquella época no dejaban juntos a los hermanos. Tom, nuestro hermano, tenía dieciséis años y estaba enganchado. Era difícil que lo acogieran. Se pasó casi toda su vida en el reformatorio y lo mandaron varias veces a la cárcel. Lo mataron de un tiro mientras compraba droga. Yo tenía quince, conque tampoco era fácil que me encontraran un sitio. Lindsay tenía doce. ¿Para qué la busca?

—Ha desaparecido una joven cerca de la casa de los Sprague…

—¿Qué edad tiene? —la interrumpió.

Tracy tomó nota de que no le había preguntado quiénes eran los Sprague.

—Diecinueve años.

Aileen parecía estar mordiéndose la lengua.

—¿Conoció usted a los Sprague?

—No, ¿quiénes son?

Aunque la pregunta no convencía a nadie, Tracy decidió seguirle el juego.

—Los padres murieron, pero los tres hermanos siguen viviendo juntos en la casa familiar.

—¿Y cree que uno de ellos ha secuestrado a esa joven?

—¿Por qué lo dice?

—Porque supongo que ha venido por eso.

—Es lo que intento averiguar. Uno de los vecinos de los Sprague me ha dicho que, cuando su hermana cumplió los dieciocho, se marchó de allí y nadie, ni siquiera los Sprague, ha vuelto a saber nada de ella.

—Yo tampoco.

Tracy no pasó por alto la falta de emoción de Aileen.

—Tengo la esperanza de encontrarla, de que siga con vida y pueda tener información que nos ayude a encontrar a la joven desaparecida.

—Y cree que yo podría saber algo.

La inspectora metió la mano en el bolso y sacó una fotografía que guardaba en la cartera.

—Esta es mi hermana. Desapareció con dieciocho años. Yo tenía veintidós. Me pasé veinte años buscándola, hasta que encontré su cadáver; pero siempre he guardado esta fotografía.

Aileen bajó la cabeza y Tracy vio que le temblaba el pecho.

—Lo siento, inspectora. Me gustaría ayudarla, pero llevo años sin saber nada de mi hermana.

Tracy decidió insistir.

—¿Nunca la ha buscado?

Aileen soltó una risotada sarcástica.

—Tenía mis propios problemas, inspectora.

—¿Drogas?

—Sí. De hecho, soy adicta. Me conmutaron la pena de prisión si me rehabilitaba.

—¿En Yakima?

—Eso es. Ahí conocí a mi marido, que también está en rehabilitación. Los dos llevamos limpios once años, cuatro meses y doce días. Estamos criando a dos hijos en una casa sin drogas. Cuando se gradúen, serán los primeros de la familia en ir a la universidad.

—Enhorabuena. Es para estar orgullosos.

—No lo sabe usted bien.

—Me lo puedo imaginar. Cuando desapareció, mi padre se quitó la vida desesperado. Mi madre nunca llegó a recuperarse. Mi hermana murió a manos de un psicópata. Me pasé años buscando a la persona que había destruido a mi familia y no me casé hasta pasados los cuarenta. Ahora tenemos una hija de diez meses. Conque sé bien que no es fácil dejar atrás las tragedias familiares. Simplemente imaginaba que usted podría haber tratado de dar con su hermana y habría tenido suerte o tenía información que pudiera serme útil.

Aileen no respondió, al menos de inmediato. Con gesto afligido, repitió:

—Ojalá pudiese ayudarla.

—Ojalá. Me preocupa esa joven desaparecida y tenía la esperanza de que su hermana recordase algo que pudiera ayudarme.

—¿Cuánto tiempo lleva desaparecida?

—Demasiado. Me temo que, con cada hora que pasa, se reducen las probabilidades de encontrarla con vida. —Sacó una tarjeta de visita del bolsillo del chaquetón y, al ver que Aileen Rodriguez no hacía nada por aceptarla, la colocó sobre la mesita mirando hacia ella.

—Gracias por su tiempo.

Kinsington Rowe se quitó la chaqueta y la colocó en la taquilla que había al lado de su rincón del cubículo.

—Kins —dijo Maria Fernandez levantándose de su asiento.

—¿Mmm?

—Escucha, antes de que entren Del y Faz, quiero decirte que siento mucho que Nolasco haya sacado a Tracy de este caso. Sé que los dos lleváis mucho tiempo trabajando juntos y no tengo ninguna intención de reemplazarla.

Kins sonrió.

—No es culpa tuya. Lo que tienen Tracy y Nolasco viene de los tiempos de la academia.

—¿Es verdad que le pateó las pelotas y le rompió la nariz?

La anécdota había corrido por la comisaría y, pese a los años transcurridos, los agentes, y en particular las agentes, estaban bien al tanto del incidente.

—Sí y, luego, por si fuera poco, batió su marca en el campo de tiro. Y no te creas que por poco. Todavía no la ha superado nadie.

Fernandez asintió.

—Sí, somos muchos los que intentamos seguir sus pasos.

—Difícil, porque pólvora no le falta.

—Y los tiene bien puestos: cuando se propone algo, no hay quien la pare.

—¡A mí me lo vas a contar! —En ese momento sonó el teléfono del escritorio de Kins.

—Entonces, ¿sin rencores?

—Claro. —Cogió el teléfono—. Inspector Rowe.

—Kins, soy Mike Melton. Tracy me dijo que te diera un toque cuando tuviera los resultados del ADN de los botellines y las servilletas.

—Coño, Mike, qué velocidad. ¿A quién has tenido que untar o secuestrar para que te lo hagan tan rápido?

—Sabes mejor que nadie que, cuando Tracy Crosswhite dice que hay que saltar, los del laboratorio gritamos a una: «¿Desde dónde?».

El inspector soltó una carcajada.

—¿Qué habéis sacado en claro?

—Dos ADN diferentes, pero de personas de la misma familia. Hermanos, vaya.

—¿Hablas de los dos botellines?

—Sí.

Kins sabía que eso era muy positivo, porque demostraba, de manera indiscutible, que el análisis de Melton era correcto: un botellín era de Carrol y el otro de Franklin.

—¿Y lo has comparado con el ADN de las colillas?

—Sí. El ADN de los dos botellines y de las servilletas no coincide con el de las colillas, pero sí hay relación de parentesco con una.

—¿Con cuál?

—Con la que encontrasteis detrás del tocón.

Kins sintió una oleada de adrenalina.

—¿Y cuál es la relación?

—Hermanos, hermanos varones.

El inspector cerró el puño.

—Gracias, Mike. ¿Cuándo puedes enviarme los resultados?

—En cuestión de una hora puedes tener un informe preliminar.

—Necesito solo lo que haga falta para conseguir una orden de registro.

—Estoy en ello —dijo Melton.

Kins colgó el teléfono, agitó el puño frente a Fernandez en señal de victoria y le resumió la conversación.

—Yo me centraré en la orden judicial para registrar el domicilio de los Sprague. Tú, llama a la policía científica y diles que se preparen para entrar. Que lleven también a los perros. La propiedad es grande y me gustaría comprobar también los jardines traseros.

CAPÍTULO 34

Tracy rodeó la manzana; estacionó de tal modo que le quedase a la vista el terreno en esquina de los Rodriguez y la entrada de la carretera, y se dispuso a esperar. No habían pasado diez minutos desde que había salido de la casa cuando se abrió la puerta principal y salió Aileen con paso rápido. Se había abrigado con un chaquetón que llevaba con la cremallera bajada y con botas sin abrochar y caminaba, con cuidado por no resbalar, pero con urgencia hacia el coche que esperaba en el camino de entrada. Dio marcha atrás hasta llegar a la calle y giró a la derecha en la bifurcación.

La inspectora aguardó unos segundos antes de ponerse a seguirla. Rodriguez tomó la salida a la interestatal 82, que corría paralela al río Yakima, en dirección nordeste. Tracy dejó tres coches entre ambos. Unos kilómetros más allá, la hermana de Lindsay tomó la salida. La rampa daba la vuelta hasta llevarla a la avenida Yakima Este, vía principal bordeada de restaurantes, hoteles y locales de comida rápida.

Rodriguez se detuvo en el interior de un taller de ruedas de ocasión y Tracy se metió en el aparcamiento de un hotel situado al otro lado de la calle y la vio franquear la puerta de cristal del establecimiento.

Miró el reloj.

Aileen Rodriguez salió del taller unos cinco minutos después de haber entrado, pero esta vez con una mujer rubia que se parecía a la de la fotografía que había visto en la sala de estar de Rodriguez. Como ella, la segunda era corpulenta pero no estaba gorda. Tenían rasgos faciales similares. Las dos estuvieron un minuto hablando delante del establecimiento y, acto seguido, se abrazaron antes de que la primera volviese al coche y arrancara.

La rubia volvió a entrar en el taller.

Tracy echó hacia atrás el asiento y se puso cómoda imaginando que tenía por delante una larga espera.

Franklin Sprague gritó escaleras arriba:

—Evan, mueve el culo o te quedas aquí. ¡Evan!

—Ya voy. —El menor de los hermanos bajó arrastrando los pies por los escalones y con un buen surtido de juegos de mesa.

—Pero ¿qué coño llevas ahí? —Le miró los pies—. ¿Y adónde vas en zapatillas de deporte? ¿No ves que nevó anoche? La cabaña también estará nevada.

—Es que no encuentro mis botas. En mi armario no están.

—Pues coge unas de Carrol. Él no las va a necesitar. Y juegos solo puedes llevar tres. Ni uno más.

Evan volvió a subir las escaleras.

Franklin entró en la cocina. El mediano rezongaba delante de un cuenco de Frosties.

—¿Has apuntado lo que tienes que hacer si viene la poli?

—¿Y por qué van a venir? ¿No decías que lo del ADN nos iba a exonerar?

—Míralo él, usando palabrejos de más de tres sílabas. *Exonerar.* ¿Qué has estado haciendo, estudiarte el diccionario?

—Y-y-yo…

—T-t-tú… eres gilipollas perdido y lo vas a seguir siendo por muchas palabras altisonantes que te aprendas. Contéstame, leche: ¿sabes lo que tienes que hacer?

—Sí.

—A ver, que yo lo vea.

Carrol tartamudeó, aunque no demasiado.

—Si… si vienen, les digo que Evan y tú no estáis. Les d-digo que habéis ido a cazar al este y que no sé dónde habéis montado el campamento ni c-c-cuando volvéis.

—¿Y si traen una orden de registro?

—¿Por qué iban a traer una orden de registro?

—Simplemente hay que estar preparados para cualquier contingencia. —Franklin contó con los dedos—. Mira, otra palabra de más de tres sílabas que puedes aprenderte. Es como decir «cualquier cosa». ¿Qué tienes que hacer?

—Los dejo que registren la casa como si n-n-nada.

—¿Y si te preguntan por qué faltaste al trabajo el domingo y el lunes?

Carrol siguió balbuciendo.

—Les digo que llamé para decir que estaba malo, pero que, en realidad, m-me… me fui a Vancouver a cazar alces. Fui solo y no recuerdo haber visto a nadie. Estuve cazando hasta que se fue el sol, vine a casa y v-v-volví el lunes.

—¿Y qué más?

El mediano lo miró confundido.

—¿Qué tienes que responder si te dicen que yo les conté que estabas malo…?

—¡Ah, sí!

—Ah, sí —lo remedó el mayor—. Se te ha olvidado lo más importante.

—Les d-d-digo que no te dije que iba a cazar, que te dije que no me encontraba bien y que iba a faltar al trabajo.

—¿Por qué?

—Porque sabía que te enfadarías, porque eres el único que hace algo en esta casa y el que va a la compra.

—¿Y si te piden que me llames al móvil?

—Les d-d-digo que el sitio donde estáis no tiene cobertura, pero les doy tu teléfono y les digo que p-p-prueben ellos si quieren.

—¿Seguro que te acordarás de todo?

—Claro.

—Como la jodas, vamos los dos de patitas a la cárcel.

—¿Qué vais a hacer con las chicas?

—Todavía no lo he pensado. Iré improvisando. Esperaré a ver si vienen esos inspectores a registrar la casa.

—¿Y si vienen? —preguntó Carrol.

—En ese caso, no tendré muchas opciones, ¿verdad, hermanito? La verdad es que la vida se me haría mucho más fácil si os diera boleto también a Evan y a ti y os enterrase a todos allí.

Stephanie y Angel Jackson acabaron su media hora de ejercicios seguida de otros treinta minutos de yoga y veinte más de meditación. Cada vez se hacía más cuesta arriba completarlos, ya que la falta de alimento y de agua estaba haciendo mella en Stephanie. Lo que les habían dejado los hermanos no era mucho y consistía, sobre todo, en comida basura. Angel y Donna decían que en el sótano las habían alimentado relativamente bien, porque, como recordaba la segunda, Carrol le había dicho un día que a Franklin y a él les gustaban las mujeres que tuvieran donde agarrarse. Las canijuchas no les hacían gracia.

—Una prueba más de que piensan matarnos —concluyó Donna—. Ya les da lo mismo.

Stephanie metió la mano bajo el heno que habían dejado los hombres y sacó los quince centímetros de madera que había conseguido arrancar de uno de los tablones del granero. Colocó el heno de tal manera que no se notara demasiado. Entonces cogió su piedra y empezó a pasar por ella los filos de la madera.

—Deja de soñar, niña —le dijo Donna—. Con eso no puedes apuñalar a nadie. ¿No ves que no vas a poder afilarlo tanto?

Stephanie sospechaba que tenía razón. Apenas había aguzado aquel trozo de madera. Por eso, cuando pasaba la piedra por la madera, aprovechaba para golpear de vez en cuando con ella la cadena contra otra piedra con la esperanza de debilitarla y romperla. Ese proceso también era muy lento, quizá demasiado. Los hombres las habían dejado solas, pero no sabían durante cuánto tiempo. Además, aun cuando consiguiese partir uno de los eslabones, ¿adónde iba a ir? Sacudió la cabeza mientras contenía las lágrimas. Cada cosa a su tiempo. Pasito a pasito. De ese modo, no se abrumaría ni se dejaría llevar por lo desesperado de la situación.

—¿Quieres dejarla tranquila? —dijo Angel.

—Es una pérdida de tiempo —contestó Donna.

—Para ti; para ella, no. Déjala en paz.

Stephanie pasó de nuevo la piedra por el filo de la madera. Primero tenía que deshacerse de los grilletes. Si llegaba aquel hombre y le quitaba los grilletes para poseerla, usaría la madera.

Poco después del mediodía, salió por la puerta de cristal la mujer que había abrazado a Aileen Rodriguez para dirigirse a un Subaru viejo que había aparcado en el lateral del edificio de mampostería y cemento. Salió marcha atrás y dobló a la derecha al llegar a la avenida Yakima Este. Tracy la siguió. La avenida tenía cuatro carriles, con uno central para que los vehículos girasen a izquierda o derecha a fin de acceder a los distintos negocios. La inspectora dejó varios coches de separación y se colocó en el carril de la derecha, suponiendo que, si la mujer cambiaba a la izquierda, podría seguirla con facilidad, pero, si giraba a la derecha, corría el riesgo de no tener tiempo.

La mujer dobló a la izquierda para acceder al aparcamiento de un Subway y Tracy siguió adelante sin dejar de mirar los retrovisores para asegurarse de que no volvía a salir en sentido contrario. En lugar de eso, estacionó el vehículo y entró en el local. La inspectora dio media vuelta y dejó el coche de manera que pudiese ver lo que ocurría tras el escaparate.

No entró de inmediato, ya que, primero, quería asegurarse de que la mujer no había ido a pedir comida para llevar. La mujer fue al mostrador y fue recorriéndolo mientras indicaba al joven del otro lado las verduras y los condimentos que deseaba. Después de pagar la cuenta, llevó la bolsa del bocadillo y la bebida a una mesa situada al fondo del local, donde se sentó sola de espaldas a la entrada.

Tracy esperó a ver si había quedado con alguien y, como nadie se acercaba, salió del coche y se enfrentó a un viento cortante. Entró y se detuvo justo antes de llegar a la altura del hombro derecho de la mujer. Estaba a punto de hablar cuando vio su tarjeta de visita sobre la mesa.

—Hola, inspectora —dijo la mujer.

Tracy dio la vuelta a la mesa, pequeña y angosta, para situarse al lado de la silla del lado opuesto.

—¿Puedo sentarme?

Lindsay Sheppard señaló el asiento con la barbilla. Tracy se sentó. De cerca, Sheppard y su hermana se parecían más aún, aunque Aileen tenía más arrugas.

—¿Sabías que te estaba buscando?

—Aileen vio su coche delante de su casa y yo la he visto en el aparcamiento de la acera de enfrente. Han sido muchos años cuidando de que no nos siguieran.

Tracy tomó nota del comentario.

—¿Y por qué no has llamado al número de mi tarjeta?

—El taller de ruedas es de mi marido. Es el negocio de su familia y no quería que entrase en el local y usara ese apellido.

—No conoce tu pasado.

—No, y preferiría que jamás lo hiciera. Suponía que me seguirían adonde fuese. —Dejó el bocadillo, sin abrir siquiera, a su lado—. ¿Cómo ha averiguado que estoy viva? He hecho todo lo que he podido por borrar cualquier cosa que tuviese que ver con Lindsay Sheppard.

—Pero no pudo borrar a su hermana.

Lindsay la miró confundida.

—Aileen me ha dicho que le había asegurado que llevaba lustros sin verme.

—Y es verdad, pero vi una foto tuya en la casa, una de doce por veinte.

—Sí, ya sé cuál.

—Supuse que eras tú y que, si seguías viva, ella sabría dónde encontrarte.

Sheppard dejó caer los hombros.

—¿Por qué?

—Porque eres su hermana mayor.

Lindsay entrecerró los ojos.

—Me ha dicho que usted tenía una hermana, que le ha enseñado una foto y le ha dicho que la asesinaron.

—Es verdad. Esa fue la única vez que la perdí de vista y he vivido toda mi vida adulta arrepintiéndome. Eso nunca va a cambiar.

La más joven dio un sorbo al refresco con la pajita y luego dejó el vaso.

—Aileen dice que está buscando a una chica, que cree que los hermanos Sprague tienen algo que ver con su desaparición.

—Tengo la esperanza de encontrarla con vida.

—Cuénteme qué le pasó.

Tracy la puso al corriente de cuanto sabía.

—Basándome en lo que me ha dicho mi compañero hace un rato por teléfono, creo que fue Evan quien la secuestró y Carrol se deshizo del coche en Ravenna Park para desviar nuestra atención. Tal vez también haya hecho lo mismo con el cadáver, aunque espero que no.

—¿Me ha dicho que cree que fue Evan quien la raptó? —El tono de Lindsay Sheppard y la expresión de su cara daban a entender que le estaba costando creer lo que le decía.

—Hemos confirmado que tanto Franklin como Carrol estaban trabajando en ese momento —insistió Tracy— y el ADN de la colilla no deja lugar a duda, como ocurre también con el vídeo en el que aparece Evan saliendo a pasear a la hora aproximada de la desaparición de la joven.

—Después de la muerte de Ed, supuse que sería Franklin quien dirigiría el cotarro en esa casa. Es el mayor, el más grande y, además, es igual de sádico que el padre. —Sheppard tomó aire—. Carrol ha sido siempre el gordo y le ha faltado confianza en sí mismo. Encima, es un poco tartamudo, sobre todo si se pone nervioso. Franklin lo protegía, pero también lo maltrataba, física y verbalmente. A Evan también le pegaba. Lo llamaba «imbécil» y «retrasado». Pero Evan… —Negó con la cabeza—. Cuando yo vivía allí, Evan era un encanto, inspectora. No le habría hecho daño a una mosca. Él era mi salvavidas. Jugábamos juntos a las cartas y a juegos de mesa. Aquello fue lo único que me libró de volverme loca.

—¿Puede ser que siguiera órdenes de Franklin?

—Supongo. Le tiene miedo… y tiene una discapacidad. Quiero decir que estuvo en educación especial, creo que porque le faltó el oxígeno al nacer; pero no es estúpido —se apresuró a añadir—. Lo que pasa es que ellos lo trataban como si lo fuera. Nunca se molestaron en intentar conocerlo de verdad y, pasado un tiempo, él acabó por creérselo.

—¿Qué te pasó, Lindsay? ¿Por qué tanto empeño en evitar que te encontrasen?

—Ya no me llamo así, inspectora. Hacía años que no lo oía y, la verdad, preferiría que no lo usara.

—¿Y cómo quieres que te llame?

—Jessica, Jessica Whitley. Whitley es mi apellido de casada.

—Dime qué te pasó, Jessica.

—No me gusta hablar de eso. He pasado página. En realidad, tampoco tenía más opciones. Aun así, se lo contaré, pero por esa muchacha. Si es que cree que sigue viva.

Tracy asintió.

—Sí que lo creo.

—¿Por qué cree que me acogieron? —La pregunta sonaba como un desafío.

—Daba por hecho que la madre, Carol Lynn, quería una hija después de haber tenido tres varones, pero no quería seguir intentándolo después de que naciera Evan.

Lindsay sonrió, aunque con gesto triste.

—Lo que dijera Carol Lynn no servía de nada en esa casa y, desde luego, no quería tener una hija. Creo que sabía lo que iba a pasar si tenía una hija. —Usó unas cuantas servilletas dobladas para secarse las lágrimas que le asomaron a la comisura de los ojos—. Sabía lo que pasaba en ese sótano.

Tracy sintió que se le encogía el estómago ante la sospecha de lo que estaba a punto de oír.

—¿Era muy grave? —preguntó.

—Lo peor que pueda imaginarse —repuso Lindsay—, multiplíquelo por diez.

CAPÍTULO 35

Kins se puso en pie cuando el juez Ken Schwartz entró en la sala con camisa de vestir y corbata, aunque sin la toga. Rondaba los cincuenta y cinco. Había accedido a la judicatura después de un cuarto de siglo en el ministerio público y se diría que había pagado caro cada uno de los años transcurridos. Tenía un peso considerable, concentrado en su mayoría en su mitad inferior, y parecía no haber peine capaz de gobernar los escasos mechones de pelo que le quedaban sobre la cabeza. Kins no había coincidido nunca con él en los tribunales, pero Faz lo describía como quisquilloso a más no poder a la hora de aceptar pruebas y rigorista con los detalles más insignificantes. Su naturaleza neurótica se reflejaba en sus interrogatorios y contrainterrogatorios, que a menudo duraban horas.

—El tío aburre a la mantequilla —sentenció Faz en una ocasión, queriendo decir vaya usted a saber qué.

—Inspector Rowe —dijo Schwartz y Kins, que ya estaba de pie, dio un paso al frente—. Ha solicitado una orden de registro en una casa que pertenece a tres hermanos, ¿es correcto?

Era lo que decían los papeles que había presentado Kins con todo lujo de detalles.

—Es correcto, señoría.

—No he tenido mucho tiempo de estudiar su solicitud, así que le ruego que tenga paciencia conmigo. La ha basado usted principalmente en las muestras de ADN encontradas en unos botellines de cerveza procedentes de un bar y que apuntan a una relación de parentesco entre los clientes de dicho bar y la persona cuyo ADN se halló en cierta colilla recogida en el parque en que desapareció una joven.

—Sí, principalmente.

—¿Cómo consiguió los botellines?

Kins se lo explicó y Schwartz exhaló un largo suspiro, como si sopesara la legalidad de lo que había hecho Tracy, antes de preguntar:

—¿Y qué pruebas hay de que se haya cometido un crimen en dicho parque?

El inspector sintió ganas de gritar. Señaló los documentos que obraban en poder del magistrado y fue repasándolos hasta concluir diciendo:

—La policía científica localizó las colillas.

—Eso lo he entendido, pero los perros especializados en buscar cadáveres no encontraron nada.

—No, aunque los investigadores de la policía científica encontraron sangre y la rastreadora que visitó el lugar de los hechos puede testificar que había una persona acechando tras el tocón y que sacó a la mujer del parque a la fuerza.

—La rastreadora —repitió Schwartz con una sonrisa.

—Una experta en interpretar indicios, si lo prefiere así.

—Lo que prefiero son pruebas sólidas a conjeturas.

—No son… —Kins se mordió la lengua por no entrar con él en un debate sobre la validez científica del análisis de Wright—. Los investigadores encontraron un auricular y un testigo que se cruzó con la joven en el parque señaló que llevaba auriculares.

—¿Y lo que deducen es que esa persona que, según concluyó la inspectora Wright, se escondió detrás del tocón bajó a la quebrada, hirió a esa joven y la llevó colina arriba hasta la casa que quieren registrar?

Kins volvió a callar lo que estaba pensando.

—Sí, señoría.

—¿Y está totalmente segura de que esa persona iba cargando con alguien?

—Es lo que indican las pisadas.

—La inspectora Wright habla de huellas con la puntera más marcada que el resto. ¿No podría explicar tal cosa que quien las dejó estaba tratando de asentar bien el pie mientras subía por la pendiente, con independencia de que transportara o no peso?

Kins trató de luchar contra su propia frustración.

—Los daños que presentaba la maleza y la sangre hacen suponer que hubo un forcejeo entre la joven que salió a correr y alguien mucho más corpulento. Creemos que la persona que había tras el tocón la sorprendió y la golpeó antes de arrastrarla hasta los matorrales y, por último, llevarla ladera arriba. La colilla revela que dicha persona era Evan Sprague, cuya casa da, en su parte trasera, al parque. Creemos que alguno de sus dos hermanos movió el vehículo de la víctima para desviar nuestra atención del lugar de los hechos.

—¿Lo han interrogado?

—¿Al hermano mayor?

—Al hermano del que sospechan que movió el vehículo.

—La inspectora Crosswhite habló con él por teléfono y los dos interrogamos luego a la encargada del establecimiento en que trabaja.

—¿Y cuál fue su respuesta?

—La inspectora Crosswhite prefirió no presionarlo en aquel momento por juzgar más conveniente hablar con él en persona a fin de poder evaluar sus reacciones físicas.

—Y Evan… ¿Es ese el nombre del hermano que sospechan que raptó a la joven?

—Hablamos con él, pero estaba presente su hermano mayor, quien, a nuestro entender, condicionó sus respuestas. Evan tiene cierto grado de discapacidad mental, señoría —se apresuró a añadir— y su hermano respondió por él muchas de las preguntas. También tenemos constancia en una grabación de vídeo de que Evan se dirigió al parque justo antes de la hora en la que nos consta que se hallaba allí la desaparecida. Nos aseguró que no recordaba haber salido aquel día, pero, una vez más, fue su hermano mayor quien llevaba las riendas de la conversación.

—¿Y qué pretenden buscar dentro de la casa?

«¡El cadáver de la joven!», quiso gritar Kins, pero logró volver a contenerse.

—Pruebas adicionales que vinculen a Evan con el lugar de autos, como el calzado o la ropa que pudo haber usado Evan y tal vez contengan restos de sangre, artículos que pertenezcan a la joven… Como he dicho, la policía científica encontró un auricular y sospechamos que el otro podría estar en la casa.

—¿Por qué llevaron perros especializados en rastrear cadáveres?

«Porque nos encantan los animales de compañía». Kins no podía creer que estuviera manteniendo semejante conversación.

—En última instancia, estamos buscando un cadáver, señoría. Desde el punto de vista estadístico, las probabilidades de encontrar con vida a la joven desaparecida no son elevadas… y, con cada minuto que pasa, se hacen más remotas.

Schwartz hizo un mohín y se rascó el cuero cabelludo, con lo que alborotó aún más aquellos mechones rebeldes suyos. No era de extrañar que estuviese calvo: aquel fulano había conseguido espantar hasta el último pelo de su cabeza.

—Voy a firmar la orden de registro —anunció de improviso y sin más explicaciones. Suscribió sin dilación el documento y se lo entregó a Kins como si temiera poder cambiar de opinión.

—Gracias, señoría. —Él lo aceptó y se volvió para salir antes de que el magistrado pudiera, en efecto, pensárselo dos veces.

—¿Inspector?

Mierda. Kins cerró los ojos antes de girar sobre sus talones.

—¿Sí, señoría?

—Espero que encuentren viva a esa joven.

—Yo también —respondió él, aunque salió de la sala sin confiar tampoco demasiado en tal posibilidad.

A Franklin le preocupaba que la furgoneta no consiguiera salvar el camino de tierra cubierto de nieve. En invierno, esta podía llegar a acumularse hasta más de dos metros y no había servicio de quitanieves, ya que nadie vivía allí en aquella época del año. Por eso no podía dejar más tiempo allí a las tres mujeres. En adelante, le sería imposible acceder para llevarles comida y tampoco podía dejarlas solas, encadenadas a tres postes y sin nadie que las cuidase. Había que llevarlas de nuevo a Seattle... o deshacerse de ellas.

Aunque había tomado todas las precauciones posibles, sabía que la policía iba a seguir buscando a la deportista y el extremo al que había llegado la inspectora para buscar muestras de ADN indicaba que estaban en un lugar destacado entre los sospechosos. Por odioso que le resultara renunciar a algo que ya había dado por garantizado, sabía que sería casi imposible volver a casa con las tres. En aquel momento no, desde luego, y quizá en el futuro tampoco.

Lo que le dejaba una sola alternativa.

«No somos asesinos, Franklin», le había dicho Carrol.

Tenía razón: no lo eran... todavía. Pero hasta entonces habían recorrido la misma senda que su padre. Franklin suponía que lo llevaban en los genes. Daba por hecho que los Sprague hacían lo que hacían por sobrevivir... y Franklin estaba decidido en hacer cuanto le fuera posible para que sobrevivieran también a aquello. Lo haría por todos ellos, como siempre lo había hecho y probablemente siempre haría.

Aparcó al llegar a la cabaña y agarró a Evan por el brazo antes de que tuviera tiempo de salir corriendo del vehículo.

—Tengo que encender el generador para que tengamos luz y agua. Deja esos dichosos juegos de mesa, coge la lata de gasóleo de la parte trasera de la furgo y tráetela a la caseta de la bomba.

El pequeño obedeció. El generador daba electricidad a la casa, necesaria para encender las luces, la calefacción y la bomba del agua. Franklin lo rellenó de gasóleo y lo arrancó. Entonces, encendió un interruptor del garaje y se hizo la luz.

—Déjame comprobar el agua. Luego, puedes ir a jugar.

Rodeó la cabaña en dirección a la caseta del equipo de bombeo, giró la llave que había instalado su padre y esperó un instante por si había entrado aire en la tubería. El agua no salía, lo que podía deberse a varios motivos, ninguno de ellos grato.

—Mierda. —No tenía ningún interés en quedarse allí plantado con aquel frío mientras trataba de averiguar cómo arreglar el problema; pero, si no lo hacía, no tendrían agua.

Se volvió hacia Evan. El muy imbécil estaba más nervioso que un testigo falso. Supuso que bien podía dejarlo jugar. De todos modos, tampoco le iba a servir de gran cosa y menos aún si tenía la cabeza en otra parte. Aun así, todavía jugaría con él un poco más, porque…, joder, porque podía.

—Tenemos que partir leña para calentar la casa hasta que pueda arreglar esto. Con veinte o treinta carretillas debería bastar.

Evan puso cara de que le hubieran dado un pescozón.

—Me dijiste que podía jugar cuando encendieses el generador.

—Pues acabo de cambiar de idea.

El pequeño puso cara de ir a echarse a llorar. Franklin, en cambio, dejó escapar una risotada.

—Anda, tráeme la caja de herramientas de la furgo y luego quítate de mi vista antes de que me arrepienta.

¿Por qué no lo iba a dejar divertirse? De todas formas, aquella joven no iría con ellos en el viaje de vuelta.

Stephanie y las otras dos mujeres habían oído un motor revolucionado, probablemente por causa de la nieve. Había llegado alguien, quizá uno o más de los hombres. Se le había acabado el tiempo.

Agarró el trozo de madera, se lo metió en la cinturilla de sus mallas de atletismo, en la región lumbar, y escondió la punta bajo la camiseta. ¿Lo habría afilado lo suficiente para hacer algún daño? No lo sabía, pero tampoco iba a renunciar a la esperanza.

Oyó pasos al otro lado de la puerta. Alguien se estaba acercando. Angel y Donna tenían la cabeza gacha. A sus oídos llegó el ruido de una llave en la cerradura y, a continuación, del pestillo que corría. La puerta se abrió hacia fuera. La luz se filtró por la abertura. Vio la silueta de uno de los hombres; a continuación, el débil resplandor de una bombilla que pendía de las vigas del techo.

Era Evan.

Sintió que se le aceleraba el corazón. Había llegado el momento. Había llegado el momento del que no había dejado de avisarla Donna.

El recién llegado caminó hacia donde estaba ella sentada con una sonrisa de oreja a oreja. Ella hizo un movimiento de negación con la cabeza y pegó la espalda a la pared.

—No, por favor —dijo—. Por favor, no.

Evan se sentó en el suelo con las piernas cruzadas. Parecía triste.

—¿No quieres jugar?

Ella se llevó una mano a la espalda y palpó el trozo de madera. Primero, sin embargo, tenía que dejar que le quitase las cadenas. Tenía la mente hecha un lío. Todo estaba ocurriendo con demasiada rapidez.

—No, por favor. Deja que me vaya —le rogó—. No diré nada, lo juro. De verdad que no, pero deja que me vaya.

—Estos son los juegos que más me gustan —dijo él colocando las cajas delante de ella—. Elige uno. Si prefieres, podemos jugar a

310

las cartas. Lindsay me enseñó a jugar. Me enseñó a jugar a reyes al rincón y a pesca. Ah, y al burro.

Stephanie miró a las otras dos con gesto indeciso, aunque lo cierto es que parecía que Evan quisiera jugar de veras a uno de aquellos juegos.

—Yo jugaría —le aconsejó Angel—. Elige el que más dure.

Tracy escuchó con atención, sin interrumpir para hacer preguntas ni pedir que le aclarase nada. Dejó hablar a Jessica y, a medida que le contaba su experiencia, se fue haciendo evidente que había encerrado a Lindsay en una caja fuerte como la que había usado ella misma para encerrar a Sarah. De lo contrario, a Jessica le habría sido imposible subsistir, seguir adelante y tener una vida. A instancia de Tracy, había dejado salir a Lindsay para contar su historia, que expuso como quien relata un hecho ocurrido a otra persona o que hubiese visto en el cine. Tracy tenía la sensación de que estaba descargando su alma como nunca lo había hecho, ni siquiera con su hermana. Sabía que le resultaría… más fácil, si es que cabía usar el término, contárselo a alguien a quien Lindsay no conocía y que no la conocía a ella; alguien que no la juzgaría; alguien que sabía que Lindsay había hecho lo que había tenido que hacer para sobrevivir. Hablaba sin lágrimas y sin apenas gesticular mientras detallaba los terrores execrables a los que la había sometido Ed Sprague.

Y habían sido terroríficos. Multiplicado por diez.

Igual que en el caso de su hermana, no había nada que pudiese hacer Tracy respecto de lo que había tenido que sufrir Lindsay Sheppard. No podía cambiar el pasado. Lindsay había salido de un hogar de drogadictos para sumirse en las profundidades del infierno. Eso no podía cambiarlo, pero tal vez pudiera asegurarse de que Stephanie Cole no conociese la misma suerte. Si es que no era ya muy tarde.

—Cuando llegué al instituto, Ed empezó a encerrarme a ratos en el sótano. Evan se colaba de vez en cuando con juegos de mesa y una baraja de cartas. Nadie llegó a enterarse nunca. Se los compraba Carol Lynn, pero nunca jugaba nadie con él ni nadie le enseñaba a jugar. Yo le enseñé. Al principio, porque lo quería por la sencillez y la dulzura que transmitía en una casa en la que nadie parecía saber lo que era aquello. Nos pasábamos horas jugando a aquellos juegos, hasta que lo llamaban su madre o su padre.

—La madre sabía lo que ocurría en el sótano —dijo Tracy.

Lindsay asintió.

—Lo sabía. Ed también le daba palizas a ella. Su mujer le tenía tanto miedo como yo. Él me decía que si se lo decía a alguien, que si contaba algo, me haría daño a mí y les haría daño a Carol Lynn y a Evan. Decía que me mataría y me enterraría en el sótano con las otras.

—¿Había otras? —preguntó Tracy, sintiéndose asqueada y furiosa a un tiempo.

—Ed decía que sí, que eran mujeres a las que nadie se preocupaba en buscar, que desaparecían sin provocar ningún interés. Me decía que yo era como ellas; que le diría a quien fuese a preguntar por mí que me había escapado y que nadie encontraría mi cadáver, porque nadie daría una mierda por buscarme. Decía que desaparecería sin más. —Sonrió por primera vez—. Y ahí fue cuando se me ocurrió lo de escapar, fugarme de allí. Supuse que, si lo conseguía, no saldría a buscarme nadie, que tal vez Ed actuaría como si yo hubiese muerto.

—¿Cómo conseguiste liberarte?

En ese momento se le esfumó la sonrisa.

—No quería utilizar a Evan. No quería aprovecharme de él como todos los demás. Lo obligaban a limpiar, a hacer las tareas de casa para ellos y para otros vecinos, y luego le quitaban el dinero que ganaba. Sin embargo, yo también sabía que él era mi única esperanza. A diferencia de los demás, él tenía conciencia y tenía alma. —Dio otro sorbo con la pajita—. Tardé meses en convencerlo para que me quitase los grilletes de los tobillos. Le tenía un miedo atroz a Ed… y a Franklin también. Franklin había empezado a hacer valer su autoridad en la casa. Era tan grande y tan fuerte como Ed, si no más. Ed dejó de pegarle porque no tuvo más remedio.

—¿Cómo convenciste a Evan para que te quitase los grilletes?

—Me inventé un juego. Me lo inventé de principio a fin, pero convencí a Evan de que existía de verdad. Usé lo que me había pasado a mí y le dije que el juego tenía un castillo oscuro con una mazmorra en la que un rey malvado tenía cautiva a una princesa. Le dije que el rey tenía dos dragones que escupían fuego y guardaban el castillo, pero también un hijo, un príncipe, que era amable y cortés y sentía compasión por las gentes que vivían en el pueblo, pero, en especial, por la princesa Jessica. Le dije que el príncipe quería ayudar a la princesa porque la quería, pero tenía miedo del rey y de sus dos dragones.

—Muy inteligente —aseveró Tracy. Tenía la sensación de que Lindsay era una persona lista e ingeniosa que, de haberse criado en otras circunstancias, habría podido hacer casi cualquier cosa que hubiese querido en la vida.

—Evan se entusiasmaba muchísimo cuando se lo describía. —La sonrisa volvió a colarse en sus labios—. Le dije que no podía hablarle nunca del juego a nadie, ni a Carol Lynn, y mucho menos a su padre y sus hermanos. Le dije que pensarían que era estúpido gastarse el dinero en algo así y que nunca dejarían a Evan que se lo comprase, que, si se lo contaba a alguien, dejaría de contarle cosas sobre el juego. Cada semana, yo iba notando que aumentaba su deseo de jugar y disminuía su miedo. Cuando me preguntó cómo podía conseguir el juego, le dije que sabía dónde comprarlo, pero necesitábamos dinero. Le dije que, si escondía parte del dinero que ganaba trabajando en el vecindario, tal vez consiguiésemos ahorrar lo suficiente para comprarlo. Después de unos meses, habíamos reunido sesenta dólares. Le dije que ya nos daba para comprar el juego, pero que teníamos otro problema. Nadie de su familia iba a querer llevarlo en coche adonde lo vendían. Le hice ver que se trataba de un problema insuperable, pero le aseguré que trataría de buscar un plan para conseguir el juego. Todos los días me preguntaba si se me había ocurrido algo y yo le respondía que no, de modo que cada vez se ponía más nervioso y se desesperaba más. Al final, le dije que por fin tenía un plan. Le dije que yo podía escaparme para comprar el juego mientras su padre y sus hermanos estaban en el trabajo. Le dije que lo metería en el sótano sin que se enterara nadie y lo escondería para que nadie supiera nunca que lo teníamos excepto él y yo.

—Y Evan te quitó los grilletes —dijo Tracy.

—Y dejó sin echar la llave de la puerta de la despensa.

—¿La puerta de la despensa?

—Es una pared falsa. Ed puso a sus hijos a cavar el sótano y a reforzar los muros y el techo. Allí es donde me tenía encerrada… y donde decía Ed que había enterrado a las otras mujeres.

—¿Y la madre trabajaba?

Lindsay negó con la cabeza.

—Ella era un poco como Evan, me parece. Parecía también un poco discapacitada. A ella, sin embargo, yo no la quería: la odiaba por no ponerle fin a lo que estaba ocurriendo. Cuando subí las escaleras y salí a la cocina, Carol Lynn estaba de pie delante de la placa de cocina, haciendo café. Al verme, dejó caer la cafetera. Se quedó plantada, mirándome como quien ve un fantasma o quizá como si supiera que aquel día acabaría por llegar. Creo que pensaba que tenía intenciones de hacerle daño, cuando yo lo único que quería era salir de allí antes de que me matara Ed.

—¿Qué hizo?

—Recogió la cafetera y volvió a ponerla en la placa de la cocina. —Lindsay se encogió de hombros—. Yo salí por la puerta de detrás, corrí una avenida y me subí al primer autobús que pasó. Tenía ya dieciocho años, era adulta y, por tanto, llamé a Olympia y dije que quería encontrar a mis hermanos. Me enteré de que habían matado a mi hermano, pero me dieron el apellido de la familia que había acogido a mi hermana. La encontré y ellos me dijeron que llevaban años sin saber nada de Aileen, que tenía adicción a las drogas y la habían dejado ingresada en una clínica de rehabilitación del este de Washington, y que allí había conocido a un joven. No fue fácil, pero, cuando se está desesperada, no hay opción que valga. Tenía que encontrar a Aileen. Me fui a la clínica de Yakima y allí supe que se había casado en la misma clínica. Me dieron el nombre de su marido.

»Cuando la encontré, decidimos jugar al juego de Ed y matar a Lindsay Sheppard. Yo todavía le tenía pavor, temía que viniese a buscarme, pero, cada día que pasaba, iba perdiéndole el miedo. Años después, me entró la curiosidad y busqué su nombre en internet. Encontré su necrológica y aquel día fue el primero en años que conseguí respirar hondo.

»Me sentía muy mal por Evan. Tenía la esperanza de que Carol Lynn no hubiese dicho nada, pero me imaginaba que Ed tuvo que darle una buena paliza al llegar aquella noche a casa. Quizá a ella también.

—Lo siento, aunque sé que eso no significa gran cosa a estas alturas. A mí, por lo menos, me sirvió de poco que me lo dijeran cuando desapareció mi hermana.

Lindsay asintió.

—Yo dejé de culpar a todo el mundo, lo que me incluía a mí misma, hace mucho tiempo, inspectora. Ed era un psicópata, lisa y llanamente.

«Es de admirar —pensó Tracy— que esta joven haya cruzado el infierno sin responsabilizar a nadie».

—Me has devuelto la esperanza de encontrar también con vida a Stephanie Cole.

—Dicen que la manzana nunca cae lejos del árbol, inspectora. Es muy probable que Franklin y Carrol la hayan mantenido con vida por la misma razón que no me mató Ed a mí. —Meneó la cabeza y cerró los ojos—. Aunque también podría ser que no.

—¿Qué quieres decir?

—Pues a que hay gente enterrada en el sótano y en la cabaña del monte.

El último comentario la pilló por sorpresa. Había buscado las propiedades de Ed Sprague y no había dado con ninguna otra.

—¿Qué cabaña?

—Tenían una cabaña cerca de Cle Elum, en el cañón.

—He buscado a Ed Sprague en el registro…

—Es que no está a su nombre, sino al de la mujer, Carol Lynn. Aquello era de su familia.

¿No sería allí adonde había ido Carrol los dos días que había faltado por enfermedad al trabajo? ¿Habrían llevado allí a Stephanie Cole? A un lugar alejado. Por primera vez en días, Tracy empezó a tener esperanzas de que la muchacha desaparecida estuviera viva.

—¿Sabes dónde está esa cabaña?

—Puedo hacerle un mapa. —Se detuvo un instante y a continuación comentó—: Lo único que lamento es no haber dicho nunca nada. Tenía miedo de atraer la atención de Ed… Quizá podría haber salvado la vida de las demás. Convivo a diario con esa idea.

Durante su carrera profesional, Tracy había conocido a un número más que suficiente de jóvenes a las que habían raptado. La mayoría no había sobrevivido; muchas habían acabado por acceder a los deseos de sus secuestradores, y algunas incluso se habían solidarizado con ellos. «Síndrome de Estocolmo», lo llamaban. Que Lindsay Sheppard, que tenía catorce años cuando empezó a sufrir abusos y dieciocho cuando se escapó, no hubiera sucumbido jamás, después de cuanto había sufrido, después de tantos años, ponía de relieve, fuera de toda duda, la fortaleza interior de aquella mujer.

—¿Qué fue lo que te dio el valor para hacer lo que hiciste, Jessica?

—¿Para huir? —Lindsay cerró los ojos y bajó la cabeza. Empezó a llorar y Tracy le tendió otra servilleta para que se enjugara las lágrimas. Tras un minuto, dijo—: No pensaba dejar que lo que me pasó a mí le pasara también a mi niña. Lo hice por ella. Escapé por ella y por ella me escondí.

La verdad de la situación golpeó entonces a Tracy como si la atropellara un tren de mercancías. De ahí había sacado la fuerza.

—Estabas embarazada.

—Tengo una hija… y, ahora, también un hijo. Vivimos aquí, en Yakima. Mi hija disfruta de una buena vida y yo también. Ella no sabe nada ni yo pienso contárselo nunca. Nunca. Aunque no fue concebida por amor, me he desvivido por criarla en el amor.

—Por eso huiste… y por eso necesitabas dar con tu hermana.

—Sabía que me iba a ir mucho mejor si la gente pensaba que estaba muerta que si tenía que vivir un día más en aquella casa. No tenía ninguna intención de dejar que le hicieran a mi niña lo mismo que me hicieron a mí.

Tracy notó algo en ese «hicieron», en la entonación con que lo pronunció…

—¿El padre es Ed? —preguntó, pensando que cabía también la posibilidad de que fueran Franklin o Carrol.

—Solo podía ser de uno de los dos —dijo a modo de respuesta— y Bibby siempre usaba condón. Siempre.

CAPÍTULO 36

Kins se asomó al salón lleno de trastos en el que se encontraba sentado Carrol Sprague con gesto desolado. Tenía las manos esposadas a la espalda y le temblaban las rodillas como si estuviera hasta las cejas de anfetaminas. El inspector se llevó a Carrol detenido y envió a Faz y a Del a la residencia de ancianos para que hicieran otro tanto con Franklin y lo llevasen a comisaría. Quería tener al mayor separado de sus dos hermanos. Faz y Del, sin embargo, se habían encontrado con que Franklin no había ido a trabajar, ya que aquel era el día que tenía libre a la semana. Evan, por su parte, no estaba en la vivienda.

Entre muchos balbuceos, el mediano hizo saber a Kins que Franklin y Evan habían ido a cazar a algún lugar de la región oriental de Washington y no tenía modo alguno de contactar con ellos. Las llamadas que efectuaron al móvil del mayor, de hecho, fueron directas al buzón de voz.

—¿Habéis ido a cazar antes? —preguntó el inspector.

Carrol asintió.

—N-n-nos enseñó nuestro p-p-padre.

—¿Dónde?

—En todas partes.

—Pero ¿no recuerdas exactamente adónde han ido ellos?

El detenido negó con la cabeza.

—¿Dónde están las armas, Carrol? ¿Aquí, en la casa?

—No —respondió él meneando la cabeza—. Las… las… las…

—¿Las qué? ¿Dónde están las armas?

Carrol volvió a negar con la cabeza.

—N-n-no lo sé.

Estaba mintiendo. A diferencia de Franklin, su hermano no sabía poner cara de póker y su tartamudeo iba a más, como el temblor de sus rodillas, tanto que Kins casi llegó a sentir lástima por él. Casi.

De momento, Carrol no estaba diciendo nada.

Dale Pinkney, el sargento de la policía científica, y su equipo encontraron la casa atestada de rimeros de periódicos y revistas acumulados durante décadas, lo que dificultaba su paso de una habitación a otra. Según decía Pinkney, podían pasar días enteros registrando la casa.

Kins encontró una puerta con cerrojo en el piso de arriba y pidió la llave a Carrol. El mediano lo informó de que se trataba del dormitorio de sus padres y que Franklin era el único que tenía con qué abrirlo. El inspector hizo que la forzaran sin saber bien qué podía encontrar dentro, aunque con la esperanza de dar allí con Stephanie Cole.

El dormitorio se encontraba sorprendentemente bien conservado y ordenado, aunque no limpio, ya que sobre la cama, la cómoda y el recargado marco del espejo se había acumulado un dedo de polvo. El armario empotrado seguía estando lleno de ropa, también polvorienta, y en el suelo descansaban zapatos de caballero y de señora. El conjunto se asemejaba a un santuario macabro.

No encontró a Stephanie Cole ni ninguna prueba de que la hubiesen retenido allí.

Kins volvió a la planta baja y se sentó en un asiento tapizado delante de Carrol. Puso el teléfono en la mesa que había entre los dos y pulsó el botón de grabación. Ya le había leído sus derechos.

—¿Sabes dónde están tus hermanos, Carrol? —volvió a preguntar.

El detenido movió la cabeza de un lado a otro y bajó la mirada. Sus rodillas parecían los pistones de un motor. Entre balbuceos, acabó por repetir la información que ya les había dado:

—Han ido a cazar al este de Washington.

—¿Por qué no has ido tú con ellos?

—P-p-porque tenía que trabajar. Y-y-ya había estado demasiados días de baja.

—¿Por eso llamaste el domingo y el lunes para decir que estabas enfermo?

Carrol no respondió.

—Franklin nos dijo que habías ido a trabajar y tu jefa dice que llamaste para decir que estabas enfermo. ¿Por qué?

Carrol no respondió.

—Vamos a encontrar a tus hermanos, Carrol, conque quizá te convenga decirnos dónde están.

—N-n-no lo sé —dijo. Le costaba pronunciar.

—Dime qué sabes de Stephanie Cole.

Sus rodillas seguían disparadas.

—No sé nada.

—Carrol, estoy intentando ayudarte. Tenemos ADN de los botellines de Budweiser que os tomasteis tu hermano y tú en el bar de la avenida Aurora.

—Entonces, ya saben que nosotros no lo hemos hecho.

—¿Qué es lo que no habéis hecho?

—Nada —dijo Carrol entre dientes.

—¿Secuestrar a esa joven en el parque? Sí, sabemos que no secuestrasteis a esa joven en el parque.

—Estábamos trabajando.

—También lo sabemos. Sin embargo, hemos comparado el ADN de los botellines de Budweiser con el de una colilla que encontramos detrás de un tronco de la quebrada y ¿a que no adivinas lo que hemos averiguado?

El mediano respondió con un movimiento de cabeza.

—Nosotros no lo hicimos.

—Las dos personas que bebieron de esos botellines son familia y, además, son familia de la persona que se fumó ese cigarrillo. Son todos hermanos.

Carrol se puso tan pálido que casi parecía blanco como la leche.

—Sabemos que Evan esperó a Stephanie Cole detrás de un tocón y que se la llevó. ¿Cambiasteis el coche de sitio Franklin o tú para proteger a Evan?

—Yo estaba pescando —corrió a decir el mediano—. Me f-f-fui a pescar truchas con mosca en el North F-f-fork del Stillaguamish.

—¿Con quién?

Carrol agitó la cabeza y casi parecía que fuera a ahogarse con las palabras cuando respondió:

—Con nadie. Fui solo. No vi a nadie.

—¿Y por qué nos dijo tu hermano que estabas malo?

Sprague puso el gesto de quien se está hundiendo en el agua. Kins aguardó. Tenía tiempo. La policía científica tenía aún para un día entero, quizá incluso más.

—Porque no se lo dije. L-l-le dije que estaba malo.

—¿Por qué?

—Porque F-f-franklin se enfada mucho. Dice q-q-que es él el que lo tiene que hacer todo y el que va a c-c-comprar siempre.

—¿Le tienes miedo a Franklin?

—No.

—Entonces, ¿por qué no se lo dijiste?

Carrol bajó la cabeza como un escolar al que descubren mintiendo. Parecía estar a punto de desmoronarse de los nervios.

—N-n-no lo sé.

—Te contaré lo que voy a demostrar, Carrol. Voy a demostrar que Evan raptó a Stephanie Cole y, después, la trajo aquí, a esta casa. Seguro que encontramos ADN suyo. Franklin o tú cambiasteis su coche de sitio y lo dejasteis en un aparcamiento de Ravenna Park. Tenemos a un grupo de investigadores analizándolo. Te aseguro que encontrarán huellas dactilares y pelo y, gracias a los adelantos científicos de que disponemos, el ADN nos dirá que fuisteis tu hermano mayor o tú. Es solo cuestión de tiempo, Carrol. Sé que crees que estás ayudando a tus hermanos. Todo el mundo quiere ayudar a su familia. Es un acto muy noble, Carrol. Sin embargo, hay una joven desaparecida y mi trabajo consiste en encontrarla. Ella también tiene familia… y su familia está muy preocupada por ella. —Kins guardó silencio para dejar que asimilara la información.

»Dime qué fue lo que pasó y yo haré lo que esté en mi mano para ayudarte, para conseguir que el fiscal os ofrezca un trato favorable; pero, si sigues mintiendo, no podré hacer nada y os las tendréis que arreglar vosotros solos.

Carrol dio la impresión de querer decir algo, pero, fuera lo que fuese, debió de tragárselo al tartamudear.

—Y-y-yo estaba pescando.

—Inspector —dijo Kaylee Wright desde el pasillo—. ¿Tiene un segundo?

Kins miró al detenido.

—Voy un momento a hablar con la inspectora, Carrol. Mientras, quiero que pienses en lo que te acabo de decir. Quiero que pienses en lo que puedes hacer para dejar que te ayude. Cuando vuelva, espero una respuesta. Es la segunda oportunidad y no te ofreceré una tercera.

Dicho esto, fue a reunirse con Wright en el porche. El circo acababa de llegar al barrio y había atraído la atención de los vecinos, que habían salido de sus casas con ropa de abrigo para hacer frente a temperaturas que rondaban los cero grados. Todos sabían que la policía estaba buscando a una joven desaparecida, pues no en vano habían llamado los agentes a sus domicilios para preguntar por ella. Ver la furgoneta de la policía científica aparcada en la calle e investigadores entrando en tromba en una casa del vecindario con guantes y patucos o con perros lo hacía mucho más real.

—No hemos encontrado el calzado que usaron en el parque —dijo Wright—, pero… —añadió con una sonrisa sarcástica— el número de los que hay en el cuarto de Evan coincide con el de la huella de la bota que había tras el tocón y en la quebrada, y el desgaste es propio, sin duda, de un pronador.

Kins asintió sin palabras. Menos daba una piedra, aunque no le costaba imaginar a un abogado defensor preguntándole qué porcentaje de la población camina en pronación.

—Preferiría tener la bota.

—Seguiremos buscando.

Pinkney se unió a ellos en la entrada de la vivienda.

—Hemos encontrado colillas —dijo—. Muchas y por toda la casa, incluidos los dormitorios.

—¿Coincide alguno con la marca de la que encontramos detrás del tronco?

—Sin duda: Marlboro.

Kins miró a Kaylee. El ADN de la colilla situaría a Evan en el lugar de la desaparición de Cole. Su calzado, cuya suela manifestaba un desgaste característico, parecía hacer evidente que había estado oculto al acecho.

—¿Qué más?

Pinkney puso cara de estar oliendo algo apestoso.

—Toda una colección de pornografía reunida desde hace décadas. Toda clase de porquerías lascivas que van del porno blando hasta cosas de veras asquerosas: amordazamiento, sadismo… Hay cajas enteras de vídeos sin etiquetar y tengo la sospecha de que contienen toda clase de pesadillas. También hay varios ordenadores. Habrá que analizar los discos duros. Tal vez tardemos semanas.

—Entonces, será mejor que empecemos cuanto antes. Puedo modificar la orden de registro sobre la marcha. —En ese momento le sonó el teléfono. Por la identificación de llamada supo que era Tracy. Se apartó para hablar—. ¿Tracy? Estamos en el domicilio. Carrol está aquí, pero Franklin y Evan no, y Franklin no está en su trabajo. Hoy libra.

—Kins…

—Carrol dice que Franklin se ha llevado a Evan a cazar al este del estado, pero repite que no sabe adónde.

—Kins. —Tracy elevó la voz y pronunció su nombre en un tono que su compañero reconoció como el que usaba cuando tenía algo que comunicarle y necesitaba decirlo rápido.

—Dime.

—¿Tenéis ahí a los perros?

—Están fuera, en el jardín.

—Pues metedlos y llevadlos al sótano.

—Aquí no hay…

—En la cocina.

—¿Dónde estás? ¿Vas en el coche?

—Estoy en la I-90, en las afueras de Cle Elum.

—¿Y qué haces ahí?

—He encontrado a la hermana.

—¿Dónde?

—Ya te contaré. La familia tiene otra propiedad, una cabaña cerca de Cle Elum. Voy para allá ahora, pero necesito que vayas a la cocina y compruebes algo que me ha contado Lindsay.

—Espera. —Kins entró en la casa con el teléfono pegado a la oreja. Las habitaciones y los pasillos hervían de agentes de la policía científica. Fue esquivando bolsas blancas que contenían pruebas incautadas, haciendo sonar sus botines azules sobre el suelo desgastado de madera——. Vale, ya estoy en la cocina.

—Ve a la despensa, a la derecha de la puerta trasera.

Kins hizo lo que le pedía.

—¿Qué tengo que buscar?

—Una puerta oculta al fondo de la despensa. Arriba, a la derecha, deberías ver un cerrojo y abajo otro.

Kins encendió la luz del móvil, ya que la claridad era mínima, y activó el manos libres.

—Sí, los veo. —El estómago le dio un vuelco ante lo que estaba por venir.

—Descórrelos y tira de la puerta. Debe de haber un cordón para encender la luz y unas escaleras.

—¿Adónde van?

—Aquello es un pasaje del terror, Kins. No sé muy bien qué te vas a encontrar. Manda a los perros.

Kins abrió los cerrojos y la puerta. El canto arañó el suelo de linóleo barato y dejó una marca blanca sobre las baldosas. Tuvo que mover latas de comida y paquetes de arroz para abrir la hoja por completo. Alargó el brazo y tocó el cordón de la luz con el dorso de la mano. Lo agarró y tiró de él. Una bombilla enroscada en un portalámparas sujeto a una de las vigas que quedaban a la altura del suelo iluminó entonces una escalera de madera.

—¿Crees que Cole está aquí abajo? —preguntó Kins sintiendo a flor de piel todos los nervios de su cuerpo.

—No lo sé. Eso es lo que quiero que me digas.

Kins sostuvo en alto el teléfono para tener más luz mientras descendía con cuidado, asegurando cada paso. De una viga del centro de la estancia pendía otra bombilla. Tiró del cordón y la lámpara emitió un fulgor neblinoso. Aquella pieza subterránea parecía tener dos metros y medio por cada lado y un metro ochenta de alto aproximadamente. Las paredes estaban hechas con traviesas de ferrocarril y las vigas del suelo de la planta baja estaban sostenidas por postes que se hundían en el suelo y a los que había sujetos cadenas y grilletes. En un rincón había una mesa y, sobre ella, herramientas; en el opuesto, un colchón.

Kins soltó un reniego.

—¡Joder!

—¿Está ahí? ¿Kins?

—¿Eh?

—Que si está Cole ahí.

—A la vista, no. —Se tapó la boca y la nariz con el cuello de la camisa—. Aquí huele a muerto.

—¿Dirías que han removido hace poco la tierra del suelo?

Kins recorrió el sótano con el haz de luz del móvil.

—No lo parece.

—Creo que Franklin y Evan están en la cabaña, Kins, con Stephanie Cole... viva, con un poco de suerte. Necesito que tú vayas a buscar a Brian Bibby.

—¿A Bibby? ¿Por qué?

—Ve a su casa, llama a la puerta y me dices si está. Si está, arréstalo. Está implicado en todo esto.

CAPÍTULO 37

El trayecto de Yakima a Cle Elum duró una hora. Había empezado a nevar en el momento en que Tracy accedía a la I-90 al oeste de Ellensburg. La nieve fue cobrando fuerza a medida que se acercaba al municipio, a veces en remolino. Lindsay le había dado toda la información que le había sido posible sobre la cabaña. Había acariciado la idea de llevarla consigo, aunque solo un segundo, pues sabía que no podía hacerle aquello a la joven después de todo lo que había tenido que superar, del calvario al que, de un modo u otro, se las había compuesto para sobrevivir. Tracy sabía muy bien lo que era volver al lugar en que se han vivido las peores pesadillas.

Llamó a la comisaría de Cle Elum y habló con el jefe de policía Pete Peterson. Este conocía la cabaña del cañón del Curry, pero decía llevar años sin ver abierta la cancela del camino de acceso. De hecho, suponía que la propiedad debía de estar abandonada y más de una vez se había propuesto buscar las señas del dueño en el registro de la propiedad.

—Las carreteras no se despejan en invierno. No hay presupuesto suficiente ni sube nadie allí en estas fechas para justificar la adjudicación de una partida.

—¿Pueden llegar allí? —preguntó Tracy.

—Están cayendo chuzos de punta —dijo Peterson—, pero tenemos un cuatro por cuatro con quitanieves. Podemos llevarla.

Tracy y Dan habían visitado Cle Elum algún que otro fin de semana, aunque casi siempre en verano. Tenía unas doscientas sesenta hectáreas y menos de un millar de casas. Aquella antigua ciudad minera con ciento veinte años de historia era tranquila en época estival y más todavía en invierno, cuando había menos turistas. Cierto constructor había creado el Suncadia Resort, retiro de montaña con pistas de golf y lugares para pescar con mosca justo a las afueras del municipio que atraía a un buen número de visitantes.

Tracy siguió las indicaciones del GPS hasta la comisaría, un edificio de una sola planta revestido de madera, sito en West Second Street y rodeado de pinos que tenían las ramas cargadas de nieve. Se parecía mucho a la de Cedar Grove.

Estaba dejando el coche en una plaza de aparcamiento cuando sonó el teléfono. Era Kins.

—Bibby no está en casa —anunció—. Le ha dicho a su mujer que bajaba con Jackpot al puerto deportivo de Edmonds para hacerle unos arreglos a la embarcación y que no volvería hasta tarde. Lorraine me ha dado el número de embarcadero. He llamado a la comisaría de Edmonds y han mandado a un agente para allá. El coche de Bibby no está en el aparcamiento ni Bibby está en la barca. ¿Qué coño está pasando?

Tracy le resumió lo que le había revelado Lindsay Sheppard, pero no tenía tiempo de entrar en detalles.

—De camino he llamado a la Boeing. Bibby se retiró, en efecto, con una lesión de espalda como nos contó, pero le faltaban unos meses para la edad de jubilación.

—Y Ed Sprague y él eran… ¿qué? ¿Amigos?

—No sé cómo hay que llamar a la gente de su calaña.

—El domicilio… Hay mierda por todas partes, Tracy. Pornografía. Hemos metido en el sótano a los perros especialistas en encontrar cadáveres y se han vuelto locos. He hecho venir a Kelly Rosa. —Se refería a la antropóloga forense del condado de King—. Esto no tiene buena pinta…

—Creo que sé adónde ha ido Bibby y, si no llego allí rápido, puede que haya que cavar más tumbas todavía.

—No seas imprudente, Tracy, y ni se te ocurra ir sola. Tienes a una cría esperándote en casa. Carrol dice que sus hermanos han ido a cazar. Es poco probable, pero también dice que de niños cazaban con su padre y tienen escopetas. Le pregunté por las armas y él iba a decirme dónde estaban cuando se mordió la lengua. Ahora ya sé por qué. Lo más seguro es que estén en la otra propiedad, lo que significa que es probable que Franklin tenga acceso a esas escopetas y sabe usarlas. Busca refuerzos.

—Te llevo ventaja, compañero. Tengo conmigo a la policía local. —No tenía ninguna intención de ser imprudente.

Colgó el móvil, se lo metió en el bolsillo del pantalón y comprobó la Glock. Se echó dos cargadores más al bolsillo del abrigo y salió del coche. El suelo tenía un palmo de nieve, que no dejaba de caer en grandes copos y se aferraba al techo.

Peterson la recibió perfectamente uniformado en el vestíbulo del edificio. Aquel hombre alto y delgado llevaba una pistola al cinto y un fusil en la mano. Le presentó a un joven agente llamado Mack Herr, también armado con pistola y fusil. Peterson, lucía un cabello abundante y pelirrojo salpicado de canas y arrugas que daban fe de todos los años que había estado de servicio. Herr, por su parte, parecía haber cumplido los veinte hacía poco. Tracy los puso al corriente de la situación, en pocas palabras, pero con tanto detalle como le fue posible. Aseguró a Peterson que se trataba de circunstancias apremiantes, que la vida de la joven corría peligro inminente, lo que los eximía de solicitar una orden de registro.

—Me parece bien —repuso Peterson—. Siempre podemos conseguir una más tarde para registrar por extenso la propiedad. Andando.

Tracy no dijo que Stephanie Cole podía estar ya muerta ni Peterson lo preguntó. Sin duda, estaba listo para enfrentarse a cualquier cosa. Herr, en cambio, parecía nervioso.

Los tres subieron a la cabina de una camioneta con tracción a las cuatro ruedas dotada de una pala fijada al parachoques delantero. Peterson se dirigió al este por West Second Street hasta North Stratford Avenue y, tras callejear por las manzanas del municipio, accedió a la carretera de Summit View, que, a diferencia de las calles de la ciudad, aún acumulaba nieve.

Peterson señaló unas rodadas relativamente recientes que habían empezado ya a cubrirse de nieve.

—Eso confirma lo que nos acaba de contar. —Mantuvo la camioneta a una velocidad notable, echando a izquierda y a derecha con decisión el volante en las curvas. Tracy, que ocupaba el asiento central, botaba con cada bache y trataba con poco éxito de estabilizarse con una mano apoyada en el salpicadero. Había recorrido carreteras nevadas como aquella y podía asegurar que el conductor que los llevaba se las había visto también en más de una. Peterson siguió las rodadas a izquierda y derecha, cuesta arriba y cuesta abajo, sin bajar la pala. Las gruesas ruedas de invierno avanzaban sin dificultad por la nieve y Peterson no redujo la velocidad del vehículo.

Las rodadas los llevaron hasta una cancela de tres barras cilíndricas de metal que cortaba el camino, cubierto de nieve y poco más ancho que la camioneta. Herr se apeó del asiento del copiloto y recogió una cizalla de la caja. Al llegar a la cancela, se inclinó para cortar la cadena, pero vaciló un instante y, tirando de ella, la retiró y la sostuvo en alto para que la vieran.

Alguien había cortado ya el candado.

Tracy tuvo un mal presentimiento. Franklin debía de conocer la combinación del candado que cerraba la valla de una propiedad que les pertenecía desde hacía décadas.

Franklin tenía la cabeza agachada y las manos metidas en un agujero en el suelo, dentro de la caseta del equipo de bombeo. Después de media hora pasando un frío de cojones, había descubierto que el problema era la bomba. Se le habían dormido los dedos pese a todo el aliento que se había echado para mantener algo de destreza. Había conseguido arreglar la avería, por lo menos de momento, porque, antes o después, iban a tener que ir a la ciudad a comprar una nueva. Oyó a Evan arrastrar los pies en dirección al edificio que tenía a sus espaldas.

—¿Ya has acabado? —preguntó sin mirar atrás—. Joder, pues sí que eres rápido. Pásame la llave de tubo de medio. —Echó la mano hacia atrás para recibirla.

—Tu padre se ponía como loco cuando fallaba la bomba. Un invierno reventaron todas las tuberías de este puñetero sitio.

Franklin reconoció la voz. A lo largo de su vida, la había oído más veces de lo que le apetecía recordar.

Bibby.

Odiaba a aquel hombre, lo odiaba desde niño. Era como si siempre hubiese estado por medio, en el sótano de la casa y en el cuarto del fondo del granero.

Franklin se incorporó y se dio la vuelta.

—¿Qué haces tú aquí?

Bibby estaba de pie en el marco de la puerta, iluminado por la nieve que caía, pero no parecía un ángel ni mucho menos, sino el mismo mierdecilla de siempre.

—Yo también me alegro de verte, Franklin.

Llevaba ropa de abrigo: pantalón de Carhartt, un chaquetón grueso, botas y gorro con orejeras. A su lado tenía a Jackpot, dando saltitos y agitando todo el cuerpo como si el suelo estuviera electrificado. Bibby llevaba una escopeta que Franklin reconoció.

—¿Qué estás haciendo con la escopeta de matar ciervos de mi padre?

—Eres un animal de costumbres, como él. Sabía que te encontraría aquí y también que podría contar con que tu padre no habría cambiado el candado de la caja fuerte de las armas.

—¿Qué coño estás haciendo aquí, Bibby? —volvió a preguntar Franklin. Ya no le tenía miedo. La edad tenía sus formas de poner las cosas en su sitio.

—He venido a buscar a la joven, Franklin. Sé que la tienes aquí, porque eres demasiado listo para dejarla en tu casa con la policía allí. Siempre fuiste el hermano espabilado.

Franklin, con la llave grifa aún en la mano, la limpió con un trapo. La policía estaba registrando la vivienda.

—¿De qué joven me hablas?

Bibby dejó escapar una carcajada.

—Lo sabes muy bien.

El mayor de los Sprague no respondió. Mantuvo el gesto sereno para no delatarse.

—¿Ha ido a la casa la policía?

El vecino sonrió.

—Y sabes muy bien lo que van a encontrar bajo el suelo del sótano. Han llevado a los perros y los perros huelen a los muertos.

Aquella había sido la razón por la que Franklin no se había mudado nunca de allí. Había querido hacerlo, muchas veces, pero ¿cómo iba a vendérsela a nadie si tenía los «pasatiempos» de Bibby y de su padre enterrados bajo el sótano? ¿Qué iba a decir, que no sabía nada de aquello? No colaría. Pensarían que él tenía algo que ver, él y sus dos hermanos. Su padre los había jodido bien a todos. Franklin supuso que tendría que quedarse allí hasta su último suspiro. Después, dejaría de importarle una mierda.

—¿No me digas que te has unido a nuestro pasatiempo?

—Yo no soy como mi padre y me apuesto un huevo a que tampoco soy como tú. No tenemos chicas en la casa.

—No, ya no —replicó Bibby sonriendo.

—Ya te he dicho que no sé de qué me hablas. Y, ahora, hazme el favor de irte a tomar por culo de aquí.

—Pues yo creo que sí sabes de lo que te hablo y estoy pensando en dejarte frito en el sitio para averiguarlo por mí mismo. ¿Está Evan con ella? Pues también lo mataré a él. —Bibby levantó la escopeta y se llevó la culata al hombro—. A lo mejor te encuentran cuando se derrita la nieve, aunque, teniendo en cuenta que hace años que no viene nadie por aquí, lo dudo mucho. Te pudrirás aquí mismo, en la caseta de la bomba, si es que las alimañas dejan algo.

—Supongamos que tuviésemos a la joven, que no la tenemos. A ti, ¿qué coño te importa, Bibby?

El vecino lo miró fijamente.

—Una de dos: o juegas fatal al póker o eres igual de ignorante que tus hermanos. ¿Cuál es?

Franklin no respondió. No sabía de qué estaba hablando y supuso que, si guardaba silencio, no delataría su ignorancia. Además, Bibby había tenido siempre la lengua muy larga, de modo que imaginó que, al final, le revelaría de qué iba todo aquello.

El jubilado sonrió.

—No te lo ha dicho, ¿verdad?

—¿Quién?

—El imbécil, ese hermano tuyo.

—No lo llames así. Tú no eres de la familia.

—De la tuya, no, gracias a Dios. Evan.

—¿Qué es lo que no me ha dicho?

Bibby se echó a reír.

—Que me aspen. La quería para él, igual que quería para él a esa hermana vuestra.

Franklin seguía sin entender qué quería Bibby con la muchacha, a no ser que la deseara para él.

—Sigo sin saber de qué estás hablando, así que, si no te importa… —Dio un paso al frente con la llave en la mano.

Bibby disparó al suelo, justo delante de la puntera de la bota de Franklin. Jackpot dio un respingo y se alejó corriendo de la caseta.

—Sí que me importa.

El mayor de los Sprague se detuvo.

—La joven, Franklin. ¿Dónde está? ¿La has llevado al cuarto del fondo del granero?

El otro lo miró y cayó lentamente en la cuenta, supo lo que tenía que ver Bibby con la joven. Mierda. ¿Cómo no se le había ocurrido? La rabia que sentía por lo que había hecho Evan al desobedecerlo le había nublado la vista y el sentido común. Evan no era capaz de matar a una mosca. No lo llevaba dentro. Jamás habría agredido a aquella joven.

—Tú estabas ese día en el parque —dijo—, paseando a Jackpot.

—Y el viejo Jackpot es un imán para las nenas. Todo el mundo lo conoce y sabe que voy a la quebrada todos los días a la misma hora. Suponía que, cuando saltase la liebre, alguien diría: «El viejo Bibby pasea a diario por el parque», y la policía se pegaría a mí como una lapa. Conque pensé que, en este caso, la mejor defensa era un buen ataque y decidí colaborar y decirles que me crucé con ella y nada más.

—Pero hiciste algo más que cruzarte con ella, ¿verdad?

—La muchacha vino a mí corriendo por la pista a medio vestir... y no podía dejarla pasar. —Bibby se lamió los labios—. Nunca la había visto y me precio de conocer a todo el vecindario. La ocasión era demasiado buena para dejarla pasar. Otra vez como en los viejos tiempos. Han pasado años, pero hay impulsos que nunca se pierden, por más que sea uno un vejestorio como yo.

—La golpeaste tú en la cabeza con una piedra o lo que sea. Tenía que haberme imaginado que Evan no era capaz de algo así.

—Pasó corriendo a mi lado y me sonrió mientras inclinaba la cabeza. No tenía ni idea de que se había metido en una vía muerta.

Bibby vio a la joven reducir la marcha y luego detenerse. Miró a la barandilla de metal que había frente a la pista y las señales amarillas y rojas que indicaban que no debía pasar de aquel punto. Trotó sin moverse del lugar y observó los alrededores tratando de determinar si la senda continuaba a derecha o a izquierda; pero acababa allí.

Había llegado el momento de dejar que Jackpot obrase su magia. Soltó al perro y lo mandó pista abajo. El animal echó a correr hasta donde estaba ella, que se agachó y se quitó uno de los auriculares.

—¡Hola! —dijo acariciándolo—. ¿De dónde sales tú?

Bibby salió a la pista y se puso a andar llamándolo.

—Jackpot, perro travieso. Ven aquí. Lo siento mucho, señorita. Se ha soltado y, la verdad, nunca ha sabido resistirse a una mujer hermosa.

—No pasa nada —dijo ella. Dio un paso atrás para alejarse de él—. Me he criado con perros. No sabrá usted si la pista continúa, ¿verdad?

—Me temo que no. Fin del trayecto.

—Eso me temía. —Sonrió con gesto preocupado—. En fin, más me vale ponerme en marcha si no quiero correr a oscuras.

—No, no —dijo Bibby—. Vamos a pensar en otra cosa que puedas hacer, ¿te parece? —Sacó la mano del bolsillo. La mano en la que llevaba la piedra.

—Las mujeres nunca han podido resistirse a Jackpot.

—¿Y por qué no la mataste sin más cuando tuviste la ocasión? —preguntó Franklin.

—Lo habría hecho si no llega a meterse por medio el imbécil de tu hermano.

—Ya te he dicho que no lo llames así.

Bibby arrastró a la joven desde la pista hasta los arbustos. Siempre llevaba un preservativo sin usar en la cartera. No le gustaba dejar ADN. Nunca lo había hecho y nunca lo haría.

Bajó la mirada para contemplar a la muchacha, ansioso ante la ocasión de volver a disfrutar de una cosita tan joven. No estaba muerta, todavía no; pero eso tenía solución. Además, tenía la coartada perfecta en caso de que alguno de sus vecinos sacara a relucir que salía a pasear a Jackpot a la misma hora todos los días. Nadie iba a creer que un anciano de setenta y cinco años con problemas de espalda había violado y matado a una joven sana que había salido a correr. Si la policía llegaba preguntando, como era muy probable, les diría que la había visto en el parque, que se había cruzado con ella en la senda. Nada más. ¿Quién iba a ponerlo en duda? Como había dicho siempre Ed Sprague, los muertos no ven y tampoco hablan.

Se había desabrochado ya el cinturón y el botón de los pantalones cuando algo hizo crujir los matorrales del final de la pista. Cosa rara, porque no hacía viento al fondo de la quebrada y tenía a Jackpot a su lado. No vio a nadie a la luz del crepúsculo, pero Jackpot, que era mejor que unas gafas de visión nocturna, porque tenía un olfato infinitamente mejor que el humano, echó a correr ladera arriba. Bibby vio salir humo de tabaco de los arbustos y distinguió los colores poco naturales de la vestimenta de alguien.

Estuvo a punto de llamarlo por su nombre, pero entonces decidió dejarlo.

—Evan estaba escondido en la ladera o… creía que estaba escondido. Jackpot lo olió y ¿sabes lo que dijo tu hermano?

Franklin negó con la cabeza. Cualquier cosa era posible.

—«¿Qué tal, Bibby?». —Bibby sonrió—. Así, sin más: «¿Qué tal, Bibby?». Luego me preguntó: «¿Qué estás haciendo?». O no había visto nada o ya se le había olvidado. En otros tiempos, le habría dado una bofetada y lo habría mandado a casa después de dejarle claro que tuviera el pico cerrado; pero ya no soy ningún jovencito.

—No, no lo eres.

—Supuse que podía verme en un verdadero lío si no jugaba bien mis cartas, así que le dije que la había encontrado allí, inconsciente, y que parecía haberse golpeado la cabeza. Me preguntó qué iba a hacer y yo le dije que pensaba llamar a la policía, pero que ya no me parecía buena idea, porque la policía lo consideraría a él el principal sospechoso. Luego me di cuenta de que el muy imbécil había ido dejando toda clase de pruebas que apuntarían no solo a Evan, sino también a

Carrol y a ti. Los Maxwell tenían una cámara en el porche y supuse que lo habrían grabado yendo hacia el parque a la misma hora que la joven. Además, sabía que iban a encontrar sus pisadas en la ladera. Lo que no imaginaba es que, además, había dejado su ADN.

—¿ADN?

—La colilla del cigarrillo. Lo deduje por las preguntas de la policía. Había tirado la colilla detrás de los arbustos. El caso es que le dije: «No podemos llamar a la policía sin saber quién la ha golpeado. Puede que hasta la hayan matado». Le dije que pensarían que había sido él y que acabaría entre rejas.

Franklin apretó la mandíbula y cerró el puño de la mano que tenía libre.

—Eso lo dejó cagadito de miedo. Pensé que se iba a echar a llorar. Entonces le dije que le echaría una mano, que tenía que esconder a la muchacha, llevarla hasta la casa y meterla en el sótano. Él no lo tenía muy claro al principio, hasta que le dije: «Seguro que quiere jugar contigo por haberla salvado, igual que Lindsay». —Bibby soltó una risotada—. Y fue y se puso a sonreír. Tu hermano era mi coartada perfecta. Cielo santo, si hasta dudé que recordase nada de lo que había pasado para cuando llegó con ella a la casa. En aquel momento, supe que, como se dice, el marrón os había caído a vosotros. Aun suponiendo que Evan fuese capaz de recordar algo, ¿a quién ibais a llamar? Estabais atados de manos, porque teníais enterrados en el sótano todos los problemillas de tu padre.

—Si tan listo eres, Bibby, si tan claro tienes que el marrón es nuestro, ¿para qué te has plantado aquí?

—Porque la policía no ha dejado de hacerme preguntas. Las huellas de mis botas también estaban en la quebrada, igual que las de las pezuñas de Jackpot. Les conté un cuento para justificarlo, claro; pero entonces fueron a hacerle preguntas a Lorraine.

—¿A Lorraine? ¿Y qué querían de Lorraine?

—Le preguntaron por Lindsay.

—¿Lindsay?

—Eso es.

—Lindsay está muerta.

—Eso hemos dado por hecho siempre, pero la verdad es que nunca llegamos a saber si seguía o no con vida. No lo sabemos a ciencia cierta y, si la encuentran, pfff…, estoy tan jodido como vosotros.

—Eso es una gilipollez, Bibby. Además, Lindsay está muerta. Lleva años sin dar señales de vida.

—Puede que sí y puede que no. No me gustan los cabos sueltos. Eso lo aprendí de tu padre.

Franklin miró el arma y se preguntó si podría hacerse con ella de un modo u otro.

—Lindsay está muerta y nadie va a creer una palabra de lo que pueda decir Evan, Bibby, contando con que se acuerde de algo, y ya te digo yo que no se acuerda. Además, como tú bien has dicho, es imposible que yo te delate. Conque sal de aquí, que yo me encargo del resto. ¿Para qué te crees que he venido?

—Te creo muy capaz, pero supongo que Evan se lo habrá contado a Carrol, si es que Carrol no lo sabía ya, y sabes que a Carrol nunca se le ha dado bien mentir con tanto trabucarse y tanto tartamudeo. Ahora mismo está en la casa con un montón de agentes. No me gusta nada.

—Evan no se lo ha contado a Carrol ni me lo ha contado a mí. A estas alturas debería haberte quedado claro. Yo me ocupo de la muchacha, Bibby.

—Así que sigue viva. —Bibby miró por la puerta al granero.

—Sigue viva, pero la he traído aquí para ocuparme de ella. Déjame a mí. Como bien has dicho, mi padre me dejó una cantidad tremenda de marrones. Lo último que puedo hacer es ir a chivarme a la poli, ¿verdad?

—Había otra cosa que decía mucho tu padre.

—¿Qué?

—Los muertos no ven y tampoco hablan.

Bibby apretó el gatillo y descargó la escopeta.

CAPÍTULO 38

Herr abrió la cancela y Peterson franqueó la entrada y esperó a que volviera a meterse en la camioneta por el otro lado. Tracy sintió el viento helado cuando el joven abrió la puerta de la cabina y vio caer copos en el asiento mientras Herr golpeaba con las botas el lateral del vehículo para deshacerse de la nieve adherida a las suelas.

El ruido característico de un disparo de escopeta fue a romper entonces el silencio nevado. Tracy se volvió hacia Peterson, quien también lo había reconocido.

—¡Vamos! —El jefe de policía arrancó antes de que su ayudante hubiera tenido tiempo de cerrar del todo la puerta, que a punto estuvo de dar en un tronco. Avanzó con tanta velocidad como permitían las circunstancias.

Las rodadas recientes habían comprimido la nieve, lo que en cierta medida facilitaba el agarre de las ruedas. El problema más inmediato era que la nieve que caía del cielo y arrancaba el viento de las ramas de los árboles dificultaba muchísimo la visibilidad. Cuando llevaban varios minutos de trayecto, oyeron el eco de un segundo disparo de escopeta.

Stephanie Cole estaba sentada en el suelo de tierra, tiritando pese a las mantas que habían dejado los hombres para Donna, Angel y ella. Evan le había ofrecido su chaquetón, pero ella había declinado. Le era imposible ponérselo con las manos encadenadas al poste y, cuando le pidió que le quitase los grilletes, el menor de los Sprague le había dicho:

—Franklin dice que no puedo, que me dará una paliza si lo hago.

Le había enseñado a jugar a un juego similar al solitario, pero para varios participantes, y ya habían completado dos partidas. También había llevado juegos de mesa clásicos, como el Monopoly o el de serpientes y escaleras. Stephanie suponía que Evan había sido quien la había llevado desde aquel barranco hasta el sótano de la casa. Por eso se había enfadado tanto Franklin y por eso le había pegado. Aun así, le costaba creer que hubiera sido él quien la había golpeado y, al parecer, había intentado violarla. No parecía tener el menor interés en el sexo ni tampoco querer hacerle daño. Se diría que solo la quería para jugar.

—¿Te gustan los juegos de mesa? —preguntó observando los que tenía él a su espalda.

—Después podemos jugar al Monopoly —propuso Evan antes de poner un seis negro sobre una pila de naipes—. Te toca.

Stephanie estudió las opciones que tenía y puso un cinco rojo sobre el seis negro. Entonces, movió un cuatro negro de otro montón y dejó un as de espadas en una tercera pila.

—Odio los ases —dijo él meciéndose—. No puedes hacer nada con ellos.

—¿Quién te ha enseñado todos estos juegos? —preguntó Stephanie.

—Lindsay. —Estudió su mano y fue cogiendo una tras otra del montón del centro al tiempo que cantaba—: Robarás, ta-ta-ta-ta. Robarás…

—¿Quién es Lindsay?

—Mi hermana. Jugaba con ella a todas horas.

—¿Ella fue la que te enseñó?

—Ajá.

—¿Y dónde está tu hermana? —preguntó Stephanie.

—Se fue.

—¿Adónde?

Evan jugó una carta y se encogió de hombros.

—Te toca.

Mientras pensaba su jugada, Stephanie oyó a lo lejos algo parecido al petardeo de un coche. Miró a Evan, que parecía no haberse dado cuenta. Donna y Angel, en cambio, miraron en dirección al sonido.

—Te toca —insistió él.

Ella puso un dos rojo mirando también adonde se había oído el ruido.

—No has acabado —advirtió el pequeño de los Sprague—. A Lindsay también me gustaba ayudarla.

Mientras estudiaba el juego, la joven oyó otro estallido. Las dos mujeres también. Ya no había duda de que eran disparos. La mano le tembló al mover el as negro y poner en su lugar un siete, un ocho y un nueve de colores alternos. Entonces, puso en el rincón un rey, su última carta.

—Has ganado —anunció él alzando la vista sonriente.

Ella sintió un nudo en el estómago y, al mismo tiempo, supo que tenía que actuar enseguida.

—¿Vive cerca de aquí tu hermana? —Solo quería que siguiese hablando, averiguar cuanto le fuera posible y quizá conseguir que confiara en ella y le quitase los grilletes.

Evan reunió las cartas.

—No lo sé —dijo.

—¿No la ves nunca?

Él negó con la cabeza y se volvió enseguida hacia el rimero de juegos.

—Evan…

—Vamos a jugar al Monopoly.

—Evan…

Él miró a las dos mujeres.

—¿Queréis jugar?

—Yo sí.

La voz procedía de la puerta que tenían detrás y era de hombre. Stephanie levantó la vista hacia el recién llegado, que tenía la cabeza cubierta con una gorra con orejeras y una escopeta en las manos. Tenía la vaga impresión de haberlo visto antes. Lo que recordaba con más nitidez, no obstante, era el perro, un Jack Russell terrier que agitaba la cola y no dejaba de moverse.

—¿Qué tal, Bibby? —dijo Evan—. ¿Qué tal, Jackpot?

—Jackpot —dijo Stephanie entre dientes mientras apartaba la vista del perro para fijarla en el dueño.

Él le sonrió del mismo modo que le había sonreído en la pista. Se le puso la carne de gallina. Acudió a su memoria el recuerdo de aquel hombre con la piedra levantada por encima de la cabeza.

Bibby hizo un movimiento con la mano al tiempo que ordenaba al perro:

—Ve.

Jackpot corrió hacia Evan, que se puso a acariciarlo.

—¿Qué hacéis aquí?

—Me ha invitado Franklin a la cabaña. ¿No te lo ha dicho?

El hermano menor sacudió la cabeza con gesto confuso.

—A Franklin no le caes bien. Dice que metes las narices donde no te importa.

—¿En serio? Pues a mí él me cae bien. ¿Quién es tu amiga?

—Se llama Stephanie —dijo Evan—. Es mi hermana nueva.

—¿Ah, sí? ¿Y de dónde ha salido?

Evan hizo un mohín.

—No me acuerdo.

—¿No te acuerdas? —preguntó Bibby antes de mirar a Stephanie—. Pero usted sí se acuerda, ¿no es verdad, señorita? Lo veo en sus ojos.

Ella no respondió, pero se llevó la mano a la espalda y palpó el trozo de madera. Evan dijo:

—Vamos a jugar al Monopoly.

—Eso tendrá que esperar, Evan. Franklin me ha pedido que venga a por ti. Necesita que le eches una mano detrás de la cabaña. Está partiendo leña.

El menor de los Sprague miró sus juegos.

—Me había dicho que podía jugar.

Bibby negó con la cabeza.

—Habrá cambiado de opinión. Dice que hay que hacer cosas en la casa, que ya tendrás tiempo de jugar después. Me ha dicho que te diga que, si no venías conmigo, vendría él a buscarte y no vendría muy contento.

Él soltó un suspiro y se levantó.

—Vale.

—Evan —dijo Stephanie mirándolos a uno y a otro—, creo que no deberías ir.

—¿Me explica, señorita, por qué se mete en algo que no le incumbe en absoluto? —dijo Bibby—. Vamos, Evan.

—Evan —repitió la joven—, yo quiero jugar al Monopoly. Venga, vamos a echar una partida.

Él movió la cabeza de un lado a otro:

—Tengo que hacer lo que dice Franklin.

—Evan —lo llamó ella, pero él ya había salido corriendo.

Bibby volvió la cabeza para mirarla y sonrió.

—Vuelvo en un momento, que puede que tenga otros juegos distintos para ti.

CAPÍTULO 39

Peterson revolucionó el motor para subir la última pendiente del camino. Tracy sintió las ruedas patinar y la parte trasera colear. Cuando por fin se agarraron los neumáticos, la camioneta se lanzó hacia delante. El jefe de policía se detuvo detrás de un Jeep Cherokee y una furgoneta blanca que había aparcados en una glorieta. Los copos de nieve caían agitados y dificultaban la visión. Los tres salieron de la cabina. Peterson y Herr llevaban los fusiles a un lado. Tracy sacó la Glock. Avanzaron con cautela, sin perder de vista las ventanas de la vivienda, la puerta del granero ni la arboleda.

Siguieron el lateral de la casa hasta una caseta.

—El equipo de bombeo —dijo Peterson en voz baja.

Cuando llegaron al umbral, vieron un rastro rojo sangre sobre la nieve que se alejaba de la caseta y dedujeron que habían arrastrado a alguien. Tracy vio el gesto de pavor de los ojos de Herr y supuso que aquel debía de ser su bautismo de fuego. Pensó en los dos disparos que habían oído mientras doblaba la esquina siguiendo la sangre con la pistola extendida. En medio del suelo alfombrado de nieve yacía bocabajo un cuerpo que ya habían empezado a cubrir los copos. No lo habían arrastrado hasta allí: una sucesión de hoyos hacía patente dónde había hincado el hombre los codos, las rodillas y las punteras de las botas al reptar sobre su estómago. Se acercaron con cuidado.

Tracy echó una rodilla a tierra y le dio la vuelta. Era Franklin Sprague. Bibby había llegado antes que ellos y estaba atando los cabos que habían quedado sueltos, como había temido la inspectora.

Franklin tenía los ojos cerrados y el rostro sin color. Le buscó el pulso en el cuello y no lo encontró. Durante todo el rato, mantuvo la cabeza en alto mientras recorría con la mirada el perímetro, la arboleda y el granero, situado a cierta distancia. Peterson mantenía también el fusil en alto y lo movía a izquierda y derecha.

—Vuelve a la camioneta —dijo a su ayudante—, llama a comisaría y pide que vengan todos los agentes disponibles. Que llamen al *sheriff* del condado de Kittitas y mande también a quien pueda.

Herr echó a andar hacia el vehículo. Tracy miró a Peterson.

—Es herida de escopeta de caza. Aquí fuera somos un blanco perfecto.

—Estaba pensando lo mismo. Hay que moverse.

Tracy se incorporó y juntos se dirigieron hacia el granero. Encontraron varios juegos de pisadas en la nieve, incluidas patas de perro. Jackpot. La inspectora miró a Peterson en busca de confirmación de que él también había visto las huellas y el jefe de policía asintió sin palabras.

Los dos avanzaban lenta pero deliberadamente. No había tiempo que perder.

El granero no les ofrecía demasiada protección. La madera de las paredes estaba muy deteriorada. Peterson se echó a un lado y usó el cañón del fusil para empujar la puerta, que cedió sin resistencia. El interior estaba en penumbra, iluminado solo por la luz ambiente que se colaba por entre los tablones y por los agujeros que presentaban.

Una descomunal lechuza soltó un chillido y se lanzó hacia ellos desde una de las vigas superiores. Sobresaltada, Tracy se agachó en el mismo instante en que el ave le pasaba a un palmo de la coronilla para salir por la puerta del granero. Peterson soltó el aire que había contenido.

—¿Evan? —dijo una voz de mujer—. Evan, vuelve.

Avanzaron hasta una cuadra situada al fondo del granero. Tras ella había una puerta abierta. Se diría que no formaba parte de la planta original del edificio y la habían añadido después. Tracy tiró de la manija para abrir un poco más la puerta y aguardó unos instantes. Al ver que la respuesta no era un disparo, Peterson y ella entraron con las armas preparadas. La inspectora se movió hacia la izquierda, y el jefe de policía, hacia la derecha.

Engrilladas a sendos postes de madera situados en el centro de un cuarto rectangular había tres mujeres, sentadas y envueltas en gualdrapas. Tracy reconoció a la que había más cerca de la puerta. Era Stephanie Cole. Miró a las otras dos y recordó los expedientes de dos de los casos sin resolver: Donna Jones y Angel Jackson, aunque ambas estaban muchísimo más delgadas que en las fotografías que ella había visto.

—Se ha llevado a Evan —dijo Cole—. Le ha dicho que Franklin lo estaba buscando.

—¿Quién? —preguntó Tracy.

—Evan lo ha llamado Bibby.

—¿Y hacia dónde han ido?

La joven señaló una puerta abierta en el otro lado del cuarto.

—Salieron por ahí hace unos minutos. El hombre lleva una escopeta de caza.

—Quédese con ellas —dijo Peterson.

—No, quédese usted por si vuelve el hombre.

—Llévese mi fusil.

—No lo necesito. —Tracy era capaz de meter una bala por la boca de una botella situada a diez metros.

Salió por la parte trasera y apretó el paso siguiendo las pisadas. Había huellas de dos personas, que, con aquel grueso de nieve, no podían haber ido muy lejos. Fue avanzando entre los árboles con la esperanza de alcanzarlos antes de oír otro disparo. Cuando llevaba pocos minutos caminando, empezó a sudar y a quedarse sin aliento, aunque se alegraba de haberse mantenido en forma durante su permiso. Le dolían las manos del frío. Se detuvo para escuchar por encima del sonido de su propia respiración.

Oyó voces, distantes.

Se apartó de los árboles y siguió el rastro hasta una curva. La nieve caía con más fuerza y resultaba difícil ver. La envolvía un silencio siniestro. Al doblar la curva, vio a dos hombres a través de los copos que descendían con ímpetu. Estaban a poco más de veinte metros, en una pista que habían creado hundiéndose hasta las canillas. Eran Bibby y Evan Sprague. Evan iba delante y su vecino, a su espalda, empuñaba una escopeta de caza. Oyó el sonido amortiguado de sus voces, pero el viento y los remolinos de nieve le impedían descifrar su conversación.

—¿Y qué hace Franklin aquí? —preguntó Evan mientras avanzaban con dificultad por la nieve—. Aquí no guardamos la leña.

—No sabría decirte. —A Bibby le estaba costando mantener la respiración. Quería deshacerse del imbécil tan lejos de la cabaña como le fuera posible para que se acercaran antes los coyotes y devoraran su cadáver. Quizá atraería incluso a los lobos, que, según se decía, habían vuelto a la región—. El caso es que me ha dicho que te traiga aquí.

—Pues aquí no hay ningún rastro y él habría dejado un rastro.

«Al final, resultará no ser tan imbécil», pensó el vecino.

—A veces da la impresión de que pase claridad por esa mollera tuya, Evan, y no seas tan corto de luces como piensa todo el mundo. ¿No es verdad?

—No te entiendo, Bibby. —Evan llamó a Franklin varias veces.

El anciano se había quedado sin fuelle, pero se dijo que ya se habían alejado bastante.

—Bueno, Evan, pues creo que este es el sitio.

El menor de los Sprague se dio la vuelta.

—A mí me parece que no… ¿Por qué me apuntas con la escopeta, Bibby? Mi padre siempre decía que teníamos que apuntar con el cañón al suelo hasta que fuéramos a disparar.

—Otra vez vuelves a recordar. La memoria te va y te viene, ¿verdad?

—Supongo.

—Ese es el problema. No te acuerdas de lo que pasó en la pista con esa joven, pero, un día, puede ser que te venga de golpe a la cabeza.

Evan arrugó el gesto.

—No te entiendo, Bibby.

—Eso da igual ahora. —Levantó el cañón hasta la altura del pecho de Evan.

Tracy se situó detrás de un pino sin apartar la vista de los dos hombres. Se había acercado y estaba ya a unos trece metros. A aquella distancia, con aquel viento y aquella nieve, no podía confiar en su puntería. Menos aún temblando como estaba y con las manos dormidas del frío. Tenía que haber aceptado el fusil de Peterson. Qué arrogancia. Ojalá su arrogancia no los llevara a Evan y a ella a la tumba.

Se echó el aliento en las manos y fue cambiando la pistola de una a otra. Entonces siguió adelante, detrás de los árboles, aproximándose desde un lateral para tener ángulo de tiro en caso de necesidad. No quería situarse detrás de Bibby, fallar y darle a Evan.

El pequeño de los Sprague miraba confuso a su vecino, quien lo tenía encañonado. Tracy pasó al siguiente árbol con la escasa velocidad que le permitía la nieve sin compactar. Menos de diez metros.

Se asomó desde detrás del árbol apuntando a Bibby. Evan la vio y centró en ella su atención. Bibby apartó la mirada de Evan para dirigirla a Tracy y corrió a disparar la escopeta. La inspectora se escondió detrás del tronco y oyó la bala rozar el árbol y hacer saltar un trozo de corteza al lado de su cara. Gritó:

—Evan, corre.

Cuando volvió a asomarse, Sprague había salido trastabillando hacia su derecha. Bibby se había movido hacia su izquierda para protegerse con el tronco de un árbol. Apuntó la escopeta en la dirección por la que había salido corriendo Evan. Tracy hizo dos disparos que alcanzaron el tronco y obligaron al jubilado a retirar el cañón de la escopeta.

En el momento en que dejó de ver a Evan, que había desaparecido tras los árboles, dijo en voz alta:

—Se acabó, Bibby. Lo sabemos todo sobre usted y Ed Sprague. Sabemos lo que hicieron. Hay perros rastreadores de cadáveres en el sótano de la casa. Cuando acaben, los traeremos aquí y descubrirán más cuerpos.

—No sé de qué me está hablando.

—Sabemos que ha matado a Franklin, Bibby, y Cole lo recuerda de la pista —añadió para hacer que su situación pareciera más desesperada aún—. Fue usted quien la golpeó. Creo que ya ha tenido suficiente.

No hubo respuesta.

—Hay agentes en el granero. Han oído los disparos y no tardarán en venir, Bibby. Lo mejor que puede hacer es tirar el arma.

No hubo respuesta.

—Bibby, no les haga esto a su mujer y al resto de su familia. Salga.

Un disparo rompió el silencio, pero no hubo bala alguna que diera en el árbol ni le rozara siquiera la corteza. Tracy aguardó un instante y acto seguido se asomó. La escopeta había caído de las manos de Bibby. Un segundo después, su cuerpo se desplomó hacia un lado y dio en la nieve.

—Cobarde —dijo Tracy saliendo de detrás del árbol—. Tan cobarde en vida como ante la muerte. —Ojalá ardiese en el mismo infierno que había creado para tantas mujeres aquí, en la tierra.

CAPÍTULO 40

Minutos después del último disparo del cañón de Bibby, Tracy oyó botas que hacían crujir la nieve y una respiración muy agitada. Dejó de hacer fotos con el móvil para alzar la vista hacia la pista que había abierto Evan en su huida y vio llegar a Pete Peterson, quien miró a Brian Bibby tirado en la nieve y luego a Tracy.

—Se ha pegado un tiro —anunció la inspectora.

El recién llegado tardó unos instantes en decir:

—Avisaré a los de la ambulancia de que solo hay que retirar cadáveres. ¿Quién es?

—Un vecino de Seattle de los Sprague, pero esta no es toda la película, ni mucho menos. Supongo que Evan ha vuelto al granero, ¿verdad?

Peterson asintió.

—¿El joven? Está arrodillado al lado del cadáver que hay tirado en la nieve. Herr lo ha esposado y está con él. Voy a necesitar copias de todas las fotografías que haya tomado y una declaración.

—Lo que necesita es que venga un equipo de la policía científica con perros rastreadores de cadáveres cuando se derrita la nieve para seguir buscando cuerpos.

Peterson entornó los ojos.

—Podría haber muchos —añadió Tracy—. Mientras tanto, debería buscar los nombres de las chicas que hayan desaparecido por los alrededores, aunque sospecho que lo más probable es que sean mujeres de Seattle.

Peterson soltó un reniego.

—¿En qué coño habían convertido este sitio?

—Mi compañero acaba de entrar en la casa de los Sprague en Seattle y se ha encontrado con un verdadero infierno. La familia era propietaria también de esta cabaña. El padre era un psicópata y Bibby, aquí presente, también. Los dos estaban cortados por el mismo patrón. Quizá uno se dejaba espolear por el ejemplo del otro como dos perturbados que alimentan mutuamente su enfermedad. Eran depredadores de mujeres y sospecho que aquí debieron de hacer de las suyas a lo grande. —Se calentó las manos con el aliento—. ¿Está Herr pendiente de las chicas?

—Las hemos liberado con la cizalla y les hemos dado mantas térmicas y barritas energéticas. Vamos a llevarlas al hospital del KVH de Ellensburg para que las traten. Tienen que estar deshidratadas, entre otras cosas.

—La deshidratación será el menor de sus problemas. Vamos con ellas y que se encargue de Bibby el equipo de pruebas.

Regresaron a la cabaña desandando sus pasos y encontraron a las tres mujeres de pie en el granero, envueltas en mantas térmicas de plata y con gesto de no saber muy bien qué hacer. Fuera estaba Evan, arrodillado en la nieve como un penitente sobre el cuerpo de su hermano, que habían cubierto con una lona azul. El menor de los Sprague tenía la cabeza gacha y las manos esposadas a la espalda. Tracy comprobó que las mujeres estaban bien, pero ninguna dijo gran cosa: las tres parecían presas de la conmoción. Las informó de que iban de camino varias ambulancias y les dijo que se acercaría más tarde a verlas al hospital para hacerles unas preguntas y tomarles declaración.

—¿Puedo llamar a mis padres para decirles que estoy bien? —preguntó Stephanie Cole.

—Claro que sí. —Tracy le tendió su móvil.

La joven le dio las gracias, pero no marcó enseguida. Miró a Evan y preguntó:

—¿Es un poco lento?

Tracy asintió.

—¿Fue él quien me llevó de la quebrada a su casa? Su hermano decía que sí y le dio una paliza por haberlo hecho.

—Creo que sí.

—Pero él no me ha tocado un pelo. No me ha hecho nada.

—Ya tendremos tiempo de abordar todos los detalles.

—¿Qué le va a pasar? —La preocupación de Cole parecía sincera.

—No lo sé.

—Solo quería jugar. Dice que le enseñó su hermana.

La inspectora asintió con un gesto.

—Llama, que seguro que tus padres están fuera de sí de la angustia.

—No tenía que haberme ido. Lo único que quiero ahora es volver a casa.

Tracy pensó que tenía suerte de poder decir esas palabras y de sentirlas. Para muchos, su casa no era, ni por asomo, un lugar de amor y de consuelo.

Se dirigió adonde estaba Evan de rodillas. El joven podía ser lento, pero no estúpido. Era lo mismo que le había dicho Lindsay Sheppard. Nadie se había molestado nunca en enseñarle.

Le puso una mano en el hombro y él la miró. Tenía las mejillas surcadas de lágrimas.

—¿Estás bien, Evan?

—Le ha disparado Bibby. Bibby lo ha matado.

—Eso me temo.

—Franklin odiaba a Bibby. Bibby era malo.

—Lo sé. ¿Viste a Bibby en la pista del bosque el día que encontraste a Stephanie? —Tracy la señaló para que supiese a quién se refería y Evan agachó la cabeza—. Tranquilo, Evan, que no te va a pasar nada por contármelo.

—Me caía bien. Me recordaba a Lindsay.

—¿Estabas escondido detrás del tronco?

—Solo quería mirarla y preguntarle si quería jugar conmigo.

—¿Viste lo que pasó?

—No me acuerdo.

—No pasa nada.

Sintió ganas de decirle que Lindsay seguía viva, convencida de que, en aquel momento tan triste para él, no le vendría mal una buena noticia, pero no le correspondía a ella decidir, asumir que Lindsay querría que Evan supiese que seguía con vida. Ya había vivido una vez en la casa del terror y quizá no quisiera tener un recordatorio de aquellos días.

—Le has salvado la vida, Evan. Le has salvado dos veces la vida a Stephanie.

—Bibby era malo. Franklin lo decía.

—Vamos a buscarte una manta antes de que te hieles.

Evan se puso en pie con la ayuda de Tracy.

—Franklin me cuidaba. ¿Quién me va a cuidar?

Tracy no dijo nada más, porque no quería mentirle. Ya le habían mentido y lo habían maltratado bastante durante toda su vida.

Miró hacia el granero, desde donde los observaban de pie Stephanie Cole, Donna Jones y Angel Jackson. Estaban vivas, se dijo. Todas ellas seguían con vida. En otras circunstancias se habría sentido orgullosa, pero aquel no era momento de muchas alegrías. Sabía que antes que ellas había habido muchas que no habían corrido la misma suerte. Y así se confirmaría los meses siguientes.

CAPÍTULO 41

Aquella noche, ya tarde, Tracy quedó con Kins en el Polar Bar de la Tercera Avenida, en el centro de Seattle. A ninguno de los dos le apetecía volver a casa. Tracy había llamado a Dan para decirle que no la esperase despierto. Le hizo un breve resumen de lo ocurrido sin entrar en detalles.

—¿Estás bien? —fue todo lo que preguntó él.

—Estoy deseando llegar a casa, pero primero tengo que hablar con Kins.

El equipo A se reunía a veces para tomar una copa después de la jornada laboral en el bar, un lugar en que socializar, ponerse al día sobre sus vidas y hacer cualquier cosa menos hablar del trabajo. El bar era un lugar en el que poner a cero el contador. El Polar Bar formaba parte del Arctic Club, un hotel que recordaba a un tiempo remoto de la historia de Seattle. Los dos establecimientos habían sido un club social para los hombres que volvían de Yukón, adonde los había arrastrado la fiebre del oro, con dinero e historias que contar. Se sentaban en lujosos sillones de cuerdo rodeados de un espléndido mármol de Alaska, arañas de cristal y cortinajes de terciopelo.

El Polar Bar había desarrollado aquella misma estética, con una barra de madera de caoba sobre cristal azul que la hacía semejante al hielo glacial.

Lo había elegido Kins y Tracy entendía perfectamente el motivo: necesitaba verse en un lugar diametralmente opuesto al domicilio de los Sprague. Necesitaba estar en un lugar de lujo y opulencia, aunque fuera unas horas. Cuando entró Tracy, se lo encontró sentado en un taburete del extremo de la barra de espaldas a las paredes forradas de madera.

—¿Está ocupado este asiento? —preguntó ella.

Kins sonrió y asió un vaso de lo que debía de ser, probablemente, Johnnie Walker etiqueta negra.

—Crosswhite, ¿me estás tirando los tejos? Soy un hombre casado.

Tracy soltó una risita y se deslizó en su taburete. A esas horas, el local estaba tranquilo. Cuando la miró el camarero, pidió:

—Lo mismo que él, pero doble. —Se volvió hacia Kins—. ¿Has llamado a casa?

—Le he dicho a Shannah que llegaría tarde. ¿Y tú?

—Sí.

—Tienes suerte.

—¿Y eso?

—Porque tienes a una criatura esperándote.

—Echas de menos a tus hijos.

—A diario. Cada noche, al volver a casa. No dejo de preguntarme adónde han ido a parar todos estos años. No me malinterpretes: me encanta pasar tiempo con Shannah, pero esos años con los críos… —Meneó la cabeza dejando escapar una risita—. Por más que me desesperasen todas esas cosas que hacían, aquellos fueron los mejores años de mi vida. —Meditó un instante—. Lo que más recuerdo no son los acontecimientos deportivos ni nada de eso.

—¿Entonces?

—Las mañanas de Navidad, los cumpleaños, las ocasiones especiales…, esos momentos menos espectaculares en los que se les iluminaban los ojos y creían que cualquier cosa del mundo era posible. Son momentos mágicos, hermosos.

—Si tienen todos esos recuerdos es porque se los habéis dado Shannah y tú, Kins. Has sido un buen padre. Sigues siéndolo. —Pensó en Nunzio—. ¿Sabes por qué?

Él la miró.

—Porque te preocupa un huevo.

Kins soltó una risita.

En medio de la oscuridad, del mal y de los horrores que experimentaban a menudo, era importante recordar que seguía habiendo cosas hermosas en el mundo. Seguía habiendo bondad. Seguía habiendo júbilo, luz.

Como los chicos de Shannah y de Kins.

Como Dan y Daniella.

El camarero colocó la copa de ella en un posavasos y Kins pidió otra con un gesto. El *whisky* era suave y la ayudó a entrar en calor.

—¿Ha estado Kelly en la casa? —Kelly Rosa, la antropóloga forense, había sido quien había exhumado e identificado los restos de Sarah y sería quien desenterrase los cadáveres del sótano, por numerosos que fueran.

—Tenemos pensado retomar las labores por la mañana —dijo Kins—. Sospecho que acabaremos por echar abajo toda la casa para averiguar cuántos cuerpos hay. Aquello es un cementerio.

—Creo que la cabaña también. —Tracy le contó lo que había ocurrido con Franklin, Bibby y Evan—. Está viva, Kins. Hemos encontrado viva a Cole… y a las otras dos mujeres: Angel Jackson y Donna Jones. Cole podrá volver a casa con su familia. Eso es mucho, Kins. ¿No es para estar orgullosos?

El camarero sirvió la segunda copa que había pedido Kins, quien alzó el vaso. Tracy hizo otro tanto, pero ninguno de los dos brindó. Nada que pudieran decir parecía apropiado. No había palabras capaces de poner todo aquello en perspectiva, ni perlas de sabiduría ni chistes que pudieran hacerlos sonreír.

CAPÍTULO 42

Con el paso de las semanas fue creciendo el cómputo de los cadáveres. Cuando Kelly Rosa acabó su labor en la casa, había encontrado a siete mujeres enterradas en el sótano. Calculaba que la más antigua llevaba décadas allí. Tardarían meses en identificar a todas aquellas jóvenes, olvidadas hacía tiempo por todos menos por quienes más las habían querido. Tracy estaba convencida de que, con la llegada de la primavera y el deshielo del cañón, todavía darían con más cuerpos. Para eso, no obstante, aún quedaba un tiempo. Siete cadáveres y tres mujeres vivas. Un caso activo y, con suerte, nueve casos pendientes resueltos. Nueve lápidas que podría retirar de las estanterías de Nunzio. En primavera retiraría más. Por desgracia, estaba segura de que así sería.

Había vuelto al barrio para hablar con los vecinos. Nadie sabía nada de lo que había ocurrido en aquella casa. Hasta Lorraine Bibby había mostrado indignación y asco. Según había hecho saber a Tracy, su marido le había dicho siempre que iba a cazar con Ed. Jamás habría sospechado que había algo más. Quizá fuese cierto, aunque también cabía la posibilidad de que se estuviera diciendo a sí misma lo que quería creer.

Marcella Weber, que no hacía mucho que se había hecho con el cargo de jefa de policía de Seattle, no tardó en informar a la prensa de la concienzuda investigación que había llevado a cabo Tracy cuando llevaba solo una semana en su nuevo puesto, desde el que se esperaba que resolviera no pocos casos. La puso a disposición de los medios y una mañana la convocó en su despacho para comunicarle que recibiría la Medalla al Valor, la mayor distinción del cuerpo, por tercera vez.

—Me honra —aseguró ella, aunque las condecoraciones no eran lo suyo—, pero no pienso aceptarla si no se la conceden también a Kins. —Pensó que no habría mejor remedio para la depresión de Kins que el hecho de que sus hijos vieran distinguido de ese modo a su padre.

Weber se mostró de acuerdo.

Recibieron las medallas durante una ceremonia celebrada por el cuerpo de la policía de Seattle en el auditorio del Centro de Formación de Justicia Criminal del estado de Washington en Burien. Tracy había pedido una cosa más a Weber, quien también había accedido.

Tracy y Kins se encontraban sobre el escenario de uniforme azul de gala, ante un salón de actos lleno de colegas, familiares, amigos y medios de comunicación, y Weber, desde el podio, se dirigió a los congregados en estos términos:

—La Medalla al Valor se concede a cualquier agente que se distinga por un acto de valor o de heroísmo, con riesgo de su propia seguridad o frente a un gran peligro, más allá de lo que es su deber. Hoy honramos a Tracy Crosswhite y Kinsington Rowe, inspectores de la Sección de Crímenes Violentos, por los actos de heroísmo y de valor que llevaron a la resolución de al menos dos casos pendientes, a los que hay que sumar otros que están pendientes de análisis forenses, y un expediente activo. Gracias a su heroísmo y a su incansable labor investigadora, hay familias que se han vuelto a reunir y otras que podrán poner fin a su incertidumbre.

»La inspectora Crosswhite ha pedido que sea su capitán, Johnny Nolasco, quien les imponga las condecoraciones.

Nolasco dejó su asiento vestido con su uniforme ceremonial azul y guantes blancos y se colocó la gorra de capitán. Kins miró a Tracy y le susurró sin apenas mover los labios:

—Crosswhite, eres una zorra vengativa. Si me muero de un ataque de risa sobre este escenario, pienso arrastrarte conmigo.

La inspectora hizo lo posible por no sonreír. Se lo estaba guardando.

Nolasco se acercó a una mesa cubierta con un paño azul en la que aguardaban dos cajas negras de madera. Abrió la primera y sacó la medalla para dirigirse con andar rígido adonde Kins se afanaba, sin éxito, en contener una sonrisa.

—Inspector Rowe —dijo su superior—, por el valor demostrado más allá de lo que el deber impone, el cuerpo de policía de Seattle le concede la Medalla al Valor. —Le puso al cuello la cinta azul con ribetes dorados y le estrechó la mano—. Enhorabuena.

—Gracias, capitán.

Nolasco dio un paso atrás y dobló el brazo con el codo en alto para hacerle un saludo agarrotado. Kins devolvió el gesto y ambos mantuvieron la postura unos segundos mientras se oían los chasquidos y zumbidos de las cámaras.

A continuación, el capitán regresó a la mesa, abrió la segunda caja y sacó la medalla. Giró sobre sus talones y dio unos pasos tensos hasta situarse delante de la inspectora. Volvió a girar para mirarla. Aunque estaba haciendo un gran esfuerzo para no manifestar emoción alguna, Tracy sabía que su petición de recibir el galardón de manos de Nolasco lo estaba matando por dentro. La jefa Weber, que ignoraba la aversión mutua que se profesaban, le había dicho que el capitán había reaccionado con sorpresa al saber que había solicitado expresamente que fuese él quien le diera la medalla.

Con sorpresa, sin duda.

—Inspectora Crosswhite —dijo Nolasco—, por el valor demostrado más allá de lo que el deber impone, el cuerpo de policía de Seattle le concede la Medalla al Valor—. Dio un paso al frente y le puso la cinta al cuello mirándola a los ojos.

Tracy sonrió.

Nolasco no. Dio un paso atrás y meneó la cabeza.

—Enhorabuena.

—Gracias, capitán —repuso ella sin apartar la vista.

Hubo entonces una pausa transitoria, como si a él le estuviera costando hacer el saludo, hasta que se puso tieso y lo hizo. Tracy mantuvo su saludo mientras sonaban las cámaras. Nolasco y ella seguían mirándose fijamente y Tracy no pensaba dejar de hacerlo.

Tras unos segundos, Nolasco rompió el saludo.

En la recepción que siguió a la ceremonia, Tracy se dirigió hacia donde estaban Dan, Daniella y Therese. Habría tomado en brazos a su hija de no ser porque la tenía Vera, mujer de Faz y madrina de la pequeña, y saltaba a la vista que no pensaba soltarla.

Dan le dio un beso y la felicitó.

—Estaba usted imponente allí arriba con su uniforme azul —dijo la niñera—. Las damas de uniforme tienen algo… ¿Tengo o no tengo razón, señor O?

Dan sonrió.

—No lo sabes bien.

Therese bajó la voz.

—No quiero decir nada fuera de lugar, pero yo diría que su capitán ha estado saludándola un poco más que al otro tío.

Tracy sonrió.

—Creo que tienes razón.

Miró a Dan, que sabía lo que había hecho y que movió la cabeza de un lado a otro sonriendo.

—Crosswhite de los pies a la cabeza. ¿Qué voy a hacer contigo? Ella sonrió.

—Ya se nos ocurrirá algo.

—¡Buenas, profe! —Faz se acercó con un plato de comida y le sacó el dedo corazón.

—Vic —lo reprendió Vera.

—¿Qué? Es un saludo italiano, una muestra de respeto.

Su mujer puso los ojos en blanco y Tracy y los demás se echaron a reír. Faz se inclinó hacia ella y bajó la voz.

—He hecho por lo menos mil fotos para que puedas documentar el careto de Nolasco. Parecía que tuviese la boca llena de avispas mientras le hacían un calzón chino… con un tanga puesto.

Tracy soltó una carcajada.

—Tampoco hacía falta tanta información, Faz.

Se abrió paso entre la multitud en dirección a Kins y su familia para saludar a Shannah y a los tres varones. Eran idénticos a su padre. Tras unos minutos, su compañero la tomó del hombro y se la llevó a un lado.

—¿Te has enterado de que Kucek tiene pensado jubilarse a finales de año?

—No —respondió ella.

—Fernandez se ha ofrecido a ocupar su puesto en el equipo B. Parece que voy a recuperar a mi compi.

Tracy sonrió, pero no tenía claro si volver o no, al menos por el momento. Trabajar con casos pendientes le ofrecía una autonomía que nunca había tenido con los casos activos. Como había apuntado Nunzio, podía tener un horario y pasar más tiempo con su familia, lo que, desde luego, tenía sus ventajas. No era ninguna ingenua y sabía, como le había advertido su predecesor, que no podía dejar que sus emociones se dispararan ni cayeran en un pozo. Sin embargo, por el momento, estaba disfrutando al verlas por las nubes.

Iría a ver de nuevo a Lisa Walsh, probablemente más de una vez, en los momentos en que sus investigaciones la arrastraran a un abismo y recordaría que en casa la esperaban Dan y Daniella. Como Stephanie Cole, podía considerarse afortunada. No imaginaba siquiera un momento en que no fuese a querer volver a casa con los suyos.

CAPÍTULO 43

Una semana más tarde, Tracy recorría la interestatal I-90 a bordo de su Subaru. En el asiento del copiloto viajaba Evan, con unos cuantos juegos de mesa en el regazo.

Carrol Sprague lo había desembuchado todo al saber de la muerte de su hermano mayor. En las numerosas sesiones de interrogatorio que habían tenido con él Tracy y Kins, les había asegurado que la idea de raptar y retener a las prostitutas había sido de Franklin. Podía ser. Aun así, el mediano había participado por voluntad propia y Donna Jones no había omitido un solo detalle íntimo en su declaración del maltrato al que la había sometido Carrol durante sus meses de cautiverio. En la lectura preliminar de cargos, el juez del Tribunal Supremo le había denegado la libertad bajo fianza no por considerar que podía fugarse, sino por la naturaleza execrable de los crímenes de los que le acusaban.

Rick Cerrabone les hizo saber que el abogado que le había asignado el tribunal estaba tratando de convencer a Carrol de que se declarase culpable a cambio de alguna ventaja penitenciaria, aunque nada de ello lo libraría de pasar décadas, quizá el resto de su vida, entre rejas. Tracy sintió un gran alivio, pues un acuerdo así eximiría a Lindsay Sheppard de testificar durante un juicio acerca de lo que había sufrido en aquella casa.

Lindsay y Tracy habían vuelto a reunirse en varias ocasiones, casi siempre en presencia de Aileen, quien se había encargado de brindarle apoyo moral. En cada uno de aquellos encuentros, Lindsay la había puesto al corriente de cuanto sabía de las demás mujeres que había enterrado Ed Sprague en el sótano de su casa y alrededor de la cabaña, que no era gran cosa. Tampoco serviría de mucho, pues, tras su muerte y el suicidio de Brian Bibby, no había nadie a quien procesar ni condenar por aquellos crímenes. Nadie podría ofrecer justicia a las familias de aquellas mujeres. Tampoco había pruebas de que Lorraine Bibby supiese más de lo que decía saber y, de todos modos, Tracy dudaba que hubiera estado muy al tanto. Estaba convencida de que el único delito de la anciana había sido no ahondar demasiado en los actos tan retorcidos como horrendos en los que debía de sospechar que había participado su marido, y por ello pasaría lo que le quedase de vida atormentada en su propio infierno.

Con todo, Tracy sabía que el hecho de poder cerrar un ciclo era importante para las familias de las víctimas y por eso estaba resuelta a ofrecerles tal ocasión a tantas como le fuera posible.

Durante una de aquellas conversaciones, le había preguntado a Lindsay si no se le hacía demasiado difícil contar su experiencia. En el fondo, muertos Ed Sprague y Brian Bibby, no había necesidad de pasar por aquello. Ella había meditado bien su respuesta antes de confiarle que hablar de lo que le había sucedido les estaba resultando «catártico» a su hermana y a ella.

—Por fin tengo la oportunidad de contarle a alguien lo que me pasó en vez de esconderlo.

Las dos estaban yendo a un psicólogo para aprender a lidiar con su rabia y su dolor del mejor modo posible. Las dos habían puesto también al corriente a sus maridos, aunque Lindsay seguía afirmando que jamás le contaría nada a su hija, a quien no quería imponer semejante carga. No necesitaba saber que no había sido concebida por amor, porque había nacido y se había criado rodeada de amor y eso era más que suficiente.

Durante uno de sus encuentros, Lindsay había querido saber qué sería de Evan, si también él iría a la cárcel. Tracy le había dicho que Cole les había asegurado, a ella y al fiscal, que el menor de los Sprague jamás le había hecho daño ni les había puesto un dedo encima a ella ni a las otras dos mujeres y que, de hecho, probablemente le había salvado la vida aquella tarde en el parque. Tampoco tenían pruebas de que hubiera cometido ningún otro delito.

—¿Adónde irá? —había preguntado.

—Lo internarán en una institución estatal —había dicho Tracy.

Lindsay había sentido un escalofrío.

—No pienses que es como la de *Alguien voló sobre el nido del cuco*. Están más regulados. Evan podrá trabajar y aprenderá a hacer cosas que nunca ha tenido la oportunidad de hacer antes.

La joven había sonreído, aunque con lágrimas en los ojos.

—¿Podré ir a verlo?

—Claro que sí —le había dicho Tracy—. En cuanto consideres que estás preparada.

Tras una hora y media de viaje, Tracy aparcó frente a la casa modular de una planta de la cerca marrón que hacía esquina en una manzana de Union Gap.

Cuando Evan y ella bajaron del vehículo, se abrió la puerta de la vivienda para dar paso a Lindsay, que caminó hacia ellos. El resto de su familia —su marido, su hija, su hijo, su hermana, su cuñado y los hijos de estos— la observaba desde el umbral.

Evan la estudió un instante solo antes de dedicarle una sonrisa.

—Hola, Lindsay —dijo como si, en lugar de años, llevara minutos sin verla.

—Hola, Evan —respondió ella.

—He traído juegos.

Ella asintió con las mejillas llenas de lágrimas.

—Ya lo veo. ¿Jugamos?

CAPÍTULO 44

Tracy programó una cita semanal con Lisa Walsh los lunes por la mañana. Era un buen modo de comenzar la semana, de pulsar el botón de reinicio y prepararse para lo que tenía por delante. Había acabado por disfrutar de las sesiones, aunque a veces tuviera que abordar asuntos incómodos. Lo estaba superando.

Había decidido no volver a su puesto en el equipo A, cuando menos por el momento. Antes de declinar la oferta, había hablado con la jefa de policía, Marcella Weber, para comunicarle que quería estar un tiempo investigando casos sin resolver y que esperaba un mayor compromiso por parte del cuerpo: otro inspector con quien repartirse el volumen de trabajo y una directiva por la que se otorgara prioridad a aquellos casos cuando fuese necesaria la intervención del laboratorio de criminalística

Weber se mostró receptiva a sus propuestas y Tracy pidió una concesión más:

—Quiero poder investigar casos activos en caso de que el equipo A necesite mi ayuda y, si alguna vez sufro desgaste profesional en la Unidad de Casos Pendientes, tener la oportunidad de volver a mi antiguo equipo siempre que mi incorporación no afecte a nadie más.

Weber, una inflexible mujer afroamericana procedente de Baltimore, asintió.

—Los inspectores, desde luego, estarán encantados.

—Lo sé —respondió.

Pero sabía que podía decirse lo mismo de las familias de las víctimas del resto de casos pendientes. Después de que corriera la voz de que Tracy había resuelto dos de ellos y había puesto en marcha la resolución de otros en Seattle y el cañón del Curry, el teléfono de su despacho había estado sonando hasta quedarse afónico, espoleado por familiares de otras víctimas que llamaban para implorar que se ocupara a continuación de ellas. Aquello le había resultado desgarrador.

Tras ver a Walsh volvió a la comisaría central, se preparó una infusión y se dirigió a su despacho. El interior era un desastre, con carpetas por todos lados. Cada vez que Kelly Rosa identificaba a otra víctima, Tracy hablaba con los parientes y cerraba el caso. El proceso era engorroso, pero prefería ser ella quien se ocupara. No quería que aquellas familias recibiesen, sin más, una llamada de teléfono. Siempre que podía, se encargaba de comunicar la noticia en persona. Si la familia vivía en otro estado, llamaba ella misma por teléfono. En todos los casos ofrecía las indicaciones necesarias para que pudieran dar sepultura a la víctima como era debido. También recibían la ayuda de los integrantes de los Servicios de Apoyo a las Víctimas, que garantizaban un trato digno y respetuoso a cada una de ellas.

En medio de la rabia y el dolor, la mayoría de los familiares expresaba su alivio al saber por fin qué había sido de su hija o su hermana y no tener que vivir más tiempo en la incertidumbre. No pedían muchos detalles. Preferían no conocerlos. Como había dicho una madre:

—Nos basta con tener la ocasión de enterrarla y saber que ahora está en un lugar mejor. Ningún castigo puede poner fin al duelo, pero la tranquilidad espiritual sí que ayuda.

Tracy lo sabía muy bien.

Se propuso dejar ordenado el despacho aquella mañana y empezó con las carpetas negras. Dejó listos para archivar los expedientes de los casos que había resuelto y señaló los que no con un adhesivo azul para volver a colocarlos en la estantería. En ello estaba cuando se encontró con la carpeta de Elle Chin abierta sobre el escritorio y verla le dio que pensar.

No tenía pistas nuevas y temía que se convirtiese en uno de los casos con los que, según Nunzio, tendría que aprender a convivir. No podía salvarlas a todas.

Ocupó su asiento y revisó las notas que había tomado durante las distintas conversaciones que había mantenido, algunas de las cuales ni siquiera había tenido tiempo de mecanografiar. Encontró las correspondientes a su encuentro con Evelyn Robertson, la vecina de los Chin, y ojeó lo que había escrito. Había transcrito su comentario final y recordaba aún la expresión que había adoptado su rostro, su gesto pensativo y cómo había dado a entender que quizá, en el fondo, el hecho de que Elle Chin siguiera desaparecida no fuese tan malo.

—*Qué lástima, que no apareciera la chiquilla, aunque...*
Tracy aguardó.
—*¿Aunque qué?*
La anciana meneó la cabeza.
—*Nada —dijo al fin—, solo que me da mucha pena.*
El oficial Bill Miller también había hecho un comentario triste sobre toda aquella situación:
—*Solo espero que la niña esté viva donde sea. Que esté viva y a salvo, y que ninguno de ellos tenga más contacto con la chiquilla. En mi opinión, es la única esperanza que tiene esa cría de llevar una vida normal.*
Pensó en lo que le había dicho Jimmy Ingram y en el breve instante en que había visto pasar delante de él a la pequeña. No lloraba ni forcejeaba, sino que iba, sin más, de la mano de aquella mujer.

Tracy se reclinó en su sillón. Ingram no había dicho nunca que fuese asiática, pero Jewel Chin había repetido varias veces aquella palabra.

Bobby Chin decía haber encontrado en el suelo las alitas de Elle y que su hija estaba tan orgullosa de ellas que ni siquiera le había dejado ponerle el abrigo. ¿No era de esperar que estuviese enfadada por tener que dejarlas atrás?

Ingram decía que la niña que él había visto llevaba un abrigo, detalle que había convencido a Tracy de que no se trataba de Elle. A menos que… ¿Y si el chaval estaba en lo cierto? ¿Y si aquella cría era Elle? ¿Qué le decía aquello de la mujer con la que se había marchado?

—Tenía que ser alguien a quien conocía, alguien en quien habría confiado, alguien a quien quería —dijo en voz alta. En ese caso, su secuestrador tenía que ser alguien que comprendiera la situación de Elle y que, como la señora Robertson y Miller, estuviera convencido de que la niña estaría mejor sin sus padres.

Recordó entonces la conversación que había tenido con Lynn Bettencourt, la maestra de infantil de Elle. Aquella mujer había pensado lo mismo y, además, había pasado con ella todos los días lectivos.

—*¿Inspectora?*

Tracy se detuvo y, al notar la preocupación de la directora, preguntó:

—*¿Algo más?*

—*Me ha preguntado antes por mi juicio personal.*

—*Sí.*

—*Dudo que ninguna de las dos opciones representara un entorno sano para esa chiquilla. … Se lo diré de otro modo. Veo a muchos críos con situaciones familiares difíciles y, por lo común, se debe más a uno de los padres que al otro, porque ataca verbalmente a su cónyuge y lo culpa de lo que ha ocurrido. El otro se convierte en el protector del niño, en la persona que se traga el dolor y el orgullo para dar prioridad a los intereses del pequeño.*

—*Pero este no era el caso.*

La directora movió la cabeza de un lado a otro.

—*Por desgracia, no.*

Volvió a pensar en Jewel Chin, en lo que le había dicho en el comedor de la casa que había amueblado para enseñarla. La madre, sin duda, era una joya; pero no le había parecido tan enferma ni tan cruel para hacer daño a su propia hija sin más objetivo que fastidiar a su marido. Tampoco había recibido esa impresión de Bobby Chin. Jewel, por otra parte, no dejaba de repetir un detalle que nadie había dicho. No paraba de decir que la mujer que se había llevado a Elle era asiática. ¿Se trataba sin más de un lapsus? ¿No sería que Jewel sabía, o creía saber, quién se había llevado a Elle? Si lo sabía o lo sospechaba, ¿por qué no se lo había dicho a los inspectores... ni a Tracy?

Aquello la llevó a pensar en Evan Sprague. Nadie, ni siquiera su madre, había velado por su interés. El joven estaba mejor sin su familia. Estaba mejor con Lindsay. Lindsay no era su madre, tampoco su hermana, pero actuaba como tal al mostrarse dispuesta a hacer lo correcto y proteger sus intereses.

Tracy no olvidaría jamás lo que le había dicho Lindsay sobre lo que la había empujado a huir:

—*Sabía que me iba a ir mucho mejor si la gente pensaba que estaba muerta que si tenía que vivir un día más en aquella casa.*

Y fue en ese momento cuando todo encajó, no como un relámpago, sino más bien como un pulso eléctrico, suficiente para hacer que se incorporase y revisara sus notas a fin de leer de nuevo lo que había dicho cada uno ¿Quién estaba en posición de hacerse cargo de lo que estaba sufriendo Elle, de conocer el dolor de la pequeña? ¿Quién pasó tiempo con Elle durante el divorcio? ¿En quién habría confiado Elle, a quién habría querido lo bastante para dejar atrás las alas?

Sacó el duplicado que le había dado Lynn Bettencourt del documento en que figuraba la firma de quienes estaban autorizados para recoger a la niña del colegio y, reclinándose en su asiento, se preguntó cómo habían podido pasarlo por alto Nunzio y ella y, antes, los inspectores que habían investigado el caso en el momento de los hechos. ¿Habría sido quizá por lo difícil que resultaba de imaginar, por lo incomprensible que parecía que alguien pudiera estar dispuesto a causar semejante dolor a un hermano?

Pero ¿y si ese dolor tenía por objeto salvar a una criatura inocente, tal vez incluso a un hermano que había caído en un pozo de desesperación y empezaba a perder el dominio de sí mismo?

Una hermana. Una mujer asiática. Gloria Chin.

EPÍLOGO

Chengdu (China)

Tracy salió del aeropuerto de Chengdu, agotada después de un largo vuelo con escala en Pekín. Para colmo de males, los servicios de aduanas la habían sometido a un registro tan minucioso que a punto había estado de perder el vuelo a su destino final. Sabía poco de aquella ciudad, aparte de que sus más de catorce millones de habitantes la convertían en una de las más populosas de China. Con todo, los residentes que le daban más renombre no eran humanos, sino los que moraban en el Centro de Investigación sobre el Panda Gigante de Chengdu, que atraía cada año a decenas de millones de turistas.

El guía que había contratado, un nativo de unos treinta y cinco años, sostenía en alto un letrero con su nombre en medio del gentío que aguardaba tras la valla que delimitaba la zona de recogida de equipajes. Tracy llevaba solo una bolsa de mano, pues no tenía pensado permanecer mucho tiempo en el país. El visado le había costado sangre, sudor y lágrimas, amén de un poco de ayuda por parte de personas bien situadas dentro del Gobierno estadounidense. No había viajado en calidad de agente de la policía de Seattle y había pagado de su bolsillo la documentación y el vuelo.

Se alegró al comprobar que su chófer hablaba un inglés fluido, aunque de acento marcado.

—¿Qué le ha parecido el vuelo? —le preguntó.

—Largo —respondió ella.

—China es un país muy grande, como el suyo.

—¿Cómo te llamas?

—Bruce Wayne.

—¿Te llamas Bruce Wayne? ¿Como el Bruce Wayne de las pelis de Batman?

Él sonrió.

—Sí, ese es mi nombre inglés, Bruce Wayne. Soy Batman —dijo imitando una de las frases propias del personaje.

Tracy se echó a reír.

—Vale, Bruce. Te sigo.

Él la llevó a un Nissan negro que tenía en el aparcamiento y puso su bolsa en el asiento trasero. Tracy no soltó el maletín.

—¿Quiere ir a dormir al hotel o prefiere ver los pandas gigantes?

—Tengo aquí una dirección… —Sacó la hoja sacada del expediente que le había elaborado un investigador de Chengdu al que había contratado por cuenta propia, sin informar a la policía de Seattle y pagándolo de su bolsillo, y se la dio a Bruce Wayne—. ¿Me puedes llevar aquí?

—Claro que sí, podemos usar la aplicación —dijo antes de introducirla en su teléfono—. No hay problema. La encontramos. ¿Está aquí en viaje de placer o de negocios?

—Placer —contestó sonriendo, aunque sin ofrecer más información—. ¿Cuánto tardaremos en llegar?

—Aquí dice que unos cuarenta y cinco minutos, pero yo voy rápido, como el Batmóvil.

Tracy miró el reloj.

—No te preocupes por la hora: prefiero llegar de una pieza.

Hablaron sobre China y sobre lo que iban viendo durante el trayecto. La carretera estaba rodeada de docenas de bloques de pisos altísimos. Cada uno de ellos parecía idéntico al siguiente, como fichas de dominó puestas en fila.

—Nunca había visto tantos bloques de pisos —comentó.

—El Gobierno los está construyendo para el pueblo —dijo Bruce—. Forma parte del movimiento de personas de las zonas rurales a la ciudad. El Gobierno está ayudando a los agricultores a perder sus tierras.

Tracy había leído que China estaba abandonando las pequeñas granjas rurales en favor de grandes granjas industriales.

—¿Los pisos son propiedad de los agricultores? —quiso saber.

—El Gobierno es propietario de la tierra, pero la cede en usufructo durante setenta años.

—¿Y qué ocurre después de esos setenta años?

—El Gobierno no nos lo ha dicho.

—Una cosa así no colaría en los Estados Unidos.

—¿Colar?

—La gente no estaría de acuerdo. Nosotros, cuando compramos algo, somos propietarios durante el tiempo que queramos, hasta nuestra muerte o hasta que decidamos venderlo.

—¿Sabe cuál es el problema en los Estados Unidos?

La pregunta, retórica a todas luces, despertó la curiosidad de Tracy.

—No. ¿Cuál es el problema, Bruce?

—Que tienen ustedes demasiadas opciones.

—¿Ah, sí?

—Aquí, el Gobierno nos dice lo que hacer y se hace.

Ella asintió, pero no mordió el anzuelo. No descartaba que el coche tuviese cámaras y micrófonos. El investigador privado la había ayudado de buena gana, pero no había querido acompañarla una vez en China. Miró el reloj, que había puesto en hora con arreglo al huso de Chengdu.

—¿A qué hora salen los niños del colegio? —preguntó.

—Depende del colegio, de la edad del alumno. Yo diría que entre las tres y las tres y media.

Iba a tener que esperar unos minutos.

Cuarenta después, Bruce Wayne dejó la carretera para callejear entre bloques de pisos y parques comerciales. Los negocios estaban vacíos en su mayoría, como también las viviendas. Siguieron adelante hasta llegar a un barrio menos urbano de casas independientes de dos plantas, con extensiones de césped y árboles, delante de campos en los que ardían montones de hojas alzando columnas de humo que iban a sumarse a un aire cargado ya por la niebla tóxica.

—Conozco esta zona —dijo Bruce—. Aquí, mucho dinero.

—¿Esto son casas? —preguntó ella.

—Villas.

Bruce redujo la marcha a medida que giraba a izquierda y derecha siguiendo las indicaciones del GPS. Llegó así a una vivienda de estuco de tres plantas con cubierta de tejas rojas y camino de entrada con glorieta.

—Esto es villa. Bruce Wayne nunca falla. ¿Es amigo suyo?

—Sí —dijo Tracy estudiando la casa. En los Estados Unidos se habría tenido por rudimentaria. La planta alta parecía diáfana, sin puertas ni ventanas. De una cuerda tendida de un lado a otro del edificio pendían prendas de ropa—. Pero no me esperan. Mi llegada va a ser una sorpresa. Sigue y deja el coche más allá.

Bruce la miró confundido, o quizá preocupado, pero Tracy no ofreció más información.

—¿Esto es vigilancia? ¿Como Hawái 5.0?

—No es ninguna vigilancia, Bruce. Solo estamos esperando. —Le pagaba por horas y suponía que haría lo que le pidiera.

Siguieron adelante para aguardar unos metros más allá. El investigador privado le había confirmado que Gloria Liu, según su apellido de casada, tenía una hija de diez años.

Quince minutos después, empezaron a ver a niños en edad escolar recorrer la acera en dirección a ellos, ataviados con el mismo uniforme verde claro, bufandas rojas y mochilas grises idénticas. Los críos fueron separándose del grupo para dirigirse a sus respectivas casas. Una de las niñas, que parecía tener la edad indicada, recorrió el camino de entrada con glorieta en dirección a la vivienda que estaban observando Bruce y ella.

Tracy se apeó del coche.

—¿Quiere que vaya, que le traduzca? —preguntó Wayne.

—No hace falta: hablan inglés. Espérame aquí.

—Vigilancia —dijo él sonriendo.

Tracy tomó el camino de entrada en dirección a la puerta principal. No vio que tuviese mirilla y pensó que probablemente fuera una buena señal. Llamó y, momentos después, le abrieron. Ante ella apareció una mujer china, cuya edad también parecía encajar, con un jersey azul de cachemira, pantalones del mismo color y zapatos planos. Apenas necesitó un instante para valorar la situación al ver el pelo rubio de Tracy, sus ojos azules y su altura. Los ojos se le abrieron de par en par.

—¿Gloria Chin?

La mujer negó con la cabeza mientras respondía en chino y empezaba a cerrar la puerta.

—La hermana de Bobby Chin. —Tracy sostuvo en alto la fotografía que había sacado de internet, en la que Bobby y Gloria aparecían juntos en una playa. Los dos guardaban un parecido asombroso.

La mujer soltó un suspiro y dejó caer los hombros.

—¿Quién es usted?

—Me llamo Tracy Crosswhite y soy investigadora en Seattle.

ROBERT DUGONI

—¿Investigadora privada? —Gloria dejó escapar un suspiro—. ¿La ha contratado ella?

—¿Jewel Chin? No, ni tampoco Bobby. Soy inspectora del cuerpo de policía de Seattle, pero no estoy aquí en misión oficial, sino a título personal.

—No lo entiendo.

—Es que es complicado. De cualquier modo, no he venido a causarles ningún daño a Elle ni a usted. —Lo decía muy en serio. Había ido a Chengdu con una única intención: determinar qué era lo que más interesaba a la pequeña. Mientras ascendía en el cuerpo, Tracy había servido un año en la Unidad de Violencia Doméstica y había conocido casos terribles que habían destrozado familias y provocado un dolor considerable a los hijos. Nunca se había tenido que enfrentar a ningún caso de secuestro internacional de menores, pero conocía algunos y sabía que, en ocasiones, estaban sujetos a la convención de la Haya sobre el secuestro infantil.

—¿Puedo entrar?

Gloria Liu se hizo a un lado para dejarle paso. La casa estaba limpia y amueblada con sencillez. En el recibidor tenía una consola de mármol negro con fotografías enmarcadas en las que vio a Gloria con su marido y su sobrina.

La anfitriona la guio hasta la cocina. Frente a la encimera había una niña comiendo galletas y bebiendo leche, que la miró como si Tracy fuese un monstruo de dos cabezas y dejó de masticar.

—Aquí no vemos gente con el pelo rubio muy a menudo —la disculpó Gloria pasando un brazo por los hombros de Elle Chin.

—Tú debes de ser Elle —dijo Tracy, sonriendo para aliviar su inquietud.

La niña asintió sin abandonar del todo su perplejidad.

—Me alegro de conocerte. —La inspectora le tendió la mano.

Elle miró a su tía y, al verla inclinar la cabeza, se dejó estrechar la suya mientras preguntaba:

—¿Cómo está?

—Soy una amiga de la familia. —Sabía que la pequeña se estaba afanando en imaginar qué relación guardaba con ellos y le preocupaba lo que podría significar—. Conozco a tu padre en Seattle.

Gloria dijo algo en chino y Elle recogió su mochila y salió de la cocina mirando hacia atrás con gesto receloso.

—¿Lo sabe Bobby? —preguntó Tracy.

—Al principio no, pero ahora sí. Como ha dicho usted, es complicado. —Gloria se dejó caer en un taburete de la encimera—. Se preguntará cómo es capaz alguien de hacerle algo tan doloroso a su propio hermano, de causarle tanto daño.

La inspectora lo había hecho, pero, una vez que había tenido tiempo de meditar al respecto, había empezado a sospechar que con la desaparición de Elle no se pretendía tanto hacer daño como aliviarlo.

—Doy por sentado que lo hizo porque lo quiere y porque quiere a su sobrina.

—El dolor no es cruel cuando lo guía un propósito —dijo Gloria con voz suave.

—¿Es un proverbio chino?

Gloria sonrió.

—Del canal sobre naturaleza. Lo oí en un documental sobre cachorros de león que vi en los Estados Unidos. La madre dejaba morir a uno de ellos para que los otros pudieran subsistir y hacerse fuertes. —Soltó un suspiro—. Mis padres son muy tradicionales y no aprobaron que Bobby se casara con Jewel. No les gustaba. A mí tampoco, todo sea dicho. Jewel quedó encinta. Todos pensamos que lo había hecho para atrapar a mi hermano, que iba tras la riqueza de mi familia. —Volvió a suspirar—. Esto puede sonar a un intento de justificación.

—No —dijo Tracy.

—Quizá parezca cosa de una mujer que intenta proteger a su hermano, pero Bobby no está exento de culpa. Es muy cabezota y muchas veces se rebelaba contra los deseos de nuestros padres y hacía lo que le venía en gana. Mi padre quería que se dedicara a la informática, pero él, cuando se graduó en la universidad, se hizo agente de policía. ¿De eso lo conoce?

—Podría decirse que sí.

—Cuando Bobby y su mujer tuvieron a Elle, mis padres quisieron aceptar a Jewel, por el bien de su hijo y de su nieta. Estaban entusiasmados con la idea de ser abuelos y se desvivían por la cría. Jewel, sin embargo, era muy difícil. Cada año que pasaba se hacía más difícil, más inestable. Separó a mi hermano de sus amigos y después de su familia. Apartaba a Elle de mis padres cuando no obtenía lo que quería. La usaba como moneda de cambio. Bobby, cuando podía, la llevaba a casa de visita sin que se enterase Jewel. —Meneó la cabeza con gesto desesperanzado.

»Bobby nos dijo que quería divorciarse. Se sinceró sobre la clase de persona en la que se había convertido Jewel. Nos dijo que estaba preocupado por Elle, por lo que supondría para ella vivir en un hogar tan tóxico. Yo ya sabía que su casa no era el mejor lugar para criar a una chiquilla.

—La recogía del colegio.

—Sí, muchas veces, cuando a Bobby no le daba tiempo. No quería llamar a Jewel y prefería no recurrir a mis padres. A mí me encantaba ir a recogerla y pasar tiempo con ella.

—¿Cuándo se le ocurrió el plan de hacerla desaparecer?

—Cuando Elle empezó a contarme cosas… sobre aquella casa; cosas sobre su madre, sobre Bobby. Sabíamos que mi hermano había usado la violencia contra Jewel. Mis padres no lo habían criado así y temíamos lo que podría pasarles a su mujer o a él en caso de que aumentara su ira. —Guardó silencio y, levantándose, sacó un vaso de un armario para echarse agua. Ofreció el vaso a Tracy, que declinó.

De nuevo en el taburete, dio un sorbo antes de continuar.

—Jewel tenía novio desde antes del divorcio y el novio se mudó a la casa. —Volvió a beber agua—. Elle empezó a contarme cosas… Que él la ponía en el regazo y la balanceaba como si fuese a caballo, que ella le pedía que parase y él no paraba… —Gloria agachó la cabeza.

—Sospecha que abusaba de ella.

Ella asintió.

—Sé que le debe de sonar a justificación, pero… yo me creí lo que me contaba Elle. —Volvió a dar un sorbo mientras se componía—. La denuncia por violencia doméstica causó mucha vergüenza a mis padres y a nuestra familia. Me preocupaban mucho las consecuencias que podían suponer todas aquellas peleas para Elle, lo del novio y lo que estaba haciéndole, lo que podría hacerle, el daño irreversible que podía sufrir Elle y lo que haría Bobby si llegaba a enterarse. Sabía que lo mataría, que le pegaría un tiro. Estaba convencida. Apartar a Elle de aquella situación era el único modo que veía de salvarla y de salvar a mi hermano. —Otro sorbo de agua—. Muchas veces, cuando la recogía del colegio, me la encontraba irascible, voluble y desobediente. Yo la tranquilizaba y le preguntaba por qué se estaba tan nerviosa. —Gloria miró a Tracy.

—¿Y qué decía?

—Que no quería ir a casa.

Tracy volvió a recordar lo que le había dicho Lindsay Sheppard: «Sabía que me iba a ir mucho mejor si la gente pensaba que estaba muerta que si tenía que vivir un día más en aquella casa». Pensó en Stephanie Cole y en su deseo de volver con sus padres. Era triste que una niña de solo cinco años no quisiera regresar a su hogar.

—Me preguntó si no podía venirse a vivir con el tío Bo y conmigo. Me imploraba que la dejara quedarse cuando venía Bobby a recogerla. «Quiero vivir aquí, tía. ¿Por qué no puedo vivir aquí contigo?», me decía. Me rompía el corazón y a Bobby también.

—¿Tiene usted más hijos?

Gloria hizo un gesto de negación.

—Mi marido y yo lo intentamos, pero yo no podía concebir. Todo parecía indicar que Elle sería la única nieta de mis padres. —Se llenó los pulmones de aire y exhaló a continuación. Se hacía patente el peso de años de tormento—. Mi marido y yo íbamos a mudarnos. Él volvía a Chengdu por motivos de trabajo. Tiene familia aquí. Mis padres decidieron regresar con nosotros. Pensamos en hablar con Bobby y Jewel y ofrecernos para traernos a Elle, pero sabíamos que Jewel no lo consentiría jamás. Sería incapaz de entenderlo como un bien para Elle. Lo consideraría, sin más, una victoria de Bobby.

—Además, si lo planteaban, serían los primeros sospechosos cuando desapareciese la niña.

—Sí. Bo y yo decidimos no decírselo a nadie. Tiene que creerme cuando se lo digo. Decidimos esperar para contárselo a Bobby, porque no queríamos que la policía pensara que estaba implicado y lo detuviese. Él no sabía nada. —Abrió los ojos de par en par con gesto aterrado.

—La creo —dijo Tracy.

—Yo sabía el daño que iba a hacerle, pero también sabía que era lo correcto. Bobby tenía que sufrir el dolor de la pérdida para entender que era lo mejor para ella, que era lo que había que hacer. No se trataba de castigar a Jewel, sino de salvar a Elle.

Tracy recordó la conversación que había mantenido con Bobby Chin en su despacho, las lágrimas que había vertido y cómo le había temblado la voz. No había estado actuando: lo consumían el dolor y la culpa propios de un padre que sabía que, en parte, había sido responsable de la pérdida de su hija, que no se había ganado el derecho a criarla.

Gloria se hizo con un pañuelo de papel de una caja de la encimera y se secó los ojos.

—Me dolió muchísimo ser consciente del daño que le estaba haciendo a mi hermano, pero no podía dejar que Elle siguiera viviendo en esa casa, con Jewel y con ese novio suyo. Sabía que, cuanto más tiempo pasara allí, mayor sería el daño. Hice lo que hice por amor. Quiero a Bobby y quiero a Elle, y lo hice por protegerlos a ambos.

—No lo dudo —aseveró Tracy—. ¿Cuándo se lo contó al fin a Bobby?

—Le propusimos que viniera a Chengdu para celebrar el sexagésimo cumpleaños de mi padre y, entonces, nos sentamos con él y le explicamos que Elle estaba aquí, con nosotros.

—¿Cómo reaccionó?

—El dolor de la partida no es nada comparado con el gozo del reencuentro.

—Eso no suena a documental de naturaleza.

—Charles Dickens. Estudié literatura inglesa en la universidad. —Sonrió—. Bobby se echó a llorar. Se tiró al suelo y lloró como un niño. Lloró porque se dio cuenta de que había defraudado a su hija. Había fracasado como padre. Lo consumía la culpa, pero, al mismo tiempo, se sentía feliz por saber que Elle estaba viva y a salvo. No pidió explicaciones. Sabía por qué habíamos hecho lo que habíamos hecho y sabía que jamás podría llevársela consigo a casa ni actuar como si estuviera viva, porque Jewel se quedaría con ella por el simple hecho de mortificarlo. Bo lo ayudó a encontrar un buen trabajo en una empresa china que abría una oficina en Seattle. Así, Bobby tiene, además, una excusa para venir aquí a ver a Elle.

Aunque no se había visto nunca en circunstancias parecidas, Tracy había investigado antes de salir de Seattle y sabía, en primer lugar, que no tenía instrumento legal alguno al que recurrir. China no había suscrito la convención de la Haya sobre el secuestro infantil ni había nada que hiciera pensar que tuviera intenciones de hacerlo. Tampoco había tratados internacionales ni bilaterales entre China y los Estados Unidos en lo tocante a tales asuntos y resultaba por demás improbable que se reconociera allí el fallo de un tribunal extranjero, y menos aún si estaba relacionado con los derechos de custodia de individuos extranjeros. El derecho chino exigía que existiera un tratado o una reciprocidad de hecho para dar validez a una sentencia foránea y entre ambos países no se daba ni uno ni otra. Por otra parte, la convención requería de forma explícita que las vistas se llevasen a cabo de un modo expeditivo en el plazo de seis semanas. Cualquier proceso que se sustanciase en La Haya transcurrido más de un año del secuestro de un niño estaría sometido a la resolución del tribunal competente, que, casi con total seguridad, dictaminaría la no devolución del menor en caso de que este se hallara asentado en su nuevo entorno.

Por si todo eso fuera poco, Tracy sospechaba que, en caso de que Jewel descubriera el paradero de la cría e hiciera por recuperarla, Elle podría volver a desaparecer sin dificultad entre una población de más de mil millones de habitantes. Además, ¿de qué iba a servir arrancar a la pequeña de un lugar en que se sentía segura y querida, un lugar que podía tener de veras por su hogar, para llevarla de nuevo con una madre trastornada y un plan de convivencia familiar no menos disfuncional? Tracy sabía que enviar a Elle de nuevo a los Estados Unidos solo supondría un mayor daño para ella. Aun cuando pudiera aplicarse, la convención de La Haya dejaba bien claro que los intereses del menor predominaban sobre cualquier otra consideración y no cabía esperar que se llevara a efecto resolución alguna si existía un riesgo considerable de que su regreso podía exponerlo a daños físicos o psicológicos o situarlo en cualquier posición intolerable.

—¿Qué le dijo a Elle? —quiso saber.

—Al principio le dijimos que sus padres habían decidido que se viniera a vivir conmigo, su tío y sus abuelos hasta que se resolviera el asunto del divorcio. Cuando le dije que no tenía que volver a casa, lloró, pero de alegría.

—A medida que crezca, se irá planteando más preguntas.

—Lo sé y, en determinado momento, tendrá que decidir qué hacer.

—¿Ha pedido alguna vez hablar con su madre o verla?

—Al principio, sí; pero, sobre todo, pedía ver a su padre. Raras veces pregunta por Jewel y nunca dice que quiera volver.

Tracy se preguntaba si Jewel Chin sabría o sospecharía que Gloria Chin se había llevado a Elle y si no sería ese el motivo por el que había dicho tres veces que quien se había llevado a su hija era una mujer asiática. En caso de saberlo, ¿la dejó hacer porque sabía que era lo que más le convenía a la pequeña o porque, de entrada, nunca había querido ser madre y la carga que suponía para su estilo de vida era mayor que cualquier daño que pudiese infligir a su exmarido, y, a la postre, le bastaba con saber que él tampoco la tendría? Tracy tenía esperanzas de que fuese lo primero.

—¿Cómo la llama Elle?

—Lola, y a mi marido, tío Bo.

—¿Y es feliz?

—Compruébelo usted misma. —Le indicó con una seña que mirase en el cuarto contiguo, donde Elle estaba sentada viendo la televisión. De nuevo en la cocina, Gloria le preguntó sin levantar la voz—: ¿Por qué ha venido hasta aquí?

Tracy sabía que la tía de la pequeña seguía temiendo que sus motivos no fuesen altruistas y que tuviera la intención de llevarse a Elle. La informó de lo que había averiguado sobre la convención de La Haya sobre secuestros infantiles, aunque sospechaba que Gloria debía de saber ya más que ella sobre el particular. A continuación, le hizo saber que por eso no había acudido investida de ninguna autoridad oficial.

—Hace poco, empecé a trabajar en la Unidad de Casos Pendientes y el caso de Elle me llamó la atención por ser tan trágico en tantos sentidos. Estoy yendo a terapia. —Se detuvo—. Siendo joven, perdí a mi hermana de dieciocho años. Se esperaba de mí que cuidase de ella, pero fracasé. Jamás volvió a casa.

—Lo siento.

—Mi terapeuta cree que tengo una obsesión con salvar a mujeres jóvenes. —Se encogió de hombros sonriendo—. Supongo que tiene razón, aunque hay que reconocer que hay obsesiones peores. Imagino que, cuando averigüé lo que debía de haberle ocurrido a Elle y dónde se encontraba, tuve la necesidad de saber que se encontraba a salvo.

Gloria aguardó unos segundos antes de preguntar:

—¿Y cuál ha sido su impresión?

—Creo que Elle me va a ayudar a comprender que no puedo salvar a todas las jóvenes del mundo y que, de hecho, en algunos casos, tampoco es necesario. A ella ya se han encargado de salvarla sus tíos.

Por las mejillas de Gloria empezaron a caer lágrimas.

—¿Piensa decírselo a Jewel?

—No. Creo que hacer algo así, cuando ella no tiene posibilidad legal alguna de recuperarla, sería muy cruel para Jewel y para Elle. Además, hay una parte de mí que sospecha que Jewel ya lo sabe, pero no lo dice, porque admitirlo sería reconocerle una victoria a Bobby. Tal como están las cosas, no ha ganado ninguno de los dos. —Recordó su conversación con Jewel Chin y los informes recogidos en el expediente que aseguraban que la madre había dejado la casa para alojarse en un hotel y se había negado a colaborar con quienes trataban de dar con su hija. No tenía la menor duda de que, si le hablaba del paradero de Elle, Jewel se vería obligada entonces a usar a la niña para reabrir viejas heridas, volvería a culpar a Bobby, a acusarlo de haber organizado la desaparición, y tal vez hasta pondría a Elle en el centro de un tira y afloja internacional que amenazaría con destrozarla, tal vez ya de forma irreparable—. ¿Conoce la historia del rey Salomón?

Gloria meneó la cabeza.

—No.

—Está en la Biblia. Llegaron al rey dos mujeres que aseguraban ser la madre verdadera de un niño. Para determinar cuál de ellas decía la verdad, Salomón propuso partir al crío por la mitad. Una de ellas se mostró de acuerdo, mientras que la madre verdadera le imploró que entregase al niño, sin hacerle daño, a la primera.

Gloria indicó con un gesto que había entendido lo que quería decir.

—Creo que su marido y usted están llevando esta situación de una manera correcta —dijo Tracy—. Creo que la persona que tiene derecho a decidir qué es lo mejor para Elle es ella misma y lo hará cuando llegue el momento. Hasta entonces, el expediente permanecerá abierto, sin resolver.

La tía volvió a enjugarse las lágrimas con el pañuelo de papel.

—Es admirable que haya hecho un viaje tan largo solo para comprobar que Elle se encuentra bien.

—Mi marido no fue tan diplomático cuando le dije que necesitaba viajar a Chengdu.

—¿Ha venido con usted?

—Se ha quedado en casa, con nuestra hija.

Gloria sonrió.

—Entonces, sabrá por qué hice lo que hice.

—Lo sé.

—¿Qué edad tiene su hija?

—Un año casi. Llevo aquí solo un día y ya la echo de menos.

—En ese caso, yo diría que su hija puede considerarse afortunada por tener una madre que la quiere tanto. Cuando crezca, será una mujer maravillosa.

Tracy sonrió.

—Y yo diría que Elle puede considerarse afortunada por tener unos tíos que la quieren tanto y que también ella tiene ahora la ocasión de crecer y ser una mujer maravillosa. Espero que todo les vaya bien, a todos ustedes.

La inspectora recogió su bolso y se dispuso a salir.

—¿No puede quedarse a cenar? —preguntó Gloria—. Mi marido no tardará en volver a casa… y mis padres también estarán pronto aquí. Además, seguro que a Elle le encantará poder hablar con alguien en inglés.

Tracy sonrió.

—Me encantaría, de veras. Deje que avise a Bruce Wayne de que aún tardaré un par de horas en regresar.

—¿Bruce Wayne? ¿Como Batman?

—Eso dice él. Y yo, la verdad, no soy quién para llevarle la contraria.

Se levantó y salió de la vivienda con la sensación de haberse quitado un peso de los hombros. No podía salvarlas a todas.

Y quizá tampoco lo necesitaba.

Pero no había nada malo en intentarlo.

AGRADECIMIENTOS

Escribí buena parte de esta novela estando confinado en medio de la pandemia de la COVID-19. Todas las mañanas, navegaba por la Red para consultar el número de infectados y de fallecidos en el estado de Washington, en el que resido. Las primeras semanas fueron especialmente aterradoras, pues mi hijo se hallaba de viaje en el Sudeste Asiático y al brote que se declaró en una residencia de ancianos situada a escasos kilómetros de mi casa. Como muchos, al principio comparé la pandemia con la gripe. Me equivocaba. Mi hijo tuvo que volver a casa pasando por Australia y mi hija tuvo que dejar sus clases para encerrarse también con nosotros. El mundo entero se detuvo y nos vimos obligados a resguardarnos durante meses muy largos. Aprendí a usar Zoom para mis clubes de lectura, mis clases de gimnasia y otras apariciones en vídeo. El tiempo que tuve para reflexionar me hizo reparar en que formo parte de una generación que nunca se ha visto obligada a soportar los tiempos difíciles que vivieron muchos estadounidenses durante las dos guerras mundiales y la Gran Depresión, al tiempo que es demasiado joven para entender y apreciar plenamente el impacto que tuvieron los conflictos de Corea y de Vietnam en los jóvenes de nuestra sociedad.

Hablando una tarde con un amigo mayor que yo a quien había llamado para asegurarme de que se encontraba bien, le dije que me sabía mal por los jóvenes, que habían visto alterada su existencia. Le hablé de mis sobrinos y sobrinas, que no habían podido celebrar sus graduaciones en el instituto ni en la universidad. Le hablé de un sobrino que había superado la secundaria con las mejores notas de su clase y no podría pronunciar su discurso, acudir al baile de fin de curso ni acabar el curso con los compañeros con los que había entrado en el instituto hacía cuatro años. Le hablé de mi hijo, que se veía confinado en casa en lugar de embarcarse con sus amigos en su proyecto profesional.

—Esto ha sido cosa de un par de meses —me dijo mi amigo—. Piensa en la gente que pasó un año entero en Vietnam o en la que vivía en Europa durante la Segunda Guerra Mundial y sufrió toda una década.

Tenía razón, por supuesto; pero la perspectiva, a menudo, llega solo con la edad.

Si cuento esto es porque muchos escritores con los que he hablado durante estos meses difíciles me han preguntado si pensaba incluir la COVID-19 en mis novelas. He decidido no hacerlo. Durante los meses de confinamiento, recibí numerosos correos electrónicos de lectores que me agradecían la ocasión de evadirse de sus hogares y de la soledad que estaban teniendo que soportar. Este, creo, es el propósito principal de una novela, entretener al lector en la comodidad de su hogar. Encender su imaginación y hacer que se tense o derrame lágrimas, ya sean de alegría o de tristeza. Las que son de veras buenas pueden hacernos reflexionar sobre nuestras propias vidas y todo lo que hemos experimentado, los buenos tiempos y los que no lo han sido tanto.

Por eso no encontraréis ninguna referencia a la COVID-19 en *Sendas truncadas*. Que la incluya en novelas futuras dependerá del asunto que vayan a abordar. Como ocurre con la pandemia, será el tiempo quien decida. Mientras tanto, espero que os encontréis bien y que la pandemia no haya sido demasiado dolorosa para vosotros ni vuestros seres queridos. Ojalá la vida vuelva a la normalidad y podamos volver a vernos y hacernos compañía en congresos de escritores y lectores y en librerías.

Como con el resto de novelas de la serie de Tracy Crosswhite, me habría sido imposible escribir esta entrega sin la ayuda de Jennifer Southworth, inspectora de la Sección de Crímenes Violentos de la policía de Seattle, cuya colaboración ha sido inestimable al ayudarme a formular ideas interesantes y a describir el día a día de los cuerpos de seguridad, así como las labores concretas que deben llevarse a cabo en la búsqueda del autor de un crimen.

Gracias también a Kathy Decker, antigua coordinadora de los servicios de rescate de la comisaría del *sheriff* del condado de King y célebre rastreadora, con cuya ayuda he contado en numerosas novelas y con cuyos extensos conocimientos tengo la suerte de contar. Me ha brindado el tiempo necesario para revisar este libro y ayudarme con los detalles de su especialidad.

Los errores que pueda haber en estas páginas en lo tocante a métodos policiales son achacables exclusivamente a mi persona. A fin de mantener el interés de la historia que he contado, he condensado algunos elementos cronológicos, como el tiempo necesario para analizar muestras de ADN.

Gracias a Meg Ruley, Rebecca Scherer y al resto del equipo de Jane Rotrosen, agencia literaria fuera de lo común. Me han apoyado en todo el planeta y nos hemos divertido juntos en Nueva York, Seattle, París y Oslo. Creo que lo siguiente que deberíamos añadir a la lista es una feria del libro en Italia, cuando esta pandemia haya dejado en paz el país de mis antepasados. Gracias por la ardua labor que lleváis a cabo negociando mis contratos, brindándome asesoramiento en mi trayectoria profesional, guiándome a través de Hollywood y salvaguardando mi catálogo editorial, así como por vuestra notable calidez humana.

Gracias a Thomas & Mercer y a Amazon Publishing. Este es el duodécimo libro que publico con ellos y que mejoran con sus correcciones y sus sugerencias. Han vendido y promovido todas mis novelas y a su autor a lo largo y ancho del mundo y he tenido el placer de conocer a los equipos de Amazon Publishing de Reino Unido, Irlanda, Francia, Alemania, Italia y España. Son todos gente muy trabajadora que, de un modo u otro, hacen que trabajar resulte muy divertido. Lo que mejor se les da es promover y vender mis obras y por eso les estoy muy agradecido. Durante este tiempo de confinamiento y distancia social, han dado con nuevos modos imaginativos de mantenerme en contacto con mis lectores a través de vídeos que mi familia y yo nos hemos pasado en grande grabando.

Gracias a Sarah Shaw, responsable de relaciones con el autor, que pone un empeño impresionante en celebrar mis logros. Gracias a Sean Baker, jefe de producción; Laura Barrett, directora de producción, y Oisin O'Malley, director artístico. Sé que me repito demasiado, pero me encantan las cubiertas y los títulos de cada una de mis novelas. Me fascina cómo cuidáis de mí. Gracias a Dennelle Catlett, relaciones públicas de Amazon Publishing, por su labor de promoción de las novelas y su autor. Denelle está siempre disponible cuando la llamo o le envío un correo electrónico para pedir cualquier cosa. Se encarga de hacerme promoción de forma activa, me ayuda a ayudar a instituciones benéficas y se encarga de mí cuando viajo. Gracias al equipo de comercialización formado por Lindsey Bragg, Kyla Pigoni y Erin Calligan Mooney, por su dedicación y las ideas con las que me ayudan a aumentar mi capacidad de venta. Espero que nunca dejen de preguntar, porque convierten cada nueva ocurrencia en una experiencia genial. Gracias a la editora Mikyla Bruder, la editora asociada Hai-Yen Mura y Jeff Belle, subdirector de Amazon Publishing, por crear un equipo consagrado a su trabajo y permitirme formar parte de él.

El año pasado, cuando las ventas de mis novelas en Amazon superaron los cinco millones, organizaron una fiesta en mi honor y tuve la ocasión de decirles en persona cuánto agradezco todo lo que han hecho por mí. Lo digo de corazón, como de corazón me fascina el millón de lectores adicional que hemos alcanzado ya.

Gracias en especial a Gracie Doyle, directora editorial de Thomas & Mercer, que me ayuda a dar con nuevas ideas y nuevos modos de narrarlas. Me incita a llevar mis relatos a cotas que jamás habría considerado. Juntos nos hemos divertido mucho en actos literarios y espero que volvamos a hacerlo en el futuro.

Gracias a Charlotte Herscher, editora de desarrollo. Ella se ha encargado de editar todos los libros que he publicado con Amazon Publishing, desde los policiacos, los de intriga procesal o los de espionaje hasta las novelas literarias, y nunca deja de sorprenderme por la rapidez con que recoge el hilo argumental y se afana en volverlo inmejorable. Gracias a Scott Calamar, corrector. La gramática no ha sido nunca mi fuerte, de modo que siempre le doy mucho trabajo.

Gracias a Tami Taylor, que dirige mi página web, crea mis listas de correo y diseña algunas de las cubiertas de las traducciones de mis libros. Gracias a Pam Binder y a la Pacific Northwest Writers Association por el apoyo que brindan a mi obra.

Gracias a todos vosotros, mis infatigables lectores, por encontrar mis novelas y por el increíble apoyo que dais a mi obra en todo el mundo. Recibir noticias vuestras es toda una bendición y disfruto con cada uno de los correos electrónicos que me enviáis.

Gracias a mis padres por una infancia maravillosa y por enseñarme a fijarme la meta de alcanzar las estrellas y a sudar sangre luego para lograrlo. Me cuesta imaginar a dos modelos mejores a los que seguir.

Gracias a mi esposa, Cristina, por todo su amor y su apoyo, y a mis dos hijos, Joe y Catherine, que han empezado a leer mis novelas, cosa que me colma de orgullo.

Sin todos vosotros no podría hacer nada de esto… ni tampoco querría.

Made in the USA
Monee, IL
09 December 2022

20394542R00236